MÜLLER UND DER SCHWARZE FREITAG

Raphael Zehnder wurde 1963 in Baden AG (Schweiz) geboren und arbeitete als Schallplattenverkäufer, Nachtwächter und Musikjournalist, bevor er Französisch und Latein studierte und in französischer Sprach- und Literaturwissenschaft promovierte. Er arbeitet als Redaktor beim Schweizer Radio und Fernsehen SRF, ist Miterfinder und -organisator der Zürcher Kriminalnacht im Theater Rigiblick in Zürich und Autor von sieben Kriminalromanen um den Polizeimann Müller Benedikt. Für «Müller und der Mann mit Schnauz» erhielt er 2015 den Zürcher Krimipreis. Er lebt mit seiner Familie in Basel.

Folgen Sie @MllerBenedikt1 auf Twitter. Und @BucherManfred äussert sich dort auch.

In diesem Buch sind alle Personen und Begebenheiten erfunden. Auch die hier genannten Firmen haben mit den in diesem Text erzählten Vorgängen nichts zu tun. Wahrheit existiert nicht in diesem Roman.

RAPHAEL ZEHNDER

MÜLLER UND DER SCHWARZE FREITAG

MÜLLER SIEBEN

Kriminalroman

emons:

Bibliografische Information der Deutschen Nationalbibliothek
Die Deutsche Nationalbibliothek verzeichnet diese Publikation in der Deutschen Nationalbibliografie; detaillierte bibliografische Daten sind im Internet über http://dnb.d-nb.de abrufbar.

MIX
Papier aus verantwortungsvollen Quellen
FSC® C083411

Umschlagmotiv: iStockphoto.com/FocusEye
Umschlaggestaltung: Nina Schäfer, nach einem Konzept von Leonardo Magrelli und Nina Schäfer
Umsetzung: Tobias Doetsch
Gestaltung Innenteil: César Satz & Grafik GmbH, Köln
Lektorat: Irène Kost, Biel/Bienne, Schweiz
Druck und Bindung: CPI – Clausen & Bosse, Leck
Printed in Germany 2019
ISBN 978-3-7408-0694-1
Originalausgabe

«Everlasting love» – für Annette und die Boys

Ich nehme das Herz von Stein aus eurer Brust
und gebe euch ein Herz von Fleisch.
Ezechiel 36,26

O sleep, it is a gentle thing / Belov'd from pole to pole.
Samuel Taylor Coleridge, «The Rime of the Ancient Mariner»

Das Leben lebt sich, ohne dass man es versteht.
Dagobert, «Hochzeit»

Ac per hoc non voluptas ulla non gratia non lepos, sed incompta et agrestia et horrida cuncta sint, non nuptiae coniugales non amicitiae sociales non liberum caritates, sed enormis colluvies et squalentium foederum insuave fastidium.

Hic sunt poliziotti:

Müller Benedikt (49), Kriminalkommissär, Basel-Stadt

Blaser Xerxes (22), Aspirant, Kantonspolizei Basel-Stadt

Cattaneo Roland (39), Kriminaltechniker, Kantonspolizei Basel-Stadt

Dominguez Freddy (26), Detektiv, Kriminalkommissariat Basel-Stadt

Gormann Markus (39), Detektivkorporal, Kriminalkommissariat Basel-Stadt

Jonovic Mladen (32), IT-Forensiker/Cybercrime, Kantonspolizei Basel-Stadt

Panzeri Jessica (36), Abt. Wirtschaftskriminalität, Kantonspolizei Basel-Stadt

Sermeter Gülay (35), Detektivwachtmeisterin, Kriminalkommissariat Basel-Stadt

Vetter Rolf (62), Detektivkorporal, Kriminalkommissariat Basel-Stadt

Wäckerlin Romina (33), Detektiv, Kriminalkommissariat Basel-Stadt

Werner Gloria (23), Aspirantin, Kantonspolizei Basel-Stadt

Aliique viri feminaeque regionem Basiliensis incolentes:

Belloumi Rachid (27), Kurier auf Abruf, F-68330 Huningue

Bezakova Jarmila (47), Key Account Manager, 4103 Bottmingen

Braun Jeremy (35), TV-Produzent, 8008 Zürich

Calonder Carl (32), Geschäftsmann, 7503 Samedan

Carreras Tony (eigentlich: Beat Borer) (48), V.I.P., 4053 Basel
Démare Marylou (22), Kellnerin, F-68300 Saint Louis
Füglistaller Ramon (26), Messerstecher und Gelegenheitskrimineller im Nebenberuf, 4103 Bottmingen
Garcia Rosa (14), Klepto-Teenie, 4053 Basel
Hächler Melanie (15), Klepto-Teenie, 4053 Basel
Haueter Sven (25), Gelegenheitskrimineller im Nebenberuf, 4102 Binningen
Hauri Peter (43), lic. iur., Rechtsanwalt, Pflichtverteidiger, 4123 Allschwil
Ka$h Kerri (eigentlich: Salomé Hug) (39), V.I.P., 4053 Basel
Krähenmann Thomas (45), Leitender Staatsanwalt, Basel-Stadt, privat: 4102 Binningen
Kurt Azra (25), Callcenter-Mitarbeiterin, F-68300 Saint Louis
Like Mike → Streuli Michael
Loosli Martin (34), IT-Mitarbeiter, 4450 Sissach
Loosli Melissa (32), Fachangestellte Gesundheit, 4450 Sissach
McLuhan Wohlhauser Bettina (34), MA, 4059 Basel/7554 Sent GR
Meier Astrid (52), Controllerin, 4142 Münchenstein
Müller Doris (45), Schwester von Müller, Gesundheitsfachfrau, 4054 Basel
Russo Jasmin (53), kaufmännische Angestellte, 4402 Frenkendorf
Schib Christian (43), Sales Manager, 4052 Basel
Schneider Mario (24), ehemals Detailhandelsangestellter, F-68300 Saint Louis
Sermeter Céline (9) und Murat (10), Kinder von Sermeter Gülay, 4057 Basel
Stickelberger Daniel (46), Erster Staatsanwalt, Basel-Stadt, 4059 Basel
Stojkovic Jack (24), Gelegenheitskrimineller im Nebenberuf, 4053 Basel

Streuli Michael (36) a.k.a. Like Mike, Privatradiostar, Radio 4000, 4056 Basel

Voegelin Sebastian J. (43), Dr. iur., Rechtsanwalt, Stingelin Voegelin Law, 4052 Basel

Wagner Noah (11) und Maurice (12), Kinder von Müller Doris, 4054 Basel

Wohlhauser-McLuhan Raetus B. (38), Philosoph und TV-Persönlichkeit, 4059 Basel/7554 Sent GR

Zanger Virgil Herrmann (40), Philosoph/CEO, 4053 Basel

Zürcher Shanaya (15), Klepto-Teenie, Basel

Et aliorum cuiuscumque sexus plures.

EINS

Logistik.

Das Containerschiff «Svanemøllen» fährt unter dänischer Flagge. Nach 33-tägiger Fahrt läuft es in den Hafen von Rotterdam ein. Genauer: Es legt an der Maasvlakte an, einer künstlichen Insel südlich der Maasmündung. Die «Svanemøllen» kommt aus Shanghai und hat 6'600 TEU geladen, «Twenty-foot Equivalent Units», Container mit einer Länge von 6.1 Metern, einer Breite von 2.44 und einer Höhe von 2.6. Zwischenstopps in Yantian, Port Kelang und Jeddah. Erfreulicherweise keine Komplikationen mit Piraten am Horn von Afrika. Suezkanal. Das Mittelmeer ruhig, schwere See dagegen vor der französischen Atlantikküste. 324 Meter lang ist die «Svanemøllen», 74'000 PS stark sind ihre Motoren, beladen liegt sie 13.3 Meter tief im Salzwasser. Über 110'000 Tonnen Gewicht vermag sie zu tragen.

6'600 Container. Was ist die Fracht?

Wir werden es bald sehen.

Im Hafen von Rotterdam hieven Kräne die Container vom Schiff, sie verteilen sie auf Lkws, Bahnwaggons und Binnenschiffe.

Zwei gekoppelte Schiffe mit 150 Containern: Rund 850 Kilometer rheinaufwärts transportiert die «Volendam» für die Schweiz bestimmte Container flussaufwärts. Moerdijk → Nijmegen → Strassburg → Neuf-Brisach → Ottmarsheim → Weil → Basel/Birsfelden. Eine Woche Fahrt.

Kühl, ein Nebeltag, Dienstag, Ende Oktober. Im Rheinhafen Birsfelden fertigt der Zoll die Container ab. Logistikfirmen übernehmen die Feinverteilung an die Kunden.

Was ist drin in den Behältern aus Stahlblech?

Denken Sie sich etwas aus. Es ist dabei. Alles, was die Menschen kaufen wollen. Besonders in den nächsten Wochen und Tagen, besonders am Black Friday.

ZWEI

Feinverteilung.

Die Ware wird angeliefert. Die Stadt wird gestopft wie eine Gans. Nein: wie ein Truthahn, denn in anderen Ländern wird bald ausgiebig Thanksgiving gefeiert.

Logistik.

Beim Warenhaus «Manor» in der Utengasse – Postleitzahlenbereich 4058 – fährt Lastwagen nach Lastwagen vor. Ran an die Rampe, dann wird die Ladebordwand abgesenkt. Die Mitarbeiter der Warenannahme holen die Kisten mit Rollhebern aus dem Laderaum. Kubikmeter um Kubikmeter Glücksverheissungen. Palett um Palett. Auf dem geriffelten Blech rumpelt es, auf dem Beton der Rampe gleiten die Räder ruhiger. Hinein ins Gebäude und dort auf die Flächen und Fächer, die zu den einzelnen Abteilungen gehören. Ausser den Frischprodukten für die Lebensmittelabteilung im Untergeschoss bestehen die Lieferungen heute hauptsächlich aus Non-Food. Kleider, Taschen, Accessoires, Spielwaren, Unterhaltungselektronik: Flachbildschirme, Playstations. Alles, alles, alles. Und noch mehr. Stellen Sie sich etwas vor, irgendein Produkt. Der Chauffeur liefert es in diesem Moment an, die Chauffeuse bringt es in Ihre Nähe, die Lagermitarbeiter holen es für Sie aus dem Lkw und schieben es im Schweisse ihres Angesichts ins Innere des Gebäudes. Wo Sie es in Kürze werden ansehen, betasten, prüfen, kaufen können. Laufend sortieren Mitarbeiter die Kisten, rot flackern Scanner auf, sie piepen, das Gerät zeigt an, wohin die Ware soll. Sie entfernen Styropor und anderes Verpackungsmaterial, falten die Kartonkisten zusammen und verschieben die Produkte in den Warenlift und hinauf in die Abteilungen.

Untergeschoss: Lebensmittel.

Parterre: Uhren, Schmuck, Parfümerie, Uhrenservice, Damen-Accessoires, Strümpfe, Drogerie, Café.

Erster Stock: DAMEN: Fashion, Lingerie, Schuhe und Sneakers, Nähservice.

Zweiter Stock: HERREN: Fashion, Wäsche, Schuhe und Sneakers, Accessoires.

Dritter Stock: Kindermode, Spielwaren, Papeterie, Souvenirs, Kundenservice, Ticketservice.

Vierter Stock: Wohnen und Haushalt, Elektrogeräte, Badshop, Mercerie, Vorhangservice.

Fünfter Stock: Multimedia, Bücher, Restaurant.

Sechster Stock: Restaurant, Terrasse.

Das Warenhaus ist von oben bis unten prall gefüllt.

DREI

Vorbereitungshandlungen.

Ein graues Auto fährt an den rechten Rand der Rue Barbanègre in F-68330 Huningue, gleich hinter dem Novartis-Campus jenseits der Landesgrenze. Mittelklassewagen, besonderes Kennzeichen: Blechschaden vorne rechts, sichtbar angerostet. Der Motor erstirbt. Ein Mann und eine Frau steigen aus, schliessen klopp! die Autotüren, Blick nach links, Blick nach rechts. Sie verschwinden in einem Haus. Mietshaus, drei Stockwerke, der Glaseinsatz der Eingangstür zersplittert und mit Klebeband geflickt.

Als er die beiden eintreffen sieht, entfernt sich in der dritten Etage ein grosser Blonder sofort vom Fenster. Als sie die Treppe hochkommen und ohne anzuklopfen in die Wohnung treten, zischt er sie an: «Nicht direkt vor das Haus! Stellt das Auto anderswo ab.»

Es ist Donnerstag, der 25. November.

Der Autolenker, er trägt eine gefütterte dunkelblaue Jacke, macht wortlos rechtsumkehrt und verschwindet im Treppenhaus. Die junge Frau bleibt in der Wohnung und begrüsst eine weitere Frau ihres Alters, die vor wenigen Minuten eingetroffen ist.

***

Vorbereitungshandlungen.

4102 Binningen. Hauptstrasse. Älteres Mietshaus. Wohnung im zweiten Stock. Sitzgruppe im Wohnzimmer. Welke Topfpflanze. Drinks in Dosen. Drei junge Männer.

«Wir sind also zu fünft», sagt der junge Mann mit dem Bart.

«Ja, Sven», sagt Jack, ein kleiner Blonder, der seinen Mangel an Vertikalwachstum proteinpräparatgestützt durch erhöhte Muskelmasse ausgleicht, und er wiederholt: «Wir sind zu fünft.»

«Gut», sagt Sven, «und nun zur konkreten Planung. Euch

zeige ich das zuerst.» Er zieht einen Stadtplan hervor, auf dem mehrere Objekte eingekreist sind. «Unser Schwerpunkt ist der ‹Interdiscount› am Marktplatz», sagt er. «Ich lasse mir das aber nochmals durch den Kopf gehen. Vielleicht, äh, nehmen wir noch den ‹Mediamarkt› dazu ...»

Jack Stojkovic mault: «Ach, Sven, also so richtig fett sind doch die ver[redacted] Bijouterien, die ver[redacted] Uhrengeschäfte. Es wäre besser, wenn wir –»

«Fang nicht wieder damit an», pfeift ihn Sven Haueter an, «du siehst zu viel fern. Wir haben das längst besprochen, Mann. Am Grundkonzept ändern wir nichts mehr, verstanden?»

Jack schneidet eine Grimasse, doch er lenkt ein. «Okay ... ich meine ja nur ...»

Sven klopft auf den Stadtplan, den er auf den Beistelltisch gelegt hat. Im Hintergrund läuft ohne Ton der Fernseher, ein Film mit Waffen und Explosionen, für den sich in diesem Moment keiner interessiert.

«Noch einmal von vorn: Wir definieren jetzt unsere Zielobjekte im Detail.»

Grundkonzept, definieren, Zielobjekte ... woher Sven nur diese Wörter hat, fragt sich Jack, während jener weiterspricht: «Und dann legen wir unseren Modus operandi fest. Damit jeder von uns weiss, was er zu tun hat. Moritz und Carlos helfen beim Tragen. Die sollten auch gleich hier sein.»

Modus operandi, hey! Jack nickt.

«Und wenn wir drei das festgelegt haben, wiederholt jeder, was er zu tun hat. Damit jeder weiss, was sein Job ist. Klar?»

Beim Wort «Job» überkommt Sven ein wohliger Schauer. Hätte er sogar «Auftrag» sagen können oder – wow! – «Mission»?

Jack wiederholt: «Damit jeder weiss, was sein Job ist.»

Und Ramon Füglistaller, der Dritte, der bis dahin kein Wort gesagt hat und vor allem durch seinen Unterbiss und seine Undercut-Frisur auffällt, sagt: «Ja, Sven, so machen wir's. Aber zu lange darf das nicht dauern. Nachher will ich mit Natasha eine Runde durch die Läden drehen, gell. Sie mag Shopping.»

Er erntet zwei mitleidige Blicke.

Da klingelt es an der Tür. Sie reagieren nicht. Sven, der Hausherr, hält den Zeigefinger vor den Mund, zeigt in Richtung Wohnungstür und schneidet eine Grimasse.

Jack formt mit den Lippen lautlos das Wort «Bullen», und seine geweiteten Augen bilden dazu ein Fragezeichen.

Sven schüttelt den Kopf. Nach einigen Sekunden Stille sagt er leise: «Vermutlich die Nachbarin. Sicher ist heute wieder ihr Waschtag. Und sie stört sich garantiert an meiner Wäsche in der Maschine. Die anderen zwei kommen erst …», er schaut auf sein Handy, «… in einer Viertelstunde oder so.»

***

Vorbereitungshandlungen.

Aus dem dunkelroten Kunstledersofa in Rachids Wohnung in der Rue Barbanègre schaut die Füllung raus. Mario Schneider zupft an dem weissen Zeug und fragt sich, was das für ein Material sein könnte. Brennt so was?

«Mach Rachids Sofa nicht noch mehr kaputt», sagt Azra und lacht.

Er stopft das Zeug ins Loch zurück und langt nach der Kaffeetasse. Alle sind versammelt: Mario und Azra, Rachid und Marylou. Sie haben Zeit. Marylou Démare arbeitet erst abends, als Kellnerin im Café an der Place Abbatucci, Rachid Belloumi als Kurier auf Abruf wahrscheinlich erst übermorgen wieder, wenn nichts dazwischenkommt. Azra Kurt in einem Callcenter, wo sie drei Tage die Woche Versicherungen verkauft, Krankenkassenpolicen, Hausrat, Haftpflicht, Auto. Mario hat noch mehr Zeit, weil er keine Arbeit hat.

Und wer Zeit hat, hat Ideen.

Wer nichts zu tun hat, hat noch mehr Ideen.

Und wer kein Geld und viel Zeit hat, dem kommen Ideen, damit er etwas zu tun hat, das vielleicht Geld bringt. Vermutlich Geld bringt, höchstwahrscheinlich welches bringt. Sicher welches bringen sollte. Geld.

Es ist nicht einfach, selbst mit einem Bac im Lebenslauf. Fast alle haben eines. Aber das bringt nichts, weil es kaum Jobs gibt. Und nach der Schule ist man nicht immer so zielstrebig unterwegs, dass man eine Stelle in einer guten Firma fände. Und «gute Firmen» gibt es hier im hintersten Winkel von Frankreich eh nur wenige.

Drei der vier, die sich in Rachids kleiner Wohnung in der Rue Barbanègre versammelt haben, weil irgendwer von ihnen, genau lässt sich das nicht mehr eruieren, diese Idee für morgen hatte, kennen sich seit der Schule. Nur Mario ist nicht in der Gegend aufgewachsen, er kam eines Tages aus Mulhouse. Er hatte diese Stelle im «Match», dem Supermarkt an der Rue de Saint Louis, bis dort über Wochen immer wieder Kisten mit Alkoholika und mit Meeresfrüchten verschwanden. Er hatte damit, beteuerte er, nichts zu tun. Sein Chef sah das anders, stellte ihn zur Rede ... nun ja, Mario hat ihn ... ja, beschimpft und ihm böse Augen gemacht, sodass der Chef Angst vor ihm bekam und ihn feuerte. Fristlos.

Jetzt sitzt Mario auf Rachids durchgesessenem Sofa neben Azra, die er eben an jenem Tag kennengelernt hat, als er diese verfluchte Arbeit verlor.

«Du fährst also den Wagen», sagt Mario zu Rachid, «ist dir klar, wie du fahren musst?»

«Klar», sagt Rachid, «das kriegen wir hin.»

***

Polizeiarbeit.

Die Kollegen von der SBB-Transportpolizei haben vier Jugendliche festgenommen. Die Sicherheitspolizei bringt sie in den Waaghof. Die vier haben einen Zug verwüstet und das Bahnpersonal angepöbelt. Sie brauchen Wörter, die wollen Sie nicht hören. Sie sind aggressiv und aufgebracht. Im Vernehmungsraum S 311 versucht sie der Müller mit dem Kollegen einzeln nacheinander zu befragen. Er denkt: Saufen und Kiffen tun keinem gut. Ach, Welt, geht es ihm durch den Kopf, als er sie ansieht. Sechzehn, siebzehn, achtzehn sind sie, liest er in ihren Ausweisen, ihr Ton ist rüde, sie sind geladen, als wären sie elektrisch. Eine Aussage? Verweigern sie. Nach wenigen Minuten schickt sie der Müller zur Abkühlung in die Zelle. Damit sie Heimweh bekommen nach was auch immer; Fernweh, wohin auch immer; und hoffentlich den Koller. Eine, zwei Stunden hinter der abgeschlossenen Zellentür. Durch den Stahl hindurch hören sie ab und zu Schritte im Korridor. In der Wand knackt das Rohr der Heisswasserleitung. Sonst herrscht Stille. Der Geruch aus Reinigungsmitteln, Schweiss und Langeweile wird sie zur Besinnung bringen.

Hofft Müller Benedikt, der Kriminalkommissär. Weil er hofft noch. Trotz eines Vierteljahrhunderts Polizeidienst zuerst in Zürich und seit einiger Zeit in Basel glaubt er manchmal daran, dass der Mensch nicht das miserable Wesen ist, als das er in Erscheinung tritt. Falsch, ich korrigiere: nicht alle Menschen, sondern einige. Und die kann der Müller nicht einfach auf den Mond schiessen. Einfach ausblenden kann er diese sechzehn-, siebzehn-, achtzehnjährigen Rüpel und all die anderen, die schwereren Delinquenten allerdings auch nicht. Weil Strafgesetzbuch, berufliche Pflichten und gesellschaftliches Interesse. Ja, gesellschaftliches Interesse: Dem Müller ist die Welt nicht egal. Allen Polizistinnen und Polizisten darf sie nicht egal sein. Sonst hätten sie einen anderen Beruf ergreifen müssen. Denn lustig ist es selten, ein Bulle zu sein. Du erlebst zu viel. Und du wirst von manchen Leuten beschimpft, angegriffen, verachtet. Doch wenn denselben Personen etwas widerfährt, erwarten sie selbstverständlich, dass du wie der Blitz vor Ort bist und dich für sie einsetzt.

Ach, Welt, denkt der Müller in seinem Einzelbüro im Waaghof.

Im Korridor hört er Freddy Dominguez und Romina Wäckerlin sprechen. Über einen Fall, den sie gerade abgeschlossen haben. Häusliche Gewalt. Ein Akademiker, der seine Lebenspartnerin verprügelt und nachher behauptet hat, sie sei die Treppe hinuntergefallen. Wer's glaubt, ehrlich, so dumm dürfte keiner sein zu denken, er käme mit so einer Geschichte durch. Denn – Plausibilitätskontrolle – wie oft haben Sie im realen Leben erfahren, dass jemand tatsächlich eine Treppe hinuntergefallen ist?

Die Unterlagen zu diesem Fall liegen in Müllers Computer. Er klickt sie an und liest sie durch. Der Anlass des «Streits», wie die Täter das oft nennen, als bräuchte es zwei Schuldige, damit es zu einer Gewalttat kommt, der «Anlass» war angeblich mangelndes Lob der Frau für den gekränkten Akademiker. Ihm riss die Hutschnur, weil sie ihn «immer herabsetzt», «nie genug wertschätzt», «ihn, seine Arbeit, seine Ideen immer scheisse findet», sodass es «ihm einfach reichte» und er «die Kontrolle verloren» hat. Was er – so gab er zu Protokoll – bedauert, aber «er wollte ihr keineswegs wehtun». Und er fragte Freddy Dominguez bei der Vernehmung von Mann zu Mann: «Haben Sie sich immer im Griff?»

Passt alles, denkt der Müller, versieht die Datei im vorgesehenen Feld mit seinem Kürzel, speichert sie und leitet sie an den Staatsanwalt weiter. Der wird Anklage wegen Körperverletzung erheben.

Der Müller ahnt einen Grund für all das Zerlegen von Menschen und Mobiliar. Der Grund existiert im Plural: der Pluralis idiotiae.

Manchmal schon ein Problem: die Konzentration. Weil du auf dem Rechner schon den nächsten Vorgang anklickst.

«Bisschen das Quartier verpinkeln?»

Dieser Satz eines Anwohners gegenüber einem Hundebesitzer (Personalien beider im Anhang) ist verbürgt. Wer hierauf welche Schimpfwörter (Art. 177 StGB) gezückt hat und wer zuerst handgreiflich wurde (Art. 123 oder 126 StGB), ist Gegenstand der Ermittlungen.

Solches landet auch beim Müller. Bei aller Tragik und manchmal Absurdität der Vorfälle ist er froh, nicht in einem Tötungsdelikt ermitteln zu müssen.

Den Tod hat er satt.

Was morgen nach 18:00 Uhr auf ihn zukommt, ahnt er nicht.

Kristallkugel und Tarotkarten zählen nicht zu den Präventionswerkzeugen des Kriminalkommissariats Basel-Stadt.

***

Vorbereitungshandlungen.

Melanie, Rosa und Shanaya haben trotz ihres Alters einiges an Erfahrung. Nie wurden sie bisher geschnappt. Und die Taschen, der Modeschmuck, die Kleider machen ihnen wirklich Freude. Bei ihren Freundinnen und Freunden beim De-Wette-Schulhaus kommen sie gut an. Sie sind immer gut angezogen, lieben es, alle paar Wochen ihren Look wieder zu wechseln, und sind lustig und cool. Sie bedauern nur, dass sie das Schuhproblem noch nicht lösen konnten. Nur ein Schuh pro Grösse ist jeweils ausgestellt, der zweite liegt in einer Schachtel im Lager. Dort haben sie als Kundinnen keinen Zutritt. Als Kundinnen! So treten sie nämlich auf. In den letzten Monaten haben sie ihre Technik verfeinert. Sie betreten das Geschäft einzeln, schauen sich um, prüfen das Angebot, probieren auch einmal in der Umkleidekabine ein Kleidungsstück an. Unterwäsche ist oft nicht elektronisch gesichert und trägt nicht auf. Die kannst du problemlos unter die Kleider stopfen. Auch kleinere Artikel – Ohrringe, Halsbänder, sogar einmal ein Paar Sandalen, die ausnahmsweise zusammen ausgestellt waren. Erst einmal das Angebot abchecken. Dann, so ein Drehbuch, das sie erfolgreich getestet haben, treffen sie sich !zufällig! !ausgerechnet! !heute! zur selben Zeit in !diesem! Laden als zwei !Freundinnen!, die sich so mega !freuen!, sich ausgerechnet heute hier in diesem Laden über den Weg zu laufen. So ein Zufall!

Warum zwei und nicht drei Freundinnen? Haha, spezial, spezial. Lesen Sie bitte weiter:

Rosa und Shanaya sprechen sich natürlich nicht mit Namen an, sondern mit «oh, wow!» und «hey, du» und Küsschen, Küsschen, beobachten durch die Fransen im Gesicht den Verkaufsraum. Sie zeigen, wenn eine Verkäuferin auf sie aufmerksam wird, auch ein bisschen mehr von ihren geringelt und dunkel bestrumpften Beinen oder schütteln mit kühnem Kopfschwung eine Strähne aus dem Gesicht und werfen der mutmasslichen Spassverderberin zwischen den Haaren hindurch Blicke zu, dass der ganz seltsam wird, weswegen sie sich gegenüber der Chefin garantiert genieren würde einzugestehen, dass sie verdächtige Wahrnehmungen gemacht hat. Ohnehin ist es viel einfacher, wenn einmal ein männlicher Verkäufer im Laden steht. Der verrät der Chefin erst recht nicht, dass ihm zwei Girls den Kopf verdreht haben, weil die Chefin die Turbulenzen seines Hormonhaushalts sofort erkennen und ihn künftig strenger an die Kandare nehmen, womöglich sogar entdecken würde, dass er selbst – «erst einmal, ich schwöre es» – eine Hose mitgenommen und seinen Freundinnen oder Freunden mal einen Drei-für-zwei-Rabatt eingeräumt hat, der nirgends vorgesehen ist.

Während so die zwei blutjungen alten Freundinnen Rosa und Shanaya sich über ihr unverhofftes Wiedersehen freuen, was das Verkaufspersonal emotional ablenkend involviert, tritt der Plan in die Phase O wie Omega, weil die Operation folgendermassen endet: Einsatz der unsichtbaren Dritten des Klepto-Teenie-Kleeblatts: Melanie. Mit ihrer Streberbrille und der dunkelblauen Outdoorjacke, die sie bei diesen Gelegenheiten anzieht, wirkt sie überhaupt nicht verdächtig. Sie gibt das Mädchen aus der Agglomeration, das ein bisschen Bling-bling-Stadtluft schnuppern will. Sie steckt die Waren ein und verschwindet aus dem Laden, während Rosa und Shanaya ihre Aufgeregte-Freundinnen-Nummer abziehen.

Hinterher teilen sie immer. Zerstritten haben sie sich dabei nie. Sie teilen fair. Und sie freuen sich auf den morgigen Tag.

Aber hallo, werden Sie einwenden, es gibt doch elektronische Diebstahlsicherungen und Trallala! So einfach geht das Stehlen gar nicht, sonst würden die Läden tagtäglich ausgeräumt. Einerseits haben Sie recht: Kameras, technische Diebstahlsicherungen, Detektive. Andererseits liegen Sie falsch: Videoüberwachung existiert nicht in allen Geschäften, das Personal kann seine Augen nicht überall haben, und der Mensch ist erfinderisch. Er präpariert seine Jacke, indem er eine Jackentasche aufschneidet und kleinere Gegenstände ins Futter versenkt. Er bringt im Futter eine Metallfolie an, um das elektromagnetische Signal von der Diebstahlsicherung am Produkt zum Metallbügel beim Ausgang zu verhindern. Er entfernt die Ware aus der Verpackung, die gesichert wäre, oder schneidet mit einer Schere das magnetische Etikett des Produkts ab. Er haut geschickt mit einem Japanmesser die elektronische Sicherung aus dem Karton heraus und zieht in der Umkleidekabine mehrere Kleiderschichten übereinander. Die übrigen Tricks darf ich hier nicht erwähnen. Und nicht immer ist es ein Er.

***

Logistik.

Plastikbauklötze, Plastikklotzbausätze, Plastikfiguren, Plastiktiere, Häuser und Gehege und Zäune und Tankstelle und Burg und Wildhüterstation und Polizeistation und Rosalyns heilendes Versteck, wo du das Drachenbaby heilen sollst und den bösen Kobold in einen guten verwandeln kannst; und der Bausatz für Kais Feuer-Mech (Bestellnummer 70615). Das Cockpit ist aufklappbar, und ein Flammenwerfer steht auch zur Verfügung und sechs Minifiguren und deren Ausrüstung. Plastikfiguren, sieben Zentimeter hoch, die Arme und Beine und Köpfe drehbar. Warzenschweine, Elche, Dinosaurier, Kühe aus Hartgummi, Plüschtintenfische, die Ghostbusters Feuerwache ohne Bindestrich, aber mit viel Zubehör; das Plüschflusspferd Hippopotamus, circa fünfunddreissig Zentimeter, schon die ganz Kleinen können damit, weil ohne verschluckbare Kleinteile. Hatchimals Surprise, Hatchimals Glitter Burtle, Draggle und Penguala, exklusiv bei uns, da drücken die Eltern gerne Fr. 69.90 und Fr. 79.90 ab, und – hosianna halleluja alhamdulillah – Beanie Boos und Glubschi's mit dem Apostroph sind auch zu haben. Gogo, mein Hündchen, steht im Dutzend bereit, dieses interaktive Tier mit so vielen Funktionen, und das niedliche Zoomer Pony, das tanzen kann und dir brav nachläuft; wenn du es jedoch mit zu viel Zucker verwöhnst, ist es total von der Rolle, genau wie dein Patenonkel, der Fr. 89.90 dafür ausgibt, weil er nicht mehr weiterweiss. Oder soll es lieber Benni sein, der sprechende Beagle? Der ist zehn Franken günstiger. Oder lieber die WowWee Chippies, interaktive Welpen des bereits – wem eigentlich? – bekannten Hundes Chip.

Yeah, yeah, yeah. Chip, Chip, Chip!

Yeah, yeah, yeah.

Yeah, yeah, yeah. Chip, Chip, Chip!

Dr. Drone Pick-up mit doppelter Bewaffnung.

Polizei-Kommandozentrale mit Gefängnis.

Drago mit Donnerklaue.

Yeah, yeah, yeah.

Das Brautmodengeschäft mit Salon, ca. 55 x 19 x 17 cm.

Und der grosse Reiterhof, ca. 69 x 41 x 24 cm.

All das wird auf speziellen Gestellen besonders präsentiert.

Yeah, yeah, yeah. Wowowowowow.

Das Prinzessinnenschloss zum Hitpreis von einhundertneunundvierzig.

Oh, einhundertneunundvierzig. Oh, einhundertneueueueunundviiiierzig! One-four-nine, one-fourty-nine. Cent-quarante-neuf. Singt alle mit, chantons, everybody sing: «Cent-quarante-neuf! Cent-quarante-neuf! Oh, one-forty-nine! One-forty-nine!»

Verkaufsberaterinnen und Verkaufsberater stapeln die Waren in Regale, drapieren sie nach allen Regeln der Verkaufsdisplaykunst, die Rayonchefin, ein Klemmbrett mit Listen in der Hand, überwacht die Vorgänge und lässt Platz freiräumen für die Produkte, die der Renner sind. Die Augen von Kindern glänzen lassen.

Die Liebe der Göttis, der Gotten, der Grossmütter und Grossväter, der Mamas und Papas ist grenzenlos.

Kauf günstig, weil ding-dong bald ist X-mas-Zeit.

Schlag zu, jetzt, weil das Christkind ruft «ho, ho!» glockenhell, während es die Socke stopft, die im Kamin hängt, und Rudi, das rotnasige Rentier, allen Kindern Glück und Freude bringt.

Profitier! Profitier! Profitier!

Der profitorische Imperativ!

Die Polydesignerin richtet den Scheinwerfer so aus, dass die lebensgrosse Darth-Vader-Figur und die lebensgrosse Stormtrooper-Figur in übernatürlichem Glanz erstrahlen. Über diesen Lizenzprodukten, die einem Cinemascopemilliardär ständig neues irdisches Manna einflössen, dreht sich langsam ein übergrosses Modell eines schwimmfähigen Piratenkampfschiffs, ausgerüstet mit einem internen Lautsprecher, der Kanonendonner und Gefechtsgetümmel, Degenklirren, Schmerzensschreie und dazwischen das Geplapper eines Papageis verbreitet. Der sitzt auf der Schulter von Kapitän Rotbart, dem Einäugigen mit dem Holzbein, der grimmig und raublustig in den Luftraum blickt, den man sich leicht als die aufgewühlten Gewässer der Karibik vorstellen kann.

Würde das Elysium Kartenzahlungen akzeptieren, genau so sähe es aus.

Zwei Stockwerke tiefer: Tops, Basics, Hemden und Blusen, Cardigans und Pullover, Strickwaren, Blazer und Gilets, Jacken und Mäntel, Hosen. Zum Beispiel die Superstretchhose High Waste, die Slacks (grau/Hahnentritt) aus Stretchstoff, Modell mit Seitentaschen, schmal zulaufendem Bein und normaler Bundhöhe, vorn ein verdeckter Häkchenverschluss. Oder die Hose in 7/8-Länge in Dunkelgrün mit Riegel und D-Ringen aus Metall am Bund und Zierpaspeln hinten, schmal zulaufenden Beinen mit Ziernaht und vorn geschlitzten Abschlüssen, vorn ein Reissverschluss. Jeans, Shorts, Jupes, Kleider, Overalls, Schuhe. Wie wär's mit den Ankle Boots, silberfarben und glitzernd mit knöchelhohem Schaft, bezogenem Absatz und Reissverschluss hinten, Futter aus Satin und Innensohle aus Lederimitat, Laufsohle aus Gummi, Absatzhöhe ca. 5.5 cm? Na? Accessoires, Bademode, Unterwäsche, Nachtwäsche, Socken und Strumpfhosen, Sportmode, die dunkelgrau melierten Yoga Tights etwa und die Hardshell-Skijacke aus winddichtem, atmungsaktivem Funktionsmaterial mit versiegelten Nähten und wasserdichten Reissverschlüssen. Kapuze mit verstärktem

Schild und elastischem Kordelzug. Frontreissverschluss und Seitentaschen mit Zipper. Seitliche Reissverschlüsse zum Öffnen sorgen für Belüftung. Ja, seitliche Reissverschlüsse zum Öffnen sorgen für Belüftung. Schneefang mit verstärktem Gummizug und Druckknöpfe zum Verstellen in der Taille, verstellbare Klettriegel an den Ärmeln und ein verlängertes Rückenteil, ungefüttert, die Jacke hat eine wasserabweisende Oberflächenbehandlung ohne umweltschädliche Fluorcarbone. Kostet lediglich CHF 199. Und Schwangerschaftsmode.

Alles, alles, alles. Und noch mehr.

Appretur in der Luft, und aus unsichtbaren Düsen wird Wohlgeruch fein zwischen die Regale gesprüht. Oder spielt uns die Phantasie einen Streich, und die Düfte stammen in Wahrheit von den Körpern der Kundinnen und Kunden, die heute schon die Lage erkunden, um morgen gezielt zugreifen zu können?

Hosen, zum Verkauf so richtig kaputt gemacht, damit das Fleisch der Oberschenkel zwischen den verbleibenden Querfäden hervorquellen kann.

Stapelweise, regalweise, alles vollgeräumt, alles vollgepackt, alles aufgetürmt und mit elektronischen Diebstahlsicherungen versehen. Sonnenbrillen, Haarspangen, Haarreifen, Halsketten, Ohrhänger, Ohrstecker, Ohrringe, Armreifen, Kettchen.

Alles, alles, alles. Und viel mehr.

***

Personaldisposition.

Abteilungsleiter Mirko Vulevic schaut die Liste an, die ihm die Kollegin von den Human Resources gerade aufs Handy geschickt hat. Er wird morgen tatsächlich das Personal bekommen, um das er ersucht hat. Letztes Jahr hatten sie zu knapp disponiert, sie meinten, das koste zu viel. Die Folge: Die Mitarbeiterinnen und Mitarbeiter im Verkauf rannten und rannten; ein Marathon, der gegen Mittag begann und bis Ladenschluss dauerte. Pausenlos. Beraten, auffüllen, dirigieren, lächeln, beraten, auffüllen, kassieren, kassieren, auffüllen. Je später der Tag, desto schwerer fiel ihnen das Lächeln. Mit mehr Manpower wäre mehr möglich gewesen. Den Ertrag pro Quadratmeter, den Vulevics Team vor einem Jahr erzielte, wollen sie morgen übertreffen. Er hat Ambitionen. «Ein Leben ohne Ziel ist keines» (Waldemar von Strunz, Unternehmensberater). Das Ziel lautet: den Rekord vom vergangenen Jahr knacken, überbieten, pulverisieren. Das wird Mirko morgen, noch bevor unten die Eingänge öffnen, allen erneut einhämmern, ihnen einbläuen, eintrichtern, sie motivieren, sie top aufstellen.

«Hey, ihr schafft das!»

Sie sind ein eingespieltes Team.

Die neuen Aushilfen braucht es vor allem zum Auffüllen und zum Einpacken der verkauften Waren.

***

Sicherheit.

Die Kantonspolizei hat für morgen 24 zusätzliche Sicherheitsassistentinnen und Sicherheitsassistenten aufgeboten. Sie werden in der Innerstadt den Verkehr kontrollieren, das Verkehrskonzept durchsetzen und darauf achten, dass die Lieferanten dem öffentlichen Verkehr nicht in die Quere kommen. In den Aussenquartieren und den zentrumsnahen blauen Zonen sind zusätzliche Kontrollen parkierter Fahrzeuge vorgesehen. Politischer Zwist im Grossen Rat ist garantiert. Die Sicherheitspolizei wird insbesondere nach bandenmässig organisierten Taschendieben Ausschau halten, bei Ladendiebstählen eingreifen und sich grundsätzlich bereithalten, um alle Facetten des Strafgesetzbuchs durchzusetzen. Das bedeutet erfahrungsgemäss vor allem, bei Konflikten zwischen Kaufwilligen einzuschreiten. In internationalen Freundlichkeitsrankings schneidet das Schweizervolk nicht zufällig unterirdisch schlecht ab. Die Kriminalpolizei wird in Zivil patrouillieren. Gesichert wird unter anderem der Nahbereich um Geldautomaten, etwa bei der Poststelle 4001 Basel 1 Rüdengasse, dem Postfinance-Kundencenter an der Greifengasse, bei den BKB-Filialen in der

Aeschenvorstadt und beim Spiegelhof, bei der CS am Spalenberg und in der Unteren Rebgasse, bei der UBS. Die Kantonspolizei, die Transportpolizei und die Grenzwache werden in den Bahnhöfen SBB und SNCF sowie im Badischen Bahnhof die Sicherheit gewährleisten. Kräne und Tieflader haben bereits am Dienstag rot-weiss gestreifte Metallelemente herangefahren beziehungsweise platziert, um die Haupteinkaufsstrassen zu schützen. Die Elemente können hinterher für den Weihnachtsmarkt auf Münster- und Barfüsserplatz stehen bleiben.

Das Polizeikommando hat zuerst aus psychologischen Gründen erwogen, darauf zu verzichten, an Knotenpunkten mit ausserordentlich hohem Personenaufkommen und entsprechendem Risikopotenzial Einsatzkräfte mit Maschinenpistolen zu postieren oder in den Einkaufsstrassen patrouillieren zu lassen. Aufgrund der Erfahrungen der französischen und deutschen Kollegen beschloss das Kommando jedoch den Verzicht auf den Verzicht. Bei Bedarf stehen ausserdem im Spiegelhof, auf der Clarawache und im Polizeiposten Kannenfeld weitere geeignet ausgerüstete Mannschaften bereit, die innert Minuten an einen beliebigen Einsatzort in der Innerstadt verschoben werden können. Auch die Sondereinheit Basilisk. Weil Terrorismus. Auch damit musst du rechnen.

***

Vorfreude.

Laura Glauser (43), Sachbearbeiterin beim kantonalen Personalamt, wohnhaft in 4123 Allschwil: «Ich möchte mein Wohnzimmer … sagt man ‹aufwerten›, ja? Es kommt mir ein bisschen trist vor, zu wenig speziell, zu wenig schöne Gegenstände, das gewisse Etwas fehlt mir. Das will ich nun angehen und die Gelegenheit nutzen. Eine klare Idee, was ich kaufen will? Habe ich nicht, nein, noch nicht. Ich will eine Runde durch die Läden drehen und die Inneneinrichtungsideen anschauen, die Dekosachen. Ob ich mir wirklich etwas kaufe, weiss ich nicht. Ich muss mir erst einen Überblick verschaffen. Wenn ich ein

Accessoire sehe, das mich anspricht ... vielleicht einen schönen Teppich, eine Vase oder warum nicht eine Skulptur? Letzthin habe ich in einem Laden einen weissen Porzellanhund gesehen, so fünfzig, sechzig Zentimeter hoch, der würde farblich zum Sofa passen, ein schwarzes Ledersofa ist es, das wäre ein guter Kontrast. Oder soll ich eher fröhliche Farben hineinbringen? Textilien, Gewobenes? Marokkanisch? Inka-Stil? Panasiatisch? Eine Decke fürs Sofa? Fände ich gemütlich, gerade jetzt, wo bald der Winter kommt. Es muss nichts Teures sein. Wenn ich ehrlich bin, *darf* es gar nichts sein, das viel kostet. Ich habe gerade die Krankenkasse und den Rest der Steuern bezahlt. Doch ich liebe es, durch die Läden zu streifen. Ich komme so immer auf neue Ideen. Das inspiriert mich.»

***

Vorfreude.

Das Auto im Elisabethen-Parkhaus unter dem Heuwaage-Viadukt abstellen, die paar hundert Meter zu Fuss zum Barfüsserplatz. Im Tram, da fühlt er sich immer so ... und Kleingeld hat er ohnehin meist nicht dabei ... und links am Café Huguenin vorbei in die Freie Strasse. Während er in der Firma eine Festplatte aus einem Computer ausbaut, plant IT-Mitarbeiter Martin Loosli (34) aus 4450 Sissach in Gedanken seine Shopping-Route durch die Innerstadt. Morgen wird er mal nicht im Internet einkaufen, sondern so richtig physisch und real life. Die Stadt wird voll sein. Gegen 15 Uhr soll seine Einkaufstour starten. Er will die Gelegenheit nutzen und Weihnachtsgeschenke einkaufen. Eine Carrera-Bahn für Baschi, seinen Jüngsten? Eine nicht zu teure Uhr für seine Frau Melissa, das neue «FIFA»-Spiel für Jan ... und für die 15-jährige Patentochter Leonie ... was schenkt man bloss Teenagern? Einen Einkaufsgutschein für ein Kleidergeschäft? So kann sie sich selbst aussuchen, was sie will.

Und für seine Eltern? Haben die nicht alles? Eine Kiste Bordeaux nähmen sie sicher mit Freuden. Lohnt sich das? Nein, es wird, es muss etwas Kleineres werden. Die Geste zählt, nicht der Betrag, denkt er. Ein Bildband über die Region? Gefällt ihnen bestimmt. Solches findet sich häufig extrem vergünstigt, Mängelexemplare, denen man keinen Mangel ansieht, Aussortiertes. Und für die Mutter zusätzlich ein weiteres Buch? Sie liest, glaubt sich Martin Loosli zu erinnern, gerne Biografien. Nicht Churchill oder sonst etwas Politisches, lieber ein Buch über Menschen, normale Leute, die ihr Leben erzählen, gerne Frauen, die im Alter Bilanz ziehen und berichten, wie sich die Welt seit ihrer Kindheit verändert hat. Ehrlich gesagt, Loosli weiss nicht recht, welche Bücher seine Mutter schon hat. Er hält sich zu selten lange genug bei ihnen in der Wohnung auf, als dass er wüsste, was in ihrem Bücherregal steht. Eigentlich traurig, dass sein Kontakt so lose ist. Doch jetzt ist nicht der Moment für Gedanken über Vergänglichkeit und die Tiefe menschlicher Oberflächlichkeit und Beziehungen.

Sein Miniwallet böte bequem zwölf Kreditkarten Platz plus Banknoten und Münzen. Und es ist, versichert der Hersteller, gefeit gegen RFID-Attacken, gegen digitalen Taschendiebstahl. Als IT-Mann hat Loosli eine Schwäche für Sicherheit.

Loosli wird den Kassenzettel für das Geschenk an seine Eltern aufbewahren, um es bei Bedarf umzutauschen. Seinem besten Kumpel Stefan wird er einen «Talisker Dark Storm» oder einen «Glenfiddich 18» kaufen, falls er das in den Warenhäusern findet. Ob Fachgeschäfte morgen bei der Preisschlacht mitmachen, weiss er nicht. Er wird sich umsehen. Es wäre dumm, diese Rabatte morgen nicht zu nutzen.

Vielleicht findet er auch etwas für sich? Beim stylishen Computerladen in der Freien Strasse wird er auf alle Fälle vorbeischauen. Ein neues Smartphone wäre toll. Seines ist vom Vorjahr, und gerade in seinem Beruf, mit den Kollegen … Wer prähistorisch ausgestattet ist, erntet ebenso viel Spott wie ein Schwalbenkönig an der Fussballweltmeisterschaft.

Wenn sie nicht im Internet kaufen, fahren die Looslis über die Grenze, um die teuren Dinge und einmal im Monat einen Kofferraum voll Lebensmittel zu beschaffen, auf Vorrat. Das lohnt sich schon. Mit dem grünen Formular holen sie sich die deutsche Mehrwertsteuer zurück. Ein bisschen lästig ist es ja: der Stau bei den Grenzübergängen, die schlechte Laune der anderen Autofahrer, deren aggressive Fahrweise, die Suche nach einem Parkplatz in Weil-Friedlingen oder das Warten vor dem Parkhaus bei diesem Frischecenter in Lörrach, bis sich die Schranke endlich hebt, das Gedränge in den Läden, der Stress, das Anstehen beim deutschen Zollschalter, eben um sich die Ausfuhrbescheinigung abstempeln zu lassen. Einmal hat ihn ein Schweizer Zöllner herausgewinkt. Martin Loosli musste die ganze Ware auspacken, lückenlos alle Quittungen vorlegen. Alles wurde abgeglichen. Die Zollabfertigung hat gedauert. Eigentlich war von vornherein klar, dass er mit seinen Einkäufen deutlich über der Zollfrei-Grenze lag. Waren die pingelig, diese … Von wegen «freier Warenverkehr», von dem alle reden.

Morgen wird er diesen Ärger nicht erleben, hofft er. Er wird nicht nach Weil oder nach Lörrach fahren. Morgen lenkt er den Hyundai in die Stadt und kauft dort. Einen halben Tag für sich allein wird er haben: einen halben Tag.

***

Vorfreude.

Jasmin Russo (53), kaufmännische Angestellte aus 4402 Frenkendorf, gross, dunkelhaarig, sportlich, hat morgen Nachmittag extra freigenommen. Der Chef war einverstanden. Sie wird mit ihren Freundinnen Jarmila Bezakova (47), klein, lockig, und Astrid Meier (52), ohne besondere Kennzeichen, aber sehr lustig, «um die Häuser ziehen», wie sie scherzhaft sagt. Shopping mit Freundinnen, das hat sie ewig nicht mehr gemacht. Ehrlich gesagt, brauchen tut sie nichts. Sie werden sich durch die Innerstadt treiben lassen, hier hineinschauen, dort vorbeigehen. Kleiderläden, ja. Vielleicht eine neue Hose, möglicherweise eine Winterjacke. Ein Paar Handschuhe? Einen Kaschmirschal? Es geht um den Spass. Sie werden sicher viel lachen und andere Leute beobachten. Eventuell treffen sie auf Bekannte? Zum

Auftakt einen Prosecco, zwischendurch einen Cappuccino, etwas Süsses oder ein Canapé bei der Confiserie Schiesser. Sie sitzt gerne an einem Tisch im Obergeschoss und schaut auf den Marktplatz hinaus. Die Menschen dort draussen, die Trams, grün. Gegenüber das Rathaus, rot. Die Dunkelheit, Nieselregen. Die Lichter, die angehen, sobald die Dämmerung beginnt, und Ende November beginnt sie früh.

***

Öffentlicher Verkehr.

«Die Basler Verkehrsbetriebe erwarten ein Passagieraufkommen wie in der Vorweihnachtszeit. Erschwert wird der morgige Tag einerseits durch Gleisarbeiten im Bereich Elisabethenstrasse, Aeschenplatz, Messeplatz und … was war das noch?»

«Badischer Bahnhof und Centralbahnplatz.»

«… und Centralbahnplatz … danke … und andererseits durch den vermehrten Autoverkehr zu zentrumsnahen Parkhäusern. Von 11 bis 20 Uhr verkehren die Trams und Busse im Fünfminutentakt. Damit die Fahrgäste möglichst ohne Verzögerungen in die Innerstadt und zurück in die Quartiere und in die Gemeinden des Tarifverbunds Nordwestschweiz gelangen. Trotz aller Vorkehrungen ist punktuell mit Engpässen und Verspätungen zu rechnen, insbesondere während der auch bei Normalbetrieb erhöhten Fahrgastfrequenz am Feierabend. Auf Billetkontrollen, diese Information bleibt intern, verzichten wir in Anbetracht der zu erwartenden besonderen Situation. Für allfällige Wartezeiten bitten wir auf den Anzeigetafeln und über Mikrofon um Verständnis. An Knotenpunkten und Umsteigehaltestellen kommen zusätzliche Kundenberaterinnen und Kundenberater zum Einsatz, erkennbar an ihren gelben Leuchtwesten. Fasst das unsere Herausforderungen für morgen ungefähr zusammen?»

***

Sicherheit.

«Wissen alle, was sie morgen zu tun haben? Wann und wo sie antreten müssen? Die exakten Aufgaben? Wie lange ihr Einsatz dauert? Haben alle die Nummer des direkten Vorgesetzten vor Ort gespeichert? Und die Nummer der Zentrale?»

Sie sind zu zahlreich, als dass alle sitzen könnten. Dicht drängen sie sich zwischen den Bürotischen. Im Geschäftslokal, das beim St. Jakob-Park im Gewerbegebiet «Auf dem Wolf» liegt, informiert Frank Bigler, Disponent der Sicherheitsfirma Total Control AG (Niederlassung Basel), vierundvierzig Männer und zwölf Frauen über ihren Tätigkeitsbereich am folgenden Tag. Er verteilt jedem und jeder ein Blatt mit den auftragsspezifischen Einzelheiten. Die meisten Hauptberuflichen werden um 09:00, die Nebenberuflichen gegen 17:00 Uhr auf Posten gehen.

Zustimmendes Murmeln. Sie kennen die Aufgaben. Der Auftrag ist Routine. Ein langer Tag, sicher, doch gegen 20:30 Uhr, in einigen grossen Läden nach 22:00 Uhr, wenn alle Kundinnen und Kunden die Geschäfte verlassen haben und die Einnahmen sicher verwahrt sind, werden sie Feierabend haben. Wie im Vorjahr.

«Einen sicheren Dienst morgen», schliesst Bigler. Die Sicherheitsleute antworten «danke» oder nicken bloss.

***

Sicherheit.

Gepanzerte Lieferwagen fahren bei den Geldautomaten vor. Die Post und die Banken sorgen vor. Bargeld, Bargeld, Bargeld. Cash. Bündelweise stapeln die Mitarbeiter Banknoten in die Schächte der Automaten. Zweihunderter, Hunderter, Fünfziger, Zwanziger. Randvoll. Hinter ihnen bewaffnetes Sicherheitspersonal.

***

Vorbereitungshandlungen.

«Bewaffnet? Wo denkst du hin? Hast du noch immer nicht kapiert, worum es geht?» Sven fährt Jack an.

«Unauffällig wollen wir sein, un-auf-fäl-lig, verstehst du?»

Jack murmelt ein «Ja» und «War bloss eine Idee, ich meine ja nur». Sven krault seinen kurzen Bart und verdreht die Augen. Womit hat er das verdient? Warum hat er sich ausgerechnet mit diesem Idioten zusammengetan? Immerhin, die anderen sind weniger beschränkt. Die sind schnell und können anpacken. Jack, der blonde Muskelmann, das muss er ihm allerdings zugutehalten, kennt ein paar nützliche Leute. Um die Ware schnell zu Geld zu machen. Alles behalten kannst du ja nicht. Was willst du mit einem zweiten und dritten Flachbildfernseher? Bei diesem Gedanken lächelt er.

***

Es ist November. Ende November. Der Freitag nach Thanksgiving. Alles ist bereit. Alles.

VIER

Freude.

Gnadenlose Rabattschlacht. Ein dunkler Tag für hohe Preise. Er beginnt gemächlich. Morgens um 09:00 Uhr, wenn die Geschäfte im Stadtzentrum öffnen, erledigen die, die in der Stadt leben und arbeiten, schnell ihre Einkäufe, vor allem Lebensmittel in den Kaufhäusern der Innerstadt. Sie kommen früh, um nicht ins Gedränge zu geraten. Sie sind weg, bevor es losgeht.

Freitag, schwarzer Freitag, 26. November.

Ab 10:00 Uhr schwillt die Menge an. Aus den Vororten und aus dem grenznahen Ausland sind sie in die Stadt hereingefahren, haben geflucht über fehlende Parkplätze, aufs Lenkrad getrommelt und gewettert über den Autoverkehr, der sich mehr und mehr verzähflüssigt, das Auto ins kostenpflichtige Parkhaus gestellt, sich aufgeregt über die Gebühren, über die Wartezeit aufs Tram und dass der Automat den Fünfliber erst beim zweiten, nein, beim dritten Mal schluckt, sich aufgeregt über die zahlreichen Menschen, die aus dem Bahnhof quellen und die Trams Nummer 1, 2, 8, 10 und 11, die Richtung Innerstadt fahren, allmählich vollstopfen, als wär's hier Tokyo light.

Überall stehen die anderen herum und versperren den Weg.

Überall ein Brummen und Surren, Autotüren, die ins Schloss fallen, Menschen, die aussteigen, Väter, die den Autoschlüssel wegstecken und sich vergewissern, dass das Portemonnaie in der einen Gesässtasche steckt und das Handy in der anderen. Heute werden Überstunden abgebummelt und Jokertage eingezogen.

«Ich muss noch kurz Geld ziehen», sagen die Väter und stampfen zum Automaten davon. Frau und Kinder hinterher. Dabei könnten sie elektronisch zahlen, aber es geht ums Prinzip: Die Familie soll sehen, woher das Geld kommt: Vati hebt's von seinem Konto ab, Vati holt's eigenhändig aus dem Geldautomaten, steckt es ein, und Vati zieht es später wieder aus seiner Tasche.

«Ihr bekommt nachher Marroni», sagt Mommy, weil sich die beiden Kinder erwartungsgemäss in die Haare geraten, «sofern ihr sofort aufhört zu streiten.»

Blutdruck, Vorsicht.

Die Leute strömen in die Läden, haben sich, wenn sie versierte Konsumpaarungen sind, bereits zu Hause proaktiv verständigt, was sie wo holen wollen, wo sie was kaufen wollen, welche Route sinnvoll ist. Und einfach mal sehen, was im Angebot ist.

10 Prozent auf alles, 20 Prozent auf alles, 30 Prozent auf alles und bei Schleuderware, die extra für heute herangekarrt wurde, noch mehr Rabatt. Die Preise rumpeln heute ins Tal. Das ist versprochen, das wird so sein.

***

Sicherheit.

Waaghof, 1995 erbaut, Untersuchungsgefängnis, Sitz der Staatsanwaltschaft mit dem Kriminalkommissariat. Wir sagen oft «Kriko». Sie wissen es, wir haben ihn gestern bereits an der Arbeit beobachtet: Kriminalkommissär Müller Benedikt (49) und seine Equipe arbeiten hier.

Freitagmorgen, ist etwas passiert? Womit beschäftigt sich die Kriminalpolizei an einem solchen Tag? Rapport um 07:30 Uhr, Verteilung der Aufgaben, weiterarbeiten.

Zum Beispiel: Klärung einer Tätlichkeit vom Vorabend im Büro eines international tätigen Konzerns. Mitarbeiter Serge Menotti (59) hat seinen Kollegen Gabriel Jones (42) mit einem Faustschlag k. o. geschlagen und nennt als Grund, dieser habe ihn durch die wiederholte Nennung des Wortes «benchmark» derart provoziert, dass ihm die Sicherungen durchgebrannt seien. Der Beschuldigte ist bisher strafrechtlich nicht in Erscheinung getreten und geständig.

Ein weiterer aktueller Fall: In den letzten Tagen hat die Müllermannschaft vier Personen festgenommen, die das «kontaktlose Bezahlen» zu ihren Gunsten ausgenutzt haben. O technischer Fortschritt, o Heil der Digitalisierung, du segnest uns damit, dass es an immer mehr Kassen nicht mehr notwendig ist, die Chipkarte in ein Lesegerät einzuführen, um durch Eingabe des PIN-Codes eine Identifikation zu ermöglichen und danach den Zahlungsvorgang auszulösen. Nein, «It's enough» (Depeche Mode), es genügt, die Plastikkarte an das Lesegerät zu halten – und das Geld ist weg, per WLAN, WiFi oder sonst ein heilig Dingeling direkt und elektronisch an ein Datenverarbeitungszentrum verschickt, das die Abrechnung vornimmt. Wie bequem, könnte man meinen, gedacht für den schnellen Einkauf von kleinen Dingen, da limitiert auf 40 Franken.

Die vier festgenommenen Personen verschiedener Nationalität haben nach dem gegenwärtigen Stand der Ermittlungen ein Gerät entwickelt oder zumindest eingesetzt, das RFID-Chipkarten auf eine grössere Entfernung erfassen und lesen kann – und Beträge ohne dein Zutun und Wissen von den betreffenden Konten abbuchen. Fr. 34.90 da, 19.65 dort, an einem stark frequentierten Ort wie dem Centralbahnplatz kommt schon einiges zusammen.

Die Tests, bis zu welcher Entfernung das fragliche Gerät Abbuchungen vornehmen kann, hat die Kriminaltechnische Abteilung unter der Leitung von Roland Cattaneo noch nicht abgeschlossen. Eines dieser Lesegeräte konnte das Kriminalkommissariat Basel-Stadt unter der Leitung von Kriminalkommissär Müller Benedikt – und unter höherer Leitung des Leitenden Staatsanwalts Thomas Krähenmann und unter noch höherer Leitung des Ersten Staatsanwalts Daniel Stickelberger – sicherstellen. Präzis gesagt: Sichergestellt haben es zwei Sicherheitspolizisten, die von einer Passantin darauf hingewiesen wurden, dass unbekannte Personen sich an einem öffentlichen Abfalleimer auf einem Perron der Tramhaltestelle Centralbahnplatz zu schaffen machten. Personen, die nicht aussahen, als hätten sie es nötig, sich an einem Abfalleimer Typ «Hai» zu schaffen zu machen. Weisst du nie, ob sie dort eine Bombe platzieren wollen oder was. Ergo → Untersuchung Abfalleimer → Fund: Gerät.

Und dieses unbekannte Lesegerät, das mit elektromagnetischen Wellen operiert, das die Kriminaltechnische Abteilung nun intensiv untersucht, haben der Müller und sein Team – der Einfall kam von Detektivwachtmeisterin Gülay Sermeter – in Verbindung gebracht mit zwei Anzeigen über unerklärliche Abbuchungen kleinerer Beträge von einem Post- und einem Bankkonto. Die zwei Geschädigten stellten den Müllerteammitgliedern Romina Wäckerlin und Markus Gormann ihre Kontoauszüge zur Verfügung und sagten aus, sie hätten sich zunächst geniert, wegen dieser Beträge – insgesamt acht verdächtige Abbuchungen über total Fr. 283.60 – überhaupt die Polizei zu bemühen, doch es gehe ums Prinzip, und es sei ihnen ein Rätsel, wie und wohin diese Beträge von ihren Konten verschwunden seien. Eine minutiöse Rekonstruktion der Laufwege der Geschädigten im Zeitraum der Abbuchungen durch Rolf Vetter, Freddy Dominguez und Romina Wäckerlin ergab Überschneidungen im Bereich Centralbahnplatz. Zudem, eben, Hinweis auf Manipulation am «Hai» beim Bahnhof → Observation → Zugriff → Untersuchungshaft → Beweisaufnahme und Befragungen.

Wie ging das genau? Wer an jenem Abfalleimer vorbeispazierte oder in seiner Nähe aufs Tram wartete, dem las das Lesegerät automatisch die Daten von der Chipkarte, stellte die Verbindung zum Datenverarbeitungszentrum her und zog ihm kontaktlos das Geld aus der Tasche.

Und warum nur kleine Beträge? a) die Limite von Fr. 40.-; b) damit die elektronisch und kontaktlos Bestohlenen nicht gleich stutzig würden. Damit das kriminelle Lesegerät möglichst lange im Einsatz stehen könnte. Und Kleinvieh macht auch Mist, mathematisch ausgedrückt ... nur als Beispiel ... 230 x Fr. 38.- > 2 x Fr. 1'000.-

Und die Frage nach allfälligen Hintermännern.

Die beiden Anzeigeerstatterinnen irritierte nach Kontrolle ihrer Kontoauszüge besonders: Warum ging ihr Geld an eine ihnen unbekannte Firma auf diesen britischen [redacted]inseln, *which cannot be named for legal reasons*?

Der Leitende Staatsanwalt Thomas Krähenmann regte an, die Medien summarisch über diesen Fall zu informieren und die Bürgerinnen und Bürger dazu aufzurufen, ihre Kontoauszüge besonders kritisch zu überprüfen beziehungsweise verdächtige Abbuchungen zur Anzeige zu bringen. Worauf sich bis dato dreiundzwanzig weitere Geschädigte gemeldet haben. «Oh Yeah» (Yello): Für das Müllerteam bedeutet das: jeden einzelnen Deliktbetrag abzuklären, die Wege der Opfer zu den betreffenden Zeitpunkten zu rekonstruieren, um die Transaktionen zweifelsfrei diesem Gerät respektive den Personen, die es installiert haben, zuordnen zu können.

Um die internationale Rechtshilfe kümmert sich Krähenmann, der Leitende Staatsanwalt, der der Chef vom Müller ist, der der Chef von Sermeter, Wäckerlin, Gormann, Vetter und Dominguez ist, die in den letzten Tagen wirklich so was von Arbeitsstunden in diesen Fall investiert haben. Unterstützt werden sie von Aspirantin Werner und Aspirant Blaser.

Wenn sich in der Stadt, die du schützt und der du dienst, der Courant normal vom Wahnsinn nicht mehr allzu deutlich unterscheidet, musst du dich ab und zu in dein Einzelbüro zurückziehen. Das denkt und tut der Müller: die Arbeit hinterfragen und strukturieren, Übersicht gewinnen, dem Chef berichten, Befragungen planen, Fakten ordnen, Anweisungen geben, Ermittlungsansätze prüfen, die Ideen seiner Mitarbeiterinnen und Mitarbeiter reflektieren.

Das Team, ja, das Team:

Gülay Sermeter (35), die schwarzäugige und -haarige Detektivwachtmeisterin mit der kleinen Zahnlücke rechts oben zwischen Schneide- und Eckzahn, engste Mitarbeiterin des Kriminalkommissärs, aufgewachsen in Pratteln. Sermeters ausserkantonale Vorortsherkunft versucht der glatzköpfige, leicht übergewichtige Rolf Vetter (62), «lieber kahl als tätowiert» (Selbstbeschreibung), Detektivkorporal und Berufsstadtbasler, gelegentlich argumentativ einzusetzen, um sich im sozialen Gefüge des Müllerteams zu behaupten. Dabei unterstützt ihn gerne Detektivin Romina Wäckerlin (33), deren Walkürenwesen in der Standardformel gipfelt: «So, machen Sie Ordnung in Ihrem Leben, erzählen Sie uns alles, sofort!» Ausserdem in der Müllermannschaft: Markus Gormann (39), Detektivkorporal, klein, dunkelhaarig, griechische Nase, ursprünglich aus Schaffhausen. Er ist der Stille des Müllerteams, kennt aber die Musikclubs und frisch eröffneten Lokale der Stadt Basel bestens, ohne dass man dies seiner Leber ansähe. Diese vier hat der Müller im Amt vorgefunden, als er im Juli seine Stelle in der neuen Stadt antrat.

Kurz nach ihm selbst ist Detektiv Freddy Dominguez (26) zur Equipe gestossen, der vorehelich Mauchle hiess und einen Teil seiner Ausbildung in Müllers Team bei der Abteilung Gewaltverbrechen der Polizei Zürich absolvierte. Aber nicht der Müller hat ihn in den Nordwesten gemauschelt, sondern Polizeiprüfung bestanden → Bewerbung abgeschickt → Bewerbung angenommen. Und Freddy → Nordwestschweiz, weil Frau aus 4123 Allschwil. Ecco. Und ausserdem im Team, aus dem Ausbildungszug regelmässig zum Kriminalkommissariat abkommandiert: Aspirantin Gloria Werner (23) und Aspirant Xerxes Blaser (22).

Die einen arbeiten an den kontaktlosen Eigentumsdelikten, wie oben berichtet. Andere vernehmen Zeugen, Auskunftspersonen und Tatverdächtige, um der ganzen Palette von Zuwiderhandlungen gegen einen Paragrafen aus all den Laufmetern an eidgenössischen, kantonalen und kommunalen Gesetzen Einhalt zu gebieten: häusliche Gewalt, Sachbeschädigung, Wirtschaftsdelikte, Ehrverletzung, Körperverletzung, Raub, Diebstahl, Einbruch, Verkehrsdelikte, Verstösse gegen das Betäubungsmittel-, das Ausländer-, Waffen- oder sonst ein Gesetz. Was halt so anfällt in einem Halbkanton, der auf seinen 37 Quadratkilometern Fläche gerade stolz die 200'000-Einwohner-Schwelle überschritten hat. Viele Menschen auf wenig Raum, die so dies und das anstellen, gewerbsmässig, vorsätzlich, mutwillig, fahrlässig oder gedankenlos.

Wenn du dir all die Delikte vergegenwärtigst, die anfallen, fragst du dich manchmal schon, ob J.J. Rousseau recht hatte, als er kühn behauptete: «Der Mensch ist von Natur aus gut.»

Dem Müller, weiterhin denkt er in seinem Einzelbüro über den kontaktlosen Fall nach, fällt unvermittelt sein altes Problem auf: Die Wände seines Büros sind weiss und leer und kalt und unpersönlich. Wie einst im Grossen Polizeihaus der Polizei Zürich kann er sich nicht entscheiden, ob und wie er sein Büro schmücken soll. Weil, ehrlich, ein Büro ist ein Büro und kein Wohnzimmer, kein Hobbyraum und keine Küche. Es soll Büro sein und funktional und zweckdienlich rational mit Tisch und Stuhl und Computer und Regal für Reglemente, Gesetzbücher und Strafprozessordnung. Er wohnt hier ja nicht, obschon er mehr Zeit hier im Waaghof verbringt als in seiner Wohnung im Haus oberhalb der Quartier-Migros an der Ecke Oberwiler-/Birsigstrasse, Postleitzahl 4054.

Seit dem Sommer lebt er nun in dieser Stadt. Nach über zwanzig Jahren Polizei Zürich ist er in die Nordwestschweiz gezogen. Warum verlässt einer freiwillig die weltschönste Stadt am unteren Seebecken? «Tell me why» (Bronski Beat): Tapetenwechsel, Neubeginn, Schnitt. Denn im U-Bewussten spukt noch immer sein Schusswaffentrauma herum. Liegt zwar mehrere Jahre zurück, doch das U-Bewusste hat ein Gedächtnis wie ein Elefant. Müller hat im Dienst an der Müllerstrasse in 8004 einen Flüchtigen erschossen. Zwar juristisch entlastet und sein Verhalten konform zu StGB, Dienstreglement und so weiter, moralisch-ethisch jedoch ein Problem, psychisch auch. Weil bummbumm ≠ Müllereinstellung. Deshalb Psychotherapie am Rigiplatz bei Andreas «Psycho» Borowski. «Vor dir selbst davonlaufen kannst du nicht, nur zeitgleich», schrieb einst der antike Diodoros, was Sir Malcolm Doddle verständlicher so formulierte: «Das Ich ist kein Verbrecher, den du jagen kannst. Behandle es wie einen Gast, so ist es gerne bei dir.»

Zurigo und alles, das ist Vergangenheit, weil der Müller jetzt in Basel. Auch, nicht zu vergessen, weil seine Schwester Doris hier lebt mit ihren Söhnen Noah und Maurice; Turbulenzen mit dem Vater der Kinder und Ex, diesem Claudio → Trennung und Scheidung, «nicht einfach» (Volksweisheit aus Westeuropa). Müller ist, hat er sich am Anfang gesagt, vor allem ihretwegen hierhergezogen. «Not true» (Balzac), weil das Leben die Absicht demontiert oder dementiert: Vor lauter Arbeit kommt er kaum dazu, wirklich für Doris da zu sein. Immerhin ist er vor Ort, und manchmal geht er mit den Buben auf den Kunstrasen der Schützenmatte kicken. Aber sonst Arbeit, Arbeit, Arbeit. Und dann ist da die Geschichte mit Gülay … genau, Gülay Sermeter, Detektivwachtmeisterin.

Statt diese Gedanken weiterzuspinnen, gibt er sich einen Ruck → Arbeit, drei Felder zurück und nochmals würfeln.

***

Denkarbeit.

Raetus B. Wohlhauser-McLuhan verbringt diesen Freitagmorgen in seiner Wohnung an der Hohe-Winde-Strasse in 4059 Basel. Der Philosoph ist mit Vorarbeiten für den zweiten Band seines Erfolgswerks «Wie es ist» beschäftigt, um den ihn der Verleger gebeten hat. «Nicht dass ich mich aufdrängen will», hat ihm Wohlhauser geantwortet, als jener anregte, in einem zweiten Werk die Gedanken aus dem ersten Opus magnum weiterzuentwickeln, «aber wenn Sie denken, dass die Öffentlichkeit daran interessiert ist, will ich dieses Projekt angehen.» Konkret bedeutet das: Lektüre, Lektüre, Lektüre. Seine Heimbibliothek ist umfangreich. Als Medienpersönlichkeit bekommt er alle Bücher, die er braucht, kostenlos zugeschickt, auch die aufwendigsten, bibliophilen. Weil er ab und zu eines in «The Good Life», der beliebten Philosophiesendung, die er seit einigen Jahren moderiert, in die Kamera hält und mit warmen Worten adelt. Die Verlage warten nur darauf, dass sie an der Reihe sind. Weil TV-Präsenz bei «Red» Wohlhauser, das kurbelt den Verkauf deutlich an, und sie können mit seinen Aussagen den Schutzumschlag zieren.

«The Good Life» ist eine Marke.

Wohlhauser ahnt nicht, dass der heutige Tag zu einem Meilenstein in seinem Leben werden wird. Wie könnte er auch? Denn Fortuna dreht am Rad, launenhaft und wankelmütig. Bald schenkt sie – Triangel, viele Triangel – Freude, Erbauung und Erfolg, bald – Celli, viele dunkle und düstere Celli – schlägt sie als Schicksal grausam zu.

* * *

Hilfegesuch.

Um 11:35 Uhr nimmt Freddy Dominguez im Kriminalkommissariat Basel-Stadt einen Anruf der Kantonspolizei entgegen. Das Gedränge in der Innerstadt sei gross, die Läden gefordert, ein erhöhtes Aufkommen von Taschendieben beobachtet worden. Die verfügbaren [redacted] Streifen – genaue Zahl polizeitaktisch bedingt lieber nicht zu nennen – seien motorisiert und zu Fuss in der Freien Strasse, beim Bankverein, im Drachencenter, am Marktplatz, an der Gerbergasse, am Spalenberg unterwegs, aber auch jenseits des Rheins: an der Greifengasse und beim Claraplatz. Sie haben ausserdem die massiven rot-weissen Strassensperren zu sichern. Leider habe die Grippewelle den Mannschaftsbestand der Sicherheitspolizei über Nacht weiter reduziert. Bereits habe das Kommando neunundzwanzig zusätzliche Polizistinnen und Polizisten aufgeboten und aus anderen Diensten abgezogen.

Glücklicherweise spielt der FCB erst morgen. Es sei jedoch absehbar, dass die Einsatzkräfte nicht ausreichten.

Ob das Kriminalkommissariat an diesem Black Friday nicht als Verstärkung einspringen könne. Dominguez stellt den Kollegen der Kantonspolizei zu Müller durch → Wiederholung des Wunsches.

Nach kurzem Nachdenken antwortet der Müller der Einsatzzentrale: «Ja, machen wir.»

Weil die vier, äh, Mutmasslichen mit dem kriminellen Digitaldiebstahlmaschinelchen im Mülleimer, die kannst du gut ein paar Stunden in den Zellen im Waaghof warten lassen. «Zwar ist das Leben zu kurz für Wartezeiten» (Parmesanides), doch das kontaktlos abbuchende Quartett muss sich gedulden. Die Untersuchungshaft ist richterlich angeordnet, er muss sie nicht gleich wieder laufen lassen. Ein paar Stunden Bedenkzeit können in ihnen – im Jackpotfall – so etwas wie ein Gewissen wachsen lassen. Oder, falls sie bereits eines haben, könnte die Wartezeit in der Zelle ein Jucken und Beissen dieses Gewissens fördern. «Conscientia interdum dolere solet», diktierte einst im ersten Jahrhundert unserer Zeitrechnung der leider vergessene Cn. Curtius Salo seinem Schreibsklaven, «bisweilen pflegt das Gewissen wehzutun».

Ermittlungstechnische Zwischenfrage: Kommst du nicht leichter an die Hintermänner heran, wenn du die vier gleich wieder freilässt? Spielt vermutlich keine Rolle, ob oder ob nicht. «Auch unter Kriminellen gilt der gemeine Soldat nichts.» (Sir Malcolm Doddle, KBE). Falls die vier nämlich jemandem berichts- und tributpflichtig sind, was anzunehmen ist, dürfte dieser «Pate» (Mario Puzo) längst über ihre Festnahme informiert sein und den Verlust seiner Frontsoldaten bereits durch organisierten Kleinkriminellennachschub kompensiert haben. Bis dieser Mister X ermittelt wäre, so er das überhaupt werden kann, ist er längst von dannen. Anzunehmen ist, dass er sich ohnehin im Ausland aufhält. Das Ausland, das ist der Rest der Welt und deshalb ziemlich gross. Es beginnt an etlichen Stellen gleich an der Stadtgrenze von Basel und den baselstädtischen Landgemeinden Riehen und Bettingen. Und es ist nah.

Frustrierend? Da haben Sie recht. Ich bin froh, dass Sie das auch so sehen. Ja, frustrierend ist sie, die grenzüberschreitende Kriminalität.

Deshalb ist der Auftrag, der sich aus dem Anruf der Kantonspolizei ergibt, bitte in der Innerstadt die Sicherheitspolizei bei der Aufrechterhaltung von Ruhe und Ordnung zu unterstützen, eine willkommene Abwechslung: ehrliche, solide Polizeiarbeit, etwas Handfestes, persönlich und sichtbar.

Müller & Cie. greifen also ins Geschehen im Stadtzentrum ein. Die Musik spielt den Triumphmarsch aus Johann Wolfgang von Mozarts «Requiem», als die beiden Zivilfahrzeuge der Müllermannschaft von oben her in die Freie Strasse einbiegen und den quer gestellten Kastenwagen mit den drei Uniformierten mit Maschinenpistolen und die rot-weisse metallene Strassensperre umkurven.

«Eye of the Tiger»? «Final Countdown»? Beethovens «Fifth Symphony»? Reifenquietschen? Gummigeruch in der Luft? Gezogene Schusswaffen? Gewaltphantasien? Ratatatata? Bummbummbumm? Projektile, die aus dem Nieselregenschleier hervorschiessen? Einsatzstress? Taktaktak?

Falsch, das hier ist weder ein TV-Krimi noch Hollywood, sondern die Realität von Basel-Stadt. Im Schritttempo nur, weil die Freie Strasse ist schwarz vor lauter Menschen; die bunten Tupfen zwischen den dunklen Mänteln sind die Einkaufstaschen und die strassbesetzten rosa Handys, mit denen die erfolgreichen Käuferinnen über Instagram ihr Umfeld informieren. Wie Trophäen halten sie das soeben Erworbene ins Selfiefensterchen ihres Smartphones. Kussmund, Duckface und ab die Post → an potenzielle Neiderinnen. Like!

Böse Blicke aus zweitausend Augen treffen die Zivilfahrzeuge. Wer stört uns bei unserem Rabatterlebnis? Was fahren die da durch?

Zahllose Augen versuchen, die Autoscheiben zu durchdringen. Oder sind VIPs da drin? Jemand, den wir kennen? Der Bachelor? Eine Miss? Ein Sixpackwunder? Oder ein Olympiasieger? Einer vom Fernsehen? Wer sonst wäre so, äh, nonchalant, äh, cool, hier durchs Fahrverbot – ausser Zubringerdienst am Morgen und Stadtreinigung – äh, würde er einfach, hm, so vorbei, nein, mittendurch rollen? Zwischen den Taschen, Tüten, Handys, Mänteln, Armen, Beinen, Frisuren, Kappen, Handschuhen hindurch sieht man nicht so recht. Wer könnte das nur …?

Vielleicht steht ja gleich was auf Instagram, ein Foto auf Snapchat, Information, und der eine und die andere wischt und tippt auf dem schlauen Phone herum, findet aber nichts. Die Augenzeugen sind den News wieder einmal voraus. «Wow, hey!» (Gugu Hugentobler, Influencer).

Das eine Auto hält vor dem «Pfauen». Wäckerlin und Gormann steigen aus. Sofort ins Warenhaus hinein. Das Zivilfahrzeug fährt ohne sie weiter, holt das andere ein, das die Freie Strasse hinunter vorausgefahren ist. Vorbei an der Hauptpost, die bald aufgehoben wird → Marktplatz → Rathaus → Eisengasse. An der Ecke vor dem «Globus», bei der Bushaltestelle, stellen sie die Autos ab.

Hier, 12:06 Uhr, stossen Müller, Sermeter, Vetter und Dominguez auf folgende Situation: Vor dem Kaufhauseingang treffen sie auf zwei Dreierpatrouillen der Kantonspolizei. Die eine verlässt gerade den «Globus», die andere den «Totally sexy»-Kleiderladen gleich daneben. Beide Polizeieinheiten führen je zwei Personen ab, zwei in jungem und zwei in mittlerem Alter. «Sch[redacted]! Blöd gelaufen», sagen ihre Gesichter. Über die Strasse, beim Elektronikdiscounter am Marktplatz, entdeckt der Müller einen grauen Kastenwagen. Dorthinein werden die vier Festgenommenen verfrachtet. Sermeter und Dominguez → «Totally sexy»-Kleiderladen. Müller und Vetter → «Globus».

Im Kaufhaus drinnen hören Kriminalkommissär Müller und der glatzköpfige Detektivkorporal Vetter ein Brausen, ein Rauschen, einen Pegel nicht identifizierbarer Geräusche. Gedämpft durch gelochte Platten und Verschalungen an der Decke, durch Regale, durch Waren, Waren und Waren über Waren, durch die Kleider der Kundinnen und Kunden. Zurückgeworfen durch Hunderte von Discokugeln in allen Grössen, die links und rechts der Rolltreppen montiert sind.

Wenn man genau hinhört, hört man, äh, Musik, nun ja: musikähnliche Funktionsklänge, «mood music» nennen das die vom Marketing. Relativ dezent diese verkaufspsychologisch designte Audiolandschaft, die anregen soll, ohne aufzuregen, animieren, ohne sich aufzudrängen, hörbar sein, ohne aufzufallen.

Quatsch, gopfertori: *«Brave New World»*, Gehirnwäsche.

Mich treibt's in die Raserei. Für das Kriminalkommissariat ist es einfach Dienst.

Vor der Rolltreppe hält der Müller kurz inne, 360-Grad-Panoramablick.

«Eine Aufregung ist das hier», sagt er zu Vetter, «irgendwie habe ich ein Gefühl ...»

«Was für eines?», fragt Vetter.

«Dass etwas in der Luft liegt», sagt der Müller unbestimmt.

Vetter zuckt die Schultern, weil dieser Müllersatz so banal wie wahr ist. Für die Einsatzkräfte «liegt» immer etwas «in der Luft».

Im zweiten Stock des «Globus» treffen sie auf weitere zwei Mann Sicherheitspolizei, die Gefreite Bölsterli Jasmin und den Gefreiten Scheidegger Robbie. Müller zeigt seinen Ausweis und erkundigt sich nach der Lage.

Bölsterli greift sich ins hinten hochgesteckte Haar und sagt: «Wir haben mehrere Taschendiebe festgenommen, drei Fälle von Verdacht auf Wechselgeldbetrug, ausserdem Ladendiebstahl, Beleidigungen, eine Tätlichkeit, draussen einige Verzeigungen wegen Fahrverbots und Falschparkierens.» Sie klopft auf die Brust ihrer Uniform. Dort steckt vermutlich der Dienst-iPad, mit dem sie die Vorkommnisse erfasst und automatisch ins System übermittelt hat.

Scheidegger streicht sich mit der Hand über den Kurzhaarschnitt. «Es ist erst kurz nach Mittag. Wie wird das nur, wenn nach Feierabend auch all die Leute in die Innerstadt strömen, die heute Nachmittag arbeiten?»

***

Logistik.

Die elektronischen Scanner schicken die Informationen über Verkäufe ans System des Warenhauses. Im Lager, das im Hinterhaus untergebracht ist, liegen deshalb laufend die aktuellen Zahlen vor. Lagerchef Sergio Daprelà sichtet sie in diesem Moment und überprüft auf dem Bildschirm die Bestände. Als

Valon Sherifi, Rayonleiter Geschenkartikel, im Lager anruft und dringend um Nachschub bestimmter Artikel, ja ganzer Warengruppen ersucht, treibt Daprelà seine Mitarbeiter an, einen Zacken zuzulegen, die Waren loslos! sofort in den Lift, und zwar adesso, jetzt, bitte, gerne, subito, lieber gestern als heute.

***

Vorkommnisse.

Bei den preisreduzierten Herrenmänteln kommt es zum Streit zwischen einem jüngeren und einem gesetzten Herrn mit vergleichbarer Statur = vergleichbarer Konfektionsgrösse. Grund der Auseinandersetzung: ein attraktives Einzelstück. Unschöne Worte fallen, als wären die beiden mindestens per Du.

In der Spielwarenabteilung, vor einem Regal mit «Star Wars»-Plastikfiguren, zerren zwei Väter von zwei Seiten an einer Verpackung, die eine deutlich verbilligte Chewbacca-Sonderedition enthält. Auf die General-Grievous-Figur, die ebenfalls vorteilhaft angeboten wird, auf die will partout keiner der beiden ausweichen. «Winner takes it all», sagt das schwedische Sprichwort, und der, der nicht zu Boden gegangen ist, trägt siegreich die Chewbacca-Sonderedition zur Kasse. Und zahlt bar.

«Kaufen Sie jetzt!» Das sagt jetzt über Lautsprecher ein fast szenischer Dialog aus Frauen- und Männerstimme.

Frau (sinnlich, keck): «Was hast du denn da für eine hübsche Geschenkbox?»

Mann (scheinheilig): «Niiichts!» (a parte, zum Publikum): «Ich habe meiner Liebsten eine Schachtel Pralinen gekauft.»

Frau (erfreut, innerer Dialog): «Ooooh!» (zum Publikum, schelmisch): «Er denkt, ich sehe nicht, dass er ausgerechnet meine Lieblingssorte –»

Wir unterbrechen hier diese Werbeeinblendung. Zu lang, kommt nicht zum Punkt, der Texter litt wohl unter Kopfschmerzen. Bei nochmaligem Durchlesen halte ich sie für überflüssig. Vielleicht streichen wir sie aus der Realität dieses Buchs? Einverstanden? Bitte nehmen Sie diese Kürzung eigenhändig vor, den ganzen Abschnitt. Von «Frau (sinnlich, keck): ‹Was hast du denn da für eine hübsche Geschenkbox?›» über «Mann (scheinheilig): ‹Niiichts!› (a parte, zum Publikum): ‹Ich habe meiner Liebsten eine Schachtel Pralinen gekauft›» bis «Frau (erfreut, innerer Dialog): ‹Ooooh!› (zum Publikum, schelmisch): ‹Er denkt, ich sehe nicht, dass er ausgerechnet meine Lieblingssorte ...›».

Bitte streichen. Danke schön.

***

Güter.

Superpräzise Drohnen? Ultraschnelle digitalschlaue Kommunikationsgeräte mit so was von Funktionen? Flachbildschirme mit High-Definition-Mega-Auflösung? Und das alles zum Ha-ha-ha-ha-hammerpreis! Unsere Abteilung Consumer Electronics erfüllt Ihre Wünsche. Alle.

***

Vorkommnisse.

Beim Wühltisch mit Foulards, Schals und Handschuhen geraten mehrere Frauen aneinander, weil die eine der anderen vorwirft, ihr einen Seidenschal mit Pferdesportmotiven in den Hauptfarben Tannengrün, Rehbraun, Gold und Weiss aus der Hand gerissen zu haben, und eine weitere einer weiteren, ein günstigeres Preisschild abgerissen zu haben, um dieses an einen teureren Artikel anzuheften, was unfair sei, verdammt fies, weil das das letzte Exemplar ... «Was geht Sie das an, Sie ...» Unschöne Worte auch hier.

***

Güter.

Einen neuen Kaschmirmantel für Ihren Schatz? Ein Collier aus echten Zuchtperlen? Einen Rattanpullover mit Schwedenmuster direkt vom Designer? Eine intelligente Uhr, mit der Sie Ihre Liebste jederzeit anrufen können (und sie Sie bei Bedarf und Verdacht tracken kann)? Zum Schocktiefpreis, ich schwöre es. In unserer Bekleidungsabteilung und bei unserer Top-Auswahl von Geschenken stossen Sie garantiert auf die Apotheose Ihrer Begierden. Keine Hemmungen, keine Zurückhaltung, keine falsche Bescheidenheit. Just do it: Greifen Sie zu.

Ja, ja, ja!

Hammerpreise! Minus 10 Prozent! Minus 20 Prozent! Minus 30 Prozent! Ja, sogar minus 50 Prozent auf ausgewählte Artikel! Beachten Sie die Auslagen, die mit blinkenden Lichtern markiert sind! Wir akzeptieren alle Kreditkarten. Wir akzeptieren alle Kreditkarten. Wir akzeptieren alle Kreditkarten. Wir akzeptieren alle Kreditkarten. Hammerpreise! Minus 10 Prozent! Minus 20 Prozent! Minus 30 Prozent! Ja, sogar minus 50 Prozent auf ausgewählte Artikel! Beachten Sie die Auslagen, die mit blinkenden Lichtern markiert sind! Wir akzeptieren alle Kreditkarten. Wir akzeptieren alle Kreditkarten. Wir akzeptieren alle Kreditkarten.

***

Verkaufsfront.

Im Geschäft einer internationalen Bekleidungshandelskette mit geschätzt 97'000 Filialen in 64 Ländern und mit Produktionsstätten ausschliesslich in Fernost geht es hoch zu und her. Die Laufwege sind verstopft, das Personal hinter den Kassentischen blockiert wie eingemauert. Sie stemmen sich gegen die Arbeitsflut an, sie stemmen die Arbeit weg, sie werden von der Masse weggestemmt, weggeschwemmt. Sie japsen nach Luft und Tageslicht. Einkassieren, einpacken, da capo al fine. Ladendetektiv Darko Ganibegovic ist unschlüssig, ja ratlos, wohin er seine Aufmerksamkeit richten soll, und denkt an fristlose Kündigung, an sofortige Fahnenflucht. Schnell weg hier, denkt er. Bloss kurz, sogleich besinnt er sich wieder seiner Pflicht. Schlangen an den Kassen. Vier, fünf T-Shirts, sechs, sieben Hosen, acht, neun Gürtel, Modeschmuck, zehn, elf Sockenpaare. Alles muss weg. Alles will weg. Die Kundinnen und Kunden wollen alles, und zwar jetzt. Weil Rabatt, Rabatt, Rabatt, 10, 20, 30 Prozent.

Die Hämmermusik, nznznz, Hämmermusik, nznznz, Gutelaunemusik, nznznz, Gutelaunemusik, nznznz, Stampfmusik, nznznz, Stampfmusik. Sie heizt, heizt, heizt. Sie heizt, nznznz, heizt, nznznz, heizt, nznznz. Sie ist zu laut, nznznz, laut, nznznz, laut, nznznz. Die Hämmermusik, nznznz, Hämmermusik, nznznz, Gutelaunemusik, nznznz, Gutelaunemusik, nznznz, Stampfmusik, nznznz, Stampfmusik. Sie heizt, heizt, heizt.

***

Konfrontation.

«He, nicht drängeln. Ich –»

«Selber Trottel!»

«Was? Sag das noch einm– Aua! Und sonst bist du noch gesund?»

«[redacted]!»

«Du [redacted]! So einen [redacted] wie dich –»

«[redacted], aber sofort, sonst –»

«He, Sie da, können Sie nicht … hier sind noch andere Leute, die –»

«Was geht dich das an, alte [redacted]?»

«Ich bitte Sie! Unverschämtheit! Ich rufe die Polizei!»

«Womit denn, hehehe!»

«Geben Sie mir sofort mein Telefon zurück! Sofort! Er hat mir das Natel einfach aus der Hand ge–»

«[redacted] dich! Hier hast du dein *Natel*, du [redacted]!»

Geräusch: splitterndes Plastik.

«Also! Schmeisst mir rücksichtlos mein Natel auf den Boden. Hilfe! Hilfe!»

***

Ausführung krimineller Handlungen.

13:10 Uhr. Normale Kaufwillige + Mittagspausenshoppinggeneigte → Gedränge gross genug → *Allons-y, les mecs* lautet die Devise, obwohl *les filles* die Hälfte der Bande ausmachen.

Erste Station: «Globus», 2. Stock: Herrenmode, Herrenwäsche, Bademode, Herrenschuhe, Damenschuhe. Mario und Azra geben ein Paar, das sich für Mäntel interessiert. Sie betrachten da ein Modell, befühlen dort einen Stoff. Bald vor, bald hinter ihnen halten Rachid und Marylou Ausschau nach den Überwachungskameras. Marylou hat einen sechsten Sinn für Ladendetektive. Irgendwie, das hat sie als Teenager zufällig festgestellt, erkennt sie die sofort. Rachid, blond und gross wie ein Wikinger, lässt sich scheinbar im Strom der Kundinnen und Kunden treiben.

Blicke genügen. Bei Bedarf engen Marylou und Rachid den Sichtwinkel der Kamera ein. Seine breiten Schultern verdecken der Linse die Sicht. Marylous weiter Mantel dient als Paravent, ja als Schutzschild, der das Geschehen vor der Kamera verbirgt. Fast wie ein Ballett ist's, wie sie sich bewegen, «Le Ballet des Voleurs», *écrit par le Sieur Bordier, avec l'aimable participation de Sa Majesté Le Roy lui-même.*

Auf die Waren haben sie es in den Geschäften nicht abgesehen. Hach, sooo primitiv sind sie nicht. Wie könnten sie auch … zum Beispiel einen Mantel verschwinden lassen? Gut, das haben sie früher probiert. Mario sah unförmig aus, den zweiten Mantel über den ersten gezogen. So wurde er fast geschnappt, vor zwei Jahren in Lörrach. Zum Glück war er schnell genug.

Nein, sie interessieren sich für Gesässtaschen von Hosen, für Innentaschen von Mänteln, für den Inhalt von Handtaschen. Oder für eine schöne Armbanduhr. Oft haben sie leichtes Spiel. Die Tasche steht offen, die Besitzerin späht nach einem schönen Bracelet, einem neuen Duft oder – wie hier – nach einem Burberry als X-mas-Gift für den Angetrauten. Meist brauchen sie die Handtaschenträgerinnen mit den Nails und der Parfümfahne und die Männer mit dem Portemonnaie am Hintern nicht einmal abzulenken. Die sind voll hypnotisiert vom Warenangebot, derart beschäftigt damit, Preisschilder zu überprüfen und darauf zu achten, nicht mit anderen Menschen zusammenzustossen.

Du brauchst Nerven, Beobachtungsgabe, Fingerfertigkeit und Schnelligkeit, wenn du als organisierter Kleinkrimineller über einen längeren Zeitraum im Geschäft bleiben willst.

Plastikgeld? Kreditkarten? Kontokarten? Nehmen Mario, Azra, Rachid und Marylou auch. Mario hat Verbindungen zu Leuten, die ihm diese Karten abnehmen.

Wer sich eine Brieftasche schnappt, nimmt die Noten und Karten an sich. Es grenzt an Zauberei, so schnell geht das. Den Geldbeutel selbst schieben sie in ein Regal, hinter einen Warenstapel. Bis der gefunden wird, dauert es. Vier Portemonnaies haben sie im «Globus» bisher ausgewertet. Zeit, dieses Geschäft zu verlassen.

***

Diebstahl.

Die Papeterie Zumstein an der Freien Strasse stellt die metallenen Caran-d'Ache-Kugelschreiber mit Aluhülsen in unglaublich schönen Farben sehr attraktiv aus. Sie präsentieren sie als Kollektion, nach Farbtönen. Wie eine Farbtabelle oder ein abstraktes Kunstwerk. Nur zu gerne hätte man einige davon. Damit man sie von weiss (links) bis schwarz (rechts aussen) aufeinander abgestimmt zu Hause bereitlegen kann. Nicht im Büro, weil dort «La gazza ladra» (G. Rossini). Auf gut Deutsch: Der Bürokollege maust sie. Das geschieht genau in diesem Moment in der Papeterie. Der Blick von der Verkaufstheke → zur Auslage an der Wand gegenüber ist nämlich durch mehrere Menschen versperrt. Zufall? Wer's glaubt. Die beiden Verkäuferinnen können die Kugelschreiber nicht im Auge behalten. Zwar tut sich wenig später unversehens eine Verschnauflücke auf, in der sie sechskommadreifünf Sekunden durchatmen, den Laden aufräumen und die Ware zurechtrücken können. Und da fällt ihnen auch die Leerstelle an der Wand und im Drehständer auf. Natürlich vermögen sie nicht zu rekonstruieren, wer was wann getan haben könnte. Wer hat sich einige Minuten, Sekunden, oder war das gestern im Abendansturm, zuvor an der Kugelschreiberauslage zu schaffen gemacht? Keine Zeit zum Nachdenken, denn – Halali! – der nächste Run auf preisreduzierte Waren setzt ein. Wie eine Sturmbö bricht er in den Laden mit seinen vier Stockwerken ein. Der Chefin, der die beiden Verkäuferinnen bei der nächsten ruhigeren Gelegenheit ihre Diebstahlsvermutung melden, wird nichts anderes bleiben, als die Polizei anzutelefonieren. Die wird die Anzeige aufnehmen, infolge erhöhten Arbeitsanfalls zurzeit jedoch keine Patrouille vorbeischicken können. Eine Überwachungskamera gab es zum Zeitpunkt dieser Geschichte in dieser Papeterie nicht.

***

Gedanken einer Mitarbeiterin.

Manchmal macht es den Anschein, die Kundschaft spricht sich ab, formiert sich vor dem Geschäft, um sich im nächsten Augenblick wie die Flut im Objekt auszubreiten nach einem Prinzip, das vermutlich keine mathematische Formel darstellen kann. Oder existiert ein Diagramm dafür, dass das Kundenverhalten als schönes Muster zeigt? Das fände ich beruhigend. Manchmal verdichtet sich die Menschenmenge auf den Rolltreppen und in den Gängen zwischen den Kleiderständern, Verkaufstischen, Vitrinen und Regalen so stark, dass in der Bewegung kein Muster mehr zu erkennen ist, nur ein zentimeterweises Drücken. Chaos. Manchmal kurzzeitig Verstopfung, dann Lockerung: Hierhin drängt es, dorthin wogt es, weitere Bewegungsvektoren schlängeln sich quer, brechen ab, ändern unvermittelt die Richtung. Ein Brausen, ein Tosen, Schritte, Stimmen, etwas fällt herunter, zerklirrt, Musik, Durchsagen. Dazwischen Personal mit Namensschild. Wir wollen den Überblick behalten, Tische und Regale nachfüllen, beraten, kassieren, einpacken, die Kollegin in der Spielwarenabteilung für ihre späte Mittagspause ablösen, kurz aufs Klo gehen, die gesetzliche Pausenviertelstunde einziehen. Bis du aus den Verkaufsräumen in den Pausenraum gelangt bist oder nach hinten raus auf die Rampe, zur Anlieferung beziehungsweise zum dortigen Aschenbecher, bis du das geschafft hast, ist die Viertelstunde längst um, und wenn du zu spät zurückkommst, staucht dich die Kollegin zusammen, weil in ihrer Abteilung auch der Teufel los ist und sie längst – das heisst seit mindestens drei Minuten – dorthin zurückgemusst hätte, sonst motzt die Sauter, und du bekommst den Samstag Mitte Dezember nicht frei, an dem dich dein Schatz zu einer Überraschungsstädtereise eingeladen hat. Du bekommst ihn nicht frei, obwohl das dein Geburtstag ist und er die Tickets und das Hotel längst gebucht hat, du weisst nur nicht, wohin die Reise gehen wird. Denkt er. Also, äh, sofort – hahaha: sofort! – durch dieses Käufermeer, diesen Kundinnenozean hindurchstechen, sofort zurück «nach Hause» zu den Haushaltsgeräten. Die Kollegin? Nein, sie schaut noch nicht böse drein. Okay … achtzehn Minuten war ich weg … passt gerade noch. Sie winkt mir zu … «Ja, ja, ich dich auch, danke.» Glück gehabt: Die Sauter ist nicht in Sicht.

***

Vorkommnisse.

In der «Nummer 1 für Heimelektronik» am Marktplatz herrscht Hochbetrieb. Flachbildschirme, Handys, Laptops, Kameras? Braucht man immer. Besonders zu den Konditionen, die das Geschäft heute anbietet. Die grossmehrheitlich männliche Kundschaft ist, ich übertreibe höchstens leicht, in Ekstase. Weil minus 20 Prozent, weil minus 30 Prozent plus

Sondersondersonderangebote, die sie hier sonst gar nicht im Sortiment führen, da gibt's was zu sehen, zu checken und zu kaufen.

Rechts gleich hinter dem Eingang geraten sich right now zwei junge Männer in die Haare: ein kleines blondes Muskelprotzpaket und ein Mittelgrosser mit Bart, der auch nicht schwächlich wirkt.

Wörter sagen sie einander, die wollen Sie gar nicht wissen.

Ausdrücke, ich sage Ihnen, nicht für Missen.

Am Kragen packen sie sich, das dürfte gar nicht sein.

Schütteln und schubsen tun sie sich.

Sie sind laut geworden. Worum es geht, ist nicht ersichtlich. Der, der an der Kasse steht, ruft im Büro an. Faton Beqiri, der Filialleiter, eilt sofort ins Parterre herauf, zwei Kollegen in diesen roten Polos im Schlepptau. Er nähert sich den beiden Streithähnen.

«Beruhigen Sie sich», will Beqiri dazwischengehen.

Sie reagieren nicht auf ihn. Sehen sie ihn gar nicht?

Sie hören nicht auf.

«Beruhigen Sie sich», wiederholt er, während sich mittlerweile vier, nein, fünf Mitarbeiter zu seinen beiden Seiten aufgestellt haben. Er bedeutet ihnen, die beiden einzukreisen, und legt dem Bärtigen die linke Hand an den Oberarm.

«He», ruft der und dreht sich zum Filialleiter um, «fass mich nicht an, Mann, sonst fasse ich dich an, dass du dich lange an die Arztrechnung erinnern wirst!»

Hat er den Spruch irgendwo gehört oder sich sogar selbst ausgedacht?

«Was ist denn los?» Der Filialleiter der «Nummer 1 für Heimelektronik» gibt nicht auf. Er erlebt in seinem Laden nicht zum ersten Mal eine heikle Situation.

Nun wendet sich ihm auch der Gegner des Bärtigen zu, der blonde Muskelmann, plötzlich scheinen die beiden ein Herz und eine Seele zu sein: «Was mischst du dich ein, he, du? Warum willst du uns provozieren, he, du?» Er macht wie der Stier vor dem Angriff einen, zwei Schritte auf Beqiri zu, um ihn zu schubsen. Die Mitarbeiter schliessen sich zusammen, sechs sind es nun, mit ihrem Chef bilden sie eine rote Mauer und blicken finster.

«Wenn Sie nicht sofort aufhören mit diesem Theater, rufe ich die Polizei», sagt der Filialleiter.

«Die Po-li-zei», bemüht sich der Blonde wahnsinnig, höllisch höhnisch zu tönen, «er will die Po-li-zei rufen … hahaha!»

Er wendet den Blick kurz vom Filialleiter ab und seinem Gegner zu.

Entspannt er sich gerade ein wenig?

«Lass das», sagt der Bärtige zum Filialleiter, damit der sein Mobiltelefon wieder einsteckt. Macht der aber nicht.

Der Blonde schaut Beqiri scharf an, lenkt jedoch nach einer Weile unerwartet hopp ein. «Ruhig, Mann! Alles in Ordnung. Wir gehen ja, du, hey.» Er geht zwei Schritte auf die Männer in den roten Verkäuferpolos zu.

Die rühren sich nicht, bis der Chef ihnen ein Zeichen gibt. Sie rücken auseinander und stehen Spalier, als die zwei Rüpel zwischen ihnen hindurchmarschieren, an den Kassen vorbeigehen und aus dem Laden verschwinden.

Verschwunden sind wenige Minuten zuvor auch ein Flachbildschirm, zwei Handys und eine Digitalkamera. Moritz und Carlos unter der Leitung von Undercut-Ramon haben sie unbehelligt aus dem Laden evakuiert, während Jack, der kleine Blonde mit den vielen Bizepsen, und Sven, der Bärtige, ihren Schaukampf aufgeführt haben.

***

Führe mich nicht in Versuchung.

Es war stärker als Alfi Itin (48), es ging mit ihm durch. Oft macht der kaufmännische Angestellte das nicht, im Grunde fast nie. Aber die Gelegenheit war unwiderstehlich. Muss ein Fehler des Personals gewesen sein: Die Wildlederjacke, schöne synthetische Fellfütterung, das weisse Hartplastikding mit dem kleinen Buckel war nicht dran. Sie war nicht gesichert. Was hat das Schicksal auf diese Weise zu ihm gesagt, was? Hätten Sie auch, nicht? Kann man verstehen, oder?

***

Strafgesetzbuch. StGB.

Es ist wie ein Lied, das zaghaft anfängt, eine uralte Melodie, die sich ausbreitet, ein verhängnisvoller Gesang: Einzeltäter, Gelegenheitstäter, vorsätzlicher Diebstahl, gewerbsmässiger Diebstahl, Sachbeschädigung, Raub, unsittliche Handlung im Gedränge, Trickbetrug, Taschendiebstahl, leichte Körperverletzung, fahrlässige Körperverletzung, Tätlichkeit, Ehrverletzung, Diebstahl, Hausfriedensbruch, Beleidigung, Taschendiebstahl, Wechselgeldbetrug, Taschendiebstahl, Angriff. Hat man damit mal angefangen, gibt es kaum ein Zurück.

***

Jugenddelinquenz.

Melanie, Rosa und Shanaya, die drei Teenager, sind bisher eher ziellos durch die Geschäfte gezogen. Ein Deo von [redacted] haben sie eingesteckt, draussen, nach einer Riechprobe, aber weggeworfen, weil wääääk zu krautig, kräuterig, wie sagt man? Herbal? Etwas für Omas über dreissig. Und zwei Schuhe, die, dachte Shanaya, gleich aussehen, aber tatsächlich unterschiedliche Grössen sind und erst noch beide für links.

«Du Zombie, dass du so Sachen mitnimmst, die nicht zusammenpassen», hat Rosa gespöttelt und Melanie nur gelacht, doch ein wenig stolz sind sie schon auf ihre Freundin, die vor nichts zurückschreckt. Das erkennt man auch an den Tattoo-Ideen, die sie für später hat, wenn ihre Eltern endlich nichts mehr zu bestimmen haben, die nun wirklich mega nichts von Shanayas Leben verstehen, diese uralten Mumien.

In der Parfümerie im «Manor» schauen sie nun die Gerüche an, riechen an den Flacons, befühlen sie, flachsen und scherzen, führen ihre Beste-Freundinnen-für-immer-und-ewig-Nummer auf, «aaah» und «oooh» und «hast du das gesehen?» und «wie findest du das?». Rempeln, weil sie hinten ja keine Augen haben, sondern einen Hintern, andere Kundinnen an. Melanie prallt voll in einen uralten Greis mit grauen Haaren, der beinahe stürzt. Hochbetrieb machen sie. Sorry sagen sie nie.

Securitas-Wächter Bojan Filipovic, der den Haupteingang des Warenhauses sichert, Seite Greifengasse, den Blick ins Innere des Ladens auf das Treiben der Kunden gerichtet, fällt auf, dass die Handtasche der einen sehr jungen Frau offen steht und die andere ihre Outdoorjacke oben offen trägt, unten aber zugezippt und … bauchig, als sei die Jacke, äh, vollge… vollgestopft mit … Waren?

Ins Mikro, das Bojan Filipovic am Kragen trägt, sagt er leise: «Berkan, hörst du mich? Bojan hier.»

Nach einer Weile sagt er: «Genau. Bei der Parfümerie im Parterre. Drei Teenage-Girls. Zwei davon geschminkt und aufgedonnert. Rote Jacke die eine, dunkle Locken die andere.» Die Dritte sucht er mit dem Blick. Dort ist sie: In Outdoorjacke und mit Brille scheint sie nicht zu den anderen zu passen. Sie gibt das Mädchen vom Land.

Bojan nimmt die Hand vom Kragen, konzentriert den Blick weiterhin auf die drei Mädchen. Hinter denen taucht Berkan auf, auch in der Securitas-Uniform mit dem Képi. Blickkontakt Berkan ↔ Bojan. Von vorn und von hinten treten sie auf Melanie, Rosa und Shanaya zu.

«Guten Tag. Was haben Sie vorn in Ihrer Jacke?», fragt Bojan, während Berkan nach der halb offenen Handtasche greift und sagt: «Können Sie uns den Inhalt Ihrer Tasche zeigen?»

«Heee», ruft Rosa, «Finger weg.»

Keine Chance, Bojan Filipovic und Berkan Cengiz führen ihre Aufgabe gewissenhaft aus. Als Melanie zurückweicht, fallen aus ihrer Outdoorjacke zwei Parfümflacons, drei Lippenstifte, mehrere Ohrringe und Slips zu Boden. Rosa will Berkan ihre Tasche vor der Nase wegziehen, Shanaya versucht ihn zur Seite zu drängen. Er steht wie ein Turm.

Geschrei. Laute Stimmen. Aufmerksamkeit. Berkans Pranke

krallt sich an der Tasche fest, der Henkel reisst → Geschrei. Der Tascheninhalt → Boden. Ebenfalls Produkte, für die eine Quittung fehlt.

«Sieh zu, dass du ein ehrlicher Mensch wirst, dann gibt es einen Schurken weniger auf der Welt.» Das riete jetzt Thomas Carlyle, der sich nicht in der Parfümerieabteilung im Parterre des «Manor» an der Greifengasse aufhalten kann, weil er 1881 in London starb.

Aufruhr und Handgemenge zwischen den drei jungen «Kundinnen» und den zwei uniformierten Sicherheitsleuten.

Wie reagieren die Kundinnen und Kunden, die die Szene miterleben?

«He, lassen Sie die Frau los!», ruft ein junger Mann mit Baseballmütze und will Berkan am Ärmel zurückreissen.

«So geht man nicht mit den Leuten um», ruft eine Frau mittleren Alters, «sobald so ein Mann eine Uniform trägt, glaubt er, sich alles erlauben zu können.»

«Also ...», bleibt einem Mann der Satz, den er aussprechen wollte, zwischen Hirn und Sprechapparat stecken.

«Immer auf die Ausländer», ereifert sich eine Frau um die zwanzig.

Um Berkan Cengiz und Bojan Filipovic und die Klepto-Teenies bildet sich ein Kreis von Menschen. Hinter ihnen stauen sich Leute, die ebenfalls ins Warenhaus wollen, um von den vorteilhaften «Black Friday»-Angeboten zu naschen.

Dein Handy kannst du als Sicherheitsmann in diesem Gedränge nicht ziehen, geschweige denn eine Nummer wählen. Womöglich klaut's dir einer direkt aus der Hand. Nein, im Ernst. Grundsatz: Wenn du zugreifst, musst du dich durchsetzen. «Wer weicht, ist im Seich» (Meinrad K. Betschart, Einsiedeln). Ehrlich gesagt, für die zwei Securitas-Wächter sieht es nicht gut aus. Mindestens sieben männliche und weibliche Megären stürzen sich «in Worten und Werken» (Liturgie) auf sie. «Zwei sind weniger als sieben», sagt dazu die Mathematik (Newton). Dich widerstandslos zurück- und dem Konflikt entziehen kannst du nicht, auch wenn's wahrscheinlich vernünftig wäre.

Rosa, Shanaya und Melanie wollen sich aus dem – mittlerweile – eisernen Griff der Sicherheitsleute herauswinden. Ja, Handgemenge. Zugegeben, nicht gerade ideale kundenfreundliche Kundenbetreuung. Aber diese drei Teenager sind auch keine idealen Kundinnen.

Eine Verkäuferin muss die Polizei gerufen haben.

Eine Viererpatrouille der Sicherheitspolizei in Kampfstiefeln und dunkelblauer stich- und kugelsicherer Weste mit weisser Aufschrift «Polizei» auf dem Rücken teilt das Menschenknäuel um Bojan Filipovic und Berkan Cengiz wie einst der zweite Mose im vierzehnten Kapitel das Meer.

Uniformeffekt nennt sich das: grosse Wirkung der einheitlichen Funktionskleidung, sofern in gewisser Masse auftretend.

«Erheben Sie Anzeige gegen eine hier anwesende Person?», fragt die Patrouillenführerin Bojan und Berkan.

«Ja, wegen Diebstahls», sagt Bojan. Das ist sein Auftrag.

«Gehen Sie weiter», sagt die Polizistin zu denen, die sich eingemischt haben, und zu den Gaffern und Glotzern: «Es gibt nichts zu sehen, gehen Sie weiter.»

Und zum mutmasslichen Diebinnentrio sagt sie: «Sie begleiten uns nach draussen.»

Zwecks Dokumentation der Delikte und Rückerstattung an den rechtmässigen Eigentümer, das Warenhaus, hebt ein Polizist all die Gegenstände vom Boden auf. Ein anderer fotografiert sie.

«Gehen Sie weiter», sagt die Patrouillenführerin erneut zu den Schaulustigen. Murren, «Bullen» und so, einige hässige Blicke, habe ich das Wort «Schweine» gehört? Handyfotos zur Dokumentation der Polizeibrutalität. Nach einigen Minuten ist zack alles befriedet.

Draussen wartet der graue Kastenwagen, um die drei zur Befragung in den Waaghof zu bringen. Es gilt die Unschuldsvermutung.

***

Durchsage.

Männerstimme, sonor, entsetzt: «Geht's noch! 74.90 für einen No-Name-Beepsie-Whoopsie? Aber hallo!»

(Gewaltige Explosion): BUMM!

Frauenstimme, viel Echo, beschwichtigend, freundlich: «74.90 für so was? Das erlebst du bei uns nicht. Wir schiessen die Preise tot!»

Durchsage.

Frauenstimme, melodiös, entrüstet: «Wie bitte? 127.90 für einen Soft-Brush-CM16XQR? Vergiss es!»

(Gewaltige Explosion): BUMM!

Männerstimme, tief, beruhigend, viel Echo: «127.90 für so was? Nicht mit uns! Wir schiessen die Preise tot!»

***

Vorkommnisse.

Ladendiebstahl, findet Werner Mugglin, strengt weniger an als Einbruchdiebstahl. Mit seinen 63 Jahren ist er längst nicht mehr so gelenkig wie früher. Auch seine Schnelligkeit hat nachgelassen. Er hätte in seinem Leben vermutlich mehr Sport treiben sollen. Gut, damit könnte er jederzeit anfangen. Für seinen alten Beruf ist er jedoch eindeutig zu eingerostet. Das Fitnessniveau, das er bräuchte, um tagsüber in Wohnungen einzubrechen und am Wochenende in Gewerberäume und Büros, erreicht er nicht mehr. Das weiss er. Kommt dazu: Seine Hand ist nicht mehr so ruhig wie früher. Die Schlösser öffnet er nicht mehr so schnell. Oder liegt das an den Augen? Ja, und wenn du nicht mehr so fit bist, kommt auch die Angst vor dem Versagen dazu – ein wirklich schlechter Begleiter für so eine Unternehmung.

Das Schweissgerät ist auch längst zu schwer für ihn. Tresore aufschweissen … Himmel, das sind Legenden aus alten Filmen! Bargeld hat heute kaum mehr jemand im Haus. Und wenn du Pech hast, erbeutest du nur Schmuck, der sicher fotografisch so genau dokumentiert ist, dass dir der Hehler einen halsabschneiderisch verdammten Ausbeuterpreis anbietet.

Nein, deshalb Ladendiebstahl! Diese Alternative hat Werner Mugglin vor einigen Jahren per Zufall entdeckt. Als er versehentlich, darauf legt er Wert, *versehentlich* in einem Uhrenladen eine schöne IWC mitnahm. Das ging so leicht, dass er nachher selbst darüber lachen musste. Dafür hat er einen guten Preis erzielt. Der heutige Tag, mit all den Menschen in den Läden, mit all der Aufregung wegen der Prozente, mit all den Bergen an Ware, die die Sicht des Verkaufspersonals behindern, dürfte ein idealer Arbeitstag werden. Es braucht nur Geschicklichkeit und Geduld, bis die Situation passt.

***

Eine Pressemeldung (Vermischtes).

Beamte der Sicherheitspolizei haben am späteren Freitagnachmittag einen Mann verhaftet, der einige Minuten zuvor an der Rüdengasse einen Rentner überfallen hatte. Der Räuber wollte dem 85-Jährigen nach dem Bargeldbezug am Automaten das Portemonnaie mit dem Geld entreissen. Der alte Mann wehrte sich, rief um Hilfe, stürzte dabei und verletzte sich leicht. Aufgrund des Widerstands und herbeieilender Passanten floh der Täter ohne Beute. Da ihn sowohl der Angegriffene als auch die Augenzeugen gut beschreiben konnten, vermochten ihn zwei Detektive beim Rümelinsplatz festzunehmen. Der 23-jährige Schweizer ist geständig, teilt die Polizei mit.

***

Verkaufsfront.

Das Gestell mit den Drohnen im «Mediamarkt» auf der Gundeldinger Seite des Bahnhofs SBB war heute Morgen prall gefüllt. Die Mitarbeiter haben es auch den ganzen Tag über immer wieder neu bestückt. Du denkst an «Star Wars»®, so sehen die Produkte aus.

Gegen 17:43 Uhr kommt es hier erstmals zu aktenkundigen Vorfällen, sprich: Handgreiflichkeiten. Francesco Schläfli (23), kaufmännischer Angestellter aus 4222 Zwingen, und Guido Bangerter (37), Mitarbeiter soziologische Forschungsstelle Neuralheuristik, wohnhaft in 4153 Reinach, streckten beide – Videobeweis leider nicht erhältlich – den Arm, also jeder den seinen, genauer gesagt: jeder einen der seinen, ich meine: einen von beiden, Armen, ja! aus streckten sie ihn, nein, *sie*, die Arme, ja, im selben Moment, in Richtung desselben Premiumprodukts. Und vermutlich durch eine statische Ladung – Bodenbelag? Gummisohle? Kunstfaserfaserpelzpullover? –, die in einem der beiden, welcher der Stromleiter ist, weiss niemand, ist nicht zu eruieren, würde auch niemand herausfinden wollen, weil Zeit = Money, und das haben die Untersuchungsbehörden nun wirklich nicht im Überfluss. «Statische Ladung», sagte ich, ergo → Stromschlag, den erhielt der eine vom anderen verpasst, und darum eskalierte die Begegnung der beiden Herren erst recht.

Die Untersuchungsbehörden werden von diesem Fall hören, werden demnächst Francesco Schläfli und Guido Bangerter kennenlernen müssen, in wenigen Minuten.

Weil die beiden nämlich gleich feststellen werden, dass der Walkera RTF Rodeo 210 Black mit einer Reichweite des Steuersignals von 800 Metern, mit HD-Kamera, Li-Po, WK-WS-28-014 A-Motor und einem maximalen Neigungswinkel von 120° das allerallerallerletzte Exemplar seiner Art im Laden ist. Dass der Vorrat im Lager erschöpft und eine sofortige Lieferung beziehungsweise Aushändigung des Walkera RTF Rodeo 210 Black an eine zweite interessierte Person deshalb unmöglich ist. Sagt jedenfalls der bleiche Verkäufer mit der Schmalzlocke, dieser Albaner, und er fügt «leider» hinzu, obwohl es ihm, hämisch wie er grinst – haben Schläfli und Bangerter den Eindruck –, bestimmt alles andere als leidtut.

Deshalb klopfen sich Guido Bangerter und Francesco Schläfli. Weil beide den Walkera RTF Rodeo 210 in schwarzer Farbe haben wollen, und zwar jetzt, weil morgen ist Samstag, und Samstag = Ödnis, weil mucho Freizeit → deshalb muss ein Ding her, das hilft, den Samstag † totzumachen †.

Nämlich dieser Drohnentyp, in den sie sich zeitgleich verguckt haben, weil optisch *****, Ausstattung *****, Funktionen ***** und Preis-Leistung *****.

***** = Maximalnote.

Und weil ich das Ding zuerst gesehen habe und nicht der andere, habe ich auch das Recht, das Ding aus dem Regal zu nehmen, zur Kasse zu tragen, dem Verkäufer einige belanglose Fragen dazu zu stellen, es einpacken zu lassen und zu bezahlen. Das ist mein Walkera RTF Rodeo 210 Black. Meiner! Ich! Will! Ihn! Jetzt! Haben!

Und der bleiche Verkäufer mit der Schmalzlocke bekommt von Guido Bangerter – oder ist es Francesco Schläfli, der zuerst …? – auch eines auf die Nuss, weil er sich so unverschämt verhält, dem einen gegenüber zu behaupten, der andere habe als Erster den Walkera RTF Rodeo 210 Black angepeilt. Saukerl, was mischt der sich ein, wenn wir untereinander …

Das Nasenbein von Guido Bangerter bricht.

Gegenschlag!

Die Faust von Guido Bangerter trifft Francesco Schläflis rechtes Auge. Das wird in wenigen Minuten violett und blau zugeschwollen sein.

«Blut fordert Blut.» (Shakespeare: Macbeth, 3. Akt, 4. Szene; im Original englisch).

Wer denkt, erwachsene Männer würden sich prügeln wie in «Asterix und Obelix», kämpfen wie in Julius Caesars «De Bello Gallico» oder in den Memoiren von Charles de Gaulle, der täuscht sich so was von. Weil eine tätliche Auseinandersetzung sieht im Normalfall ziemlich unbeholfen und lächerlich tapsig aus. Die Realität ist nicht Bud Spencer plus Terence Hill. Der Normalbürger ist nicht trainiert, verliert gerne das Gleichgewicht, geht leicht zu Boden, kommt nur wacklig wieder auf die Beine. Auch schlägt er gerne daneben, rammt die geballte Faust statt in die Visage des Kontrahenten in ein verchromtes Drahtregal, statistisch gesehen ausserordentlich häufig in dessen scharfkantige Ecke, sodass die Knöchel blutig werden. Überhaupt keine Geschmeidigkeit in den Bewegungen, Körper ohne Form, das Chassis aus dem Leim gegangen.

Und wenn du dich nur auf die Geräuschspuren der tätlichen Auseinandersetzung (Art. 126 StGB) konzentrierst, findest du es erst recht grotesk: Was diese roten Köpfe, fetten Leiber, dicken Oberschenkel und fleischigen Hände an Geräuschen produzieren. Nicht nur beim Zusammenprall der Körperteile, sondern auch aufgrund der Anstrengung, der Erregung, der Aufregung, dieses Grunzen und Ächzen, du denkst, du bist in einem Trickfilm.

Mit einer Dreierpatrouille der Sicherheitspolizei treffen Markus Gormann und Aspirantin Gloria Werner vom Kriminalkommissariat Basel-Stadt hier ein. Sie gehen dazwischen, trennen Francesco Schläfli und Guido Bangerter, legen ihnen – Verhältnismässigkeit? Art. 5 der Bundesverfassung – Handschellen an, bringen sie raus und → Clarawache, Abtransport durch Kastenwagen.

***

Allgemeinmedizin.

Zum Glück ist Freitag, da ist der Hausarzt in der Praxis.

«Nasenbeinbruch», sagt Dr. Jornod trocken, «ich richte Ihnen das.»

Er schreibt Darko Ganibegovic ein Rezept für ein Schmerzmittel.

«Kühlen Sie Ihre Nase mit einem Eisbeutel oder mit kalten Kompressen. Diese hellblauen Glibberpackungen, die man auch für Sportverletzungen verwendet, ja?»

Darko Ganibegovic schreit auf.

«So. Das wäre wieder gerade.»

Dr. Jornod schaut auf die Telefonnotiz, die ihm seine MPA hingelegt hat. «Ein Arbeitsunfall, sagen Sie?»

Ganibegovic bestätigt das.

«Was arbeiten Sie denn, dass Sie solche Betriebsunfälle haben?»

«Ich bin Ladendetektiv.»

***

Verkaufsfront.

Salvatore Ritacco, Direktor des «Manor», ist selbst im Warenhaus unterwegs. Nicht allein, sondern mit zwei Sicherheitsleuten in Zivil. Er holt persönlich jede Stunde auf den besonders umkämpften Abteilungen die Bareinnahmen ab. Risikominimierung. Nicht dem Personal misstraut er. Dass die Mitarbeiterinnen und Mitarbeiter selbst etwas in die Tasche stecken, geschieht selten. Ein Geld- oder Warendiebstahl durch Angestellte fliegt früher oder später auf. Nein, die Gefahr droht *von aussen*, von den Kunden. Bei 778'000 Personen, die in der Schweiz im Strafregister eingetragen sind, kommt an einem Tag mit hoher Kundenfrequenz prozentual einiges an möglichen Delinquenten zusammen. Das weiss der Direktor, auch wenn er sich vollauf bewusst ist, dass da viele darunter sind, die nicht wegen Eigentumsdelikten erfasst sind.

Dass Marylou, Azra, Mario und Rachid aus Huningue und Umgebung gerade das Warenhaus besuchen, dessen Leitung ihm obliegt, kann Ritacco nicht ahnen. Die vier Einwohnerinnen und Einwohner aus dem Departement Nummer 68 interessieren sich in diesem Moment für die Kundschaft der Multimedia-Abteilung. Mit gutem Grund: Elektronische Geräte üben auf viele eine derartige Faszination aus, dass sie sich ein Leben ohne nicht vorstellen können. An einem Tag, wo die Preise so tief sind, sind diese Menschen vom Angebot und dem Preis-Leistungs-Verhältnis regelrecht hypnotisiert. Doch der Elan der jungen Menschen, die diese Situation ausnutzen wollen, wird gebremst. Weil eine Patrouille der Sicherheitspolizei sie ins Auge fasst, just als sie dazu neigen zu scheinen, sich für einige Smartphone-Modelle zu entscheiden, in Wahrheit jedoch eine offene Handtasche und eine Mantelinnentasche anvisieren.

Marylou bemerkt die Gefahr als Erste. Sie ist es auch, die den Abzug der Truppe veranlasst. Sie fühlen sich – besonders Mario, der ein bisschen zu auffällig hinter sich blickt – bei ihrem taktischen Rückzug verfolgt, jetzt von zwei Zivilisten: Der kräftige Mann mittleren Alters mit der Kurzhaarfrisur, der sich in ihrer Nähe durch die Elektronik-Abteilung und bis zur Rolltreppe, die nach unten führt, durch die Menschen treiben lässt, hinter ihm ein Dicker mit Glatze, die sehen nach Zivilbullen aus. Diese beiden scheinen es auf sie abgesehen zu haben, sie nicht aus den Augen zu lassen und jeden ihrer Schritte zu beobachten. Wir wissen, es sind der Müller und Vetter Rolf in Ausübung ihrer Arbeit. → Unverrichteter Dinge verlassen die Grenzgängerinnen und Grenzgänger der Schattenwirtschaft das Kaufhaus.

FÜNF

Nachmittagsträume.

Im «Totally sexy»-Laden beim Marktplatz würden sie sich jetzt viel lieber aufhalten, die Klepto-Teenies. Stattdessen sitzen sie in drei getrennten Zellen im Waaghof und warten auf eine Mitarbeiterin der Jugendanwaltschaft, die sie befragen wird. Selbst von hier aus wandern ihre Gedanken in die Läden zurück. Sich über Kleider und Kosmetik zu unterhalten ist das Grösste. Oh, wie gerne würden sie in diesem Augenblick die Freundinnen-Nummer abziehen, das grosse Hallo♥schön♥dich♥zu♥sehen! Ihre Leidenschaft, so günstig wie möglich an die modischen Teile zu kommen, hat ja etwas Sportliches. Und das Günstigste ist, sie erst gar nicht zur Kasse zu bringen.

«Wow! Schau mal! So süüüss!» Sie möchten jetzt in der Lage sein, das zu rufen, und das Kleidungsstück, den Lippenstift oder den Ohrring – je nach Urteil – mit Hand vor dem oooffenen Mund kommentieren oder mit einem Glucksen oder bööösen Vampiraugen, die sich verdrehen und rollen. Die blaue Push-up-Jeans hätte es Melanie bestimmt angetan. Würde sich für diesen cheapen Preis der Aufwand an Herzklopfen lohnen? Meiiiine Neeeeerven! Nein, diese Überlegung haben sie nie angestellt. Die Frage war eher: Kriege ich die Diebstahlsicherung von der Hose runter, ohne das Teil zu beschädigen? Die hier? Hält zu gut. Da komme ich mit der Nagelfeile nicht in die Ritze rein, um das Ding entzweizustemmen. Aber dort? «Dort drüben geht's besser, nicht?», würde Shanaya sagen, die den dunkel umwölkten Blick von Melanie kennt, wenn ihr etwas nicht in den Kram passt. Mit dieser braven Tarnung, der Outdoorjacke und der Streberbrille, wirkt der crazy komisch. «Ach ja! Cute!», würde Mel antworten. Weil dort drüben ein ganzer Tisch voller mega Hosen stände, an denen die Plastikdinger, die beim Ausgang das Gepiepse auslösen, nicht dran wären.

Haben die vergessen, welche anzubringen? Nein, vermutlich Massenware, die möglichst unkompliziert rausmuss. «*Let's go*», würde Mel beschliessen, und Rosa und Shanaya würden sich jede mindestens drei Skinny Jeans unter die Jacken stopfen, was im Gewühl und Getümmel und Getöse der verkaufsfördernden Nervtötmusik gar nicht auffiele. Die sind ja voll blind in den Augen, diese Verkäuferinnen!

BUMM! Ende der schwärmerischen Einblendung aus dem U-Bewussten. KLIRR!

Die Realität heisst Waaghof, Innere Margarethenstrasse, Untersuchungsgefängnis mit 148 Zellenplätzen und bei Bedarf zusätzlich 45 Notbetten. Folgende Haftarten werden hier angeboten: Polizei- und Untersuchungshaft: Männer und Frauen; Strafvollzug: Männer und Frauen; Ausschaffungshaft: Frauen; Untersuchungshaft und Massnahmen: Jugendliche (männlich und weiblich). Im gleichen Komplex – Eingang von der Binningerstrasse her – sind die Staatsanwaltschaft einschliesslich des Kriminalkommissariats und die Spezialformationen der Kantonspolizei Basel-Stadt (Fahndungsdienst, Observationsgruppe, Sondereinheit Basilisk, Diensthundegruppe, Einsatzzug) untergebracht.

***

Einkaufspflichten.

Unweit der drei Klepto-Teenies und ihrer Früherfahrungen mit den Strafverfolgungsbehörden des Kantons Basel-Stadt, im Parkhaus Elisabethen bei der Heuwaage unter der Brücke, hat IT-Mitarbeiter Martin Loosli (34) wie geplant gegen 15 Uhr sein Auto abgestellt. Er hat kontrolliert, ob die Tür wirklich verriegelt ist, dann zu Fuss an den Schnellimbissen, der Shisha-Bar und dem Sexshop vorbei zum Theater und untendurch → Freie Strasse. Viele Leute sind unterwegs, er nimmt sie kaum wahr. Martin Loosli, wie ein Schlafwandler in Trance, so formuliert er in Gedanken seinen Zustand, obwohl er weiss, dass diese Formulierung Unsinn ist. Er ist müde, weil er arbeitet und arbeitet und der Druck vom Chef, er mag gar nicht dran denken. Mal passt dies nicht, mal läuft etwas anderes suboptimal, und finanziell ist die Firma hartem Gegenwind ausgesetzt. Vielleicht übernehmen die Chinesen? Ha, heute Nachmittag hat er den Chef ausgedribbelt. Der meint, er liege seit Mittag mit Fieber im Bett.

Den Zettel, was er besorgen will, trägt Loosli in der Hosentasche. Sie erinnern sich: Er will die Weihnachtsgeschenke für seine Söhne Baschi und Jan kaufen sowie für seine Frau Melissa, einen Einkaufsgutschein für die Patentochter, einen Bildband oder so für seine Eltern und für seinen Kumpel Stefan den «Talisker Dark Storm» oder wie der heisst. Ein Heidengeld kostet das alles. Er zahlt bar, damit die Kreditkartenabrechnung Melissa nicht in die Hände kommt. Aber ... Ausgaben hin oder her, Martin Loosli tut es gut, allein unterwegs zu sein, sich unbegleitet und unbeaufsichtigt der eigenen Nase nach durch die Stadt zu bewegen. Für eine Weile hat er das Hamsterrad verlassen. Klar spukt immer noch der Chef im Hinterkopf herum, immerhin keine Kinder am Rockzipfel, die etwas wollen, die Frau nicht neben sich, die in andere Läden verschwinden will als er und ihm seine Ideen *immer* ausreden will, weil sie bessere hat. Schliesslich fliesst das Geld nicht in Strömen, die Hypothek ist zwar günstig, aber hoch genug, dass sein Hirn manchmal, wenn er nachts aufwacht, daran denken muss. Das Reihenhaus, das sie vor fünf Jahren gekauft haben, war völlig überzahlt. Sie hätten es sich, wenn sie zu sich selbst ehrlich gewesen wären, nicht leisten können. Hätten nicht Melissas Eltern liquide Mittel beigesteuert ... und die Zentralheizung war schon kurz nach dem Einzug revisionsbedürftig ... Solche Gedanken quälen ihn manchmal, bis der Wecker klingelt und die Mühle weitermahlt.

Melissas Vorstellungen zur Gestaltung von Haus, Garten, Freizeit und Leben schlechthin belasten das Budget ganz schön. Klar, er hat es auch gern angenehm, nach seinen Bedürfnissen fragt aber niemand. Das Leben ist eine Schlange, in der er weit hinten steht. Fast immer. Beim HD-Grossbildschirm haha hat er sich gopferdeggel durchgesetzt. «Der FCB ist gross und scharf, den muss ich gross und scharf sehen», war sein unwiderlegbares Argument. Gegen die Ausgaben für Geschenke kann Melissa ja nichts sagen, weil er ihr auch was Schönes mitbringt. Zu Preisen, die sich runtergehungert haben. Als wäre seine Müdigkeit ein Schmerzmittel, das alles mit wattiger Apathie überdeckt, spürt Martin Loosli die Beengung in den Läden nicht, den Schraubstock aus all den Menschen, die wie in einem Ameisenhaufen herumwuseln. Haben wollen, haben wollen, haben wollen. Er will ja auch. Seine Empfindungen mögen paradox sein: Der Dichtestress befreit ihn, er atmet tief und regelmässig, folgt seinem individuellen, persönlichen Rhythmus, geht völlig auf im Auftrag, den er sich selbst erteilt hat: laufen und kaufen.

In ungefähr zwei, zweieinhalb Stunden hat er es geschafft. Seine Mission ist erfüllt. Er ist zufrieden wie lange nicht mehr. Alles erledigt, der Erfolg ist sichtbar.

Nichts wie weg hier, nichts wie heim.

Insgesamt ergeben die Einkäufe ein gewisses Gewicht. Das Schleppen erlebt er auch jetzt, wo er am früheren Kino Plaza, am Sexshop, den Schnellimbissen und der Shisha-Bar vorbei zurück zum Parkhaus strebt, fast als Krafttraining. Es tut wohl, die Armmuskulatur spannt. Die Plastiksäcke fixieren ihn am Boden, sie ziehen seinen Körper nach unten in Richtung Erdmittelpunkt, erden ihn. Er atmet ein und aus und würde seinen Atem hören, wenn nicht die Autos und die Trams bei der Heuwaage wären. Er sieht die Lichter der Schnellimbisse, der Läden, des Verkehrs. Schon an, die Beleuchtung, schon dunkel geworden?

Schritt für Schritt nähert er sich wieder dem grellweissen Licht des Elisabethen-Parkhauses, das sich unter der Brücke der Stadtautobahn in den Hügel hinein erstreckt. Beim Kassenautomaten stellt er die Einkäufe auf den Boden, um das Parkhausticket aus dem Miniwallet zu nehmen. Er knöpft seinen Mantel auf und greift hinter sich, um es aus der … Ein Mann kommt eilig aus dem Parkhaus … ein Stoss … der Mann rennt ihn fast über den Haufen, stösst ihn zur Seite. Martin Loosli schlägt sich den Kopf am Automaten an, sieht Sterne, ruft «heee!», dreht sich um. Der ihn angerempelt hat, ist nicht mehr in Sicht, vermutlich in Richtung Heuwaage davon. Heller Mantel? Einen … hellen Mantel könnte er getragen haben. Irgendwie … hellgrau? Und einen Schal mit … so schwarz-weissem Muster? Ein blonder Mann? Ja … Martin Loosli reibt sich den Kopf. Was wollte … ich? Das Miniwallet, ja! Wo ist es, das Miniwallet mit dem Parkschein, dem Geld und den Karten? Eben, versucht er sich zu erinnern, soeben war es noch da, es steckte → hinten, in der Gesässtasche. Ja! Vor Kurzem, ist er sich sicher, spürte er noch das Gewicht des Leders, der Karten, der Münzen. Ein Mann und eine Frau verlassen das Parkhaus, er im Mantel, fein strukturiert? Er trägt einen dunklen Schal, sie ist eine Blondine in einem glänzend roten Plastikmantel. Die Ausbuchtung seiner Gesässtasche fühlt sich noch gefüllt an. Dort, wo das Miniwallet steckte. Nein! Weg! Nicht mehr da! Hat er es, fragt er sich, verloren? Unmöglich, denkt sich Martin Loosli, er hat noch nie einen Gegenstand verloren, nie etwas liegen oder fallen lassen oder einzustecken vergessen, selbst wenn er mit Baschi und Jan unterwegs war, als sie noch am Nuggi nagten und im Buggy sassen. Er hält seine Sachen immer zusammen.

Das Miniwallet ist tatsächlich weg. Der Schreck durchzuckt ihn, weil drin nicht nur das Parkhausticket steckt, sondern auch die BKB-Kontokarte, die Kreditkarten, die Identitätskarte, der Führerausweis, die Magnetkarte, die als Schlüssel zum Firmengebäude beim Bahnhof Münchenstein dient und natürlich mit dem Firmennamen angeschrieben ist. Das Bargeld ist ihm egal. Die Wut packt ihn, dass jemand ihn … ihm … ihn … bestohlen haben muss, bestohlen hat, vermutlich dieser blonde Rüpel gerade vorhin? Oder war es vorher, als er völlig bei sich, fast meditativ, mit für ihn ungewohnter Ausdauer durch die Stadt streifte – zwei, zweieinhalb Stunden Innerstadt am Black Friday, einem Samstag oder in der Vorweihnachtszeit, das musst du psychisch erst einmal verkraften.

Er hat nicht aufgepasst. Wie kann man nur so blöd sein? Er könnte sich beidhändig ohrfeigen, sich ein Bein ausreissen. Unterwegs in der vollgestopften Innerstadt ohne Gefahrenbewusstsein oder Risikofolgenabschätzung, ohne Anti-Theft-Firewall oder Kriminalitätspotenzialsirgendwas. Ein Landei in der Stadt. Supernaiv. Er schaute nicht nach links und nicht nach rechts. Er hat nichts bemerkt. Nichts hat er bemerkt. Nichts. Wie ein Kleinkind, das die Käferlein beobachtet, völlig arglos. Wie soll er das Melissa erklären? Wenn ihn nicht eben beim Anrempeln der Mann im hellen … hellgrauen? … Mantel bestohlen hat, kann es auch bei diesem amerikanischen Coffee-Outlet vor zwanzig Minuten gewesen sein, oben in der Freien Strasse. Da muss er sein Geld noch gehabt haben. Dort hat er den «Maxi Medium Colombian Rare Hot Stuff», oder wie der hiess, bezahlt, schmeckte gut. Danach muss es … muss ihn … hat ihm wohl jemand das Miniwallet vom Arsch weggeklaut, als er, da könnte es gewesen sein, seine Plastiktüten zwischen den Tischchen hindurchmanövrierte, um niemandem die Tüte mit der für Stefan bestimmten Whiskyflasche an den Hinterkopf zu … oder eben jetzt gerade in diesem Parkhaus, bei diesem Parkhauseingang, bei diesem Kassenautomaten … [redacted]! Schreit es in ihm, «[redacted]!», entfährt es seinen Stimmbändern.

War denn keiner Zeuge? Wo sind all die, die hier parkieren? Was tun? Hinterherrennen? Wohin? Zur Polizei? Wo ist das Handy? Und die Komplikationen, all die Karten wieder zu besorgen. Dem Chef erklären, warum der Badge für den Haupteingang der Firma verschwunden ist. Der wird ihn nun erst recht für einen Idioten halten. Beklaut in der Stadt beim Einkauf am Black Friday, während er offiziell seit Mittag krank zu Hause im Bett lag. War anstrengend, den ganzen Morgen diese Krankheitsshow abzuziehen: glasig dreinblicken, Nasenwurzel massieren, die Schläfen … Hier färben wir erneut ein Fluchwort schwarz ein: [redacted]! Und Melissa erst: Wie ihr erklären, was alles schiefgegangen ist und warum, «weil du wieder nicht aufgepasst hast, du Träumer», wird sie sagen, er hört ihre Stimme schon und sieht ihr süffisantes Lächeln, während sie mit der rechten Hand ihre widerspenstige Strähne hinters Ohr streicht. Hat sie wirklich nichts mit Jean-Marc, diesem … pfff … Yogalehrer?

Er schüttelt den Kopf, der tut weh, wo er ihn sich am Automaten angeschlagen hat, nein: wo ihn dieser Idiot gegen den verfluchten Metallklotz von Kassenautomaten gestossen hat. Das wird eine Beule werden.

Hueregopferdeggel, [redacted], [redacted] noch mal, [redacted], [redacted]! «He, Sie», hört er eine tiefe Stimme, «he, Sie, Mann!», dröhnt es hinter ihm.

Martin Loosli dreht sich um.

«Das. Geht. Nicht!», sagt der Bass sehr bestimmt.

«Was?», antwortet er dem Sicherheitsmann, der sich hinter seinem Rücken aufgebaut hat. Gleichzeitig sieht Loosli seine rechte Hand. Sie ist blutig. Und blutig ist der Parkscheinautomat, in den er sein Ticket einführen wollte. Das Ticket, das nicht mehr da ist. Das Ticket, das er nicht mehr hat. Das verfluchte Ticket, das in diesem [redacted] Miniwallet liegt, das ein [redacted] ihm vom Arsch weggestohlen hat. «Sie. Können. Nicht. Einfach. Den. Automaten. Demolieren. Mann», sagt der Sicherheitsmann, der auch bei näherem Hinsehen so breit ist wie ein Vierradantriebagglopanzer und fast so hoch. Und ins Handy, das der Halbriese am Ohr hält, spricht er die Worte: «Ich habe hier einen im Elisabethen-Parkhaus, der den Automaten kaputt geschlagen hat.» Bevor er das Gerät wegsteckt, sagt er: «Gut, ich bleibe hier.» Was er meint ist: Ich werde diesen Mann mit den vielen Plastiksäcken und der blutigen Faust und dem irren Blick wenn nötig festhalten, ihn in den Schwitzkasten nehmen, ihm den Arm auf den Rücken drehen, bis er aufjault, ihm die Bänder dehnen bis zum Megaschmerz, damit er nicht entwischt, bis die Polizei da ist.

Loosli hebt die Hände, um dem Mann seine Ungefährlichkeit und Kapitulation anzuzeigen. Scheisse, denkt er, jetzt werde ich sogar zum Täter gemacht. Wenige Minuten später fährt Streifenwagen Basilea 28 vor und bringt IT-Mitarbeiter Martin Loosli in den Waaghof. Es ist 17:40 Uhr.

***

Geistesleben.

«Consumer Electronics. Multimedia. Besonders augenfällig wird die Veränderung der globalen und insbesondere der westeuropäischen Gesellschaft in dieser Produktegruppe. An den elektronischen Geräten lässt sich in nuce *festmachen, was sich aufgrund der Innovationskraft herausragender Geister in den letzten drei Jahrzehnten entwickelt hat. Die digitalen Maschinen sind Spiegel der neuen Gesellschaftsordnung. Sassen die Menschen in der Steinzeit gemeinsam ums Feuer und bis Mitte der 1990er Jahre miteinander auf der Sofakombination (‹Polstergruppe›) im ‹Wohnzimmer›, um aus zunehmend mehr Fernsehprogrammen auszuwählen, so erfuhr dieses Gemeinschaftserlebnis in den letzten Jahren eine radikale Zäsur. Das Erleben der Wirklichkeit hat sich radikal auf die individuelle Perzeption aufgesplittet. Das Tatwerkzeug ist heute nicht mehr das lineare Fernsehen, sondern das internetfähige Telefon, 2007 auf dem Markt etabliert. Seither sitzen Menschen allein oder in Gruppen umher, starren auf die Anzeige, tippen Buchstaben, klicken und wischen über das Gerät, whatsappen und selbstdarstellen, instagramen und nehmen Informationen und Unterhaltungsangebote wahr, ohne face to face miteinander zu kommunizieren. Die Wirklichkeit ist zum Mikro-Universum mutiert, im Zentrum der Planet Ego, um den alles kreist: das opulente Angebot der Warenwelt, die Uhrzeiten und Treffpunkte, die die Population des Planeten über Satelliten ausmacht und bei besserem Angebot auch kurzfristig cancelt, die Katzenbilder und B-VIP-News.*

Consumer Electronics. Multimedia. Karl Marx würde heute euch *als ‹Opium fürs Volk› bezeichnen, Jesus eure Entwickler und Designer aus dem Tempel jagen.* Ich aber, ich liebe euch. *Denn ich sage euch: Ihr zeigt den Menschen ungeschönt und ehrlich, wie er ist. Ihr werft ihn schonungslos auf sich selbst zurück. Ist er stark, lässt er sich nicht vom Gesicht irritieren, das ihm aus dem Spiegel des blanken Displays entgegenblickt, ja kann er sogar daran wachsen. Ist er es nicht, wird er sich nur noch mit diesem Bild seiner selbst beschäftigen – und untergehen.*

Sein Untergang wäre keine Katastrophe in den Zeitläuften, ja nicht einmal ein Verlust. Das ist das evolutionäre Prinzip in Reinkultur. Narziss, der vor seinem Ebenbild verschmachtete, verwandelte sich gemäss Ovid in die gleichnamige Blume. So wurde aus einer unvollkommenen eine vollendete Kreatur.»

Raetus B. Wohlhauser-McLuhan, aus dem Skript zu «Wie es ist – Vol. II» (Publikation in Vorbereitung).

***

Logistik.

Die Scanner der Kassen registrieren laufend jeden Verkaufsvorgang. Die Art und Zahl der verkauften Produkte werden an die Computer des Lagers im Untergeschoss übermittelt. Dort verladen Mitarbeiter weitere iPhones, Spielkonsolen, Flachbildschirme, Tablets, Ohrhörer, Kabel, Stecker, appgesteuerte Sicherheitskameras, Drohnen, Sofortbilddrucker, Actioncams, Speicherkarten, Time Capsules, kabellose Mäuse, Activity Tracker, VR-Brillen, Convertibles, Ultrabooks, All-in-one-PCs, Game Bundles und et cetera pp weiter weiteres tutti quanti mehr auf Einkaufswagen. Sogar palettenweise wird der Warennachschub mit dem Warenlift in die Verkaufsabteilungen gebracht, wo andere Mitarbeiterinnen und Mitarbeiter sie in Empfang nehmen und auf die Regale und Tische verteilen. Wir hören die Scanner piepen, mit denen der Wareneingang auf der Abteilung quittiert und ans interne System gemeldet wird. Den Verkauf dieser Artikel registriert wiederum der Scanner der Kassen und teilt den Warenausgang den Computern im Untergeschoss mit, die den Lagermitarbeitern den Befehl erteilen, die entsprechenden Artikel erneut auf die Einkaufswagen zu legen, die leer aus den Verkaufsabteilungen zurückgebracht wurden. Ein immerwährender, wunderbarer Kreislauf vollzieht sich vor unseren Augen: Angebot → Nachfrage → Angebot → Nachfrage → Angebot. Investition → Angebot → Investition → Nachfrage → Investition → Nachfrage. Cashflow, Umsatz, Einkaufspreis, Verkaufspreis, Lohnkosten, Nebenkosten, Verwaltungskosten,

Werbekosten. Angebot → Kauf → Freude. Angebot → Kauf → Nutzen. Umsatz, Gewinn. Wir sehen Freude.

***

Bummel.

Jasmin Russo (53), kaufmännische Angestellte, hat sich um 15 Uhr mit ihren Freundinnen Astrid Meier (52) und Jarmila Bezakova (47) im Café Schiesser am Marktplatz getroffen. Die zwei Schalen und den Cappuccino übernimmt sie gerne. Sie selbst gönnt sich gar ein Eclair, Astrid und Jarmila verzichten. Die drei Freundinnen – sie kennen sich von einem Weiterbildungskurs in digitalem Korrespondenzmanagement mit Abschlusszertifikat – kommen ins Schwatzen. Obwohl sie sich nur alle paar Monate sehen, brauchen sie keine Aufwärmzeit. Nichts Weltbewegendes besprechen sie, sondern einfach das Leben. Die Arbeit, die überstandene Erkältung, die Pläne für eine Reise nach Paris (Jasmin), Rom (Astrid) und in die Winterferien auf die Melchsee-Frutt (Jarmila), wie es mit den erwachsenen Kindern läuft (Astrid), dass es mit diesem Jürg nichts werden wird (Jarmila), weil der immer nur von sich spricht und nie von einem Wir. Von der Schwierigkeit, einen Parkplatz zu finden (Jasmin), wobei Astrid aus Münchenstein mit dem Tram und Jarmila mit dem Bus 34 von Bottmingen her → Stadtzentrum. Das ist praktischer. Billetkontrolle, zwei Schwarzfahrer wurden erwischt, selber schuld.

«Auf in die Kleiderläden!», hat Jasmin das Zeichen zum Aufbruch gegeben. Sie sind los. Die grossen Ketten in der Freien Strasse zuerst. Schauen, was gerade Mode ist. Welche Farben, Stoffe, Muster, Schnitte. Natürlich finden sie das eine oder andere, das in Frage kommt. Besonders freut sich Jasmin Russo, als sie endlich eine Nachfolgerin für ihre Lieblingshose findet. Der Schnitt bringt ihre Figur vorteilhaft zur Geltung. Sie passt perfekt, stimmen ihr Astrid Meier und Jarmila Bezakova zu, die ihr gut zureden, Zweifel wie «kann ich das noch tragen?» mit Protest und Komplimenten beiseitewischen und den Preis ebenfalls angemessen brutal reduziert finden.

Kostet ja heute ohnehin nicht viel, all das Textile. Das mit den Arbeiterinnen in Bangladesch, Kambodscha oder China ... das wissen die drei Freundinnen natürlich. Auch von den Löhnen des Verkaufspersonals haben sie eine Ahnung. Was willst du machen: Angebot → Nachfrage → Freude. Wenn ich's nicht kaufe, kauft's eine andere, es hilft niemandem, wenn ich Skrupel habe, nicht? Die Kambodschanerinnen würden ihren Job verlieren und die Verkäuferinnen hier auch.

Astrid, die nach einem feinen Pullover für die Wintertage gesucht hat, der nicht so ortsüblich schwarzgraubegräbnisartig wirkt, und einige Modelle anprobiert hat, mit denen sie vor dem Spiegel nicht recht warm wird, lässt sich schliesslich einen neuen Ledergürtel mit silberner Schnalle (ein stilisierter Schwan) und – ebenfalls! – eine Hose einpacken, blau-grau meliertes Baumwoll-Leinen-Mischgewebe, das, so hofft sie, der Bise trotzen wird, ohne dass sie in wärmeren Räumen schweissgebadet sein wird.

Nur Jarmila, die ihre Freundinnen mit scharfem Auge beraten und ihnen das eine oder andere Kleidungsstück in die Umkleidekabine gereicht hat, hält sich zurück. Sie macht Spässe mit ihren Freundinnen, die immer wieder teilumgezogen aus der Kabine schreiten, um sich vor Jarmila um die eigene Achse zu drehen und sich von vorne, von den Seiten betrachten zu lassen und, soweit anatomisch möglich, auch von hinten anzusehen. Jarmila lässt das Einkaufen bleiben. Gut, die drei Paar Socken (Baumwolle, schwarz) und die Zweierpackung Slips (Baumwolle, schwarz) habe ich unterschlagen, weil es Gegenstände des täglichen Gebrauchs sind.

«Was man hat, das hat man.» Dieser Satz stammt ursprünglich von Guillaume Le Garrecq de Jussieu-Pontoise, jetzt spricht ihn Jarmila aus, die nicht zu geizig wirken will und in der Schlange beim Anstehen mit den Freundinnen die zwei Packungen aus einem Wühltisch direkt an der Kasse angelte.

***

Die ewige Melodie.

«Cis-gis-cis-gis», singt auf der Strasse ein Horn laut und immer lauter die Weise der Blaulichtorganisationen. Polizei? Ambulanz? Feuerwehr? Der Müller, während all dieser Ereignisse mit Detektivkorporal Rolf Vetter im «Globus» und zwischendurch draussen im Bereich Eisengasse (Spielwarenladen) im Einsatz, jetzt aber erneut bei den Discokugeln im Kaufhaus drin, ruft die Zentrale an und erfährt: Unfall vor dem «Unternehmen Mitte», Passant wollte mobiltelefonierend die Strasse zur Post überqueren, um beim Automaten CHF oder € zu beziehen, stiess mit Velofahrer – ebenfalls mit dem Handy am Ohr – zusammen.

«Tatü-ta-ta» hört man erneut. Missgeschick einige Meter weiter oben in der Gerbergasse: Lieferwagenbeifahrer (Frachtgut: Schuhe) öffnet beim Aussteigen ruckartig Autotür und schlägt präzis einen Regierungsrat k. o. → 144 olé! Ist gar nicht lustig, tönt nach Fasnachtsmotiv fürs nächste Jahr. Ein Foto des ausgeknockten Halbkantonsvaters hat bestimmt bereits jemand ins Netz gestellt.

Dritter Akt, der Müller hört's nicht, weil mit Vetter weit im «Globus» drin. Doch draussen betäubt's die Ohren: «Cis-gis-cis-gis» → freie Bahn für die Einsatzfahrzeuge. Angetrunkene Freitagsshopper haben auf dem Marktplatz Verpackungsmaterial in Brand gesetzt, um ihrer Lebensfreude Ausdruck zu verleihen. Gülay Sermeter, mit Aspirant Blaser im Raum Rümelinsplatz/Spalenberg auf Streife und sofort vor Ort, nimmt sich der Sache an. Ein Streifenwagen des Alarmpiketts mit drei Mann an Bord kommt als Verstärkung dazu.

***

Psychologie.

Innert einer halben Stunde erhält Salvatore Ritacco, Direktor des «Manor»-Warenhauses an der Greifengasse, vier Anrufe von besorgten Rayonchefinnen und -chefs (Consumer Electronics, Spielwaren, Damenmode, Parfümerie): Das Personal werde der Kundenmassen nicht mehr Herr, die Gemüter seien erhitzt, der Ton zwischen den Kauffreudigen werde gehässiger, der Blutdruck steige, es komme fast minütlich zu Zwischenfällen. «Wie bei ‹Meuterei auf der Bounty›», merkt der Leiter Consumer Electronics an. Der Vergleich hinkt zwar, weil das Personal den Dienst keineswegs verweigert. Was er ausdrücken will, ist klar: Chaos. Ein griechisches Wort aus der Vergangenheit. Dass es das Wort ΧΑΟΣ durch die Jahrtausende bis zu uns ins volldigitale 21. Jahrhundert geschafft hat, beweist seine ewige Gültigkeit.

Salvatore Ritacco verlässt zum zigsten Mal heute sein Büro im Verwaltungstrakt im Nebengebäude und betritt das Warenhaus durch den Nebeneingang von der Utengasse her, bemerkt sofort, was bei Uhren, Schmuck und Parfümerie los ist. Die Menschen drängen sich sardinenmässig kompakt, sodass er auf den ersten Blick weder die Warenauslage noch das Personal entdecken kann. Die Menschen scheinen sich … nein, scheinen sich nicht, sondern tun es: schubsen, drängeln, fauchen, rennen, schieben, stossen, he: schlagen! Schlagen? Geht nicht. Schimpfen! Ein Rumpeln. Ist etwas umgestürzt? Ein Mensch? Ein Regal? Ein Verkaufskorpus? Splittert eine Vitrine? Ein Schrei? Wer? Vor Schmerz? Empörung? Zorn? Entrüstung? Oder grätscht ein beherzter Verkaufsberater dazwischen? Und kassiert Hiebe? Hallo: Fürsorgepflicht des Arbeitgebers: OR Art. 328 Abs. 1. Tätlichkeit: Art. 126 StGB.

Salvatore Ritacco pflügt sich durch die Leiber, um besser, um mehr, um überhaupt zu sehen. Hat keine Rugbyspielerstatur → kommt nicht durch, wechselt die Richtung, windet sich aus dem Mahlstrom, der in der Uhren-, Schmuck und Parfümerieabteilung die Menschen in Richtung Black-Friday-Spezialangebote oder Rolltreppe zwingt. Als er wieder Luft schöpfen kann, kontaktiert Ritacco sofort die vier Abteilungen, aus denen ihm «unhaltbare Zustände» berichtet wurden. Entspannung melden sie kein bisschen, sondern wie Nachrichtenmedien zu jedem Konflikt unablässig, dass sich der Krieg «verschärft», ja «immer mehr verschärft» und sogar «immer noch deutlicher stärker verschärft», ja eskaliert bis fast zur Eukalypse. Der Direktor klärt telefonisch ab, ob das Sicherheitsunternehmen, dessen Mitarbeiter schwergewichtig im Eingangsbereich und bei den Consumer Electronics eingesetzt sind, sofort Zusatzpersonal stellen könnte. Der Disponent antwortet: «Leider nicht. Sie können sich vorstellen, dass nicht nur in Ihrem Geschäft die Hölle los ist. Wir tun, was wir können, versprechen kann ich Ihnen nichts.» Ritacco ruft im Lager an, ob dort der eine oder andere kräftige Mitarbeiter abkömmlich wäre. Der Chef Logistik antwortet: «Wenn ich Ihnen jemanden nach vorn schicke, können wir den Warennachschub nicht gewährleisten.»

Darauf beschliesst Ritacco, die Polizei zu alarmieren und um einen grösseren Einsatz zu ersuchen, um die Ordnung wiederherzustellen.

Gleichzeitig fällt ihm ein, was er auf seiner letzten Weiterbildung über Verkaufspsychologie gelernt hat: die Macht der Musik. Die brodelnde Menge will er mit leiseren Klängen statt der bisher verwendeten Aufpeitsch-Rhythmen besänftigen. Mozart, denkt er, könnte beruhigend einwirken, Chopin, Debussy. Er kennt das von seiner Tochter, die übte das jahrelang auf dem Klavier, und er schlief dabei regelmässig auf dem Sofa ein. Er quetscht sich erneut durch die Menschenmasse, eilt zurück ins Nebengebäude in sein Büro, dort muss ... er sucht ... sucht ... sucht ... nein, Klassik findet er nicht, sondern eine «Schmuserock»-CD, die – warum weiss er nicht – wie den Weg hierher ... privat steht er eher auf «I Was Made for Lovin' You» und «You Give Love a Bad Name» ... sofort ins Kaufhaus hinüber, mit dem Warenlift nach oben zum Kundendienst. Dort speisen sie die Musik ins Lautsprechersystem ein ... «Sofort!», sagt die Kundendienstmitarbeiterin, als der Direktor mit der CD auftaucht und von «sanfter Musik» erzählt, die «zur Beruhigung der Lage» und so weiter.

Es geht nach hinten los.

Weil «Schmuserock»? Hallo: Schmuserock? Willst du Kuscheln-Träumen-Zweisamkeitsmusik, wenn du am Black

Friday in der «Manor»-Premium-Warenwelt hart nach Superschnäppchen jagst, granatenscharfen Killerpreisen, die du mit deiner schwarzen Kundenkarte nur heute, nur heute, nur jetzt bekommst, zu sagenhaften %%%% Bombenprozenten, SOFERN NICHT ALL DIE ANDEREN IDIOTEN DIR IM WEGE STÄNDEN, DICH IN DEINER BEWEGUNGSFREIHEIT EINSCHRÄNKTEN, DIR IHREN ZWIEBELATEM UND CAPPUCCINOMUNDGERUCH INS GESICHT BLASEN UND IHREN SAUREN ACHSELSCHWEISS UNTER DIE NASE REIBEN WÜRDEN. Und diese zweihundertzweiunddreissig Grossbuchstaben (inklusive Leerzeichen und Kommas) machen deutlich: Dingdong! «Gut gemeint ist das Gegenteil von gut gemacht!» (unbekannter Denker). Dingdong! Fehler von Herrn Ritacco! Die pazifizierend applizierte Musikstimmung trägt bedauerlicherweise nicht zur Deeskalation bei. Nach hinten geht's los, in die Hose. Dingdong! Null Punkte.

Jemand schlägt mit dem Regenschirm nach einer Lampe und erwischt sie.

Jemand ahmt ihn nach, weil «wenn einer einen Schwachsinn macht, so macht es bald auch ein zweiter» (Sir Malcolm Doddle: «The Art of Investigation»).

Jemandem fallen die zersplitterten Glühbirnen auf den Kopf, rieseln ins Gesicht, in den Nacken.

Freude macht das nicht. → Prügelei. Und weil du im Gedränge nicht herausfindest, wer der Löli ist, sondern den falschen angreifst → Megaprügelei.

Jemand reisst einen Lautsprecher herunter, aus dem der Schmuserock quillt, und der Lautsprecher fällt jemandem auf die Schulter, die bereits vor lauter Bänder-, Gelenk-, Adduktoren- und Zwerchfellzerrungen dick bandagiert, sediert ist, aber nicht genug, nicht genug, nicht genug! Vor Schmerz schreit der Getroffene auf, reflexartig schlägt er mit dem Ellenbogen aus. Mit der Faust haut er einen zufällig anwesenden Schneidezahn aus einem sich zufällig in seiner Reichweite aufhaltenden Gesicht, weil zwei Festkörper nicht zur selben Zeit denselben Raum einnehmen können. Das ist ein physikalisches Gesetz, das Newton oder ein anderer dieser genialen Engländer herausgefunden hat.

«Chaos», das uralte Menschheitsmotiv, ich sagte es, war der Grund, dass die Rayonleiter und -innen Spielwaren, Consumer Electronics, Damenmode und Parfümerie ihren Direktor alarmiert haben. Er erlebt es nun am eigenen Leib, steckt selbst Schläge ein, weil er schlichten will. Klassischer Kollateralschaden.

Blut wird bereits sichtbar, nicht in Strömen wie in einem TV-Krimi, wenn zu Gruselzwecken die Aorta aufgeschlitzt wird und der künstliche Lebenssaft in die Kamera spritzt, sondern bloss einige Tropfen. War dieses Knacken eben ein brechendes Nasenbein?

Komm, hör auf mit den Details, ich brauche eine Pause. Es ist hässlich, wenn der Mensch so die Fassung und Haltung und Selbstkontrolle verliert. Ich mag es nicht, schauen wir für einige Momente weg. Denken wir lieber an Erbauliches: «Die schönste aller Blüten ist die Kirsche, der edelste unter den Menschen der Samurai.» (Japan, 12. Jahrhundert). Ah!

Nicht gerade Erstklasswerbung für ein modernes Warenhaus der erschwinglich-gehobenen Klasse, was hier gerade abläuft. Die Zentrale wird schäumen. Die Geschäftsleitung. Der CEO. Der Verwaltungsrat. Die Shareholder. Die Stakeholder. Alle. Hauptsache, es kommt nicht in die Medien.

Salvatore Ritacco und der Schmuserock-CD die ganze Verantwortung für diese Turbulenzen zuzuschieben wäre auch übertrieben. «Der Mensch ist dem Menschen ein Wolf», schrieb schon Thomas Hobbes, und er lag richtig, obwohl er bei den «Eseleien» des alten Römers T. M. Plautus abgeschrieben hat: «Lupus est homo homini.»

Jetzt kommen der Müller und Vetter vom «Globus» über den Rhein herüber, und vor allem trifft vom Spiegelhof her eine Sechserpatrouille der Kantonspolizei im Outfit für den unfriedlichen Ordnungsdienst ein und macht unfriedlichen Ordnungsdienst. Insgesamt acht Polizistenkörper, Ausgabe eher massiv → Wirkung ≠ zero. Du leerst eine Etage, indem der

Einsatzleiter mit dem Megafon den Bürgerinnen und Bürgern die Anweisung ausgibt, die Räumlichkeiten zu verlassen, und sofort gehst du stur in einem Kordon vor und drückst mit dem Schutzschild die Leute in Richtung Rolltreppe. Böse Worte und so weiter – geschenkt. Kennen wir. Nicht beachten. Da müssen wir jeden Tag durch.

***

Konsequenzen.

Der Mann, der auf den Kassenautomaten im Elisabethen-Parkhaus eingeschlagen hat, bis seine Faust blutig war, wird im Waaghof durch Markus Gormann und Aspirantin Werner vernommen. Dem mutmasslichen Sachbeschädiger ist anzumerken, dass er so schnell wie möglich ins normale Leben zurückkehren will. Er will keinen Anwalt, sondern zum Auto, nach Hause zu Frau und Kindern. Er hätte im Leben nie gedacht, überhaupt einmal mit dem Kriminalkommissariat zu tun zu haben, und erst recht nicht als derjenige, der sich zu rechtfertigen hat, «No, No, No» (Dawn Penn). Er schämt sich und fühlt sich erbärmlich.

Du merkst: Er hat Stress.

Das hilft.

«Ich gebe zu, dass ich den Automaten beschädigt habe», gesteht Martin Loosli, sobald ihn ein Uniformierter in den Vernehmungsraum gebracht hat, noch bevor er sich an den trostlosen Tisch gesetzt hat. Das Mineralwasser, das Gormann ihm anbietet, lehnt er ab.

«Sie hoffen, gleich wieder draussen zu sein?», fragt Gormann, und der andere wird rot, weil fühlt sich durchschaut.

«Das hängt von Ihrer Kooperationsbereitschaft ab», schiebt Gloria Werner nach. Gormann hebt und senkt bedeutungsschwer den Kopf, und Loosli fragt sich, was bloss mit ihm los war dort beim Parkhauskassenautomaten, und wundert sich, wie schnell man aus der Bahn fallen kann, von der Rolle, aus dem Gleis. Alles so Metaphern fallen ihm ein, nutzlos und überflüssig und alles andere als tröstlich.

«Ich gebe zu, dass ich den Automaten beschädigt habe», wiederholt er, «wo muss ich unterschreiben?»

So eilig haben sie es selten, so gründlich geständig sind sie fast nie.

«Nicht so schnell», bremst Gormann, «alles schön der Reihe nach.»

Es dauert natürlich eine Weile, den Hergang aufzunehmen und das Motiv, den vermuteten Miniwalletklau, dem vielleicht eine Verlustmeldung gerechter werden könnte als eine Anzeige wegen Diebstahls. «Wer weiss», wie der Herzog von Gloucester in Shakespeares «Richard III.» sagt (2. Akt, 1. Szene, Vers 80).

Das Motiv von Martin Looslis ernsthafter Verstimmung mit Sachschadenfolge (Art. 144 StGB) führt von der Erzählung des Kaffeeerlebnisses an der Freien Strasse (möglicher Ort des Diebstahls) hin zur Schilderung der Anrempelung durch den Rüpel im Eingangsbereich des Parkhauses ungefähr um 17:20 Uhr. Auf Gloria Werners Frage, ob er den Angreifer beschreiben könne, antwortet Loosli, er habe ihn nur kurz und ungenau gesehen, sei zudem, ja, leider, ausser sich gewesen, erinnern könne er sich ... hm ... an einen ... ja, höchstwahrscheinlich hellgrauen ... Mantel und einen dunklen Schal mit schwarz-weissem Muster. Blond sei er gewesen.

Ob es Zeugen dieses Vorfalls gegeben habe, fragt Gloria Werner.

Wenig nach diesem Tubel seien zwei Personen vorbeigekommen. Wenn er sich recht erinnere, ein Mann in einem fein gemusterten Mantel, vielleicht kariert? Auch er mit einem dunklen Schal. Mit ihm sei eine Blondine in einem glänzenden roten Mantel unterwegs gewesen. Stehen geblieben seien diese beiden nicht.

«Könnten Sie den Mann, der Sie angerempelt hat, identifizieren?», fragt Gormann.

«Hmmm, ich weiss nicht recht.»

«Aber Sie können es versuchen, falls wir ihn ermitteln können?»

«Versuchen ja.»

Dann machen Gormann, Werner und Loosli das Ganze schriftlich, korrigieren, bereinigen, sind präzise. Bagatelldelikte? Nein, Strafgesetzbuch. Loosli wird alles andere als pünktlich vor dem Reihenhaus in Sissach vorfahren.

SECHS

Celebrity.

Mitten im Black-Friday-Getümmel … Traraa … Kurz vor 18:00 Uhr im «Coop»-Flaggschiff an der Freien Strasse geht ein Raunen durch den Laden. Und was so ein unerwartetes Raunen auslöst, ist spannend zu beobachten: Die Kaufgierigen halten auf einmal inne, schauen von den Auslagen und Regalen, von den Wühltischen und Produkthaufen auf. Wem oder was gilt das Raunen?

Du siehst dich um und suchst nach der Ursache. Denn dieses Oooooh ist ein regelrechtes Ooooooooooooh! Und du bist erst zufrieden, wenn auch du ein Teil dieses Oooooooooohs bist. Die Hand sofort am Handy, um dokumentieren zu können, dass du dabei warst. Und endlich hast du ihn, nein, sie gesichtet.

Es sind wirklich Tony Carreras (48) und Kerri Ka$h (39).

Er leicht verschwitzt, aber mit neuer Frisur, dunkler, als er im Fernsehen wirkt, und mit frisch verheilten Haarimplantaten. Schlanker als auch schon. Hat er seinen Bauch absaugen lassen? Und sie? Frisch aufgepumpte Lippen, bombengefährlich blonde Haarpracht und neu modellierter Body.

Ha, nice! Die machen schon was her.

Tony mit Sonnenbrille, er macht offensiv auf inkognito. Zu grauen Cargohosen trägt er ein anthrazitfarbenes Hemd und einen fein schwarz-weiss karierten Mantel und einen dunklen Schal mit hellem Muster. Kerris Körper steckt im knallroten Vinylregenmantel, darunter ein schwarzes T-Shirt mit den goldenen Lettern «CAT HAIR – DON'T CARE», worüber wir intensiv nachdenken könnten, und eine enge, glänzende Hose, die das Werk von Fitnesscoach Melvin betont, der in Wirklichkeit René heisst und sich statt seines Oberbaselbieter Akzents einen mittelkalifornischen antrainiert hat. Kerri ist happy, weil sie am Morgen ein existenzielles Problem überwunden hat: Wie kannst du mit so langen Fingernägeln ein loses Wimpernhaar aus dem Auge klauben, ohne dich selbst zu verletzen?

Tony und Kerri sind beliebte Gäste in der Gratispresse und in Talk- und Realityshows, wo sie gerne auch «Tokerri» oder «Ketony» genannt werden.

Wie bitte? Sie kennen Tony Carreras und Kerri Ka$h nicht? Das schockiert die beiden jetzt aber total, weil schlichtly unvorstellbar. Also, *Tony*, gelernter Speditionskaufmann, hatte vor einigen Jahren eine ähm wichtige Statistenrolle in einem Film mit dem Titel «Monster Springbreak» oder so. Nein, nicht im ersten Teil, ich glaube, es war in Folge III oder IV. Ja, genau, und im Actionstreifen «AK-27 revisited» spielte er den gut gebauten Hausmeister, der von der rothaarigen Mieterin in der sechsten Etage bereits im Vorspann ins hitzebedingt entblösste Sixpack ge- und dadurch erschossen wird. Keiner weiss, wie Tony an die Rollen in Hollywood gekommen ist. Das ist sein Geheimnis. Die Rolle des erschossenen Hausmeisters war der unvergessene Glanz- und Schlusspunkt seiner Westküstenspielfilmkarriere.

Kerri herself, von Haus aus eidg. dipl. Krankenschwester, erschien farbig auf dem Titelblatt und in einer Bildstrecke eines US-Magazins. Gut, wenig züchtig bekleidet, aber so erfolgreich, dass aus der Menge von Folgeaufträgen insbesondere das Juli-Kalenderblatt des Jahreskalenders eines international agierenden Bagger-Herstellers zu nennen ist. Doch da – und das ist die düstere Wolke über ihrer Geschichte – da existierte in dieser Westküstenmoviesaga leider auch diese Frau namens Margie McNamara, ihre Managerin. Sie zog für Ketony schwergewichtige Werbe-, Sponsoring- und Wasweissichfürdeals an Land, scheffelte mit ihnen Geld wie Heu (nehmen Tony und Kerri an), und zack verschwand sie auf einmal. Mit der ganzen Kohle. → Tony Carreras und Kerri Ka$h daher notgedrungen → «Return to Sender» (Elvis) → Basel, home sweet home. Als Rückkehrer aus der sexy Showbusinesswelt, an denen durchaus einige Reste von Glanz-und-Gloria-Lametta haften, hat sie die helvetische Peoplebranche gerne wieder aufgenommen. Zwischendurch machen sie auf eigene Kosten oder auf Einladung eines Glamour-Sendegefässes immer mal wieder ein Fotoshooting am Sunset Strip und eine mit Kamera dokumentierte Fahrt im gemieteten Bugatti-Cabriolet entlang einer Strandpromenade. Copacabana und Ipanema, was auf allen elektronischen Kanälen verbreitet wird, weil Aufmerksamkeit heute die Währung ist, wie jeder weiss und deshalb nichts anderes mehr im Kopf hat.

Also, Tony und Kerri, die muss man kennen.

Wie versprochen endlich O-Ton Tony Carreras: «Ein wenig lästig ist's manchmal ja schon», sagt er zu ihr, während Kerri mit dem Mund Küsschenküsschen in Richtung des Einkaufspublikums andeutet, «wenn dich die Leute auf der Strasse erkennen –»

Stopp! Hallo! Das will ich ganz anders erzählen: zuerst Frauen und Kinder, erst dann der Kapitän. Pardon, bitte rewind, zurückspulen und delete. Erzählen, was Kerri sagt.

Chm chm, Hals wieder frei, Neustart: «Das ist ein Super Buy!», ruft sie und stupst Tony mit dem Ellbogen in die Rippen. «Dort, dieses Gadget!»

Tony sieht's und antwortet: «Yes, Baby, megascharf. Das bezahl ich mit meiner Platin-Visa.»

Er zückt sie, hält sie hoch, dass sie in den Spots der Ladenbeleuchtung blitzt und funkelt wie die Diamanten im Gebiss eines Gangster-Rappers.

Wenden wir uns nun wieder Tonys Gedanken und Worten zu, weil sie uns Hintergrund vermitteln, die emotionalen Werte aufzeigen, die Tony Carreras umtreiben.

«Ein wenig lästig ist's manchmal ja schon», sagt er zu ihr, während Kerri mit dem Mund Küsschenküsschen in Richtung des Einkaufspublikums andeutet, «wenn dich die Leute auf der Strasse erkennen.»

Ach, nein, stoppstopp! Planänderung. Kerri soll reden beziehungsweise Zweifel am VIP-Dasein hegen. Das passt besser, glauben Sie mir.

Kerri denkt in diesem Moment nämlich: Ja, *sometimes* wird's einem schon ein wenig zu viel, wenn die Leute einen so stark beachten. Gehört zwar zum Beruf, wir *handlen* das professionell, manchmal aber … Nicht dass die Menge unverschämt glotzen würde, in Kalifornien ist das ganz anders, weisch, sie schauen halt schon auch her, sogar hier in der Schweiz. Auch hier wollen sie ein bisschen Glamour. Es gibt Tage, da ertrage ich das schlecht. Zum Beispiel, wenn meine Frisur eine Katastrophe ist. Wegen Vollmond. Manchmal ist auch die Luftfeuchtigkeit schuld. Oder Stress … Stress ist ganz schlecht. Da ist mit den Haaren nicht viel Gescheites zu machen. Da höre ich schon, wie die Leute tuscheln: «Hey, schau, dort ist Kerri Ka$h, und sie hat einen Hairstyle wie von der Müllkippe.» Das tut weh, wenn man so was mitbekommt, so viel Aggression. Hey, heute ist ein guter Tag, keine bösen Worte. Ich fühle mich blendend. Ich war ja gestern bei Giuseppe P.

Auch Tony fühlt sich nicht nur wohl in seiner Haut. Doch er lässt sich nichts anmerken, als sie gemeinsam durch den «Pfauen» schreiten. Du willst ja nicht wäääk aussehen, wenn jemand mit dir ein Selfie machen will.

Tony schielt seitlich hinter den *sunglasses* hervor, ob die Öffentlichkeit ihn und Kerri auch wirklich intensiv genug bemerkt oder ob an allfälligem Desinteresse das Sinken des Zweigestirns Tokerri abzulesen sein könnte (Diagnose *today: zero incidents, maximum attention*). Er denkt das: Ein wenig lästig ist's manchmal ja schon, so im Mittelpunkt zu stehen. Zum Beispiel, wenn mein Bauchansatz zu sehr sichtbar ist. Im Sommer, wenn man enge T-Shirts trägt. Zu weite Dinger kannst du ja nicht anziehen, sonst denken alle: Klar trägt der so luftige Zelte, damit seine Wampe und sein Hüftspeck weniger zu sehen sind! Schlimm war es, bevor ich mir die neuen Haare einpflanzen liess. Wie sie da auf die kahlen Stellen gestarrt haben … Aber *anyway*, echt, ich bin Mitte vierzig. Manche sehen da ganz anders aus. Seit einigen Jahren sagt er «Mitte vierzig». «Schauen Sie meine Jahrgänger mal an. Wie frisch aus dem Sarg, diese Büroangestellten. Bleich, schwach, eingebildet. Sklaven sind sie, Sklaven.»

Ein Blick zu Kerri, die fast zenmässig vor sich hin leuchtet und dann und wann Augenaufschläge in die Menge feuert. Sie an seiner Seite, ihr Glanz verleiht auch ihm eine besondere Aura.

Will dort wieder jemand ein ... ein Mann streckt seiner Frau ein Papier hin ...

«Sklaven! Wir dagegen, ich und Kerri, sind freie Menschen. Wir können tun, was wir wollen, wann wir wollen.»

... nein, der will kein Autogramm, ein Papiertaschentuch reicht er ihr. Fast hätte Tony den Arm ausgestreckt, um den Zettel in Empfang zu nehmen, und den Kugelschreiber zum Unterschrei... fast hätte er ... peinlich wäre das gewesen ... beinahe ein totaler *fail*! Am schönsten war es, als er damals im San Fernando Valley auf dem Set bei zwei Girls auf der Hinterbacke unterschreiben durfte. Das war schon etwas Spezielles, gut, das ist, nun ja, einige Jahre ... die California Girls sind halt schon ganz ... okay?

Fast macht er in Gedanken «bäh!» zur kleinen Welt, wie sie ist hier in der Schweiz. Er vermag sich jedoch zu beherrschen, weil → unschöne Gedanken → unschöner Gesichtsausdruck → unschöne Handyfotos → unschöne Publicity. Da wird aus einem verbissenen Gesicht sofort die Scheidung, ein Drogenproblem, eine unheilbare Krankheit oder der Privatkonkurs herausinterpretiert.

Tony Carreras behält die Selbstkontrolle und lächelt, was den kleinen Kristall auf seinem linken unteren Schneidezahn zur Geltung bringt.

Weil ... Privatkonkurs ... pfff! Von all der Westküstenshowbu$inesszeit i$t schon ein bi$$chen was übrig geblieben, Margie McNamaras Abgang zum Trotz. Wenn Kerri und Tony ihre Ausgaben im Griff behalten – was ihnen nicht immer leichtfällt –, brauchen sie nicht wirklich zu arbeiten. Ziemlich herunterschrauben mussten sie die Ansprüche, klar, doch das soll niemand merken. Tony Carreras muss nicht mehr als Speditionskaufmann ran, und Kerri Ka$h sich nicht mehr als Krankenschwester dem Joch der Lohnabhängigkeit unterwerfen. Obwohl, apropos «Arbeit»: Unterschätz es nicht, das Dasein als Glamourpaar. Eines zu sein, daran zu arbeiten und ohne Pause «nonstop» (Kraftwerk) als VIP-Couple zu performen, die emotionale Kontrolle aufrechtzuerhalten, strahlen und wirken, das ist ein harter Job. Du musst den Leuten geben, was sie wollen: *dreams!* Ketony sind eine Marke, sie sind Profis.

Wer das Gegenteil behauptet, hat keinen Schimmer und ist ein ignorantes [redacted]ch, dem Tony den Biss einer Klapperschlange wünscht.

18:03 Uhr. Im zweiten Stock im «Pfauen» sehen sie die blonde Scheitelfrisur von Raetus B. Wohlhauser-McLuhan. Der bekannte Zeitgeistphilosoph, Artikel überall, Interviews, eine philosophische Talkshow im Fernsehen, profitiert ebenfalls von den Hammerpreisen.

Die Leute schauen. Zum Philosophen hin oder zu ihnen? Musst du die Emotionalität eskalieren, sofort, massiv: Drama, Baby, nun gibst du ihnen, was sie wollen: Tony nimmt Kerris Kinn zwischen Daumen und Zeigefinger, knuddelt sie und raunt ihr zu: «Ich werde dir zu Hause gleich zeigen, wie süss ich sein kann, Baby.»

Jetzt hört er, hört sie, hören sie, wie mehrere Handykameras klicken. Aaaah! Die Leute sind so was von absolut aufmerksam, kannst du sagen, was du willst. Die warten nur auf eine solche Situation. Die antizipieren das voraus und sind mit der Handykamera so flink – immer bereit, wenn etwas passiert.

Aber, wie bitte, nein, das kann nicht sein: Die richten ihre Handys tatsächlich auf den Denker?

Mit Grabesstimme, aber für niemanden ausser für seine Lady zu hören, raunt Tony Carreras: «Wohlhauser-McTrottel, ich spucke auf dein Grab.»

Dann kneift er, vor den Blicken des Publikums durch den roten Vinylmantel verborgen, einigermassen temperamentvoll durch die glänzende Wursthauthose hindurch in Kerris Gesässmuskel. Das bedeutet: «Gib alles und lass dir diese Demütigung bloss nicht anmerken.» Und sie lassen sich weiter durchs Warenhaus treiben, beobachtet, hoffen sie, von der halben Nordwestschweiz. Wohlhauser haben sie aus den Augen verloren.

***

Körperverletzung.

Stichwaffeneinsatz im «Totally sexy»-Shop beim Marktplatz. Zwischen den Kleidern sind Ramon F. (26) und Roman G. (24) aneinandergeraten. Roman G. hat nach Ansicht von Ramon F. zu lange auf die Beine von Natasha M. (19) gestarrt. Gefielen ihm die auffällig gemusterten Strümpfe oder vor allem die Beine darin oder die Kombination davon? Oder berauschte ihn das Testosteron?

Auf die unmissverständliche Ansprache «He du, Mann, was?» reagierte er überhaupt nicht, sondern glotzte mit seinen dunkelbraunen Augen nicht nur die bestrumpften Beine von Natasha M. an, sondern quasi den ganzen Körper der Frau. Natasha M. ist seit knapp zweieinhalb Monaten und drei Tagen Ramon F.s zurzeit einzige unsterbliche Flamme und Verlobte ... der andere, äh, glotzt sich die Augäpfel aus dem Orbit, was Ramon F. in Wallung bringt, weil er ist ein Mann. Grenzüberschreitung! Das ist sein Territorium! Aaaargh. Natasha M., seine Natasha, das Glotzopfer, scheint die lüsternen Stielaugen von Roman G. nicht einmal zu bemerken. Oder ...? Dieses Luder. Ramon F. wird mit ihr ein ernstes Wort reden müssen, weil das geht nicht. Sie darf es nicht hinnehmen, dass ein fremder Macker sie so unverschämt mit den Augen quasi auszieht.

Respekt, Mann! Wo fehlt's dir sonst noch, ausser im Kopf, hä?

Eine Provokation, die aus Ramon F.s Jackentasche ein Springmesser (gemäss Art. 4 Absatz 1 Buchstabe c des Waffengesetzes (WG), verboten nach Art. 5. Abs. 1 Buchst. c) hervorruft und den Impuls, dieses einzusetzen. Nicht nur den Impuls, weil ein *hombre* ist ein *hombre* ist ein Vollblut! Und *cojones* sind *cojones* sind Eier. Und deshalb schreien auf einmal alle im zweiten Stock des «Totally sexy»-Shops, weil Glotzer Roman G. gekrümmt am Boden liegt, auf die Seite gerollt, die Hände auf den Bauch gepresst, wo es rot, rot, rot, rotrotrot herausläuft, das Blut. Er röchelt.

Hilfe ist unterwegs.

Ramon F. und Natasha M., seine Undercut-Frisur und ihre

auffällig bestrumpften Beine, sind weg, als das Alarmpikett eintrifft. Die beiden Streifenwagen brauchten ewig, bis sie sich durch den Bus-, Tram-, Velo- und Fussgängerverkehr des Stadtzentrums gequält hatten.

Und Müller und Vetter sind vom «Manor» zum Postfinance-Kundencenter mit den Geldautomaten weitergezogen, also noch immer im Kleinbasel im Einsatz.

***

Ein Fund.

Weiss gekachelt bis oben hin. Eine Allerweltstoilette auch im «Pfauen». Um 18:21 Uhr will sich der Radiotechniker Michael Herzog (57), der in diesem Geschäft an der Freien Strasse von den Angeboten des Tages profitieren konnte, in der Toilette im 5. Obergeschoss erleichtern. Die linke Kabine ist besetzt, die rechte zeigt Grün. Michael Herzog drückt die Klinke herunter und will die Tür aufschieben. Das gelingt ihm nur zum Teil. Denn die Tür ist von innen blockiert. Durch einen schweren Gegenstand. Herzog drückt weiter nach innen, bis er diesen sieht. Und identifiziert, welcher Art das Objekt ist, das in der Kabine am Boden liegt.

Hat er aufgeschrien und ist erbleicht? Er weicht zum Eingang zurück, zieht das Handy aus der Tasche und ruft die 117. Er berührt nichts.

Das ist das polizeilich empfohlene Vorgehen.

Anweisungsgemäss bleibt Michael Herzog im Korridor vor dem Eingang zu den Männer-WCs stehen.

Weil schon eine Patrouille der Sicherheitspolizei im Haus ist, dauert es bloss 120 Sekunden, bis die Kollegen Petracca Marco und Bauer Reto die Männertoilette erreicht haben. Sie identifizieren den verdatterten Herzog als den Anrufer und möglichen Zeugen und weisen ihn an, sich nicht zu entfernen. Sie ziehen die Waffe, öffnen die Tür und dringen in den Raum ein. Kein Mensch zu sehen. Niemand habe sich entfernt, wird Herzog aussagen. Links Lavabo und Händetrockner, weiter hinten zwei Pissoirs, rechts hinten zwei Einzelkabinen, die rechte einen Spalt weit offen. Darin liegt laut dem Notruf der schwere Gegenstand, der die vollständige Türöffnung verhindert. Die linke noch immer rot als «besetzt» markiert. Polizeikorporal Petracca toktok klopft toktoktok mit dem Lauf der Waffe gegen die Tür und ruft: «Polizei! Kommen Sie mit erhobenen Händen heraus, und zwar schnell!»

Keine Antwort.

«Sie haben keine Chance, jeder Widerstand ist zwecklos», sagt Petracca, «ergeben Sie sich!»

Keine Antwort.

Petracca nickt dem Kollegen Bauer Reto zu. Der ist kräftiger, spannt den Körper an, macht sich bereit, sich mit voller Kraft gegen die Tür zu werfen.

Da hören sie das Schloss der Toilettentür klicken und auf Grün wechseln, die Türe schwingt auf.

Stellen Sie sich vor: Sie sind friedlich dabei, sich in aller Ruhe und Intimität zu erleichtern – und dann das! Ein Mann, bevor er die Toilettenkabine verlassen kann, entdeckt die zwei Polizisten, der eine hält eine Pistole in der Hand. Der Mann öffnet den Mund, will schreien, heraus, äh, kommt nichts. Seine Augen: blankes Unverständnis. Er hebt beide Arme, die Handflächen offen zur Polizei gewandt.

«Kommen Sie heraus», befiehlt Bauer und untermalt die Aufforderung mit einer Handbewegung.

«Dort an die Wand!», kommandiert Petracca und winkt mit der Waffe den Mann zur weiss gefliesten Fläche vorne im Raum, neben dem Lavabo und dem Handtuchautomaten. Der Mann gehorcht. Seine Stimme gibt Laute von sich. Aber er sagt nichts, was die Polizisten verstehen könnten. Kollege Bauer durchsucht ihn, schüttelt den Kopf. «Nichts.» Im Rücken des Mannes klicken die Handschellen. Seine Gesichtsmuskeln arbeiten, doch er sagt kein verständliches Wort.

Als Nächstes ruft Petracca die 144, den Notarzt.

Aus dem Festgenommenen ist nichts herauszubringen. Er schneidet zwar Grimassen, steht jedoch sprachlos da, neben

Michael Herzog, der den Vorfall gemeldet hat und den sie aus dem Korridor wieder hereingeholt haben, damit nicht er allfällige WC-Besucher abwimmeln müsste. Der Zeuge Herzog und der Mann aus der Kabine sind beide bleich, atmen unregelmässig, wissen nicht, wohin mit sich.

Die Eingangstür öffnet sich. Ein Mann schaut herein, sieht zwei Uniformierte und zwei Zivilisten beim Lavabo, zuckt zurück. Die Tür schliesst sich wieder.

Endlich kann Petracca Verstärkung rufen.

Bauer zwängt sich durch die halb offene Tür der WC-Kabine und beugt sich über den Mann, der gekrümmt auf dem Boden liegt. Der Körper warm, aber kein Puls, kein Lebenszeichen. Bauer lässt ihn liegen.

Auf dem Korridor vor der WC-Anlage haben sich Schaulustige versammelt, die von aussen die Tür anstarren und hoffen, etwas von den Ereignissen mitzubekommen. Jeannette Meierhans und Franco Burkhalter von der Sicherheitspolizei quetschen sich durch. Kurze Rücksprache mit Petracca. Meierhans und Burkhalter räumen den Korridor. «Gehen Sie weiter. Es gibt nichts zu sehen. Das ist ein Polizeieinsatz.»

Der Notarzt trifft ein, Dr. Jens Becker, und eine Sanitäterin.

Auch der Arzt ergreift das Handgelenk des Leblosen. Befund ebenfalls: kein Puls. Er legt die Hand auf den Brustkorb des Mannes. Keine Bewegung. Noch warm.

Mit dem Dienst-iPad dokumentiert Bauer nun die Lage des Toten, die Toilettenkabine.

«Wir sperren den ganzen Bereich ab», sagt Petracca zu Bauer, der rausgeht auf den Korridor.

Vorbereitungshandlungen, die die Anwesenheit des Toten ausgerechnet an diesem Ort der Körperausscheidungen rechtfertigen würden, scheint der Mann nicht ausgeführt zu haben. Er hat die Hose an, den Reissverschluss geschlossen, nichts aufgeknöpft. Ein Mann wohl Anfang vierzig, akkurater Seitenscheitel, silberglänzende [redacted]-Brille, Kaschmirschal mit Hahnentrittmuster, hellgrauer Designermantel, elegante Hose. Sieht aus wie zurechtgemacht für einen öffentlichen Auftritt –

oder war er ante mortem auch im Normalbetrieb ein Arbiter Elegantiarum?

«Da ist leider nichts mehr zu machen. Nach einem Herzinfarkt sieht das nicht aus. Das ist ein Fall für den Kollegen Haberthür vom Rechtsmedizinischen Institut», sagt Dr. Jens Becker und zieht die Latexhandschuhe aus, mit denen er den Toten untersucht hat. Weil bei unklaren Todesfällen die Todesursache geklärt werden muss.

Dr. Becker ruft selbst den Pathologen an, darauf machen er und die Sanitäterin sich auf den Weg. In der Tür, die sich gerade öffnet, begegnen sie Müller und Vetter. Die beiden waren am Marktplatz im dänischen Accessoires-Laden mit den chinesischen Produkten, haben eine Taschen- und eine Ladendiebin festgenommen, eine Tätlichkeit und zwei Ehrverletzungen dokumentiert sowie – am schönsten – ein verlorenes Kind seinen Eltern retourniert. Nur Sekunden nach dem Kommissär und dem Veteranen treffen auch Sermeter und Dominguez ein, die in der vergangenen halben Stunde den Elektronik-Discounter am Marktplatz gesichert haben. Sagen wir's offen: zu sichern versuchten.

«Klaustrophobie» ist ein Wort mit sage und schreibe vierzehn Buchstaben und überdies genauso griechisch wie «Chaos». Langsam platzt der Raum vor lauter Personen, voll Dichtestress: die Polizisten Petracca und Bauer, vom Kriminalkommissariat Sermeter, Dominguez, Vetter und Müller, ausserdem Michael Herzog, der den Toten gefunden und gemeldet hat, und der mit Handschellen Gefesselte, dessen Gesicht, als ihn der Müller ansieht, noch immer etwas ausdrücken will.

Petracca liefert Müller eine Kurzzusammenfassung. Gemäss Aussage des Notarztes besteht Verdacht auf eine unnatürliche Todesursache. Das hast du nicht jeden Tag. Das ist Basel, nicht die Bronx. Müller fordert die Kriminaltechnik an, den Leitenden Staatsanwalt Krähenmann, seinen Chef, wird er erst später anrufen. Zuerst frei denken, ohne Druck von oben.

Vetter geht raus auf den Korridor, um die Kollegin und den Kollegen zu unterstützen.

So weit, so gut. Und nun zu den Zeugen. Radiotechniker Michael Herzog erzählt Müller das Wenige, was er weiss: Er wollte zur Toilette. Deren Tür zeigte Grün. Er drückte die Klinke nach unten und schob die Tür auf. Diese blockierte. Herzog drückte weiter, spähte durch die Öffnung, die maximal 30° betragen habe, in die Toilettenkabine, entdeckte einen am Boden liegenden Körper und wählte auf dem Handy den Polizeinotruf. Beim Eintreten habe er niemanden gesehen, der sich entfernt habe.

«Hast du das?», fragt Müller Freddy Dominguez, der die Aussage mitgeschrieben hat. Dominguez nickt.

«Wir werden Sie in den nächsten Tagen bitten, im Waaghof vorbeizukommen, um Ihre Aussage zu unterschreiben», sagt Müller zu Herzog, «wir melden uns. Sie können gehen.»

Und nun zum Mann, den Petracca und Bauer aus der Nachbarkabine geholt haben. «Gib mir den Schlüssel», sagt Müller zu Petracca. Er schliesst die Handschellen auf. Der Mann reibt seine Handgelenke, langt in seine Jacke, bewegt wieder die Gesichtsmuskeln und holt das Portemonnaie heraus. Er zeigt dem Müller seinen Ausweis: Jürg Mohler ist sein Name, 33 sein Alter.

Jetzt, wo er die Arme und Hände frei hat, gestikuliert er, übertrieben und ausladend. Seine Stimmbänder geben gutturale Laute von sich.

Er will dem Müller etwas sagen.

Jürg Mohler ist gehörlos, versteht der Müller auf einmal. Er schweigt nicht, weil er verstockt, borniert, renitent, hartgesotten, empathielos, ein Gestörter oder ein Psychopath wäre. Die Polizei ist manchmal beruflich deformiert, dass sie zuerst an solches denkt.

Müller klaubt einen Stift und ein Blatt Papier aus seiner Jacke.

Jürg Mohler kann nicht sprechen und hört nichts. Er kann die Aufforderung der Polizei, die Toilettentür zu öffnen, gar nicht gehört haben. Und mangels Hörvermögen war es ihm unmöglich, wahrzunehmen, was sich in der Nebenkabine abspielte. Gesehen hat er nichts, weil er auf dem WC sass.

Das klären Müller, Sermeter und der Zeuge Mohler schriftlich.

Durchsuchen müssen sie ihn trotzdem. Er trägt keine verdächtigen Gegenstände auf sich.

Mittlerweile sind die Kriminaltechniker von Roland Cattaneo im «Pfauen» eingetroffen. Sie nehmen Mohlers Fingerabdrücke, einfach, damit das gemacht ist. Falls diese in der WC-Kabine des Toten oder an diesem festzustellen wären. Sie entnehmen Proben unter den Fingernägeln von Mohler. Damit du ihn hundertprozentig als Täter ausschliessen – oder in Betracht ziehen – kannst. Jedoch, in vino veritas: Jürg Mohler wirkt nicht wie ein Killer, der seelenruhig zur Toilette geht, um sein Geschäft zu verrichten, während in der Nebenkabine der von ihm gemeuchelte Homo sapiens sapiens auszukühlen beginnt. «Gewissheit ist oft trügerisch, trügerisch indes auch das Gefühl» (Jean-Hugues de la Motte-Radabam, «Erinnerungen», geschrieben 1716 nach der Wiederversöhnung mit seiner ehemaligen Gemahlin, der Comtesse Eglantine de Télécopieur de Courriel-Nul). Zweieinhalb Jahrzehnte Polizeierfahrung sagen dem Müller: Dieser Mann hat mit diesem Todesfall höchstwahrscheinlich nichts zu tun, er kann zu dessen Aufklärung nichts beitragen. Der Kriminalkommissär entschuldigt sich schriftlich bei Jürg Mohler für die Umtriebe und lässt den Mann heimfahren. Ein Job für Freddy Dominguez.

Müller und Sermeter bleiben im WC-Raum, wo der Tote liegt. Unangenehm, weil a) Geruch aus scharfem Putzmittel und Urin, b) hochgeheizte Temperatur, c) nirgends ein Fenster, weder für Frischluft noch zum Entfliehen. Sich dennoch alles genau ansehen tun der Müller und Gülay Sermeter.

Die Kriminaltechnische Abteilung, Cattaneo und seine drei Kollegen, wenden sich den Örtlichkeiten zu. Sie schlüpfen in weisse Overalls, Überschuhe und Handschuhe. Stellen Scheinwerfer auf, fotografieren, hantieren mit Pinsel, Abklebeband und Massstab, als wär's Live-Fernsehen. Auf die kleinen farbigen Kegelchen und die Täfelchen mit Nummern können sie verzichten.

Nun erscheint der Pathologe: François Haberthür, ein erfahrener Mann fast im Pensionsalter. Von manchen gefürchtet, von den meisten geschätzt wegen seiner Sorgfalt und Kombinationsgabe. Ein nicht unfreundlicher Mann von schneller Auffassung, renommiert für seine analytischen Fähigkeiten.

Du wechselst Worte.

Du merkst dir, was sich ein menschliches Hirn so merken kann.

Aus den Taschen des Toten holt Cattaneo einen Schlüsselbund mit drei Schlüsseln. Haus, Briefkasten, Auto? Keine Brieftasche, keine Papiere, kein Handy. Ungewöhnlich, denkt der Müller und: ein Raubmord? Er und Sermeter bleiben am Fundort der Leiche.

Vetter bleibt auch im «Pfauen», er fährt in den zweiten Stock hinunter – Herrenmode, Herrenaccessoires, Herrenwäsche. Von da wurde soeben ein physischer Konflikt zwischen mehreren Einzelpersonen oder Kundengruppierungen gemeldet. Das Wort «Rabattschlacht» bekommt seine buchstäbliche Bedeutung. Die Sicherheitspolizei ist vor Ort.

***

Bruttoinlandprodukt.

Black Friday, dir schlägt bald die Stunde. Um 20:00 Uhr werden die meisten Geschäfte schliessen. Der «Manor» und der «Pfauen» erst um 22:00. «Rama Lama Ding Dong» (The Edsels). In der Innerstadt ist Halligalli. Es kommt zu «immer mehr» (Medienfloskel) Turbulenzen. Diebstähle, Raufhandel, Ehrverletzung, Rempeleien, Tätlichkeiten, Stress, tutti quanti. Hat der Wahnsinn mal Anlauf genommen, ist er kaum zu bremsen. Wir wollen nicht antimarktwirtschaftlich rotmalen. Der Tag ist ein Erfolg.

Violinen, im Hintergrund voll viel vivace und Violinen: Feuerwerksfunken ähnlich schiessen nämlich den ganzen Tag über beglückende Kauferlebnisse in den Himmel. Rabatterfolge und Aktionsgenüsse kumulieren. Es verbreitet sich

Espressoduft vor der nächsten Transaktion. Es geschehen Pizza-to-go-Konsum-Stärkungen zwischen zwei Besuchen verschiedener Geschäfte. Bekannte treffen sich nach langen Monaten zufällig oder verabredet und plaudern über dies und das. Unbekannte knüpfen Augenkontakt. Alles förderlich für den Umsatz, Umsatz, Umsatz. Messen lässt er sich in Schweizer Franken, in Kundenzahlen, in Kubikmetern und Tonnen von Ware. BIP, das Bruttoinlandprodukt. Es wächst. Es wächst. Ja, es wächst.

Umsatz → Steuereinnahmen. Umsatz → Arbeitsplätze. Umsatz → Glück.

Sagen wir es laut und stolz: Der Black Friday ist kein schwarzer Freitag, sondern im stationären und im Onlinehandel vierundzwanzig Stunden Kommerzglück, während derer die Verkaufsgeschäfte tiefschwarze Zahlen schreiben. Der Black Friday ist die Startrampe fürs X-mas-Business, die Reparatur der Schäden, die der schwache Bruder Euro ins Einkaufsverhalten der Nordwestschweizer Bevölkerung eingepflanzt hat. Black Friday, we ♥ u. Zwar liegen die Nerven der, äh, Verkaufsberaterinnen und Verkaufsberater blank. Aber der Laden brummt, deshalb entsteht massig Freude. 20:00 Uhr, im Exzessfall 22:00 Uhr, das ist die Deadline, der finanzielle Redaktionsschluss. Zu dieser Uhrzeit bimmelt für heute letztmals das Glöcklein der Konsumgesellschaft.

***

Autopsie.

20:34 Uhr. Der Tote aus dem «Pfauen» liegt auf dem Chromstahl in Dr. François Haberthürs Rechtsmedizinischem Institut in der Pestalozzistrasse in 4056. Seine Identität ist nicht bekannt, weil er, wie gesagt, keine persönlichen Dokumente auf sich trug.

Der Pathologe hat ihn entkleidet und versucht nun, dem Körper zu entlocken, wie er zu Tode gekommen ist. Äussere Verletzungen sind trotz der Leuchtstoffröhrenhelligkeit des

Obduktionsraums keine sichtbar. Bevor Haberthür den Verstorbenen aufschneiden wird, um seine inneren Organe auf allfällige Beschädigungen zu überprüfen, nimmt er eine minutiöse Kontrolle der gesamten Epidermis mit Oculis plus starkem Vergrösserungsglas vor. Quadratzentimeter für Quadratzentimeter.

Extremitäten. Vorderseite.

Körperrückseite.

Am Rücken, im Kreuz des Toten, leicht rechts der Wirbelsäule, stellt er positiv einen frischen Einstich fest. Da sich der Mann kaum eine Insulin-, Anti-Thrombosen- oder Heroin-Spritze an diese Körperstelle gesetzt haben kann, seufzt Haberthür erfreut auf.

Ein Hinweis.

Haberthür nimmt eine Gewebe- und eine Blutprobe. Mit dem Skalpell schneidet er einige Zellen aus dem Fleisch, gibt sie mit einer Pinzette in ein Glasgefäss, das er verschliesst und mit der Fallnummer, mit Datum und Uhrzeit beschriftet. Dann ruft er die Kollegin vom Labor auf dem Privathandy an. Dr. Alexandra Ruggle wird ihre Wochenendpläne fallen lassen, ins Institut fahren und sich an die Arbeit machen.

***

«Hey! Ho! Let's Go.» (The Ramones)

20:40 Uhr. In seinem Einzelbüro im Waaghof strukturiert Müller das weitere Vorgehen: Identität des Toten, Todesursache, Hergang, allfällige Zeuginnen und Zeugen. All das wollen wir erfahren. Sicherung etwaiger Überwachungsvideos vom wahrscheinlichen Tatort. Müller ruft Kriminaltechniker Cattaneo an, der sich noch immer in der Toilette im «Pfauen» aufhält. Der reicht das Telefon weiter an João Fernandes, den Leiter des Sicherheitsdiensts des Warenhauses. Dieser verspricht, alle Aufnahmen umgehend der Polizei auszuhändigen. Ein Sicherheitspolizist wird sie in den Waaghof zu Müller bringen. Darauf ruft der Müller Krähenmann an, seinen Chef, und berichtet ihm vom ungeklärten Todesfall. Muss alles seine Ordnung haben, die Instanzen respektieren, den Dienstweg, der in der Privatwirtschaft «Workflow» heisst, die regulären Prozeduren. Langweilig? Nein, Sir: Rechtsstaat ≠ Durcheinander.

Im Gemeinschaftsbüro nebenan gehen Sermeter, Wäckerlin, Dominguez und Gormann die Datenbanken durch. Aktuelle Vorgänge, Fahndungen oder Vermisstmeldungen, die auf einen elegant gekleideten Mann Ende dreissig passen, finden sie keine.

Es ist Rolf Vetter, der Veteran des Müllerteams, der Dicke mit der Glatze, der die Identität des Toten klärt. Mit dessen Foto, das Cattaneo digital geschickt hat. Der Tote trägt blondes, links gescheiteltes Haar, keine Brille, einen Schal mit grossem Hahnentrittmuster, einen hellgrauen Wintermantel, graue Hosen mit feinem Karomuster und rahmengenähte Schuhe.

«Bis wir den finden ...», brummt Vetter zuerst, als ihm die Bildersuch-Software auf dem Polizeicomputer eine sechsstellige Zahl von Treffern anzeigt. Trotzdem betrachtet er das Foto nochmals genau ... «Das ist doch der ...»

Er ruft in den Raum: «Hol mal den Kommissär!»

Nichts passiert.

Nur das Tippen von Fingern auf Tastaturen. Stirnrunzeln. Und Stille. Vetter schaut vom Bildschirm auf und richtet die Augen auf Gülay Sermeter. «Hol mal schnell den Kommissär», weist er die Kollegin an. Diese deutet auf das Telefon, das vor Vetter auf dem Tisch steht.

«3572», sagt sie.

Detektivkorporal Vetter verzieht das Gesicht. Die Welt ist durcheinandergeraten: Gundeldingen gehorcht Pratteln, das Alter der Jugend, der Schweizer der Türkin, der Mann der Frau. Sagen wir's, wie es ist: Der Korporal hat den Befehl der Detektivwachtmeisterin auszuführen. Er gehorcht und wählt Müllers Nummer eigenhändig.

Der kommt sofort herüber und schaut sich den Bildschirm an, vor dem der Dicke sitzt.

Müller schaut auf das Foto, sucht in seinen Synapsen nach einem Wiedererkennungsmerkmal. Hat er diesen Mann schon einmal gesehen?

«Wer soll das sein?», fragt er. «Kennt ihn jemand von euch?», wendet er sich an Sermeter, Wäckerlin, Gormann und Dominguez. Aspirantin Werner und Aspirant Blaser sind selbstverständlich mitgemeint.

Was für ein Name, denkt er und liest vor: «Raetus B. Wohlhauser-McLuhan.»

Alle nähern sich Vetters Bildschirm und sehen, was der Kollege gefunden hat.

«Stimmt», sagt Gloria Werner.

«Natürlich», sagt Gormann, «das ist dieser Fernsehdenker.»

«Wundert mich nicht, dass du den kennst», sagt Vetter und grinst so, dass ich das aus der Mode geratene Adjektiv «sardonisch» endlich einmal verwenden darf.

Ich könnte natürlich auch «boshaft» oder «hämisch» schreiben, aber das … egal.

«Was soll das heissen, Rolf?», fragt der Müller.

Vetter bewegt die Hand, als wolle er eine Fliege verscheuchen. «Gormann weiss ja immer alles, vor allem wenn es um *Kultur* geht.» Und dieses Wort spricht er aus, als spräche er von einer gefährlichen Krankheit.

«Ah, das ist sein Name», sagt Sermeter als Ranghöchste der Müllermannschaft, «in der Zeitung habe ich ihn schon gesehen. Wie er heisst, war mir –»

«In meiner Zeitung kommt der nie vor», sagt Wäckerlin, «und im Fernsehen … solche Sendungen schaue ich nicht, immer blablabla und nichts los.»

Dominguez sagt, von seiner früheren Tätigkeit bei der Abteilung Gewaltverbrechen der Polizei Zürich her … «Als Aspirant!», ruft Wäckerlin dazwischen, will lachen, sieht dem Müller seine Miene, lacht also nicht … sei ihm diese Person nicht bekannt …

«Was hat denn das damit zu tun?», schiesst Vetter dazwischen. «Du immer mit deinem Zürich hier, Zürich da, hör auf.»

«… weil das Fernsehen auf dem Gebiet der Stadt Zürich …», will sich Freddy Dominguez rechtfertigen.

Vetter räuspert sich. Gleich dürfte er sagen: «Lieber dick

als ein Zürcher», was eine Variation seiner Eigenqualifikation «Lieber dick als tätowiert» wäre. Aber er hält sich zurück.

«Es reicht! Es war ein langer Tag, und er ist noch lange nicht zu Ende», sagt der Müller und schaut in die Runde. «Disziplin bitte», setzt er hinzu, mit einem sehr scharfen s.

In die Stille hinein schlägt Gormann vor: «Kaffee? Ich spendiere allen einen frisch gerösteten Automatenkaffee.»

Eine Fliege fällt tot zu Boden. Man hört beim Aufprall auf dem Linoleumboden ihr Skelett zersplittern. Es hallt nach, bis der Müller sagt: «Ja, gerne.»

Weil ausser ihm niemand spricht, fügt er hinzu: «Kaffeebefehl. Ausführen. Wer keinen trinkt, wird zur Drogenfahndung strafversetzt.»

Nicht fair, diese Bemerkung, gegenüber den Kollegen von der Drogenfahndung, ich weiss.

Aber jetzt Kon-zen-tra-tion.

Wer ist er denn nun, dieser Tote?

Die Internetbildsuche hat die Lücke im Wissen des Kriminalkommissärs Müller Benedikt und seiner Mitarbeiterinnen und Mitarbeiter geschlossen: Beim Toten muss es sich mit an Sicherheit grenzender Wahrscheinlichkeit um den Philosophen Raetus B. Wohlhauser-McLuhan handeln. Bekannt, weil TV-Persönlichkeit mit eigener Talkshow «The Good Life» spätnachts und Medienresonanz einigermassen überall, schwerpunktmässig im deutschsprachigen Raum.

«Er gilt», liest Vetter aus dem Internet vor, «als letzter Homo … was? Homo universalis.»

«Wir *können* lesen», sagt Dominguez.

«So jetzt», sagt Müller. Klappe *everybody* → Sie können nun über Vetters Schulter konzentriert weiterlesen. Wohlhauser ist offenbar quasi permanent im Gespräch, weil er sich zu vielem äussert. Er meldet sich zu Wort, er mischt sich in Debatten ein, nein: Er lanciert sie. Gesellschaftspolitische Brennpunkte wie die Digitalisierung und ihre Auswirkungen seien seine Hauptthemen … *«Main topics»*, stöhnt Vetter und schüttelt den Kopf. Die Mitarbeiter und -innen des Kriminalkommissariats Basel-Stadt lesen in dieser Freitagnacht wenige Sekunden nach 20:58 Uhr im Beisein ihres vorgesetzten Kriminalkommissärs Müller den Eintrag des toten Philosophen in der Mitmach-Internet-Enzyklopädie. Fast weltberühmt sei sein bisheriges Hauptwerk «Wie es ist», «in dem er die Wirklichkeit allumfassend zu erklären versucht», was ihm «verblüffend weitgehend geglückt» sei. Das ist wörtlich auf mehreren Internetseiten zu lesen. Copy/Paste.

«Ein ‹Zeitgeistphilosoph› … Hm. Was muss ich mir darunter vorstellen?», fragt Wäckerlin. «Tönt, als ob der den totalen Durchblick hatte. Wie bringt ein Zeitgeistphilosoph Ordnung in die Gedanken?»

«‹Wie es ist›», wiederholt Vetter halblaut den Titel des wohlhauserschen Opus importantissimum et maximum, «das würde mich auch interessieren. Das ist sicher so geschrieben, dass es kein Mensch versteht.»

«Die Identität wäre geklärt, danke, Rolf», fasst der Müller zusammen und beendet weiterführende Diskussionen nicht polizeilicher Natur. «Woran mag er gestorben sein? Vielleicht weiss Haberthür bald mehr.»

Sofort die nächsten Schritte.

«Wir benötigen seine Wohnadresse, um seine Angehörigen zu benachrichtigen, sofern er welche –»

Der Müllerhandyklingelton unterbricht ihn. Der Kommissär hält sich das Gerätlein ans Ohr, nennt seinen Namen, hört eine Weile zu, bedankt sich und wendet sich wieder ans Team. «Haberthür hat im Rücken der Leiche einen frischen Einstich festgestellt, im Kreuz, rechts der Wirbelsäule. Er hat Gewebeproben entnommen und ins Labor geschickt. Mit den Ergebnissen des Labors ist nicht vor morgen oder übermorgen zu rechnen. Ruggle ist dran. Haberthür geht davon aus, dass wir definitiv ein Tötungsdelikt haben. Jemand muss Wohlhauser ein Gift gespritzt haben.»

Das tönt wie im Krimi, aber ist hier Vollrealität. Als Polizei weisst du nun, dass du «tonight» (David Bowie) nicht zum Schlafen kommst. Die ersten Stunden nach Begehung eines

Verbrechens sind für die Ermittlungen eminent wichtig. Die Spuren sind noch frisch, dito die Erinnerung allfälliger Zeugen, der Täter meist noch nicht weit.

«Findet alles, was es über Raetus ... äh ... Raetus B. Wohlhauser-McLuhan zu finden gibt. Adresse, Beziehungsnetz und so weiter. Womit er sich beschäftigt hat. Findet heraus, wo seine Brieftasche und sein Handy sind. Dass so einer kein Mobiltelefon hat, würde mich sehr erstaunen.»

Aspirantin Werner bekommt einen Parallelauftrag. «Gloria, du siehst das Überwachungsvideo der Messerstecherei in diesem ‹Totally sexy›-Laden durch und holst dort nach Möglichkeit ein Fahndungsfoto heraus. Versuchte Tötung. Müssen wir auch forcieren.»

Polizeimaschinerie.

Nun sieht man, was herauskommen kann, wenn sich ein ganzes Ermittlerteam auf einen einzigen Fall konzentriert. Sehen Sie selbst: Gemeinschaftsbüro im Waaghof.

Müller weist die Aufgaben zu.

Gülay Sermeter kümmert sich um Wohlhausers Familienverhältnisse. → Einwohnerregister → Quasi Soforterkenntnis: verheiratet mit Bettina McLuhan Wohlhauser, von Wallisellen, 34 Jahre alt, vier Jahre jünger als er. Kinder hat das Ehepaar Wohlhauser-McLuhan laut Steuer- und Einwohnerregister keine. Sermeter macht die Wohnadresse des Toten ausfindig: Hohe-Winde-Strasse, Bruderholz. Eine Telefonnummer der Wohnung findet sie nicht. Sie avisiert Müller. Der beauftragt Freddy Dominguez, Mobilnummern des Philosophen und seiner Frau zu ermitteln.

Ausrücken.

21:25 Uhr. Vielleicht ruht Bettina McLuhan Wohlhauser, die Frau des Opfers, seelenruhig in ihrem Bett und schläft? Tigert sie rastlos durch die Wohnung und wartet auf ihren Mann? Oder liegt sie ermordet in einer Blutlache auf dem Fussboden?

Als Kriminalkommissär fährst du selbst hin und nimmst Romina Wäckerlin mit. Angehörige von einem Todesfall zu benachrichtigen ist eine der schwersten Aufgaben der Polizei. Eine Leiche zu finden auch.

Die Hohe-Winde-Strasse, 4059, liegt oberhalb der Wolfschlucht, einem fünfzig Meter breiten bewaldeten Schlüchtlein, wo circa im 17. Jahrhundert der letzte Isegrim gesichtet wurde. Bei der Tramhaltestelle Lerchenstrasse. Nicht gaaanz die meeegafeudale Lage. Doch, kurzer Moment der Selbsterforschung, willst du dich überhaupt vom gehobenen Mittelstand herausheben und noch ein paar hundert Meter höher den Hügel hinaufziehen? Kannst du es dir wirklich leisten? Oder pflegst du lieber ein gewisses Understatement?

Vorderhand kein Superluxus in Sicht: Als Müller und Wäckerlin auf dem Bruderholz eintreffen, nehmen sie ein dreistöckiges Mehrfamilienhaus wahr, aussen unauffällig, sechs Briefkästen, drei Treppenstufen vom Trottoir bis zur Haustür. Kein Licht im Hochparterre, wo die Wohlhausers wohnen. Das Haus erinnert den Müller an die Mietshäuser, in denen er sein ganzes Erwachsenenleben gewohnt hat, in Zürich 3, 4, 5, 10 und 11. Die von Sermeter angeforderte Patrouille der Sicherheitspolizei steht bereits auf dem Trottoir vor dem Haus, Polizeikorporal Schmid Nathalie und Gefreiter Brüderlin Patrick.

Sie klingeln neben dem Schild mit den Initialen «R. B. W.-McL.». Eine Antwort bekommen sie nicht.

Objektsicherung ist essenziell. Als Kriminalpolizist darfst du nie vergessen, wie viel Arbeit die Uniformierten erledigen. Existierten sie nicht, hätten die Leserreporter jeden Tatort unkenntlich getrampelt, bis du eintriffst, und die Aufnahmen bereits in die weltweite Wühlkiste hochgeladen. Sie hätten die Leiche fotogener drapiert, und Passanten und Nachbarn hätten alles kahl geklaut, was nicht festgeschweisst ist.

«Der Hauswart sollte jeden Moment hier sein. Er bringt einen Schlüssel vorbei», sagt Schmid, «seine Telefonnummer steht dort innen.» Sie zeigt ins Treppenhaus, auf einen flachen Glaskasten links vom Hauseingang.

Wohlhausers persönlicher Schlüsselbund liegt zurzeit bei der Kriminaltechnik.

«Sehr gut», sagt der Müller, «danke.»

Sie beobachten das Haus. Alles ruhig, alles still, bei Wohlhausers im Hochparterre alles dunkel. An der Eingangstür keine Beschädigungen zu erkennen.

Der Hauswart trifft ein, übergibt Schmid den Schlüsselbund – Eingangstür, Waschküche, Wohnungstür –, bleibt neugierig stehen.

Wäckerlin sagt zu ihm: «Danke.» Weil der Mann sich nicht bewegt, ergänzt sie: «Sie haben sicher anderes zu tun? Wir melden uns.»

Bevor er geht, schaut er nochmals zum Haus zurück.

Nun die Polizei ins Treppenhaus.

Du weisst nicht, was dich hinter der Wohnungstür erwartet.

Tod oder Trauer?

Die Wohnungstür, auch hier keine Einbruchspuren.

Wäckerlin klingelt erneut.

Aus der Wohnung kein Geräusch.

Müller und Wäckerlin ziehen die Waffe, Schmid und Brüderlin ebenfalls.

Müller klingelt nochmals.

Wiederum nichts.

Mit dem Schlüsselbund öffnen sie die Wohnungstür. Gefolgt von Schmid und Brüderlin, treten Müller und Wäckerlin ein. Handfeuerwaffe bereit, damit dir nicht auf einmal Kugeln in den Körper schiessen. Schalter gleich rechts an der Wand. Licht an. Es ist still und warm. Kein Mensch in Sicht. Eingangsbereich mit Garderobe (Chromstahl, 70s, Vintage), an der zwei Herrenmäntel (Regen, Winter) und an einem Bügel ein Jackett (italienisch, kamelbraun) hängen, durch einen Korridor (Prints von mehrfach belichteten Stadtszenerien) in ein grosses Wohnzimmer mit Flachbildschirm und schwarzer Ledersitzgruppe und Holzregalen mit – «Wow! So viele Bücher», entfährt es Detektivin Wäckerlin – ja, mit vielen Büchern. Niemand liegt tot oder sonst nicht ansprechbar auf dem Boden. Links vom Korridor abgehend zwei Türen, rechts auch zwei. Erst hier drin merkst du, wie gross diese Wohnung ist.

Bettina McLuhan Wohlhauser ist nicht da. Niemand ist da.

Müller, Wäckerlin, Schmid und Brüderlin wieder raus, weil du nicht Fasern oder andere Fremdkörper hineintragen und Spuren verwischen willst.

Roland Cattaneo und drei seiner Kollegen treffen ein. Die Kriminaltechniker ziehen ihre Überschuhe und die Overalls an, schauen in die Räume links und rechts des Korridors, begeben sich schliesslich ins Wohnzimmer und sehen sich um.

Die zweite Tür links, ein Raum, der ans Wohnzimmer grenzt, interessiert Müller am meisten: das Büro. «Überprüfe zuerst Büro und Schlafzimmer», schreibt Sir Malcolm Doddle, KBE, in seinem Standardwerk «How To Fight Crime», und weiter: «Denn in diesen beiden Räumen geschieht das Intimste, Persönlichste. Hier erkennst du den Kern eines jeden Menschen.»*

Raetus B. Wohlhauser-McLuhans Büro besteht aus einer mit matt hellblauem Linoleum überzogenen Tischplatte, einem Bürodrehsessel Alu-Chair von Eames in dunkelgrauem Textilstoff, einem Regalsystem aus poliertem Stahl mit nochmals Büchern, Büchern, Büchern, einem Ölbild, das der Müller nicht identifizieren kann. Jonovic von der Abteilung Wirtschaftskriminalität wird für ihn den Urheber des Bildes eruieren, den Namen wird sich der Müller nicht merken können, wohl aber die ungefähre Preislage, womit 98 Prozent der Menschen eine unsinnige Weltreise mit planetozidischem CO_2-Ausstoss unternehmen würden, und für den Kauf einer Villa am Starnberger See würde es zusätzlich auch reichen. In Wahrheit ist das Bild nicht echt, es stammt von diesem Superfälscher, den die Medien so lieben. Die berühmte Stehleuchte von Ole Olsen und Morten Mortensen steht da auch. Der Arbeitstisch ist leer, eine blanke Platte.

---

* Eine Fussnote könnte hier Querverweise auf aktuelle oder klassische Belege aus Literatur und/oder «Unglücksfälle und Verbrechen»-Seiten auflisten, um die Gültigkeit von Sir Malcolm Doddles bisher nicht widerlegter Aussage aus den 1970er Jahren zu untermauern.

Was Wäckerlin und Müller nicht sehen und heutzutage die Seele jedes aktiven Lebens, das Herz jedes Büros ist: einen Computer. Das kannst du dir in diesem Jahrhundert von einem Zeitgeistphilosophen nicht vorstellen, von einem Gegenwartsphilosophen, dass der nulldigital lebt. Weil er doch sein Digitalarsenal in jener Illustrierten zur Schau gestellt und die Religion der Einsen und Nullen gepredigt hat. Wohlhausers Handy taucht auch hier nicht auf.

Als sie im Schlafzimmer die Kleiderschränke aufgemacht und hineingeschaut hat, sagt Wäckerlin: «Der Philosoph war verheiratet, nicht?»

«Hm», antwortet der Müller.

«Da sehe ich fast nichts, was einer Frau gehören könnte. Zwei, drei Kleidungsstücke und zwei Ohrstecker, sonst alles nur Männersachen.»

Müller bleibt vor Ort, Wäckerlin fährt in die Stadt hinunter, zurück ins Büro, die Patrouille reagiert auf einen Einbruchalarm oben beim Wasserturm.

Wo ist die Witwe?

Im Waaghof.

Harddisk → Markus Gormann und Rolf Vetter sichten die angelieferten Überwachungsvideos aus dem «Pfauen». Kameras in jeder Abteilung. Genaue Anzahl darf ich nicht nennen. Herausfinden, wo und wann das spätere Opfer sichtbar ist, welche Abteilung, welches Rayon, welche Personen sich wann in seiner Nähe aufhielten. Das kann und wird dauern.

Romina Wäckerlin, zurück vom Bruderholz, wird sich eine Übersicht über die Inhalte verschaffen, mit denen sich der Verstorbene beschäftigt hat, in ihren Worten «Ordnung in diese Sache bringen». Sie wird im Lauf der nächsten Stunden feststellen, dass Wohlhauser-McLuhan enorm viel veröffentlicht und zahllose Interviews gegeben hat. «So ein Blödsinn», entfährt es Wäckerlin, als sie herausfindet, dass sein bisher zweitbekanntestes Werk die Kampfschrift «Wider das Grillieren» ist. Diese hat ihrem Autor den Zorn einer breiteren Öffentlichkeit und sämtlicher Metzgerei- und Fleischfachverbände eingebracht. Dennoch gilt dieses schmale Pamphlet quasi als philosophischer Gassenhauer, der aber, wie ein Konkurrenzphilosoph namens Virgil Herrmann Zanger in einer Internetkolumne ätzte, «eine bewusste und heuchlerische Provokation» war, «eine aus Publizitätsgründen konzipierte, wohlkalkulierte Lüge», denn Wohlhauser sei in Tat und Wahrheit «geradezu ein Grillfleisch*fanatiker*» gewesen. Virgil Herrmann Zanger beteuerte seine Bereitschaft, liest Wäckerlin vor, bis sie Gormanns ruhegebietender Blick trifft, «auf den Kopf von Russo und Martin Heidelberger zu schwören», dass er den Zeitgeistphilosophen mindestens zweimal an Grillpartys in Anwesen mit Umschwung in Binningen und Bottmingen beim genüsslichen Verzehr «dieser fettigen Wurstschnecken» erlebt habe und dass Wohlhauser bei diesen Gelegenheiten vor Publikum gesagt habe, für solche Würste könnte er töten beziehungsweise hätte er töten können. Und nun, so Wäckerlins Résumé, ist der vorgebliche Holzkohlen-und-Zündwürfel-Kritiker selbst genauso tot wie diese Grillschnecken, gegen die man wirklich nicht opponieren kann, sofern man nicht gerade eine Diätfanatikerin, ein Vitaminapostel oder ein Tierschutzextremist ist.

Ferner, so findet Wäckerlin bei ihren Nachforschungen heraus, widmete sich Wohlhauser-McLuhan unterschiedlichen Themenbereichen: Er befürwortete theoretisch und praktisch eine prestigiöse Elektroautofirma, deren Name™ hier nichts zur Sache tut, Ihnen aber sofort eingefallen sein dürfte. Er war ein Freund jeder Art von Geschwindigkeit, insbesondere von Raketen und Rennautos, liebte und lobte alle Formen von Urbanismus und – selbstverständlich – die Digitalisierung. Dem «läppischen Modebegriffchen» (Zitat) Entschleunigung stand er hingegen betont skeptisch gegenüber, weil «die Verlangsamung jeder Form von Kompetitivität abträglich» sei, den Geist träge werden lasse und die menschliche und unternehmerische Innovationskraft hemme. Er war es, der die Formel «Slow is low» in Umlauf brachte. Er erkannte die städtebaulichen und stratifikatorischen Vorzüge der Gentrifizierung, forderte «Latte macchiato statt matte Lackierung mit bildungsbürgerlichem Schrott», nuancierte radikal den «anachronistischen Geisteskoloss ‹Humanismus›», befürwortete «entschieden, wenn auch mit definitorischem Präzisierungsbedarf» die Freiheit und veröffentlichte noch vor wenigen Tagen eine flammende Invektive zugunsten der Überwachung. Der Überwachung, die dem Terrorismus und allerlei Missbräuchen Einhalt gebiete und die daher, was nur scheinbar ein Paradaxon sei, der Freiheit zuträglich sei.

Ach, denkt Wäckerlin, warum hat er nicht über Sport oder über Celebrities geschrieben! Sie recherchiert weiter, liest, dass die Digitalisierung laut Wohlhauser-McLuhan den Behörden ökonomisch vorteilhafte Observations-, Präventions- und Monitoringmöglichkeiten eröffnet. Sie liest Plädoyers für die künstliche Intelligenz und die Freisetzung humaner Ressourcen für die wirklich wichtigen Dinge des Lebens, den Müssiggang und vor allem für den Konsum und für unternehmerischen Altruismus. Die digitalen Technologien machen Überwachung mit wenig Manpower möglich. Das verwirkliche, so Wohlhauser humorig, endlich die alte Forderung «Bürokraten in die Produktion!».

Wäckerlin seufzt. Ein Bekennerschreiben! Was gäbe sie in diesem Moment für ein Bekennerschreiben für das Tötungsdelikt. Nicht nur, dass dieses Wohlhauserzeug so schwer verständlich geschrieben ist, dass sie kaum versteht, was er wovon hält. Dass er vom einen Thema zum anderen hüpft, wirkt auf sie, als spiele er mit ihrem Hirn Pingpong.

Aspirant Xerxes Blaser fragt währenddessen das Strafregister ab und findet viel weniger als Romina Wäckerlin.

Freddy Dominguez sucht nach einer Büroadresse des Toten, findet immerhin eine Telefonnummer beim Fernsehen. Dort antwortet zurzeit niemand. Aus der Telefonnummern-Datenbank erfährt er eine Mobilnummer, die zum Philosophen gehört. «Der Teilnehmer ist zurzeit nicht erreichbar. Bitte rufen Sie später an», hört Dominguez, als er diese Nummer angewählt hat. Das Handy scheint ausgeschaltet zu sein.

Bettina McLuhans Mobilnummer findet er im selben Verzeichnis. Er schreibt sie auf einen Zettel und reicht diesen Gülay Sermeter, die bisher erfolglos versucht hat, den Aufenthaltsort der Witwe festzustellen. Sermeter wählt diese Nummer an. Es klingelt, aber es klingelt ins Leere. Jedenfalls nimmt niemand das Gespräch entgegen. Keine Combox®, wie der Anrufbeantworter heute heisst. Im Lauf der Nacht werden sie dieses Mobiltelefon mehrmals anwählen. Erfolglos.

IT-Forensiker Mladen Jonovic wird aus dem Wochenende geholt. Er soll abklären, ob sich die Handys des Ehepaars Wohlhauser-McLuhan orten lassen.

Zurück im Waaghof, geht der Müller von Mitarbeiterin zu Mitarbeiter, schaut ihnen über die Schulter, versucht sie zu unterstützen und aus den Mosaiksteinchen, die sie zusammentragen, erste Umrisse zusammenzusetzen.

Art. 112 StGB: Mord.

Grundfrage: Wer könnte es auf einen TV-Denker abgesehen haben?

Arbeitshypothesen: Ein politischer Mord? Ist Wohlhauser-McLuhan dem Zorn jener Gewerkschafter zum Opfer gefallen, die er unlängst scharf angegriffen hat, weil sie «auch im semiologischen Sinne mit ihren Forderungen die Innovation hemmen und mit ihrer Wachstumsfeindlichkeit die Volkswirtschaft schädigen», was er in den Begriff «competitional suicide» kleidete, «dieses aus liberalem Blickwinkel absolute ‹No-Go›, selbst in Zeiten des ubiquitären ‹Anything goes›». All das liest Wäckerlin den Kolleginnen und den Kollegen im Gemeinschaftsbüro im Waaghof laut vor und freut sich daran, wie Kollege Vetter die Augen verdreht und Dominguez «hä?» sagt.

«Pssst», ruft Gormann, «ich muss mich konzentrieren –»

«Hör mal auf mit deinem Geschwafel, Romina», wendet sich Vetter ausnahmsweise gegen die Kollegin, «diese Überwachungsvideos … wir können gerne tauschen.»

Blick von Sermeter.

«Ist etwas nicht in Ordnung?», schnappt Wäckerlin.

«Haltet einfach alle mal den … ich will arbeiten», sagt Gormann, reibt sich die Augen, mit Zeigefinger und Daumen zur Nasenwurzel hin, «es ist Mitternacht und …»

… und deshalb in Wahrheit bereits …

SIEBEN

... Samstag, 27. November.

«... ich will auch heute Nacht ein paar Minuten zum Schlafen kommen. Wir sind nicht zum Quatschen hier», sagt Gormann, und er betont jede Silbe, und jede Silbe spricht er einzeln, und jede Silbe meint er so blutig ernst und dringend, dass sich niemand mehr zu tippen oder zu klicken oder zu husten oder zu schlucken traut. Alle sind still, halten inne und schauen ihn an, den Detektivkorporal Markus Gormann, diesen ruhigen, liebenswerten, loyalen, unternehmungslustigen Kollegen, der höchstens während der Befragung eines Mutmasslichen oder eines widerborstigen Zeugen, der sich mindestens für einen Cousin Gottes des Allmählichen hält, einmal laut wird.

Ein politischer Mord? Das fragen wir uns noch immer.

Oder – und das ist Hypothese 2 – hat ihn dieser Konkurrenzphilosoph Virgil Herrmann Zanger getötet, der es nicht erträgt, dass sich Wohlhauser auf dem HD-Flachbildschirm vor Tausenden von Zuschauerinnen und Zuschauern die ewig blonden Haare aus der Stirn in den Scheitel zurückstreichen kann – und nicht er, Zanger, der nicht weniger zu erzählen hätte, doch – laut Eigeneinschätzung – nicht solchen Schwachsinn?

Hypothese 3: Hat ihn ein Gebührensenderhasser erlegt, weil er es unerträglich findet, wie dieser Mann durch seine Gehaltforderungen als Gastgeber von «The Good Life» die TV-Gebühren verschwendet und durch seine Blablabläherei die Nerven, die Zeit und die Geduld des Publikums strapaziert? Die brächten besser Sport.

Hypothese 4: Liegt der Grund für die Gewalttat in der Homestory neulich in der «Schweizer Illustrierten», wo sich der Tote mit einem (für die Fotosession gemieteten, wie das Müllerteam später herausfindet) elektromobilen Luxuswagen, seiner Prunkbücherwand aus Tropenholzregalen (Müller erkennt die Heimbibliothek, die er soeben an der Hohe-Winde-Strasse gesehen hat) und der neuesten und teuersten Generation von Produkten eines Computerherstellers präsentierte. Immer neben ihm zwei silbergraue, schlanke Jagdhunde, wie sie auf einem Bild von Thomas Gainsborough oder sonst einem historischen Engländer hecheln könnten. Wohlhauser, das ist dem Ermittlerteam mittlerweile klar, war kein Mann der Bescheidenheit. Dass dieses Protzen die Bevölkerung nicht zwingend in einen Bewunderungsrausch versetzen dürfte, war ihm vielleicht nicht bewusst. Reicht das für einen Mord?

Nichts darf die Müllermannschaft ausser Acht lassen, denn auch die ungewöhnlichsten Motive führen manchmal zu Verbrechen, und oft sind es mehrere Mosaikteile an Beweggründen, die zusammenkommen müssen, damit Abneigung, Habgier, Missgunst oder ein anderes menschliches Gefühl so eskalieren, dass sie zu einem Kapitalverbrechen ausarten.

Immer möglich auch – Hypothese 5: eine Zufallstat. Ein Verrückter hat im «Pfauen» zugeschlagen. Im Wahn. Aus Menschenhass. Aus lauter ballaballa. Was weiss ich.

Deshalb ist es wichtig, das Opfer so gut wie möglich zu kennen.

Die Strafregisterabfrage des Aspiranten Xerxes Blaser: Raetus B. Wohlhauser-McLuhan ist weder vorbestraft noch sonst aktenkundig, sieht man von zwei Verkehrsbussen ab (Überschreiten der Parkzeit; Missachtung des Verbots, am Steuer zu telefonieren). Freddy Dominguez, ich sagte es, versucht Adressen und Nummern zu ermitteln, die mit Wohlhauser-McLuhan zu tun haben beziehungsweise könnten. Sie abzutelefonieren wäre zu dieser Uhrzeit sinnlos. Gülay Sermeters Fragezeichen gilt der Witwe. Markus Gormann und Rolf Vetter visionieren weiter Videos, Videos, Videos aus dem «Pfauen». «Man sieht etwas hundert Mal, tausend Mal, ehe man es zum ersten Mal sieht» (Christian Morgenstern). Sie visionieren Videos, Videos, Videos aus dem «Pfauen». Videos, bis die Augen wackeln. «Schau, da!», würde Vetter im Normalfall an einer Stelle plötzlich frohlocken. «Schau, dort!», würde ihm der Kollege eine Viertelstunde später antworten, weil die Aufnahmen der Überwachungskameras mehrere Diebstähle dokumentiert haben plus einen Grapscher plus einen Exhibitionisten, den seine Bemühungen arg frustriert haben müssen, weil ihn inmitten des hammerpreisreduzierten Warenangebots schlicht niemand beachtet. Videos, bis die Augen knistern vor Trockenheit.

Weitermachen.

00:40 Uhr. Bezüglich Sozialleben fühlst du dich als Polizist bisweilen so überflüssig wie eine Shisha-Lounge. Weil nur wir, die Polizei, das Kriminalkommissariat Basel-Stadt, arbeiten zu dieser Uhrzeit und die Kollegen von den Verkehrsbetrieben, die Nachtdienstler im Spital, ich grüsse besonders die Equipe der Notaufnahme des Universitätsspitals, es sind am Werk auch die Eisenbahner vom Güterverkehr, die Rausschmeisser in den Clubs und das Gastropersonal. Das wurmt dich (und mich) manchmal schon, dass du (also ich) nicht zu Hause bist (bin) bei Mann und Frau und Kind und Kegel.

Während alle anderen schlafen oder sich amüsieren, sitzt du im Neonlicht des Gemeinschaftsbüros im Waaghof und versuchst, alle Hypothesen durchzudenken, die zu einem Mordfall führen können.

Um die Hypothesensache von vorhin zu ergänzen (Hypothesen Nummer 6ff.): Schuldete der Tote jemandem Geld? Hat Drogen verbraucht und die Lieferung nicht bezahlt? Hat jemandem die Frau abspenstig gemacht oder den Mann? Oder hat er mit dem Luxuselektrowagen den seltenen Rassehund des Nachbarn überfahren, dessen Stammbaum zurückreicht bis zum Hund von Wilhelm dem Eroberer, der in der Schlacht von Hastings 1066 das Blut von den Leibern der Angelsachsen leckte, die im Kampf gegen die Normannen gefallen waren? Überfahren, weil am Steuer telefoniert, wollte ich sagen, Wohlhauser den Hund.

Wenn du als Erzähler anfängst, solchen Quatsch zusammenzufaseln, brauchst …

… du dringend eine … äh …

… Pause, «Urgent» (Foreigner).

Um 02:07 Uhr benötigt auch der Müller eine. Mit dem Lift fährt er in den 5. Stock des Waaghofs, hört einzig das Surren des Liftmotors, die Tür, die sich öffnet, er entriegelt mit der Magnetkarte die Tür zur Terrasse, tritt in die Kälte hinaus, greift automatisch in die Jackentasche, wo jahrelang die Zigaretten und das Feuerzeug steckten. Tasche leer, nichts da. Auch egal, denkt er. Seit er die Stadt gewechselt hat, ist er kaum mehr zum Rauchen gekommen. Er hat es vergessen, das Rauchen, es ist nicht mehr wichtig. Jetzt würde er gerne eine anzünden. Er schaut in die Dunkelheit hinaus, über die Strasse auf das alte Gaswerk. Dahinter im Dunkeln der Birsig und an dessen rechter Seite die geschwungene Asphaltpromenade und die Brücklein des neu gestalteten Nachtigallenwäldeli. Von wegen Nachtigallen, von wegen Wäldeli. Ein paar Minuten bleibt der Müller auf der schmalen Terrasse im 5. Stock des Waaghofs stehen und starrt in die Schwärze hinüber, auf die Binningerstrasse hinunter, drei Minuten, vier im Maximum, mehr nicht, weil der Wind aus Norden, aus dem Schwarzwald herüberpfeift.

Wir brauchen Namen, denkt sich der Müller, Leute, die uns Informationen liefern. Und wir brauchen endlich die Witwe.

***

Videovisionierung.

«Hartnäckigkeit, du grosse Tugend!» (Parmesanides). Gormann und Vetter sichten weiterhin die Aufnahmen der Überwachungskameras. Sollte der tödliche Einstich in diesem Warenhaus appliziert worden sein, könnte die Tat im Bild festgehalten sein. Im Bingo-Jackpot-Glücksfall hat Fortuna sogar digital den Täter dokumentiert. Oder zumindest andere sachdienliche Informationen. Das Visionieren machst du in der ersten Phase per Schnelldurchlauf, damit's vorwärtsgeht, aber nicht zu rassig, sonst bekommst du nichts mit. «Wer davonrennt, wird abgehängt», kritisierte Diodoros den bereits spätantiken Drang zur Geschwindigkeit. Wie immer im Leben heisst es, das richtige Mass zu finden.

Kameras gibt's im «Pfauen» ziemlich viele, die Harddisk des Überwachungssystems ist prallvoll. Die Augen schmerzen längst. Du siehst körnige Luft vor dir, dein Gesichtsfeld verschwimmt, der Sehsinn schwankt, die Augäpfel trocknen aus, fast bekommst du Okulartinnitus. Der Nacken härtet aus wie Beton, die Rückenmuskulatur erstarrt zu gefrorenem Stahl. Du ermüdest, deine Augen, dein Geist, deine Zuversicht. Manchmal wird dir fast schlecht vor lauter Schauen.

Videos zu sichten gehört zum Anstrengendsten bei der Ermittlungsarbeit.

Immer fokussiert bleiben, immer konzentriert, immer aufmerksam.

Immer fokussiert bleiben, immer konzentriert, immer aufmerksam.

Nichts verpassen. Zügig vorankommen, aber präzise arbeiten. Und sich dennoch – noch – nicht in Details verlie-

«Da!», ruft Gormann. 02:43 Uhr. «Das könnte er sein, der Philosoph, nicht?»

Vetter dreht seinen Stuhl um dreissig Grad und schaut auf den Bildschirm des Kollegen.

«Wo?»

Gormann zeigt mit dem Finger auf eine Gestalt, die durch die Abteilung Herrenkonfektion im 2. Stock des «Pfauen» streift. «Das muss er sein.»

Vetter brummt, was sich durch Wörter, die der Duden akzeptiert, als «Könnte sein ... ja, dürfte stimmen» ausdrücken liesse.

Markus Gormann sagt zu Rolf Vetter: «Blond, Seitenscheitel, hellgrauer Mantel, derselbe Schal ... Hahnentrittmuster.»

«Wusste nicht, dass das, hm, so heisst», brummt Vetter, fügt aber hinzu: «Gutes Auge, Gormann, aus dir wird eines Tages was.»

Der reagiert nicht. Weil «Lob bedeutet nicht immer Lob» (Diodoros) und «Manch schändlich Beleidigung riechet, ach, nach Rosen», wie es der französische Marquis Guillaume de Montmorency ausdrückte, bevor ihn anno 1714 ein Duell mit einem frechen Nebenbuhler das Leben kostete. Mit Lob umgehen muss gelernt sein. Ein Ausbildungsmodul, das auf der Polizeischule nicht gelehrt wird.

Gormann steht auf und verlässt den Raum. Hinter ihm kippt der Bürostuhl um und auf den Boden → Knall.

Vetter und Sermeter, Dominguez, Wäckerlin und Aspirant Blaser schauen ihm hinterher. Zwei Minuten später kehrt der Kollege mit dem Kommissär zurück.

«Das müsste Wohlhauser sein», sagt Gormann, deutet auf den Mann im hellen Mantel. Er zoomt heran. Bei der heutigen Generation von Überwachungskameras ist die Bildauflösung mittlerweile recht brauchbar.

Der Müller nickt. «Mal sehen, was er tut.»

Die übrigen Mitglieder der Müllermannschaft haben sich im Halbkreis hinter Gormann aufgestellt und schauen über seine Schultern mit. Gormann lässt die Aufnahme weiterlaufen.

Der Philosoph – er ist es, da sind sie sich einig – verlässt die Zone mit den Mänteln, bewegt sich auf die Hemdenauslage zu, sieht sich um, scheint nicht zu finden, was er will. Rund um ihn Menschen, Männer, Frauen, niemand scheint ihn besonders zu beachten. Ist das Warenhauspublikum so philosophietalkshowfern wie die Mehrheit des Müllerteams? Der Mangel an Publikumsreaktionen auf Wohlhauser-McLuhans Anwesenheit im «Pfauen» relativiert ein bisschen die Idee, dieser Mann sei wirklich, wirklich, wirklich big. Hat Wohlhauser das gestört? War er so eitel, dass er das Publikum suchte und deswegen das Warenhaus aufsuchte? Oder wollte er bloss ein Black-Friday-Schnäppchen machen?

Auf dem Bildschirm sehen sie: Der Philosoph nimmt einen Gürtel in die Hand, betrachtet und betastet die Schnalle, hängt ihn zurück an den Haken. Er nähert sich dem rechten Bildrand, verschwindet.

«Nächste Sequenz», sagt Gormann, tippt etwas in den Rechner ein, klickt mit der Maus auf das Bild, gibt Tastenkombinationen und was weiss ich welche Befehle ein. Das verwendete Programm ist eine eingetragene Schutzmarke. Verraten dürfte ich es Ihnen ohnehin nicht, auch wenn ich verstände, was Gormann tut. Welche Software wir einsetzen, muss aus polizeitaktischen Gründen, Sie wissen schon.

Neuer Bildausschnitt: Wohlhauser jetzt in der Parfümerieabteilung im Erdgeschoss. Er prüft die Auslagen, bleibt am Stand von [redacted] (Paris) stehen, nimmt einen Flacon in die Hand, besprüht sein rechtes Handgelenk, am linken trägt er eine dicke, fette Uhr, er riecht daran, also am Handgelenk, nicht an der Uhr, wiegt den Kopf hin und her, greift sich mit der rechten Hand ins Kreuz, als zwicke ihn der Hexenschuss. Er streckt sich, konzentriert sich wieder auf die Fläschchen. Die Uhr, die rechts unten auf der Aufnahme zu sehen ist, zeigt 18:04 Uhr. Offenbar hat er einen Entschluss gefasst: Er entfernt sich in Richtung des Lifts, der nach oben führt.

«Stopp», sagt Gülay Sermeter, «diese Sequenz bitte noch einmal.»

Sie beginnt um 18:01 Uhr.

Gormann zoomt näher an den Zeitgeistphilosophen heran.

Wohlhauser-McLuhan prüft die Auslagen, bleibt am Stand von [redacted] (Paris) stehen, nimmt einen Flacon in die Hand, besprüht sein rechtes Handgelenk, am linken trägt er eine dicke, fette Uhr, er riecht daran, also am Handgelenk. Er wiegt den Kopf hin und her, greift sich mit der rechten Hand ins Kreuz, als zwicke ihn der Hexenschuss, streckt sich, konzentriert sich wieder auf die Fläschchen. Die Uhr, die rechts unten auf der Aufnahme zu sehen ist, zeigt 18:04 Uhr. Offenbar hat er einen Entschluss gefasst: Er entfernt sich in Richtung des Lifts, der nach oben führt.

«Noch einmal», sagt nun der Müller. «Irgendetwas ist hier seltsam.»

Gormann lässt die Bilderfolge erneut ablaufen.

Wohlhauser prüft die Auslagen, bleibt am Stand von [redacted] (Paris) stehen, nimmt einen Flacon in die Hand, besprüht sein rechtes Handgelenk, am linken trägt er die Uhr. Er riecht am Handgelenk, wiegt den Kopf hin und her, greift sich mit der rechten Hand ins Kreuz …

«Diese Bewegung ... wie er sich in den Rücken fasst», sagt der Müller und deutet mit dem Zeigefinger auf den Bildschirm. Das Bild läuft weiter: Wohlhauser-McLuhan streckt sich, konzentriert sich wieder auf die Fläschchen.

«Er greift sich ins Kreuz, wo er gestochen wurde», fährt der Müller fort. Die Mitglieder des Müllerteams werfen sich Blicke zu.

Die Uhr, die rechts unten auf der Aufnahme zu sehen ist, zeigt 18:04 Uhr.

«Ist das der Moment der Tötung?», fragt der Müller. «Ich sehe allerdings nicht, dass ihn jemand ... verfolgt oder angreift.»

Gormann spielt die Sequenz erneut ab. «Dieses Zusammenzucken, unmittelbar bevor er sich ins Kreuz langt, man sieht es kaum», bemerkt Sermeter.

«In diesem Moment muss ihm jemand die Giftspritze in den Rücken gestochen haben», sagt Wäckerlin, «zack rein!»

«Hm», bemerkt der Müller.

Bild für Bild schauen sich Müller und seine Kolleginnen und Kollegen die Sekunden vor und nach dem Ins-Kreuz-Greifen an.

«Da», muss nun jemand rufen, sonst wär's unnütz und gemein, dass ich diese Szene hier als Slow-Motion-Replay-Narrativ erzähle. Und weil ich weder Unnützes tue noch mich gemein verhalte, ereignet es sich wirklich so.

«Da!», ruft Freddy Dominguez in seinem Zürichdeutsch. «Dieser dunkle Ärmel! ... Vergrösserung, Gormann!» Als recht frisch immigrierter Neuling im Korps sprichst du sonst nicht so mit dem erfahrenen Kollegen. Die Sache geht für einmal vor dem Dienstgrad. Gormann murrt nicht, sondern vergrössert den Bildausschnitt.

«Ein dunkler Ärmel ohne Auffälligkeiten», stellt Sermeter fest.

«Und jetzt der Rücken, der zu diesem Arm gehört ... die

rechte Schulter … nur die Schulter … Mist!», ruft Gormann und hantiert mit der Maus.

Müller nickt und fordert Gormann auf, das Bild so stark zu vergrössern, wie es nur geht. Es verliert an Schärfe, die Konturen verschwimmen, zu grau ist es und zu wenig kontrastreich. Dann zoomt Gormann weg, die Zielperson taucht nicht ganz auf dem Bild auf. Nur Ärmel, Arm und Schulter, kurz das allerrechteste Drittel des Oberkörpers, ohne Kopf, ohne Gesicht, von der Statur her zu schliessen ein Mann. Gormann tippt und klickt und scrollt und markiert und macht und tut, schüttelt schliesslich den Kopf. «Ich krieg's nicht besser hin mit diesem Computer und diesem Programm … Vielleicht kann's die Kriminaltechnische Abteilung?»

Müller nickt.

In der Aufnahme entfernt sich Wohlhauser-McLuhan in Richtung des Lifts, mit dem er gleich danach nach oben gefahren ist.

«In diesem Moment hat er gemerkt, dass ihm unwohl wird, wegen der Spritze. Deshalb fährt er nach oben, zu den WCs im 5. Stock, um sich frisch zu machen», schlägt Vetter vor. «Und dort stirbt er.»

«Zeitlich kommt das hin», stimmt Sermeter zu, «18:04 Uhr verlässt er die Parfümerieabteilung. 18:21 Uhr findet dieser … Herzog?», sie bleibt mit dem Ton oben, Müller nickt, «… dieser Herzog, der zur Toilette muss, den Toten und wählt die Notrufnummer.»

Im Gemeinschaftsbüro des Kriminalkommissariats Basel-Stadt ist die Müdigkeit auf einmal verflogen. Alle sind durch diese Sequenz aufgepeitscht, angestachelt. Die Kriminaltechnische Abteilung mit ihren Supercomputern muss ran. Vielleicht ist es denen möglich, diesen mutmasslichen Mörderärmel einem Gesicht und einer Identität zuzuordnen.

«Man kann vieles unbewusst wissen, indem man es nur fühlt, aber nicht weiss» (Dostojewski). Doch wir, die Polizei, müssen wissen, weil beweisen.

Ein Dämpfer: Mladen Jonovic von der IT meldet, dass Wohlhausers Handy nicht zu orten ist, weil ausgeschaltet. Und das Gerät seiner Frau ist vermutlich im Flugmodus und deshalb auch nicht lokalisierbar.

Wir können für heute nichts mehr tun. Unser Arbeitstag ist finito. → Müller schickt die Equipe nach Hause → «Mütze voll Schlaf» (Hutfabrik Huber), ob man schlafen kann oder nicht.

Verzögerter Feierabend.

Auch Aspirantin Werner will fürs Erste Schluss machen. Sie fühlt sich wie gerädert. Die Überwachungsvideos aus dem «Totally sexy»-Laden. Immerhin hat sie gute Aufnahmen des mutmasslichen Messerstechers gefunden, sie dem Müller zugestellt und auch ins Fahndungssystem RIPOL geladen.

Gloria Werner kommt allerdings nicht weit. Als sie den Waaghof verlassen will, erkennt sie um 03:40 Uhr auf dem Korridor einen Festgenommenen, den zwei Uniformierte gerade in eine Zelle bringen wollen. Der Mann gleicht exakt dem, dessen Foto sie vor einer knappen Stunde dem Müller geschickt hat. Es ist der gesuchte Messerstecher.

Werner hinter den Uniformierten her.

«Häusliche Gewalt», sagt auf ihre Frage der Kollege, den Zellenschlüssel in der Hand. «Er hat seine Freundin schwer verprügelt.»

Er legt eine Pause ein und erklärt: «Eifersucht. Angeblich hat sie in einem Kleiderladen die Blicke eines anderen ‹heraufbeschworen und provoziert›. So hat er das gesagt.» Er muss lachen. Ein gequältes Lachen.

«Ich würde diese Formulierung auch gerne lustig finden, Viktor», sagt seine Patrouillenkollegin, «zum Lachen ist das wirklich nicht ...»

«Ach, Susi», sagt er, «ich mache keinen Witz. Ich muss das loswerden. Ich lache nur, damit ich nicht die ganze Nacht an das denke, was wir gerade gesehen haben.»

Gloria Werner fragt: «War das im ‹Totally sexy›-Shop beim Marktplatz, diese ‹heraufbeschworenen Blicke›?»

Die Kollegen nicken.

«Schreibt beim Grund für die Festnahme Messerstecherei dazu, mindestens Körperverletzung. In genau diesem Kleidergeschäft. Der Geschädigte liegt im Universitätsspital.»

«Genau wie seine Freundin.»

Herrgott, denkst du da als Polizeimensch. Du wirst dich nie daran gewöhnen, wie niederträchtig der Mensch sein kann. Zum Glück gibt es den Psychologischen Dienst, an den du dich wenden kannst, wenn du allein mit den Eindrücken nicht mehr fertigwirst. Andere reagieren sich mit Sport ab. Manche werden depressiv, brennen aus oder beginnen zu trinken.

Aspirantin Werner meldet die Festnahme und Identifizierung des Messerstechers dem Müller, der auch gerade gehen wollte. Er zieht seinen Mantel wieder aus, hängt ihn an den Haken und schaltet den Computer ein, um das Foto aus der Fahndungsdatenbank zu löschen.

***

Rückblende.

21:12 Uhr. Einer Patrouille des Schweizer Grenzwachtkorps fällt ein grauer Personenwagen mit französischem Kennzeichen, rostigem Blechschaden vorne rechts und vormoderner Zulassung auf, der sich auf der Burgfelderstrasse dem Grenzübergang Burgfelden nähert. Vier Schweizer Grenzwächter führen dort seit eineinhalb Stunden Stichprobenkontrollen durch. Im Wagen erkennen sie vier Personen. Vier Personen im Auto? Dein Gefühl spricht zu dir → Promille oder im Minimum THC → Winkst du raus. Der Wagen beschleunigt. Du springst zur Seite, sie fahren über die Landesgrenze und auf der D419 nordwestwärts. In einem solchen Fall rufst du sofort die Kollegen drüben an.

Die Gerechtigkeit kommt uns zu Hilfe und vor allem eine Patrouille der Gendarmerie aus 68300 Saint Louis. Der graue Pkw hat nämlich vom Grenzübergang Burgfelden aus wenige hundert Meter weiter rechts hinunter die Rue du Dr Marcel Hurst in Richtung Saint Louis Zentrum genommen. In Gegenrichtung kommt ihm gerade der Kastenwagen der Gendarmerie entgegen. Brigadier Gerber stellt den Wagen auf der Fahrbahn quer. Die zwei Kolleginnen und drei Kollegen schwärmen aus, gehen in Deckung, entsichern die Maschinenpistolen und legen an.

Das Blaulicht des Fahrzeugs der Gendarmerie wirft seinen Schein über den feuchten Asphalt.

Rachid Belloumi, am Steuer, sieht es.

Und hält an.

Ein Uniformierter in schwarzer Schutzweste nähert sich dem ramponierten Pkw.

Belloumi kurbelt das Seitenfenster herunter und versucht, harmlos auszusehen. Als Blonder eignet er sich besser dazu als die übrigen Insassen des Wagens.

«Bonsoir», sagt der Gendarm, *«vos papiers!»*

Belloumi beugt sich nach rechts zum Handschuhfach.

«Halt! Keine Bewegung!», ruft von draussen der Polizist. Rachid Belloumi sieht plötzlich zwei MPs auf sich gerichtet. Er hebt die Arme, Handflächen dem offenen Autofenster zugewandt, damit die sehen, dass seine Hände leer sind.

«Die Papiere, sie sind im Handschuhfach, ich wollte sie nur –»

«Aussteigen», befiehlt der Gendarm, «sofort», fügt er hinzu und mit Blick ins Wageninnere: «Alle.»

Die Kolleginnen und Kollegen haben das Fahrzeug umstellt, als Rachid, Azra, Marylou und Mario den Citroën verlassen. Zuerst Ballonblasen … alle innerhalb der Toleranz. Blick in den Kofferraum → Kommentar Brigadier Gerber: «Was haben wir denn da?», respektive in der Sprache Voltaires: *«Ben, qu'est-ce qu'on a là?»* Vier fast neuwertige Frauenhandtaschen im Kofferraum. Vier Taschen und im Auto nur zwei Frauen? Und warum Handtaschen *im Kofferraum*? Und warum *fast neuwertige*? → Festnahme. Mario ärgert sich in diesem Moment grün darüber, dass sie die Taschen, die sie ihren Besitzerinnen entwendet haben, überhaupt mitgenommen haben, teure Ware der Marken G[redacted]i, L[redacted] V[redacted], Y[redacted] S[redacted]-L[redacted]. Behalten haben sie sie, weil sie als Sachwert etwas hergeben. Null war das, null!

Der Bulle hat das sofort kapiert. Auf dem Gendarmerieposten an der Rue de Mulhouse, wo Mario seine Hosen- und Jackentaschen leeren und deren Inhalt erklären muss, wird er selbst zur Auskunftsquelle für die Ermittlungsbehörde.

Kreditkarten auf verschiedene Namen, Bargeld in Schweizer Franken und Euro, drei Ringe aus Gold, einer davon mit Edelsteinen besetzt, eine Perlenkette und drei Uhren beschlagnahmen die französischen Kollegen bei Azra, Marylou, Mario und Rachid. Summa summarum etliche Gegenstände, deren Herkunft die vier Angehaltenen nicht befriedigend erklären geschweige denn mit Quittungen oder Schenkungsurkunden belegen können. Ende der Fahnenstange → Untersuchungshaft. Auf Französisch heisst das «détention provisoire». Daran weckt nur das Adjektiv Hoffnung.

ACHT

Finstere Samstagnacht.

Immer wieder aufs Neue stürmt der Feind heran. In Wellen. Immer der gleiche? Nein, immer ein anderer, immer einer mehr versucht, die Stellung zu überrennen, um Boden zu gewinnen, Quadratmeter um Quadratmeter. Ihre Gesichter sind verzerrt, vor Gier, vor Ichwillichwillichwillichwill, vor Abneigung, zu schwaches Wort, was sage ich: vor Hass. Hass. Ja, Hass. Auf wen? Worauf? Warum? Sie strecken die Arme aus, die Hände, ihre Mäntel flattern, ihre Haare stehen wirr und elektrisch von den Köpfen ab, in den Augen ein Funkeln, ein Glühen. Schmale Augen, verengt auf den Willen, das Wollen, das Haben, das Jetzt. Das Licht grell, das Licht hell – und dazu Musik voller Elektrizität, dissonant, Maximallautstärke, Herzrasengeschwindigkeit, ein Rhythmus, der die Zeit wegwischt, die Zeit vernichtet, den Raum auf einen Vektor reduziert: Voran! Voran! Vorwärts! Jetzt! Hier! Maximum! Jetzt! Maximum!

Stroboskope! Rot! Pyrotechnik! Blau! Nebelschwaden! Türkis! Stroboskope! Weiss! Pyrotechnik! Gelb! Gold! Pink! Nebelschwaden! Weiss! Lichtblitzweiss!

Und mittendrin eine schwarze Silhouette, mächtig wie in einem dieser Filme, 3D, HD, Spezialeffekte, Gegenlicht, Nebelschwaden, messergleiche Einzelstrahlen Sonnenlicht zertrennen wie Skalpelle die Wirklichkeit. Breit steht sie da, diese Gestalt, in der Rechten eine Waffe, AK irgendwas, den Kolben auf die Hüfte gestützt, oder ist es eine Uzi? «Last Man Standing». Der Letzte, der noch steht. Der Letzte, der widersteht. Der auf den Beinen ist. Der Letzte, der noch lebt? Die anderen, sind sie Zombies? Untote allesamt? Die Silhouette, ein Mann ist es, kräftig, aber nicht exzessiv athletisch, um die Mitte herum setzt er allmählich an, kurzes, längst nicht mehr volles Haar, Koteletten. Er brüllt.

Er brüllt. Er hebt die Waffe, zielt er auf die «Menschen»? Nein, die Gestalten. Die Anthropomorphen, die Androiden, die Homoiophagen, sie heulen und schreien und steuern auf ihn zu und kommen näher, er riecht sie jetzt, ihren Atem, ihre Ausdünstung. Sie strecken ihm ihre Arme, ihre Hände, ihre Klauen entgegen, um nach ihm zu greifen. Packen sie ihn? Wollen sie ihn zerfetzen? Er richtet die Waffe auf die Gesichter, auf die offenen Mäu… Und er brüllt. Tief und laut. Brüllt, was die Kehle, seine Lungen, der Brustkorb, seine Stimmbänder hergeben. Was ist los? Was ist …

«Was ist los?», hört er. Eine Stimme spricht. Spricht sie mit ihm? Ja. Ja, sie spricht mit ihm. Freundlich? Ja, fast versteht er, was die Stimme zu ihm sagt. Freundlich spricht sie mit ihm.

«Was ist mit dir?», hört er. Sie richtet sich wirklich an ihn? Ja, eine Frauenstimme spricht mit ihm.

Freundlich.

Sie macht das Licht an. Jetzt sieht er sie.

Sermeter. Sie spricht mit dem Müller. Sie hält und drückt ihn.

Ein Traum, ein verdammter Alptraum. Ein verfluchter, elender, erbärmlicher Alptraum.

«Tut mir leid», will der Müller sagen, die Stimme heiser. Hat er wirklich geschrien im Schlaf? «Ich habe von einem schwarzen Loch geträumt. Ich war der Letzte, der auf dem Posten war. Der Einzige, der sich einer Meute von Wahnsinnigen entgegengestellt hat. Ich war allein und völlig auf mich gestellt.»

Übers millimeterkurze Haar streichen, dazwischen die Kopfhaut spüren. Er fühlt die warmen Finger auf seinem Schädel. Wenn du einen Traum in Text verwandeln willst, merkst du, wie unmöglich dieses Traumzeug war, hirnrissig. Wie völlig von der Rolle. Eine Hand hält den kalt und nass geschwitzten Kopf. Einfach zuhören. Nur zuhören, falls Müller die Worte findet.

Die Bilder … sind fast alle wieder weg. Er erinnert sich an … Hunde? Waren es Hunde mit klaffenden Mäulern, Tollwut im Blick, Speichelfäden zwischen langen, spitzen Reisszähnen, die auf ihn zusprangen und ihn angreifen, beissen, zerreissen, töten wollten? Und er, in der Hand, an der rechten Schulter die Waffe, schwarzer Stahl, poliert, geölt, durchgeladen.

Nein, nicht Hunde.

Menschen waren es.

Und er bereit zum Feuern. Automatik. Volles Magazin. Er, die Waffe auf die Gesichter dieser … Menschen? … gerichtet, voll drauf gezielt und entschlossen, die AK-47 oder die Uzi MP2A1, das Modell mit einklappbarer Metallschulterstütze, ja, das war es, einzusetzen.

Ihn schaudert's.

Menschen, nicht Hunde. Und auch Hunde würde er höchstens in Notwehr erschiessen.

«Komm, ich mache uns einen Kaffee», sagt Sermeter und streicht ihm mit der rechten Hand über seine Backe. Ihr linker Arm umfasst seinen schweissnassen Kopf. Draussen ist es dunkel, stockdunkel.

«Uns» hat er gehört, uns. Das klingt gut.

05:34 zeigt der Wecker neben Müllers Bett in der Wohnung über dem Laden an der Birsigstrasse, Ecke Oberwilerstrasse. Nach weniger als zwei Stunden im Bett hat der Tag so begonnen. Dienstantritt 07:30 Uhr. Müller lässt sich rücklings aufs Kissen fallen. Feucht ist es und klamm. Er fürchtet sich, die Lider zu schliessen. Im Dunkeln schaut er zur Decke. Die Tür steht einen Spalt weit offen, Licht von nebenan. Von drüben riecht er bereits den Kaffee und hört Gülays Schritte, die ins Schlafzimmer zurückkommen.

***

Vinyl.

«Unrecht Gut gedeihet gut» (Joe, Jack, William und Averell Dalton). Was für ein Unsinn. Es kann nämlich schmerzhaft im Gewissen herumbohren, dieses durch unrechtes Tun erworbene Gut. Voraussetzung ist, der Unrechtgetanhabende besitzt in seinem Hirn ein Gewissen, ein Koordinatensystem, das bezüglich der ethisch-moralisch-juristischen Akzeptanz einer Tat angibt «yes-oui» oder «vergiss es», «top» oder «fuck you». Zu Deutsch das alles: Hast du Gewissen, das dir sagt: «richtig gemacht, Kollege» oder «Scheisse gebaut, Lahmsack».

Christian Schib, beruflich: Büro; leidenschaftlich: Plattensammler, 33 rpm, 45 rpm, logisch: Vinyl. Ein Gewissen hat er sicher irgendwo. Deshalb hat er schlecht geschlafen in der Zelle auf der Clarawache. Betonwände, plastifizierte Matratze, Bettbezug aus feuerfester Synthetik, Decke dito, WC-Schüssel aus Stahl in der Ecke, scharfer blauer WC-Enten-Geruch.

In der Nacht hat er sich ein wenig beruhigt. Warum er hier ist? Das kann er nur ahnen. Die Wirkung des Pulvers hat sich verflüchtigt, das verfluchte Zeug. Stimmt, getrunken hatte er auch. Apropos: Mund und Rachen sind ausgedörrt wie Basel von Juli bis September.

Hat er etwas zusammengeschlagen? Umgekippt? Zertrümmert? Wann war das? Gestern?

Die Arme schmerzen, die rechte Hand, er ist Rechtshänder, die Haut an den Knöcheln aufgeplatzt, aufgeschlagen, aufgerieben. Geschwollen. Jemand hat ihm ein Pflaster draufgeklebt. Etwas schief.

Die Stimmbänder fühlen sich rau an, der Hals schmerzt. Hat er herumgebrüllt? Geflucht? Jemanden zusammengestaucht? Beleidigt?

Ist er deshalb da? Also hier? Wo genau?

Nach einem Frühstück, das Brot war lahm, die Butter zu weich, immerhin der Kaffee weniger dünn als befürchtet, bringt ihn ein Kastenwagen von der Clarawache quer durch die Stadt, dunkel alles, kein Mensch unterwegs, vorne der Fahrer, durch ein Gitter von ihm getrennt, neben ihm ein breiter Schweiger, ebenfalls in Uniform. Dann haben sie ihn hier abgeliefert. Zwei andere Uniformierte, ebenfalls schweigsam, haben ihn durch einen Korridor mit Neonlicht in einen trostlosen Raum geführt. Tisch, drei Stühle, massives Fenster, davor ein schwerer Rollladen.

Wieder unruhig, er kann sich nicht hinsetzen. Die Beleuchtung tut den Augen weh.

Die Tür geht auf. Ein junger Mann in Freizeitkleidung kommt herein, gross, kräftig, und eine Zivilistin, schwarzhaarig, dunkeläugig, durchtrainiert.

«Setzen Sie sich», sagt die Schwarzhaarige, «mein Name ist Sermeter, Kriminalkommissariat.»

Sie schaut ihn an. Ein schlechter Rahmen, sich mit einer schönen Frau zu unterhalten, denkt er.

Er setzt sich. Und sie sich ihm gegenüber.

Der junge Mann, bestimmt auch ein Zivilpolizist, steht breitbeinig bei der verschlossenen Tür.

Auf dem Tisch Mineralwasser. Die Zivile giesst einen Becher voll und stellt ihn vor den Festgenommenen. Der trinkt ihn in einem Zug leer.

«Herr Schib, mehrere Zeugen bestätigen, dass Sie im Plattenladen an der Feldbergstrasse randaliert haben, Schallplatten und zwei Plattenspieler demoliert, die Schaufensterscheibe eingeschlagen, dem Ladenbesitzer und einer weiteren Person Faustschläge verpasst beziehungsweise dass Sie dies auszuführen versucht haben. Wir haben schriftliche Zeugenaussagen. Der Drogenschnelltest von gestern Abend …», sie blättert in der Akte, die vor ihr auf dem Tisch liegt, «… 19:40 Uhr ist positiv. Der Staatsanwalt wird einen Bluttest anordnen. Es sieht nicht gut aus für Sie.»

[redacted], denkt Christian Schib, was hat mich bloss geritten.

«Was hat Sie bloss geritten?», fragt die Schwarzhaarige.

Von wegen schöne Frau, denkt Schib plötzlich, vom Kriminalkommissariat ist sie, die Schlange in Menschengestalt, die Hinterlist, eine Bullenfrau, die wissen schon, wie einen weichklopfen.

«Sie sind laut geworden, als der Ladenbesitzer Ihnen keinen Rabatt geben wollte», hilft ihm die Bullenfrau auf die Sprünge.

Rabatt, keinen Rabatt … entfernt kommt ihm das bekannt vor. Es könnte sein, dass …

«Sie hätten ihn beschimpft und um sich geschlagen, Mobiliar und Waren zerstört und einen Kunden, der dem Ladenbesitzer helfen wollte, geohrfeigt.»

… dieser Black Friday … Da war doch dieser Black Friday, dieses gigantische Rabattversprechen, diese Discountverheissung … im ganzen Stadtzentrum, in anderen Städten, Ländern, international … 20 Prozent, 30 Prozent, 40 Prozent … was sag ich … 50 Prozent … und dieser … Plattenladenheini, ich war ja nicht das erste Mal in diesem Laden, denkt Schib, dieser Vinylwichser wollte mir keinen Preisnachlass gewähren, dieser …

Da habe ich einfach Pech gehabt, denkt er.

Pech gehabt, aber auch der Vinylarsch. Kundenfreundlich verhält der sich nicht. Die ganze Welt bummmm atomisiert die Preise, nur der hat's nicht nötig, was? Kein Wunder, ist die Tonträgerbranche untergegangen, bei dieser konservativen Geisteshaltung! Geschieht ihm recht, was geschehen ist.

Lohnt es sich? Ach! Natürlich. Ich hoffe, der Schallplattentyp lernt aus diesem Vorfall. Als Kunde muss ich mir nicht alles bieten lassen. Gleichzeitig denkt Christian Schibs Hirn 180° andersrum: Das war voll debil von mir gestern Abend. Zum Glück ist Wochenende, sonst würden sie in der Firma mitbekommen, dass mich die Bullen festgenommen haben. Wegen so einem Schwachsinn!

So zucken seine Gedanken bald hierhin, bald dorthin und können sich nicht entscheiden, ein Urteil zu fällen.

«Bestätigen Sie die Vorfälle von gestern Abend?»

«Was machen Sie lange rum», sagt er, «schreiben Sie, ich diktiere Ihnen.»

Sermeter macht keine Anstalten, sich in ein «Sténodactylo» (Yves Montand) zu verwandeln. Sie rührt sich nicht. Die Tonaufnahme läuft. Das irritiert ihn. Und dieser junge Zivilbulle bei der Tür, der ihn die ganze Zeit anstarrt, irritiert ihn auch.

«Schiessen Sie los», sagt Sermeter. Sie kennt diese Wichtigtuer, denen der Pegel an bewusstseinsverzerrenden Substanzen ein Selbstbild vorgaukelt, dass du beim Abgleich mit der Realität laut lachen würdest, wär's nicht so tragisch.

«Ich wollte», sagt Plattensammler Christian Schib schliesslich im Verhörraum S 312 im Waaghof zu Gülay Sermeter, die ihn im Beisein des stummen Aspiranten Xerxes Blaser befragt, «ich wollte diesen Plattenladentypen dazu, ähm, bringen, mir Rabatt zu gewähren.»

«Warum?»

Schib verständnislos, Mund offen, ein Flashback. «Black Friday, hey! Es war Black Friday! Da habe ich als Konsument das Recht auf Preisnachlass, Aktion, Discount, Rabatt, Hammerpreise ... muss ich deutlicher werden, damit Sie mich verstehen?»

Seine Augen sind wirklich rot, sein Mund trocken.

Blaser tritt heran und schenkt Mineralwasser nach. Schib trinkt es, zieht ein Gesicht, als zwinge ihn die Bullenfrau, Brackwasser zu saufen.

Sermeter wartet. Sie wartet. Blaser wartet. Sie warten.

«*Nein*, hat er gesagt, nichts weiter als *Nein*. Und darin lag ein Ton, ein Ton, sage ich Ihnen, ein Ton, der ... da war klar, was dieser Plattenladenfritze von mir hält. Ich habe eine Sensibil... sorium ... Sensibilisorium für solche Dinge. Der glaubte wohl, ich bin so blöd, ich merke das nicht.»

«Er hat Nein gesagt, der Besitzer des Plattenladens? Er wollte Ihnen die Platten nicht billiger geben?»

Schib nickt. «In der ganzen Stadt diese Megapreisreduktionen – und der hält sich nicht daran. Also hey, nein, nicht mit mir!»

Er gerät wieder in Rage.

«Er sagte, er mache bei dieser Black-Friday-Sache gar nicht mit. Er sei klein und ein Fachgeschäft und könne sich diesen Preiskrieg nicht leisten. Er hoffe, dank seiner Stammkundschaft auf dem Markt bestehen zu können.»

Sermeter schweigt und schaut in seine Augen. Die flackern immer wieder nach links, nach rechts, nach unten, weg und wieder zurück.

«Stammkundschaft! Was glaubt der denn? Meint er, so überleben zu können? Tut überheblich: Der Black Friday sei Schwachsinn und ich zu beknackt, das zu kapieren. Das wollte er mir sagen mit seinem Nein. Ich und all die anderen in der ganzen Stadt sind Idioten, nur er nicht mit seinem Sch[redacted]ssladen!»

Sermeter und Aspirant Blaser schweigen. Was willst du da sagen, wenn einer so auf- und durchdreht? Ihm mit dem Mehrzweckstock eins überziehen? Nein, geht nicht. Ihm Beruhigungsmittel spritzen? Darf einzig der Amtsarzt nach zwangsmassnahmenrichterlicher Anordnung oder im medizinischen Notfall. Schweigen? Korrekt. Warten, bis der Schwall vorüber ist und du die nächste Frage stellen kannst. Sermeter wartet den Zeitpunkt ab. «Und danach haben Sie Herrn …», sie schaut auf ein Notizblatt und nennt den Namen, der dort vermerkt ist, «… am Kragen gepackt, ihn gegen die Regale gestossen und angefangen, Waren und Einrichtungsgegenstände durch das Verkaufslokal zu werfen?»

Christian Schib hört diese Sätze, versucht ihren Inhalt nachzuvollziehen, trotz Müdigkeit und der Leere, weil die Wirkung der Drogen nachlässt, und der Frustration, dass der Rausch im Endeffekt voll weich war. Schliesslich versteht er die Frage der Dunkelhaarigen mit der kleinen Zahnlücke oben rechts und gesteht. «Ja, das habe ich wohl. Das Mobiliar zerkleinert und so. Auch wenn ich mich daran nicht erinnere.» 08:12 Uhr.

***

Ermittlungen.

Müller recht zerknittert. Die dunklen Ringe unter seinen Augen würden leuchten, hätte er nicht die dimmbare LED-Office-Stehleuchte eingeschaltet. 07:56 Uhr. In seinem Büro im Waaghof öffnet er die elektronische Post der Kriminaltechnischen Abteilung.

Aus der «Pfauen»-Parfümerie-Sequenz hat Cattaneo von der Kriminaltechnik in der Nacht – seine E-Mail hat er um 04:38 Uhr abgeschickt – ein paar Einzelbilder isolieren und brauchbar vergrössern können. Eines davon zeigt den Moment, als sich das Opfer für eine Sekunde ins Kreuz greift. Wenn der tödliche Einstich genau da erfolgt ist, so hat die Überwachungskamera nichts davon erfasst. Die Sicht ist eingeschränkt durch eine Person, die ihren Arm zu einem Regal ausstreckt. Zu erkennen ist des Weiteren ein Arm, der Sekundenbruchteile vor Wohlhausers Zusammenzucken wenige Zentimeter von dessen Kreuz entfernt ist. Der Arm des Täters? Sonst ist von dieser Person nichts zu erkennen. Ein anderes Bild zeigt einen dunklen Mantel und einen Teil vom Oberkörper eines Mannes von hinten, der sich jedoch nicht identifizieren lässt, weil der Kopf nicht auf dem Bildausschnitt festgehalten ist. Ist es zum Verzweifeln? Ja, es ist.

Der Müller klickt sich einzeln durch die Bilder. Holt sich vom Automaten im Korridor einen Kaffee, setzt sich hin, betrachtet sie länger.

Er greift zum Hörer und ruft Cattaneo an. Der ist schon wieder oder seit gestern Abend durchgehend auf dem Posten.

«Roland», sagt er, «hast du fünf Minuten? Mach bitte die Bilder vom ‹Pfauen› auf.»

Mhm.

«Ja», antwortet Cattaneo, klickt auf seinem Rechner herum und fragt: «Welches?»

«Das mit dem dunklen Ärmel und dem dunklen Rücken. Kannst du das genauer erkennen?»

Cattaneo klickt wieder. Dann sagt er: «Nein, da stosse ich an die Grenzen. Mehr gibt das Fotoprogramm nicht her. Was die Kamera nicht festhalten konnte … ist nicht drauf.» Er tippt zwar weiter auf seiner Tastatur. «Ich schicke dir trotzdem die grösste Vergrösserung, die ich hinbekomme. Ich fürchte, sie wird dir nicht viel nützen.»

«Danke, Roland», sagt der Müller trotzdem, «und geh endlich schlafen.»

Er legt auf und ruft seine Equipe ins Sitzungszimmer S 207. 08:20 Uhr.

Sermeter kommt direkt von der Befragung des Plattenladenverwüsters.

«Schon fertig?», fragt er. Sie nickt. Er lächelt zurück. Fast eine private Zehntelsekunde.

Mit Sermeter und mit Markus Gormann, Romina Wäckerlin, Rolf Vetter, Freddy Dominguez, Aspirantin Gloria Werner und Aspirant Xerxes Blaser geht Müller alles durch, was sie haben.

«Bevor ich die Aufgaben verteile, will ich, dass wir uns die

Videosequenz des Augenblicks, in dem das Tötungsdelikt verübt worden sein könnte …», nach bald einem Vierteljahrhundert Polizeidienst kann auch dem Müller seine Sprache manchmal arg amtlich klingen, «… als Wohlhauser vielleicht getötet wurde, noch einmal alle zusammen ansehen.»

Sechzehn Augen sehen mehr, weil sie acht verschiedene Filme sehen, auch wenn es ein und derselbe ist.

Das Müllerteam des Kriminalkommissariats Basel-Stadt sieht den Philosophen den Ladenbereich mit den Mänteln verlassen. Wie er sich den Regalen mit den Hemden nähert, sein Blick über die Auslage schweift. Er scheint nicht zu finden, was er sucht. Er ist von Menschen umringt. Auf dem Bildschirm sehen der Müller und seine Mannschaft Männer und Frauen, die sich in der Abteilung Herrenmode bewegen. Manche sind klar sichtbar, andere verdeckt. Niemand scheint Raetus B. Wohlhauser-McLuhan zu erkennen oder sich für ihn zu interessieren.

Doch! Da! Drei Frauen mittleren Alters werden auf ihn aufmerksam. Eine grosse Dunkelhaarige stösst eine Kleine mit Locken an, sagt etwas zu ihr, worauf beide zu Wohlhauser hinsehen. Eine Dritte, ohne besondere Kennzeichen, schaut ebenfalls zu ihm hin und spricht mit der Lockigen.

Mehr als ein «Sieh da, ist das nicht dieser … äh, Reto Kohlhauser vom Fernsehen?» dürfte es nicht gewesen sein. Die dritte Frau hält nun ein Kleidungsstück hoch, um es den Kolleginnen zu zeigen.

«Hm», sagt der Müller nur, weil auf der Aufnahme sind so viele Leute zu sehen, dass er vor lauter Hms heiser würde, wenn er jedes Mal reagieren würde.

Im Video nimmt Wohlhauser nun einen Gürtel von einem Haken, beäugt ihn, prüft mit der Hand die Schnalle, hängt ihn zurück.

Hinter ihm erscheint ein grosser Blonder.

«Der sieht aus wie ein Wikinger, wie dieser Verteidiger vom FCB, also jetzt in der Bundesliga, der auch in der Nationalmannschaft spielt …», sagt Wäckerlin.

«Lang», sagt Vetter, «Michael. Das ist noch ein richtiger …»

Er bremst mitten im Satz, weil ihm Sermeter einen Blick zuwirft, der ihm sagt: Jetzt nicht, du Dubel!

Der Wikinger verschwindet nach links aus dem Erfassungsbereich der Kamera. Wohlhauser nach rechts. 17:58 lautet die Zeitangabe rechts unten auf der Aufnahme.

Gormann, der den Rechner bedient, wechselt zur nächsten Sequenz.

Wohlhauser spaziert im Parterre durch die Parfümerieabteilung. Er prüft die Auslagen, bleibt an einem Stand stehen, nimmt ein Fläschchen in die Hand, besprüht sein rechtes Handgelenk.

«Halt!», ruft Sermeter. «Ist das wieder dieser Wikinger?»

«Wo?», fragt der Müller.

Gormann fährt die Aufnahme eine Sekunde zurück. Ja, ganz kurz nur: der Wikinger. Ist er's? «Das könnte wirklich derselbe Mann sein», sagt Gormann.

18:03 zeigt die Uhr der Überwachungskamera.

«Den kenne ich», ruft auf einmal Wäckerlin, «dort hinten, im hellen Mantel, der mit dem dunklen Halstuch. Gormann, mach die Aufnahme des Gesichts grösser ... Das ist dieser Hollywoodstar! Johnny ... ja, Johnny Carrera!»

«Wer?», fragt der Müller.

«Johnny Carrera, der aus ‹Monster Springbock› oder so und aus den Talkshows», erklärt Wäckerlin.

Nie gehört.

«Und in diesem Film mit den Knarren spielte er auch mit», setzt sie hinzu, «er hiess ... Ach, das fällt mir gerade nicht ein.»

«AK-27, etwas mit AK-27», wirft Vetter ein, worauf Wäckerlin nickt. Müller schüttelt den Kopf, doch Vetter bestätigt: «Ich erkenne ihn auch, den sieht man immer wieder am Fernsehen.»

«Als was?», fragt der Müller.

«Ja ... äh ... zu verschiedensten Themen. Meist spricht er ... so über sich und sein Leben in Hollywood», sagt Wäckerlin. «Er sieht gut aus. Du brauchst nicht so dreinzuschauen, Gormann!»

Gormann sagt, er schaue «nicht so» drein, scheint jedoch Romina Wäckerlins Urteil nicht zu teilen.

«Ein bisschen alt ist er schon», schränkt sie ein und merkt

sogleich, dass der Hollywoodstar ungefähr in der Alterskategorie ihres Vorgesetzten ist. «Old is the new black», hat der Müller neulich auf einem T-Shirt gelesen. Heutzutage musst du dich schon für Sachen rechtfertigen, an denen niemand vorbeikommt.

«Ich, hm, meine ja nur», fügt Wäckerlin halblaut hinzu, was fast wie eine Entschuldigung tönt.

«Johnny Carrera», fasst Sermeter zusammen, «der Mann im hellen Mantel mit dem dunklen Schal. Den müssen wir finden.»

Müller nickt und wendet ein: «Der Ärmel, der sich nah bei Wohlhauser befand, als er zusammenzuckte, ist aber dunkel. Dieser Carrera da trägt einen hellen Mantel.»

«Dass sich Carrera im Augenblick der Tat am selben Ort wie das Opfer aufhielt, ist schon auffällig», bemerkt Vetter energisch.

Gormann wirft ein: «Ob die Tat wirklich in diesem Moment geschehen ist, wissen wir nicht.» Vetters Blick durchbohrt ihn.

«Das übernehme ich, ich bringe das in Ordnung», meldet sich Wäckerlin schnell, bevor jemand anderes den Zuschlag der Befragung erhält.

«Bring auch gleich seine Frau mit, diese Blonde, die immer mit ihm auftritt», wünscht Vetter, «die befrage ich. Da!», ruft er und zeigt auf eine Blondine in einem knallroten Mantel, die hinter Carrera erscheint.

«Halt, halt!», fährt der Müller dazwischen, weil solche unpolizeilichen Sprüche, ehrlich ... Polizeiarbeit ist kein Wunschkonzert. Wer teilt denn hier die Aufgaben zu? Nur strukturiertes Vorgehen führt zum Ziel.

«Jetzt den Rest dieser Aufnahme. Es sind die letzten Bilder, die das Opfer lebend zeigen», ruft er alle zur Konzentration auf.

Das Opfer in der Parfümerie. Er riecht an seinem Handgelenk, wiegt den Kopf hin und her ... «ganz kurz der dunkle Ärmel, jetzt die rechte Körperhälfte dieses Mannes», sagt der Kriminalkommissär, «und schon wieder weg» ... «das hat kaum eine Sekunde gedauert», sagt Dominguez ... 18:03 zeigt die Uhr unterhalb von Johnny Carrera. Wohlhauser fasst sich mit der rechten Hand ins Kreuz, als spüre er einen Schmerz. Er streckt sich, dann sein Blick wieder → auf den Duftflacon. Nun zeigt die Uhr rechts unten 18:04 Uhr. Er entfernt sich in Richtung Lift nach oben und verschwindet. Ende.

Der Kriminalkommissär behält das Wort. «Wir haben es mit zwei Personen zu tun: erstens mit dem dunklen Ärmel, der möglicherweise den Einstich vorgenommen hat, der zum Tod von Raetus B. Wohlhauser-McLuhan führte. Allerdings ist der Moment des Einstichs nicht sichtbar. Vielleicht hat dieser Ärmel auch gar nichts mit dem Tötungsdelikt zu tun. Trotzdem müssen wir ihn finden und befragen. Zweitens haben wir diesen Carrera. Auch den müssen wir auftreiben. Diese Suche übernehmen Wäckerlin und Vetter.»

Die Gesichter der beiden leuchten.

«Könnte ja sein, dass der Filmstar den Mann mit dem dunklen Ärmel kennt?», pumpt sich Freddy Dominguez auf.

«Ein bisschen viel Zufall», dämpft ihn Gormann.

«Oder er ist Carreras Komplize?», fragt Wäckerlin.

«Wir brauchen Fakten», beendet der Müller das Ratespiel, «wir werden alles überprüfen. Sag mal, Romina, ‹Johnny Carrera›, was ist das für ein Name? Für mich klingt das nach Evel Knievel ...»

Hä? (Vielleicht ersetzen durch Formulierung «Fragende Blicke»?)

Der Müller öffnet das Fenster des Sitzungszimmers S 207, um Frischluft reinzulassen. Draussen regnet es kalt. Immerhin ist es heute fast hell geworden. Ein Unterschied zur Nacht ist zu erkennen.

«Was haben wir sonst?», fragt der Müller in die Runde.

Dominguez hat endlich jemanden beim Fernsehen in Zürich erreicht und ist zu Wohlhausers Produzenten durchgestellt worden, einem gewissen Jeremy Braun. Freddy Dominguez berichtet, dass Braun angab, von nichts zu wissen, den Grund von Dominguez' Anruf nicht zu kennen. Er ist schockiert, als ihm der Detektiv den Tod des Philosophen und Gastgebers von

«The Good Life» meldet, verspricht absolute Verschwiegenheit. Ja, er sei im Fernsehstudio und warte selbstverständlich auf die Polizei, werde ihre Fragen beantworten. Ist das denn zu fassen? Am Donnerstag sei Wohlhauser noch im Fernsehstudio gewesen, und jetzt … nein, das …

Gloria Werner hat per Internetrecherche in Basel einen Lokalradiomoderator aufgetrieben, der sich in einem Zeitschrifteninterview vor zwei Jahren als «engen Freund» des Getöteten bezeichnet hat und anderswo in der «People»-Rubrik mit ihm auf einem Foto erschien, beim Champagnerflûte-Halten an einer Vernissage. Der Lokalradiomoderator wird, berichtet Werner, «von allen ‹Like Mike› genannt, weil er alles liket und die ganze Zeit überwältigend positiv ist». Werner ergänzt: «Bis 09:00 Uhr ist er live auf dem Sender –»

«Gut», sagt der Müller zu Werner, «übernimm diesen Positiven mit Gormann. Okay?» Er schaut auf seine Armbanduhr.

Werner und Gormann stehen auf und gehen los.

«Gülay und Dominguez, ihr fahrt nach Zürich ins Fernsehstudio und befragt dort diesen Braun, und vielleicht ist da trotz Samstag sonst jemand, der mit Wohlhauser zu tun hatte. Ich rufe sofort den Chef an, damit er das mit seinem Zürcher Kollegen regelt. Blaser fährt mit mir aufs Bruderholz zum Wohnhaus des Toten, und wir befragen die Nachbarn … Personen oder verdächtige Vorgänge …»

Macht sich nicht schlecht, wenn der Chef dieselbe mühselige Arbeit auf sich nimmt, wie er sie der Mannschaft aufbürdet. Befragungen von Tür zu Tür, die Nachbarn abklappern, Klinkenputzen ist undankbar. Viele Bürgerinnen und Bürger wollen mit der Polizei nichts zu tun haben. Andere lügen wie gedruckt, oder sie plustern sich auf und schwafeln dir den Kopf voll, obwohl sie weniger über das Verbrechen wissen als Cicero über die Raumfahrt. Doch musst du diese Arbeit tun, weil manchmal etwas dabei rauskommt.

Aufbruch Rest. Romina Wäckerlin und Rolf Vetter längst in freudiger VIP-Erwartung aus dem Waaghof in die Novembermorgenkälte hinaus. Sermeter und Dominguez → Zurigo

Leutschenbach. Müller und Blaser → Bruderholz. Der Wagen mit Gormann und Werner hat die Garage des Waaghofs bereits verlassen, um Like Mike aufzusuchen.

Alle Mitglieder des Müllerteams draussen. Wir stellen fest: effizienter Einsatz der Mittel der öffentlichen Hand. Die Ermittler sind auf der Strasse. Gemeinsam für Sicherheit.

«Tony Carreras», hört der Müller eine verzerrte Stimme aus dem Mobiltelefon sagen, «so heisst er richtig.»

Er steht im Regen neben Blaser in der Hohe-Winde-Strasse vor Wohlhausers Wohnhaus, auf dem Hügel südlich der Stadt. «Romina?», fragt er. Sie klingt … nachdenklich, weniger forsch.

«Ja, Tony Carreras heisst der Promi, den wir suchen, nicht Johnny Carrera.»

«Und? Habt ihr ihn?»

«Nein. Aber wir kennen seinen zivilen Namen: Beat Borer. Und seine Freundin heisst in Wirklichkeit nicht Kerri Ka$h, sondern Salomé Hug.»

Muss ein Schlag sein für Romina Wäckerlin, weil der Glamourlack zack abgeplatzt ist, denkt der Müller.

«Und wo sind die beiden?»

«Keine Ahnung, Rolf und ich bleiben dran.»

Sie beendet das Gespräch. «Legt auf» sagst du nur noch bei diesen prähistorischen Tischapparaten.

Müller in diesem Moment in 4059, wie wir eben erzählt haben.

Das Tram 15 fährt hier hoch, wiesengrün, wie es ist. Malerisch lädt zum Träumen ein der Name «Wolfschlucht», durch die die Bahn hinaufquietscht. Die «Schlucht» ist nicht breiter als 50 Meter, vom Tram aus wirkt sie jedoch wie ein veritables Dschungelchen. Am oberen Ende dieses Geländeeinschnitts, auf ebener Fläche und ausserhalb des undurchdringlichen Wäldchens ein Spielplatz, auf dem sich an sonnigen Nachmittagen Kinder in Markenkleidern und Nannys aller Provenienz tummeln. Hier, im Postleitzahlenbereich 4059, je weiter man hoch zum Wasserturm und der Hündelerwiese steigt, desto dichter und höher trotzen Zäune und Hecken der Welt, zum Teil blickdicht wie Puritanerstrümpfe. Die Einfahrten werden länger, privater und zahlreicher die Quadratmeter. Manche Anwesen sind so luxuriös, dass man sie nie zu Gesicht bekommt. «Das wirkliche Drama der Reichen ist, dass es immer noch Reichere gibt» (Karl Lagerfeld). Auch die topmodernen Liegenschaften mit Dreifachcarport und Privathallenbad liegen weiter oben. Weiter oben als die Mehrfamilienhäuser bei der Haltestelle Lerchenstrasse, wo der tote Philosoph lebte und nachdachte.

Der Müller klappert mit Xerxes Blaser die Nachbarschaft ab. Hat jemand Ungewöhnliches beobachtet? «Was ist ungewöhnlich, was gewöhnlich?» (Diodoros). Das ist nicht philosophisch gemeint hier. Diese Fragestellungen sind polizeilicher Natur.

In Wohlhausers Haus an der Hohe-Winde-Strasse treffen sie niemanden. Als der Kommissär und der Aspirant klingeln, antwortet kein Ton aus der Gegensprechanlage. Kein Licht in einer der sechs Wohnungen. 09:14 Uhr, Samstagmorgen. Alle ausser Haus, beim workoholischen Dauerexzess, beim Nonstopwellnessen, auf Wochenendshoppingreise oder im Ferienhaus? Beim Nachbarhaus zwar eine Antwort, aber die Stimme, wohl von einer alten Frau, zieht offen die amtliche Funktion der Besucher in Zweifel und sagt misstrauisch: «Verschwinden Sie, bevor ich die Polizei rufe!» Auf weiteres Läuten hin meldet sie sich nicht mehr. Als die Kriminalisten vom Haus zurücktreten, die paar Stufen zur Strasse hinuntersteigen und sich Blaser im Gehen zum Haus umdreht, sieht er im ersten Stock eine Gardine einen Spaltbreit geöffnet. Dahinter ein Gesicht. Er stupst den Müller an. Der holt den Dienstausweis aus der Manteltasche, streckt ihn dem Fenster entgegen und brüllt: «Müller, Kriminalkommissariat. Wir haben ein paar Fragen.»

Er ruft es laut genug, dass die halbe Strasse erfährt, dass zwei kräftige Männer vom Kriko bei Frau Wie-heisst-sie-wohl? geklingelt haben.

Was machst du da als Gertrud Buchmann (76)? Natürlich willst du keinen Skandal, keinen Kratzer an deinem Ruf als untadelige Prokuristenwitwe.

Du winkst den Männern zu, sie sollen näher kommen, und drückst auf den Türöffner.

Das war's auch schon mit der Action. Nachdem Gertrud Buchmann auf der Schwelle der Wohnung die Dienstausweise betrachtet hat, macht sie eine Bewegung in Richtung Wohnzimmer. Perserteppich, Glastischchen mit TV-Zeitschrift, Sitzgruppe mit crèmefarbenem Alcantarabezug, ein Ungetüm von Fernseherquader, Wohnwand mit einigen Büchern, Familienfotos, kleine Gegenstände, deren Zweck und Ästhetik sich dem Müller nicht erschliesst. Die Ergebnisse der Befragung schliesslich so trocken wie die Blumen in den Vasen, die den Wohnzimmereinbauschrank schmücken.

«Danke sehr, Sie haben uns sehr geholfen.» Das sagst du als Polizeimann trotzdem.

Als solcher brauchst du eine hohe Frustrationstoleranz. Weil a) ein Mensch wurde ermordet, b) du willst das Verbrechen aufklären, c) subito, d) es ist kompliziert, e) die Anhaltspunkte schwer zu konkretisieren, und f) viele deiner Arbeitsschritte verlaufen langsam und sind unergiebig, doch g) aufgeben ist nicht.

Du kannst nicht lalala vor dich hin (oder sagt man vor dir her?) gondeln, sondern brauchst Ergebnisse → Ermittlung → Fahndung → Zugriff → Dankeschön vom Chef, dem Staatsanwalt, der den Fall zur Anklage bringen wird. Grundsätzlich: Wenn gleich alles von Anfang an klar wäre, bräuchte es den Müller und seine Mannschaft gar nicht, und das wäre auch schade. «Um nichts herauszufinden, muss auch gearbeitet werden», brachte es bereits Sir Malcolm Doddle in seinem Klassiker «How To Fight Crime» auf den Punkt, und er setzte motivierend hinzu: «Das passiert bei der Polizei häufig, tut es nicht?»

Drei Stunden à sechzig Minuten à sechzig Sekunden à hundert Hundertstelsekunden graben Müller und Blaser im unteren Teil des Bruderholzquartiers nach Informationen zu Wohlhausers Leben und Lebenswandel. Ein paar Stimmen: «Ich mische mich nicht ins Leben der anderen Leute ein» und «Ich habe anderes zu tun, als andere auszuspionieren» und «Solange einer sich anständig verhält, geht es mich nichts an, was er tut». Und: «Ich kenne ihn von seiner Gesprächssendung im Fernsehen, mit ihm gesprochen habe ich aber nie.» Die maximal aussagekräftigsten Aussagen, die Müller und Blaser zu hören bekommen, lauten: «Das ist dieser elegante Mann, der dort unten wohnt, nicht wahr? Der aus dem Fernsehen, der so gut spricht? Der war fast nie da. Ich habe ihn manchmal wegfahren sehen. Ein graues Auto, ein Jaguar, glaube ich.» Und: «Seine Frau? Hatte er eine? Ich habe ihn nie mit einer Frau gesehen. Wie gesagt, ich schnüffle sicher nicht hinter den Leuten her.»

Am Mittag fahren Müller und Blaser wieder in die Stadt hinunter. Die Hoffnung auf den Laborbericht wird zerschlagen. Er liegt noch nicht vor. Um wieder Karl Lagerfeld zu zitieren: «Nur stumpfe Köpfe glauben, dass Erfolg ein Dauerzustand ist.» Ausdauer und Geduld dagegen sind Tugenden. Das ist so, allgemeingültig, eine unangefochtene Wahrheit. Immerhin, der Hinweis auf den Jaguar. Übers IVZ, das Informationssystem Fahrzeuge, findet Blaser die Farbe, den Wagentyp (ein teureres Modell aus der XJ-Serie) und die Autonummer (BS [redacted]). Er gibt das Auto als Sachfahndung in die Datenbank RIPOL ein.

***

Medienwelt.

Sermeter und Dominguez → Zürich-Leutschenbach. Eine Stunde Auto ab Basel, falls nicht irgendwo Stau, Glatteis, Unfall, Baustelle, Verkehrsüberlastung, Baregg-Tunnel, Gubrist-Tunnel, Nordring. Mit unserem Zauberstab simsalabimsen wir die automobilbedingten Alltagsärgernisse für Automobilisten und Automobilistinnen aus dieser Geschichte hinaus. Gülay Sermeter und Freddy Dominguez gelangen deshalb zügig nach Zürich-Nord und erreichen das Herz der schweizerischen Fernsehkultur. Das Fernsehstudio Leutschenbach landete in den frühen 1970er Jahren wie eine Raumstation auf dem platten Land. Mittlerweile stehen drum herum unzählige Geschäftshäuser, die Tramlinie 11 fährt nun bis hier und sogar weiter hinaus, ausserdem wurde die Tramlinie 17 erfunden, und im Norden ducken sich auf Opfiker Boden riesige Wohnhäuser an Strassen mit Aviatikernamen unter dem Flugverkehr hinweg. Neorealismo für den Mittelstand, denkst du, wenn du das siehst. Muss sich alles einleben und einen Geist eingehaucht bekommen.

Sermeter und Dominguez vor dem Fernsehstudio. Dominguez ist ganz aus dem Häuschen, weil Zurigo, Zurigo, die Heimat. Er schlägt vor, dass er das Sprechen mit den Fernsehleuten übernimmt, weil er als Zürcher mit seinem Dialekt den Ton vielleicht besser trifft als Gülay from Pratteln BL. Fehlüberlegung, weil → Dienstgrad und blöder Vorschlag. Reibt ihm Sermeter nicht extra unter die Nase, übernimmt einfach selbst. Rechtes Gebäude → Empfang → nach Jeremy Braun verlangen.

Was wir Polizisten an Gebäuden betreten, nach Personen fragen, warten, Lifte nehmen, Korridore entlanggehen, Spannteppiche abnutzen, uns in Sitzungszimmer begeben, uns hinsetzen, Zeugen und Auskunftspersonen begrüssen, den Zweck unseres Besuches umreissen, Fragen stellen, Interrogationstechniken anwenden, Widersprüche in Aussagen offenlegen, nachhaken, notieren, protokollieren, Rechtsmittelbelehrungen aussprechen, weiterfragen, uns bedanken, auch wenn wir nichts herausgefunden haben, und zuletzt überreichen wir Visitenkarten – «Sollte Ihnen etwas einfallen, das bedeutsam sein könnte …» Aber wir wollen uns nicht beklagen.

Jeremy Braun (33) holt Sermeter und Dominguez beim Empfangstresen ab → rechts durch eine Personenvereinzelungsanlage in den Nebentrakt → in den neunten Stock – Supersicht durch den Novembernieselregen auf das postindustrielle Businesshäuserbiotop und dünne Bodennebelschwaden – und → in einen Besprechungsraum. Wasser. Zuerst Nachbereitung des Domingueztelefonats mit der Hiobsbotschaft → Betroffenheit, Fassungslosigkeit, Sprachlosigkeit. Zeit lassen. Zeit, um die Fassung wiederzufinden. Das gebietet auch der Respekt vor dem Toten. Kaffee von der Kapselmaschine in der Ecke holen. Mitgefühl ausdrücken.

«Am Donnerstag war Red noch im Haus», bestätigt Braun,

was er Dominguez schon am Telefon sagte, und schüttelt ungläubig den Kopf, «wir haben eine Folge seiner Talkshow produziert, ‹The Good Life›, kennen Sie, nicht?»

«Mhm», geben Gülay Sermeter und Freddy Dominguez zu verstehen.

«Ich bin sein Produzent, wissen Sie.»

«Sicher, deswegen sind wir hier.»

Dann die Fragen. Antworten hier als Lauftext ohne viele Unterbrechungen.

Charakterbild Raetus B. Wohlhauser-McLuhan:

«Eine Diva? Nun, wer vor der Kamera steht, muss extrovertiert, muss ein wenig … eitel sein, nicht? Um gut performen zu können. Schlaftabletten haben in diesem Beruf keine Zukunft. Ausserhalb der Aufnahmen war Red … war er … wie soll ich sagen? … ganz normal. Zielorientiert. Ohne Schnörkel. Wir haben sehr gut zusammengearbeitet, ich als Produzent, er als Host der Philosophieshow. ‹Host›? Ja, weil ‹Moderator› greift zu kurz für diese Aufgabe. Er war Gastgeber, Inspirator, kritischer Geist, Spiritus rector, MC. ‹MC›? Master of Ceremony. Er hatte die Gäste und die Themen im Griff … Ein brillanter Denker, ein talentierter Verkäufer der Sendung, er machte wirklich einen guten Job. Konflikte an der Arbeit? Gibt es doch überall, verletzte Eitelkeiten, Mimöschen, unterschiedliche Auffassungen, Pannen. Gäste, die nicht bringen, was wir von ihnen erwartet haben. Weil schlecht gecastet. Da wurde Red schon mal laut, aber das hat sich immer bald gelegt. Er war … ja, fordernd, nachtragend nicht. Privat? Da habe ich wenig mitbekommen. Seine Frau heisst … Belinda? Melinda? Ich bin mir nicht sicher. Kinder? Keine, glaube ich. Er hat nie von Kindern erzählt. Privates weiss ich über ihn wenig. Abseits der Arbeit habe ich ihn nicht getroffen. Er wohnte ja im Bündnerland und in Basel. Dort war er stadtbekannt, glaube ich. Er ist ja auch in jener Region aufgewachsen, das hörte man sofort. Ja, am Dialekt. Manchmal hat er von Anlässen in Basel erzählt, an die er eingeladen war: Partys, Vernissagen, Vorpremieren. Nein, privat hatte ich wirklich keinen Kontakt mit ihm. Er hat viel

Homeoffice gemacht. Er kam zu den Produktionsterminen, manchmal zu einer Besprechung hierher. In der Regel haben wir uns telefonisch oder per E-Mail ausgetauscht. Oft mehrmals am Tag, wenn es um die Auswahl der Gäste ging, den Feinschliff der Themen. Er wusste, was er will. Aber er war immer recht kooperativ. Da habe ich schon anderes erlebt. Das können Sie mir glauben.»

(sig. Jeremy Braun, TV-Produzent; protokolliert und auch unterschrieben von Gülay Sermeter, Detektivwachtmeisterin, und Freddy Dominguez, Detektiv, Fernsehstudio Leutschenbach, Zürich, Samstag, 27. November, 11:15 Uhr).

«Im Bündnerland und in Basel gewohnt?», hat Sermeter nachgefragt, weil sie Bettina McLuhan, die Witwe, noch immer nicht aufgespürt haben und von einer Wohnung in Graubünden bisher nichts wussten. Der Produzent kann keine genaueren Angaben liefern.

Braun zeigt ihnen das Büro, in dem der Philosoph meist gearbeitet habe, wenn er sich im Fernsehstudio aufhielt; einen funktionalen kleinen Raum, wie es sie in der westlichen Zivilisation millionenfach gibt. Eine funktionale Zelle mit grossem Fenster, leer von Geist, Charakter, Persönlichkeit. Tischplatte, drehbarer Bürostuhl, Computerbildschirm mit Dockingstation, wo sich der Rechner ans Netzwerk und ans Stromnetz anschliessen lässt.

«Hier hat er gearbeitet?», wundert sich Sermeter. «Ohne einen einzigen persönlichen Gegenstand?»

Braun sieht sie verständnislos an. «Er war nicht der Familienfoto- und Topfpflanzen-Typ», versucht er die Leere zu erklären.

«Ich meine: Hat er keine Unterlagen für seine Sendungen? Bücher, Zeitungsausschnitte, Notizen?»

«Er war volldigital, papierloses Büro, 21. Jahrhundert.» Braun kratzt sich am Kinn.

«Also gibt's nirgendwo einen Schrank mit persönlichen Unterlagen?»

Braun schüttelt den Kopf. «M-m», sagt er. Das drückt eine verneinende Antwort auf eine Entscheidungsfrage aus.

«Und sein Computer?», fragt Sermeter und zeigt auf die leere Dockingstation. «Wo ist der?»

Der TV-Produzent zuckt die Schultern. «Er wird ihn mitgenommen haben. Wie gesagt, er arbeitet oft zu Hause oder unterwegs, wo er sich eben gerade aufhält. Vermutlich hat er ihn im Homeoffice.»

Weit entfernt hören Sie den Lift, der ins Erdgeschoss fährt. Ums Hochhaus pfeift leise der Wind.

«Wie Ihnen mein Kollege hier», Sermeter zeigt auf Freddy Dominguez, «am Telefon gesagt hat: Behalten Sie bitte die Nachricht von Herrn Wohlhausers Tod für einige Zeit für sich. Es erleichtert unsere Ermittlungen, wenn vorerst nichts nach draussen dringt», fordert Gülay Sermeter Jeremy Braun auf. Dieser nickt und schaut aus dem Fenster in die Bürohäuserlandschaft und die Bodennebelschwaden hinaus.

Wieder draussen, fällt die Bise über die Detektivwachtmeisterin und den Detektiv des Kriminalkommissariats Basel-Stadt her. Dominguez zieht geräuschvoll die Luft ein und sagt: «Ich liebe den Geruch von Zürich am Morgen.» Sermeter kann mittels Nase nichts Besonderes feststellen und wiegt leicht ihre schwarzen Haare im Wind. (Semantik: Ablehnung eines vorangegangenen Aussagesatzes.)

***

Medienwelt.

Gleichzeitig in der Nähe vom Grosspeter in Basel. Früher stand da eine Autowerkstatt, heute ein Gebäuderiegel mit Büros, übernatürlich schön, wie Bürohäuser eben sind. Ohne Vorwarnung fahren sie vor. Sie haben sich nicht angemeldet. Vermutlich weiss er noch nichts, weil kein Wort im Internet und auch nicht in der Zeitung stand.

Die junge Frau am Empfang von «Radio 4000» bestätigt: «Ja, er ist hier.» Sie schaut auf die Uhr an der Wand, die 08:58 zeigt. «In zwei Minuten ist die Morgenshow vorbei.»

Sie deutet auf den Flachbildschirm unter der Uhr: Ein fröhlicher Mann mit Viertagebart hinter einem Mikrofon, er liest von einem Bildschirm ab und tänzelt zur Musik.

Gormann und Werner schauen ihm zu.

Aus einem Lautsprecher dringen die letzten Takte eines Musikstücks, ein Stampf-Beat mit massig Filtern, Equalizern und anderen Effekten auf einer Frauenstimme. Sie singt von «my body» und «your body» und «fly, fly, fly». Der Inhalt des Stücks interessiert die Kriminalpolizei weniger, weil Plattitüden nicht gegen das StGB verstossen, sie haben den zu Vernehmenden im Blick.

Nun spricht er wieder ins Mikrofon. Leicht verzögert zu den Lippenbewegungen, die sie sehen, hören sie, wie er sich von den Hörerinnen und Hörern verabschiedet, dynamisch, poooositiv und mit einer Strahlemiene, die auch durchs Empfangsgerät sichtbar sein dürfte: «Bisss mooorrgään, auch dann bin ich wieder für euch daaa, iiich, euäär Mike!»

Station-ID, Jingle, Nachrichten. Jetzt sehen Markus Gormann und Gloria Werner auf dem Bildschirm, dass der Moderator einen Telefonhörer abhebt.

Am Empfang spricht die junge Frau in ihren Hörer: «Mike, hier sind zwei Leute von der Kriminalpolizei ... sie wollen dich sprechen.» Bizarr, diese Verzögerung. Während draussen die Réceptionistin spricht, bewegt der Moderator auf dem Bildschirm die Lippen. Während sie draussen schweigt, hört er zu. «Ja, jetzt gleich ... Du holst sie bei mir ab? ... Gut, danke.» Und zu Gormann und Werner: «Er kommt sofort.» Sie schaut die beiden professionell freundlich an. Im Kopf ist sie bereits beim nächsten Task auf ihrer To-do-Liste. Like Mike ist schon vom Flachbildschirm verschwunden, das Studio ist leer.

Die Aspirantin und der Polizist warten nur kurz.

Hinter der Glastür, die den öffentlichen Teil des Radiostudios (Sitzgruppe, Tischchen, Wasserspender, Vitrine mit Imagebroschüren und nutzlosen Werbegoodies) vom Studiobereich trennt, erscheint Mike, ein Lächeln breit wie der Ganges auf den Lippen, was sage ich: horizontal quer durchs ganze Viertagebartgesicht, als wäre der ☺ seinem Gesichtsausdruck nachempfunden. Er trägt ein blaues, dezent gelb längs gestreiftes Poloshirt, eine an beiden Knien fabrikneu durchgescheuerte Jeans, Sportschuhe, die vermutlich nie eine Sporthalle von innen sehen werden, und über der sorgfältig manikürten Gesichtsbehaarung nach hinten gegelte halblange Haare.

Mit zum Handschlag vorgestreckter rechter Hand (warm, weich, trocken) schnellt er durch die Glastür auf die beiden Mitarbeiter des Kriko Basel-Stadt zu.

«Hallo, ihr beiden!», ruft er.

«Herr Streuli, guten Morgen», sagt Gormann, «Gormann, Kriminalkommissariat. Das ist meine Kollegin Werner.»

«Werner? Wie in diesem Zeichentrickfilm? ‹Werner – Beinhart!›?»

«Werner – Eiskalt!», antwortet Gloria humorfern. Weil Witze mit Namen, ehrlich, ich meine, der Moderator kann ja auch nichts für «Michi Streuli», könnten wir ja auch etwas mit «Streuselkuchen» …

Der hat Werners Einwurf gar nicht wahrgenommen, sondern strahlt sie beide an. «Mike! Nennt mich wie alle in der ganzen Halle, Mike wie like, ja, das grüne Häkchen, das bin ich!»

Vertraulicher Ton? Nicht mit Gormann. «Herr Streuli, gibt es hier einen Ort, wo wir uns ungestört unterhalten können?»

«Oh!» Er setzt seine Morgenshow fort, reisst die Augen auf, als wäre er eine japanische Theatermaske. Er spielt Entsetzen. «Hab ich etwas gemacht, ich stehe doch nicht etwa in Verdacht, irgend–»

«Seien Sie unbesorgt», schneidet ihm Gormann novemberfrostig das Wort entzwei. «Sie stehen nicht im Mittelpunkt unseres Interesses.»

Gormann kann recht präzise gemein sein, wenn er muss. Mike reagiert auch auf diese Spitze nicht. Versteht er nicht, was man ihm sagt? Ist er nur auf Ein-Weg-Kommunikation geschaltet?

«Nathaliiiie, ist ein Meeting Room frei für uns drei?», wendet er sich an die Frau am Empfang, die sogleich auf dem Computer herumzuklicken beginnt, eines dieser Tools anwendet und nach wenigen Sekunden sagt: «Die Zwei ist frei.»

«‹Die Zwei ist frei!› Was für ein Rhyme! ‹Die Zwei ist frei! Die Zwei ist dabei!› Schade, arbeite ich beim ersten Programm, sonst wäre das –»

Werner will einwerfen, «Radio 4000» habe gar kein zweites, doch Gormann kommt ihr zuvor und unterbricht den Gutgelaunten. «Gehen wir.»

Er hat einen Verdacht, wie Like Mike seine Stimmung hochhält, und macht Anstalten, den Radiomoderator Michael Streuli vor sich herzuschieben. Er interpretiert die Handbewegung dieser Nathalie falsch und vermutet die Lage des Sitzungszimmers hinter der Glastür rechts.

«Hier lang», korrigiert Like Mike und wendet sich nach links. Grauer Spannteppichboden. Werbeplakate. Auf einem strahlt Like Mike himself und hält beide Daumen hoch.

Sitzungszimmer. Keine Präliminarien → Setzen.

Sofort: «Kennen Sie Raetus B. Wohlhauser-McLuhan?»

Sofort: «Natürlich, wir sind befreundet.»

Sofort: «Er ist tot.»

Sofort: «Wie das, *tot*?»

Sofort: «Tot. Ermordet. Gestern in einem Warenhaus.»

Sacken lassen. Setzen lassen. Wirken lassen.

«Was? Wie? Wer?» Die klassischen W-Fragen. «Warum? Wo?»

Nicht beantworten. Stattdessen Nachfrage Gormann: «Wann haben Sie ihn das letzte Mal gesehen?»

Nachstossen von Werner: «Hatten Sie und Herr Wohlhauser Konflikte miteinander?»

Nachhaken Gormann: «Ist Ihnen in letzter Zeit an ihm Aussergewöhnliches aufgefallen? Hat er sich anders verhalten?»

Werner fragt: «Hatte er Feinde? Freunde? Hat er Ihnen etwas Besonderes erzählt?»

Gormann: «Wie gut kannten Sie ihn?»

Dieses erzbrutale Präteritum, diese gemeinprosaische Vergangenheitsform lässt die «Hells Bells» (AC/DC) erklingen, schwer und dräuend aus dem Jenseits ins U-Bewusste hinein.

Gormann und Werner feuern mehr und noch mehr Fragen ab. Ziel: die Festung sturmreif zu schiessen, indem sie Kopfschmerzen und «taedium vitae» (Seneca) hervorprovozieren.

Like Mike versucht die Flut von Fragen einzudämmen, ja zurückzudrängen, indem er die Hände hebt, mit den offenen Handflächen Wehr- und Harmlosigkeit anzeigt und quasi einen Damm gegen die Worte der Gesetzeshüter bildet. «He, ihr verderbt mir die Laune! Ich fühl mich wie eine Pflaume. Ernsthaft ohne Schnauf! Eben war ich noch live und voll gut drauf –»

«Deshalb nennt man Sie ‹Like Mike›, das wissen wir, weil Sie vieles liken und das Leben immer positiv sehen», verschafft ihm Gormann taktisch Auftrieb. Den Narzissten packst du am leichtesten bei seinem Schatten.

«Ja, positiv, definitiv. Da haben Sie recht, Albrecht! Positiv zu sein ist mein Markenzeichen. … Sagen Sie, das ist nicht die versteckte Kamera, und nächste Woche wird das in der Samstagabendshow gezeigt, oder?»

Der Zweifel wirft ein Fragezeichen auf seine Stirn. Vier Polizeiaugen ruhen auf ihm und sagen nichts.

«Ist das wahr, was Sie da sagen? Red ist tot?»

Gormann und Werner nicken und rücken den Blick kein Grad von ihm ab. Michael Streuli steht auf. «Ich brauche etwas zu trinken, ich hole …», und er will zur Tür, dort steht bereits Gormann und sagt: «Wir kommen mit.»

Beim Coffee Point des Privatradiostudios (Kapselkaffeemaschine, Sofas, Sitzsäcke, Vintage-Flipperkasten, Kühlschrank mit vergammelten Milchtüten, ein vertrocknetes Radieschen) lümmeln drei jüngere Mitarbeiter herum (zwei männlich und unrasiert, eine weiblich), rufen «Hey, Mike», als sie ihn erblicken, setzen sich unauffällig ein Azimut gerader, und einer sagt ruckartig: «Wo waren wir stehen geblieben?» Und seine Kollegin schreibt einige Wörter auf ihren Block, ohne Mikes Gefolge aus den Augen zu lassen. Zwar sind Gormann und Werner wie immer in Zivil, doch sie sind ohne Zweifel betriebsfremde Personen. Studiogäste? Mikes Vorbereitung für ein Interview? Wer könnten sie sein? Sicher keine VIPs, die würde man kennen.

Sieht man ihnen an, dass sie Bullen sind? Der kleine Dunkelhaarige mit der griechischen Nase und die Mittelgrosse mit dem dunkelblonden Standardpolizeipony. Mike drückt den Knopf nur einmal, die Maschine brummt, surrt → Kaffeeduft.

Wortlos zieht das Trio wieder ab. Die Männer und die Frau auf Sofa und Sitzsack schauen ihnen nach. Sie sagen nichts mehr.

Auch im Sitzungszimmer drei, vier Sekunden Stille. Unversehens neue Töne von Herrn Streuli. Exaltiertheit ade.

«Was kann ich für Sie tun?»

«Erzählen Sie uns von Raetus B. Wohlhauser. Was war er für ein Mensch? Wofür interessierte er sich? Hatte er Hobbys?»

Schnaubt da der Moderator?

«Wer waren seine Freunde? Hatte er Gegner? Steckte er in Schwierigkeiten?»

Jetzt fängt das wieder an, dieses inquisitorische Trommelfeuer! Kürzen wir ab, weil das Zeitbudget des Kriminalkommissariats ist ebenso begrenzt, als wäre es privatwirtschaftlich.

Hier ist die Essenz von Like Mikes Aussage:

«Red konnte auf gewisse Leute sicher, ähm, arrogant wirken, weil er einen messerscharfen Verstand hatte und eine spitze Feder führte. Ja, er liebte es, in der Öffentlichkeit zu stehen, sonst hätte er sicher etwas anderes gemacht, als im Fernsehen aufzutreten, Bücher und Artikel zu schreiben und sich immer wieder in Diskussionen einzumischen. Er hatte das Streiten … also, er hatte es im Blut. Die, nun ja, kritische Auseinandersetzung war seine Natur, seine Haut. Das konnte, wie gesagt, arrogant wirken. Vor allem auf … wie soll ich sagen … Neider und Missgünstige, auf Leute, deren Gedanken er kritisierte. Schonungslos? Ja. Ich würde genauer sagen: ehrlich. Arrogant oder überheblich war er nicht, sicher nicht im Privaten. Wer ihn privat kennt, weiss, dass er im Kern sehr herzlich und, äh, vergnügt ist. An Partys, zum Beispiel beim Grillieren, da kam der Arbeiterjunge in ihm durch. Seine Eltern leben, glaube ich, noch wie damals in Pratteln. Oder Muttenz? Dort in der Gegend ist er, glaube ich, aufgewachsen. In lockerem Rahmen, wenn keine, äh, Journalisten oder VIPs dabei sind, kann er total unkompliziert sein und über Fussball, das Wetter oder andere alltägliche Themen sprechen. Ich kenne ihn ja schon ewig. Vor zwölf oder vierzehn, etwas um den Dreh rum, Jahren haben wir im MAZ (Anm. Gormann: Medienausbildungszentrum, Luzern) zusammen Kurse besucht, Grundausbildung, in der Frühphase der Digitalisierung. Er ist ein *early adopter*, er hat immer alle technologischen Entwicklungen sehr früh mitgemacht. Wir haben den Kontakt über die Jahre immer gehalten. Gesehen haben wir uns nicht oft; vier-, fünfmal im Jahr, würde ich sagen. Das letzte Mal? Das muss Ende August oder Anfang September gewesen sein. Wir sind uns im St. Jakob-Park über den Weg gelaufen, nach einem Spiel. Gegen Lugano? Ja, vermutlich Lugano. Red mischte sich manchmal gerne unter die Leute, um ihnen zuzuhören. Gut, haha, er hoffte wahrscheinlich auch darauf, dass ihn jemand erkannte, oder? Das gehört dazu, wenn man … als Medienpersönlichkeit … im Fokus ist, von vielen beobachtet wird. Ich kenne das ja auch ein bisschen. Red wurde oft erkannt. Offenbar schauen mehr Leute ‹The Good Life›, als man denkt. Was er in der Freizeit tat? Ein Hobby? Was verstehen Sie darunter? Leute wie er und ich … leben sich im Beruf aus, voll. Ich meine, da fliesst alles zusammen, die Interessen, die einer hat, die Energie, die Kontakte. Dafür geht die gesamte Zeit drauf und für Repräsentation, öffentliche Anlässe, wenn Sie so wollen. Das Bad in der Menge. Klappern gehört zum Job. Das sagt nicht nur die Klapperschlange. Hahaha. Nein, Hobbys hatte Red keine, soweit ich weiss. Und Freunde? Also, ich zähle mich zu seinen engen Freunden. Und zu denen von Bettina, seiner Frau. Sie funktionieren gut miteinander, würde ich sagen. Obwohl sie schon ein paar Jahre verheiratet sind. Seit wann genau, weiss ich nicht. Das … muss … vor sechs oder acht Jahren gewesen … während meiner Zeit in Kalifornien, fünf Jahre war ich da, eine, hm, harte Zeit, aber eine tolle Zeit. Ich habe viel gelernt dort drüben, das mir hier im Beruf und im Leben allgemein sehr nützlich ist. Was ich jetzt erlebe, ist der *return on investment*, ich meine: auf die Entbehrungen in L.A.»

(sig. Michael Streuli a.k.a. «Like Mike»; sig. auch durch Markus Gormann, Detektivkorporal, und Gloria Werner, Aspirantin; Studio «Radio 4000», Samstag, 27. November, 10:15 Uhr).

«Bitte behalten Sie dieses Gespräch für sich», fügt Gormann hinzu, «aus ermittlungstechnischen Gründen werden wir die Öffentlichkeit erst zu gegebener Zeit über Herrn Wohlhausers Tod informieren. Klar?»

«Ja, klar, natürlich», antwortet Like Mike und ergänzt, als verstehe er die Nachricht erst in diesem Augenblick: «Red tot! Ermordet! Eine Wahnsinnsstory.»

Gormann und Werner schauen ihn an. Fehlt es ihm an Mitgefühl?

***

Noch mehr VIPs.

«Wir stehen vor ihrer Haustür.» Wäckerlins Stimme im Müllerdiensthandy tönt aufgeregt. Im Hintergrund hört der Müller eine Türklingel, eine dieser alten Schellen, die ein ganzes Haus durchschüttelt und auf dem Laufenden hält, dass der Nachbar Besuch bekommt.

«Du glaubst nicht, wo sie wohnen!», platzt Romina Wäckerlin heraus, obwohl sich der Müller darüber keine Gedanken gemacht hat.

«In einem Altbau an der Gundeldingerstrasse», fährt sie fort.

Im Hintergrund hört Müller noch einmal die Uraltklingel.

«An dieser stark befahrenen Strasse», legt die Kollegin nach, hörbar entrüstet. Oder desillusioniert? «Tony Carreras und Kerri Ka$h in einem … nun ja … maroden Altbau … im vierten Stock ohne Lift!»

Ja, die Vorstellungen, die man vom Leben der Prominenten hat, liegen oft weitab der Dartscheibe der Realität. Du erwartest Möbel wie in einem Château: eine Louis-XXL-Chaiselongue und eine Napoléon-IV-Ottomane zum Draufliegen und Rumschäkern, goldene Badezimmerarmaturen mit royalem Lilienmuster und einen Speiseaufzug, damit das Kakerlakenkebab aus der rattenverseuchten Küche im UG in die Bel-Etage hochge… Ha! Nix da, Leute, vergiss Drama, wir sind in der Realität. Fortunas Fahrstuhl ist nicht weit hinuntergezuckelt: Das Glamourpaar Carreras & Ka$h Unlimited Inc. ist, wie der Augenschein von Romina Wäckerlin und Rolf Vetter offenbart, bei den Normalsterblichen angekommen. Zugiges Treppenhaus, abgetretenes Linoleum, schwache Funzeln auf den Treppenabsätzen, abblätternder Verputz, undefinierbare Farbe der Wände. «Die Welt vergeht und ihre Begierde» (1. Joh 2,17).

Eine Männerstimme hört der Müller in diesem Moment im Hintergrund. Der Wohnungsmieter spricht offenbar mit Vetter.

«Bis später», sagt Wäckerlin zum Müller und beendet das Gespräch. Sie steht hier und jetzt «for the very first time» (M. L. Ciccone) leibhaftig Tony Carreras gegenüber – ausgeleierter Synthetiktrainingsanzug in ehemaligem Blau, Badeschlappen, Tennissocken, verwaschenes Sweatshirt von Zombie & Snitch. Wirkt nüchtern, nicht zugedröhnt, ja freundlich. Auch Kerri Ka$h steht an der Tür der Detektivin gegenüber, für die interessiert sich Wäckerlin weniger. Dafür fasst Kollege Vetter das blondierte Wunder besonders ins Auge. Sie trägt einen kurzen Schottenrock, schwarze Strümpfe, ein schwarzes T-Shirt mit diamantfarbener Aufschrift «LOCA CRAZY PAZZA» und über die Schulter gehängt ein strassbesetztes XXL-Hobo-Bag, als wollte sie direkt ausgehen.

Ja, sic transit gloria mundi: Ausgehen müssen Kerri Ka$h und Tony Carreras nun tatsächlich, weil Wäckerlin und Vetter sie unter Vorzeigen ihrer Dienstausweise dazu einladen, im Befragungsraum S 312 den Ermittlungsbehörden behilflich zu sein.

«Oh, tatsächlich?», äussert sich Tony. «Könnte es wirklich sein, dass wir etwas wissen, das Ihnen Big Points verschaffen könnte?»

Kerri scheint ebenfalls angetan von der sich ihr bietenden Herausforderung, sie sagt: «Wie aufregend! Das Kriminalkommissariat holt uns zu Hause ab.»

Wir lassen die kleine fast tätliche Auseinandersetzung weg, die entsteht, als Ketony ein Selfie mit Wäckerlin und Vetter machen wollen, um es zum Beweis ihres emotionsgeladenen Actionlebens in den sozialen Netzwerken zu posten. Romina Wäckerlin sagt «nein» (Shakespeare: «Hamlet», Akt III, Szene II, Vers 114) und behändigt zack Tonys Telefon (ausgestattet mit dreifacher Kamera) und steckt es ein. Nein, diese Szene lassen wir aus und beamen die beiden VIPs, die Kollegin und den Kollegen in den Waaghof → S 312.

Und wir springen gleich einige Stunden weiter in die Zukunft. Wir springen einige Stunden weiter in die Zukunft. Wir springen einige Stunden weiter in die Zukunft:

«Es war», erzählt Wäckerlin später an diesem Samstag während einer Kaffeepause im Gemeinschaftsbüro den Kolleginnen und Kollegen, «eine, ähm, ernüchternde Erfahrung, diese beiden Showbusiness-Persönlichkeiten direkt vor uns zu sehen, nicht wahr, Rolf?»

Vetter stimmt zu. «‹Face-to-face-interrogation› haben sie das genannt.»

«Mein Weltbild ist schon etwas in Unordnung geraten», fährt Wäckerlin fort, «die sind nicht halb so berühmt, wie ich dachte, und knusprig sind sie wirklich nicht mehr. Dieses Getue! Wären sie echte VIPs, würden sie sicher nicht *dort* wohnen!»

Vetter imitiert zur Illustration mit der Stimme den Verkehr in der Gundeldingerstrasse vor der Wohnung von Carreras und Ka$h.

Bevor wir die beiden Ermittler sozialgeografisch falsch verstehen, fügt Wäckerlin nach einem Schluck Kaffee hinzu: «Ich wohne ja gleich um die Ecke.»

«Und du bist ja auch kein Superstar», wirft Vetter ein. Infolge Gesinnungsnähe zu Wäckerlin darf er sich als Einziger im Müllerteam eine solche Bemerkung erlauben.

«Und was hat euch das Glamourpaar bei der Befragung verraten?», fragt Gormann.

«Sie mochten Wohlhauser nicht», sagt Vetter.

«Weil er sie nie in seine Talkshow eingeladen und sie nie in einem Artikel erwähnt hat, obwohl sie immer wieder versuchten, ihn dazu zu bewegen», fügt Wäckerlin hinzu.

«Das haben sie so zu Protokoll gegeben?», fragt Aspirantin Werner ungläubig.

«Ja.» Vetter ist ziemlich erheitert.

«Was sagten sie, als ihr ihnen das Überwachungsvideo aus dem ‹Pfauen› gezeigt habt? Wussten sie, dass sie Wohlhausers Weg im ‹Pfauen› gekreuzt haben, kurz bevor er starb?», fragt Gormann.

«Selbstverständlich. Sie haben nicht abgestritten, Wohlhauser dort gesehen zu haben. Sie sind ihm ausgewichen, sagen sie. Romina, erzähl, was sie gesagt haben!»

Showtime Wäckerlin, mit tiefer Stimme: «*Look there:* der Philosophie-Heini.» Auch das Naserümpfen demonstriert sie. «Richte deine blauen Augen besser auf die strassbesetzten XXL-Hobo-Bags dort drüben! So was musst du haben, Baby, das passt total zu deinem Style. Und mein Kerri-Schatz sagt mir: ‹Hey, ja, ein absoluter Strong Buy, her damit!› Ich habe meine Platinkarte gezückt und …»

Rolf Vetter lacht Tränen. «So war das, die ganze Befragung lang. Ich sag euch, so was … Aufgeblasenes habe ich selten erlebt.»

Auch Wäckerlin, die neben ihm sitzt, schüttelt den Kopf, fassungslos, dass das Leben als Star so oberflächlich ist. «Wo viel Schein ist, ist auch viel Schwachsinn» (Osram Lux, Beleuchtungskünstler).

Aus der Befragung haben sich ausser der Antipathie gegenüber dem Toten keine belastenden Elemente ergeben. Kerri Ka$h und Tony Carreras verschwinden aus dem Fokus der Kriminalpolizei. Es gilt weiterhin die Unschuldsvermutung (Art. 10 StPO). → Bye-bye, Glamour!

Gesucht wird weiterhin und mit hoher Dringlichkeit: der dunkle Ärmel vom Video. Wie den bloss finden? Und gopfertori der Aufenthaltsort von Bettina McLuhan und die angebliche Bündner Adresse.

Daran sitzt auch der Müller. Weil ausserhalb Basels nirgends eine Wohnung registriert ist, die auf den Namen des Philosophen oder seiner Frau lautet.

***

Die Welt der Kunst.

Die Kolleginnen und Kollegen vom Kriko suchen weiter elektronisch nach Weggefährten von Wohlhauser. Dabei stossen sie auf einen – neben Like Mike – weiteren Freund aus der Kunstszene: Josh Wyss, berühmt durch seine Serie «Fressbilder I–CXXVII» (Öl, Mischtechnik, 1992–2014, Palm Springs). Das Geheimnis dieser Bilder, nachgewiesen auf Internetseiten und in Live-Fernsehshows: Wer diese Bilder anschaut, wird schlank! Siehst du darauf Schoko, werden dir die Kalorien dieser Speise aus dem Körper subtrahiert. Siehst du Fettwurst → dito. Deal? Item, also Josh … das Müllerteam schafft es nicht, seinen Aufenthaltsort ausfindig zu machen. Als Freund von Wohlhauser können wir ihn höchstwahrscheinlich bezeichnen, weil er sich in Interviews lobend über ihn geäussert und sich selbst als «guten Buddy von Red» bezeichnet hat. Obwohl sie über eine Website über zeitgenössische Kunst eine Nummer ermitteln, die ihm einmal gehört haben muss oder immer noch gehört, können ihn die Mitarbeiter des Kriko nicht erreichen. Die Anrufe werden nicht entgegengenommen. Eine Voice-Mail-Box springt selbst nach ewigem Läuten nicht an.

Roland Cattaneo vom Kriminaltechnischen Dienst bestätigt Gormann, nach vollzogener Vergrösserung nebst Bildbearbeitung, dass der grosse blonde Mann, der am späteren Tatfreitagnachmittag um 17:58 Uhr in der Abteilung Herrenmode und um 18:03 Uhr in der Parfümerie auf demselben Videobild in der Nähe des nachmaligen Opfers zu sehen ist, tatsächlich ein und derselbe Mann ist. Kann das Zufall sein? Als Kriminalist glaubst du nicht an solche Wörter.

***

Eine Befragung.

Mord = prioritär. Auch Messerstecherei = Leib-und-Leben-Delikt = prioritär. Und häusliche Gewalt = erst recht ebenfalls prioritär. Das heisst für einen Ermittler wie Müller, dass er parallel zum Tötungsdelikt auch daran arbeiten muss. Weil er häusliche Gewalt ebenfalls schrecklich findet. Und nicht zuletzt aus Interesse am Menschen. Er will, dass im Menschen Menschlichkeit und Mitmenschlichkeit vorherrschen. Er kann sich nicht damit abfinden, dass der Mensch zu so vielem fähig ist. Das weiss man zwar aus Geschichte und Gegenwart, akzeptieren kann es der Müller trotzdem nicht, kann es jede und jeder Einzelne seiner Mannschaft nicht. Sonst wären sie nicht zur Polizei gegangen. Sie wollen die Welt besser machen, auch wenn sie um die Natur des Menschen wissen. Wenn du im Fernsehen nämlich einen völlig herbeidelirierten Krimi siehst, der absolut schrecklissimo ist, brutal, abartig und tutti quanti, kannst du Gift darauf nehmen, dass in der realen Wirklichkeit viel Schlimmeres, Widerwärtigeres, Gemeineres, Abstossenderes, Blutigeres geschieht. Bloss zum Glück statistisch selten.

Also → Müller und Gormann → Verhörraum S 311 → Befragung Ramon Füglistaller, der Eifersüchtige aus dem «Totally sexy»-Laden.

Er sitzt auf dem festgeschraubten Stuhl, als Müller und Gormann das Befragungszimmer betreten. Er will auffahren, um sich zu beschweren, hat den Mund schon aufgemacht, aber bevor auch nur eine Silbe rauskommt, drückt ihn der Müller leicht auf die Schulter und auf den Stuhl zurück und kommandiert: «Hinsetzen!»

«Polizeibrutalität!», ruft Ramon Füglistaller.

Gormann muss lachen. Weil die Kamera läuft, die das Geschehen im Verhörraum S 311 aufzeichnet.

«Brutalität ist genau unser Thema», sagt der Müller, «darin sind Sie offensichtlich Experte.»

Rechtsanwalt Dr. iur. Armin Meili runzelt die Stirn.

Füglistaller schweigt. Das darf er. Bloss verlängert er dadurch seinen Aufenthalt im Waaghof. Die Untersuchungshaft, die der Richter bereits gestern Nacht angeordnet hat, ist eine einsame Sache. Keine Kontakte, Einzelzelle, keine Arbeit, nur eine Stunde Spazieren im Hof und TV-Glotzen ohne Ende. Falls du Nichtraucher bist, erstickst du am Gequalme der Mitinsassen des Zellenblocks. Sagt er aber aus, zur Zufriedenheit des Prinzips namens Wahrheit, wird er wohl vorzeitig den Strafvollzug antreten können und darf sich zum Beispiel im Wauwilermoos um Pferde kümmern oder eine andere Arbeit im Stall ausführen, ausmisten, füttern. Bringt mehr Kurzweil als dieses Affentheater hier. Dieser Kommissär mit den eisgrauen Augen, der dich anschaut, als habest du seiner Oma den Opel Blitz gestohlen. Neben ihm der kleine dunkelhaarige Ostschweizer mit dieser riesigen Nase. Diese Gesellschaft sucht man sich nicht freiwillig.

Erstes Thema der Befragung von Ramon Füglistaller: Gewaltdelikt vom «Totally sexy»-Laden. Konkret: Angriff mit Messer auf Roman G., derzeit Patient auf der Chirurgie im Universitätsspital, allgemein versichert.

Zweites Thema der Befragung: häusliche Gewalt an Natasha M., begangen mit zwei Fäusten am vergangenen Abend als Folge der «Unverschämtheit» des mit dem Messer Verletzten, dessen Blicken Natasha M. – zurzeit Patientin auf der Chirurgie im Universitätsspital, allgemein versichert – eindeutig zu wenig Widerstand entgegengesetzt habe.

Drittes Thema der Befragung von Ramon Füglistaller: bei der Festnahme durch die Patrouille der Sicherheitspolizei in dessen Wohnung sichergestellte originalverpackte Consumer Electronics aus dem Geschäft am Marktplatz. Der Diebstahl ist noch nicht einmal im System der Polizei erfasst, weil die Fülle der Ereignisse die Kapazitätsgrenzen der Sicherheitsinfrastruktur des Kantons Basel-Stadt … sagen wir's so: schon ein bisschen stark strapaziert hat an diesem [redacted] Black Friday.

Die Beweislast ist erdrückend. Das Bemühen um Leugnen, Lügen, Abstreiten, Unwahrheit, Auslassung, Flunkern, Schwindelei, Irreführung, Mogelei, Täuschung, Bluff, «falsches Zeugnis» (8th Commandment von «The Holy Bible») und treuherzige Dackelaugen seitens des Tatverdächtigen Füglistaller ist beträchtlich. Müller Benedikt und Markus Gormann bringen ihn innert einer Stunde und unter grosszügiger Mithilfe des sinkenden Rauschmittelpegels ($C_{17}H_{21}NO_4$) in seinem Blut zu einer bild- und tontechnisch dokumentierten Aussage. Rechtsanwalt Dr. iur. Armin Meili konnte sich gegen seinen Mandanten nicht durchsetzen. Mit seinem Bemühen, ihn dazu zu bewegen, DASS ER ENDLICH DIE SCHNAUZE HÄLT, war er nicht erfolgreich.

Ich vermute, dass sich RA Meili, ohne dass er die Standesregeln auch nur im Entferntesten geritzt hätte, in der Befragungssituation interventionsschwach zeigte, weil er keine Lust hatte, für einen notorischen Lügner, Dieb, Kokainschnupfer und Frauenverprügler wie Ramon Füglistaller auch nur eine einzige seiner Gehirnzellen zu opfern.

Weil es kommt garantiert der Punkt, wo dir all diese Mythomanen, Soziopathen und [redacted] einfach nur am A[redacted] können, nicht wahr?

Und zwei Namen erfahren Müller und Gormann von Ramon Füglistaller auch: die der Komplizen, Sven Haueter und Jack Stojkovic. Danach ist alles Routine. Zwar kommt dir das Foto des verschwollenen Gesichts von Natasha M. bis Dienstschluss gelegentlich in den Sinn, das gehört zum Alltag im Polizeibetrieb. Und dieser Eindruck wird auch bald von neuen Sedimenten der Alltagskriminalität überdeckt. Tief in dir drin bilden sich Schichten des Schreckens, die Tektonik der Hässlichkeit und Ablagerungen von Amoral. Du hoffst, dass du dennoch stets speditiv einschlafen und konsequent durchschlafen kannst. Bis dich der Pikett-Anruf an einen Tatort ruft, den du niemandem zumuten würdest und ausserdienstlich niemandem erzählen darfst und wirst, ausser dem Psychotherapeuten oder den Kolleginnen und Kollegen vom Psychologischen Dienst. Sie sind dafür geschult, den Abfall zu sichten und wegzukehren, der sich im Polizeidienst Tag für Tag in dir ansammelt. Manchmal weinst du. Ja, das kommt vor.

***

Medienwelt.

Nach kurzem innerem Kampf, Blitzabsprachen mit dem oder der Vorgesetzten und zwei, drei Bedenken, weil die Polizei ja achtbare Gründe haben mag, den Fall Wohlhauser noch zu verheimlichen, kapitulieren Fernseh-Braun und Lokalradio-Like-Mike und speisen ihr Insiderwissen in die Workflows der Medienbetriebe ein, für die sie arbeiten. Schliesslich überwiegt das Interesse des Publikums an dieser öffentlichen Person. Und wenn sie es nicht selbst bringen, kommt ihnen ein anderer Sender zuvor, und sie hinken den Ereignissen hinterher. Geht nicht, das.

17:09 Uhr. Like Mike geht bereits zur Vorabend-Primetime mit diesem Primeur live auf den Sender. «Radio 4000» meldet's zuerst, und er lässt sich von der Kollegin über das grausige Verbrechen – über dessen Hergang er lediglich weiss: «gestern in einem Warenhaus» – und vor allem über den bitteren Verlust befragen, den die Philosophie, die Medien, die Schweiz, Basel und nicht zuletzt Like Mike persönlich erleiden. Schliesslich sei er seit vielen Jahren eng mit Raetus B. Wohlhauser-McLuhan befreundet gewesen und habe enorm viel und intensive Zeit mit ihm verbracht, wie er dem Mikrofon mitteilt. Bei der Frage der Moderatorin nach Reds zentralen philosophischen Inhalten kommt Like Mike eingestandenermassen ins Stocken, rettet sich aber dank einem Geistesblitz mit dem Hinweis auf die Vielseitigkeit der Interessen des ermordeten Philosophen auf vertrautes Terrain. «Egal, was seine Kritiker sagen», habe die Positivität für Wohlhauser eine wichtige Rolle gespielt. «Diese Positivität ist sein Vermächtnis», bringt es Like Mike live zur Vorabend-Primetime im Privatradio exklusiv auf den Punkt und rundet in aller Bescheidenheit ab: «Und diese Positivität verbindet Red auch über seinen Tod hinaus mit mir selbst.» Worauf der Moderatorin für einen Moment die Worte fehlen, so ergriffen ist sie. Like Mikes Diktum hallt somit kommentarlos in den finsterfeuchten Basler Novembervorabend hinaus und wirkt während der gesamten 3 Minuten 52 Sekunden Dauer von «Big in Japan» nach, das der Computer gleich hinterher einspielt.

Viele hören diesen Nachruf → jemand → Twitter → Verbreitung → Online-Medien. Informationslage dürftig («gestern in einem Warenhaus») → Spekulationen und Mutmassungen: von Ausländer getötet; von Hasser umgebracht; politischer Mord; sadistischer Modernitätsfeind; Neider; blablabla.

Das Fernsehen meldet den Tod des Philosophen kurz (mit Archivaufnahmen von «The Good Life» illustriert) in der Hauptausgabe der «Tagesschau» um 19:30 Uhr und verspricht einen Bericht in «10 vor 10». Dort äussert sich ein universitärer Philosoph, dem sein Missmut gegenüber dem Werk und Weltbild von Raetus B. Wohlhauser nur knapp nicht anzusehen ist. Auf die Frage zu dessen Hauptwerk «Wie es ist» antwortet er so ausweichend, als ziele er auf einen Spucknapf.

NEUN

Viral.

07:30 Uhr. Morgenrapport im Waaghof. «Medienpersönlichkeit und Denker getötet», «Ein Robespierre des Geistes», «Verbrechen am Asketen des Wortes», «Er war ein Meister» oder – schlicht – «Philosophiestar brutal ermordet», so lauten die Titel und Formulierungen in den gedruckten Zeitungen an diesem verfluchten Sonntag, 28. November.

Dem Müller bereitet das Kopfschmerzen. Jetzt werden alle Psychos anrufen, die etwas zu wissen vorgeben, nur um endlich mit jemandem sprechen zu können. Oder schlimmer: die glauben, was sie erzählen.

Nach einem dürren Résumé der wenigen bekannten Fakten («Das Kriminalkommissariat Basel-Stadt wollte diese Fakten nicht kommentieren und verwies auf eine Medienkonferenz ‹zu gegebenem Zeitpunkt›.») zeichnen die Zeitungsberichte Wohlhauser-McLuhans Laufbahn nach. Als Chemiemitarbeitersohn in einem Reihenhaus in Birsfelden aufgewachsen, arbeitete er sich durch reine Geisteskraft bis zu den höchsten Weihen der Fernsehphilosophie empor. Gastvorlesungen an in- und ausländischen Universitäten (vor allem in der ferneren Vergangenheit). Erster Grosserfolg in recht jungen Jahren als Erfinder des «legendären philosophischen Apéros für Misanthropen». Publizistische Tätigkeit, Stammgast auf Podien und in philosophischen Cafés. Der Wechsel zum Fernsehen, eigene philosophische Talkshow «The Good Life», internationale publizistische Tätigkeit, Auftritte vor Führungsgremien internationaler Konzerne, zahllose Interviews, Influencer.

«Ein Heiliger», seufzt der Müller, als er im Sitzungszimmer S 207 die Sonntagszeitungen vor Sermeter, Wäckerlin, Gormann, Vetter, Dominguez, Werner und Blaser auf den Tisch legt.

«Der muss ja massig Kohle gemacht haben», bemerkt Dominguez.

«Da bringen wir jetzt Ordnung hinein», merkt Wäckerlin an.

«Im Internet stand, dass er von einem Ausländer getötet wurde», wirft Vetter ein, «warum wissen *wir* davon nichts? Wird das aus politischen Gründen verschwiegen?»

Gormann sagt nichts. Blaser und Werner schweigen qua Dienstgrad.

Sermeter ruft alle zur Ordnung.

Müller verteilt die Aufträge und wünscht gutes Gelingen.

***

Geistiger Angriff.

«… und es existieren Geister, die hoch über der Stadt von ihrer ‹Denkerklause› aus das Treiben der gemeinen Plebs analysieren. Abgrundtief arrogant sind diese Ergüsse über Elektroautos der Luxusklasse und Faseleien über Geschwindigkeit. Schwachsinnig sind diese Tiraden gegen die Entschleunigung, unerträglich die Lobreden zugunsten der ‹Aufwertung› von Wohnquartieren, die Hymnen über das postmoderne städtische Leben. Was soll an aseptischen Hochhäusern mit Sicherheitsschleusen, volldigital und selbstfahrend und autonom und ‹smart› menschengerecht sein? Schmeckt die per Drohne gelieferte Fertigpizza besser? Und was soll ein Mehr an Überwachung der Freiheit bringen? Er masst sich an, uns alle lehren zu wollen, ‹wie es ist›. ‹Wie es ist›. Dieses Buch habe nicht nur ich, ja hat die gesamte Menschheit und wohl auch die universelle Gemeinschaft aller Ausserirdischen seit Anbeginn der Zeit herbeigesehnt! Wie konnten wir jahrtausendelang leben ohne dieses sublime Kondensat menschlicher Weisheit? Zynismus beiseite: Was für ein Wahn, sich über andere zu erheben! R. B. W-McL. ist nicht nur ein totaler Verächter von Werten wie Bescheidenheit und Demut, sondern der Superchampion der Selbstpessimisierung der menschlichen Gattung …»

«Nicht schlecht, was?» Rolf Vetter ist zufrieden mit seinem Fund. «‹Selbstpessimisierung› verstehe ich allerdings nicht», merkt er an. Sein Auftrag ist es, allfällige Feinde von Wohlhauser aufzuspüren. Auf den Namen des Autors dieses Texts ist Romina Wäckerlin zwar am Freitagabend schon gestossen, doch er, Rolf Vetter, hat nun mehrere Artikel gefunden, deren Ton einem zu denken geben kann, dürfte, sollte und sogar muss. Auf einem Internetportal namens «Philosophica Universalia» sind sie veröffentlicht. Autor: Virgil Herrmann Zanger. Chefredaktor dieser elektronischen Publikation: Virgil Herrmann Zanger. CEO der gleichnamigen GmbH: Virgil Herrmann Zanger. Dafür genügte ein Klick aufs Impressum.

Nach Lektüre mehrerer Beiträge mit ähnlicher Stossrichtung und Wortwahl ist Vetter zum Schluss gekommen, dass der Urheber obiger Zeilen gegenüber dem Getöteten eher kein sachliches Verhältnis pflegte, ja ein emotional recht unausgeglichenes, was ihn möglicherweise – Vorsicht: Mutmassung, Hypothese! – zu gewissen Handlungen hingerissen haben könnte.

«Gute Recherche, Rolf», sagt der Müller mit Blick auf Vetters Bildschirm.

Der Detektiv weist mit dem Finger auf den Rechner. «Das Impressum ist sauber aufgeführt.»

Korrekt gemäss Artikel 322 Absatz 2 StGB und Art. 3 Abs. 1 Bundesgesetz über den unlauteren Wettbewerb (UWG).

«Fahr hin, nimm … Dominguez mit», sagt der Müller. Er mischt die Zweierteams gerne immer wieder neu. Stärkt den Teamgeist. Die Leute lernen sich kennen und arbeiten mittelfristig besser zusammen.

Vetter und Dominguez → zu Zangers Wohnung: Gundeldingen, 4053. Teilweise noch Arbeiterquartier, links vom Bahnhof SBB, wenn du aus Muttenz anreist, viele Altbauten. Drei Verkehrsachsen zerschneiden das Quartier parallel und streng von Nordwest nach Südost: am nächsten beim Bahnhof die Güterstrasse, dann die Dornacherstrasse und die Gundeldingerstrasse, wo Carreras und Ka$h wohnen – und südlich von dieser beginnt der Hügel, auf dem Wohlhauser zu Hause war.

Virgil Herrmann Zanger lebt in einer Einzimmerwohnung an der Dornacherstrasse, bei Lkws und Pkws besonders beliebt. Zanger wohnt zur Strasse hin, das heisst gegen Norden. Vorteil: im Sommer weniger brutal heiss. Nachteile: dunkel, lärmig, Feinstaub, das Fenster öffnet er am besten nicht. Plus: Grundsätzlich: Willst du wirklich mit vierzig in einer Einzimmerwohnung an einer der wichtigsten Durchgangsstrassen leben? Die Lage und Quadratmeterzahl von Zangers Wohnung rezitieren ein melancholisches Gedicht über das Glück, das ihm während seiner langen Karriere nicht beschieden war. Zusammengefasst so: Du kannst dich gut und gerne Chefredaktor und Verlagsleiter und Oberzampano einer Internetzeitschrift namens «Philosophica Universalia» nennen. Das bringt dir nicht einmal einen wegen abgelaufenem Verkaufsdatum preishalbierten Cervelat ein.

Damit wollen wir nicht behaupten, die Denkarbeit von Virgil Herrmann Zanger sei Schrott. Möglich ist das zwar, weil, ehrlich gesagt, heute wie zu allen Zeiten der Vollschrott in jeder Hinsicht überwiegt. Bezüglich von Zangers philosophischen Konzepten, Analysen, Schriften, Gedanken, Fragmenten, Notaten, Pamphleten und was er sonst geschaffen hat: Wir massen uns nicht an, über deren Qualität zu richten. Das meine ich ernst. Die antiglamouröse Lebenssituation kann sich schlicht daraus ergeben haben, dass er die Früchte des Cortex dort oben im Gehirn drin suboptimal vermarkten kann. Kennt nicht die richtigen Leute, hat kein gewinnendes Wesen, ist kein Menschenfreund, will nicht herumstehen, smalltalken und dazu lächeln, während er nach Fingerfoodhäppchen greift. Ach! Er kann es nicht, das Marketing ↔ Wohlhauser konnte es, aber hoppla! → Neid → Abneigung → Hass → Tod und Verderben?

Diese Ermittlungshypothese hat Rolf Vetter und Freddy Dominguez ins Gundeli geführt.

Innen wirkt Zangers Wohnung weniger abschreckend, als es die Lärmhölle auf der Strasse davor vermuten liesse. Der Wohnungsmieter, der die Tür öffnet, ist hager, trägt Adorno-Brille, ist rasiert, das zur Seite gekämmte Haar dünnt oben aus. Weisse

Hemdkragen ragen über den Saum des weinroten Pullovers mit V-Ausschnitt hervor, dunkle Hose, Birkenstock-Schuhe. Als Polizeimann registrierst du diese Details mit einem einzigen Blick. Du nimmst auch wahr, dass er euch beide, obwohl er euch nicht kennt und die Dienstausweise bereits erblickt hat, freundlich grüsst. Du sagst den Spruch von «Kriminalkommissariat, Vetter und Dominguez» und «wir haben einige Fragen an Sie», und schon winkt er euch herein. Hallo! Hoppla! Das gibt's: freundliche Bürger.

Es ist eng in Zangers Wohnung. Aber sauber und aufgeräumt und offensichtlich ein Reich der Bücher. Überall stehen und liegen welche. Die Wände weiss gestrichen, ein Bett mit proper gefalteter blauer Decke und passendem Kissenbezug. Tisch mit Laptop, ein Stuhl. Kleine Küche, in der zwei Personen eine zu viel wären. Eine weitere Tür, geschlossen, wohl das Bade- und WC-Kabuff. Hausbesitzer, die so was in Auftrag geben, und Architekten, die für Geld so was planen, gehören zu marktüblichen Preisen lebenslänglich hier einquartiert.

«Ich habe leider nur zwei Stühle», entschuldigt sich Zanger, bietet ihnen diese an, einen holt er aus der Küche, und er setzt sich aufs Bett.

Bitter, ja gallig hätten wir den Konkurrenzphilosophen Virgil Herrmann Zanger erwartet. Nach Lektüre seiner Artikel über den Starphilosophen und weil er in diesem Hasenstall wohnt, während Wohlhauser wenige hundert Meter weiter und fünfzig Höhenmeter näher an der Sonne auf dem Hügel residiert.

Bitter und gallig, könnte man verstehen, denkt Freddy Dominguez. Der hat's wirklich zu nichts gebracht, denkt Rolf Vetter. Und hinter der freundlichen, ja sanften Art der Auskunftsperson vermutet er Abgründe, ein zweites Gesicht, tödliche Frustration.

Logisch, natürlich habe er Wohlhauser gekannt, gibt Zanger ohne Umschweife zu, er habe ihn ja oft genug hart kritisiert.

Warum spricht er in der Vergangenheit, obwohl ihm Vetter und Dominguez nichts vom Tod des Geistesarbeiters erzählt haben und keine Sonntagszeitung herumliegt? Er habe es im

Radio gehört und im Internet gelesen. Tragische Sache, das wünsche man niemandem.

Wie reagierte Wohlhauser auf seine Kritik? «Gar nicht», sagt Zanger und schweigt eine Runde. Hat der Star aus Arroganz nichts entgegnet? Oder weil er als gefragter Philosophie-Unternehmer so viele Zuschriften, Erwähnungen, Aufträge und auch Wutbürgerpost bekam, dass er, Virgil Herrmann Zanger, schlicht nicht wichtig genug war? Jetzt lacht er doch etwas bitter, der Chefdenker und Quasialleinautor einer Internet-Philosophiezeitschrift, die zwar eine gewisse Leserschaft habe, aber kein Geld bringe.

Zanger öffnet nun das Fenster, feuchtkühle Luft strömt herein. Bis hier im vierten Stock riecht man die Verbrennungsmotoren der Mobilitätsgesellschaft.

Ob sie einen Kaffee wollten, Tassen besitze er insgesamt sogar vier.

Natürlich, er habe ihn persönlich gekannt, sei ihm ab und zu in philosophischen Cafés begegnet, wo Wohlhauser den Pfau gemacht habe, oder sogar einmal an einer Party. Er selbst werde nicht häufig eingeladen und gehe im Grunde nicht gerne unter die Leute. Er wisse nicht recht, was er mit ihnen reden solle. Also egal.

Nicht Abneigung, Misanthropie, im Gegenteil, nein. Er möge die Menschen durchaus, aber eher als abstraktes Konstrukt, als Lebewesen, als Idee, als schöpferische und leider zu oft auch als zerstörerische Kraft, wenn sie ihm diese Schumpeter-Anspielung gestatten möchten.

Was der erzählt, denkt Vetter, und was für ein Peter?

Das mit dem Zerstörerischen stimmt, denkt Dominguez, auch wenn ihm nicht aufgeht, was der «Mensch als abstraktes Konstrukt und als Idee» bedeuten könnte.

Gesehen habe er Wohlhauser im Frühherbst letztmals, vermutlich im September, als es nochmals so richtig heiss war. Wohlhauser habe, wenn er, Zanger, die Situation richtig eingeschätzt habe, in der grossen Buchhandlung beim Bankverein auf einem Tisch seine eigenen Bücher umplatziert. Da habe der

Starphilosoph selbst Hand angelegt, damit seine Werke beim Betreten des Geschäfts auf den ersten Blick zu bemerken wären, sichtbarer als die Werke des anderen Fernsehphilosophen, des schlecht rasierten mit den halblangen Haaren, der auch immer alles weiss und vor allem besser.

Gesprochen habe er mit ihm damals nicht. Gesprochen habe er mit ihm nicht mehr seit einer Gartenparty im Juli in Binningen, als Wohlhauser und er sich über diese Grillschnecken ... ja, in die Haare geraten seien. Diese Grillschnecken, die er selbst unappetitlich finde, nur schon den Geruch ... und Wohlhauser, der sich in Artikeln und in seiner Talkshow nicht selten als tier- und umweltbewusster Radikalquasivegetarier inszeniere, «sofern das der Wirtschaft nicht schadet», habe an diesem Fest unaufgefordert über den «zivilisatorischen Impact» von Wurstwaren und die «Hermeneutik der Charcuterie» doziert. Das sei, ehrlich sei das doch ... Dann lacht er.

Der Name der Philosophie-Laber-Sendung, «The Good Life» ... «Pure Anmassung! Und warum der Sendetitel auf Englisch? Lächerlich, nicht wahr?»

Ein Feind? Ha! Nein, sein Feind, nein, nein, sei er nicht gewesen. Sein intellektueller Gegner, das schon, sie hätten vermutlich kaum je die Meinung geteilt.

Wohlhausers quasivegetarische, ja kryptovegane Polemik «Wider das Grillieren»? Ah, dass die beiden Herren vom Kriminalkommissariat ausgerechnet diese Schmiererei des grossen Red kennten. Diese heuchlerische Provokation, wo Raetus B. Wohlhauser doch vor Würsten regelrecht in die Knie gegangen sei. Ein typisches Beispiel für dessen «ubiquitäre Insolenz».

Ubiwas?, fragt sich Vetter, und was für eine Insolvenz?, fragt sich Dominguez.

Ob sie wirklich keinen Kaffee wollten? Er habe ihn aus dem Laden beim Bahnhof, wo sie ihn frisch rösten.

Ein fundamentaler Meinungsunterschied, sagt er, unterschiedliche Welten. Wohlhauser sei geradezu ein Apostel der Konsumgesellschaft gewesen, ein Prediger der Digitalisierung, besessen von allem, was nach Modernität, nach technologischer

Avantgarde riecht. Er habe blind alles befürwortet, was neu sei, eine «unkritisch affirmative Position».

Da zuckt dem Vetter Rolf sein Augenlid, und Dominguez denkt: Was so einer erzählen kann.

Sie fragen im Wechsel, sie bohren und haken nach. Zanger antwortet, nicht zu schnell, als hätte er eine Verteidigungsstrategie eingeübt, auch nicht zu langsam, als könnten sie ihm beim Verfestigen der Gedanken zuhören. Er antwortet natürlich, nicht zu perfekt, setzt an, präzisiert, ähm, Formulierungen. Er wirkt kein bisschen nervös, weder niedergeschlagen durch den gewaltsamen Tod seines Kontrahenten noch triumphal, dass es ihn endlich erwischt hat. Er reagiert wie einer, der von einem Hagelzug in der Region erfahren hat, den er zur Kenntnis nimmt, der ihn aber kein bisschen betrifft.

Eine halbe Stunde löchern sie ihn. Sie finden keinen Hasen im Pfeffer. Sie verabschieden sich.

Zanger begleitet sie zur Tür und schliesst hinter ihnen ab. Das Geräusch der Tür, die ins Schloss fällt, hallt noch im Treppenhaus. Vetter schüttelt den Kopf und brummt: «Der Mensch als abstrahierte Konstruktion … freundlich war er, das ja!»

Dominguez sagt: «Er hat sich gefreut, dass Besuch kam. An einem Sonntagmorgen allein zu Hause, keine Freundin, kein Freund, keine Familie …»

***

BS [redacted].

Die Sachfahndung nach Raetus B. Wohlhauser-McLuhans grauem Jaguar ist bisher erfolglos verlaufen.

***

Ermittlungsfortschritte.

An diesem Sonntagmorgen, 09:12 Uhr, das heisst ungefähr 39 Stunden nach Red Wohlhausers gewaltsamem Ableben, macht Gülay Sermeter endlich einen Ort ausfindig, an dem sich dessen Witwe aufenthalten könnte, Bettina McLuhan. Und zwar über eine Homestory, die laut Datumsangabe vor zweieinhalb Jahren im Internet publiziert wurde. «So schön wohnen der Starphilosoph und seine Gemahlin in den Bergen», lautet die Überschrift. Im Text wird das Haus als «Die Denkerklause von Sent» beschrieben. Über Frau McLuhan steht da nichts, stellt Sermeter fest, ausser dass sie ihrem Philosophengatten und dem Journalisten zum Interview Kaffee und «eine exquisite Nusstorte vom besten Konditor am Platz» hingestellt und «mit einem herzlichen Gruss den Raum verlassen» habe, «um sich ihren eigenen Beschäftigungen zu widmen», was auch immer die waren.

Auf zwei Bildern erscheint Bettina McLuhan: auf dem Balkon, gross, blond, langes Haar, feiner roter Pullover, Perlenkette, den Arm ihres Mannes um die Schultern und aufs Dorf hinunterblickend; im selben Pullover, eleganter dunkler Hose und Slippers mit erkennbarem goldenem Monogramm eines italienischen Modeschöpfers neben Raetus B. Wohlhauser-McLuhan auf einem sandfarbenen Sofa im Wohnzimmer, gemeinsam einen Bildband über alpine Kunst betrachtend. Wohlhauser glatt rasiert, Seitenscheitel, in petrolfarbenem Hemd, Jackett in Anthrazit, grauen Slacks und Markensneakers.

Im Einwohnerregister von Sent findet Sermeter keinen Hinweis auf die Witwe, sofort ruft sie die Kantonspolizei Graubünden an, Polizeiposten Scuol. Die kennen Frau McLuhans Adresse, weil sie vor wenigen Tagen einen Blechschaden an ihrem Auto gemeldet hat. Nichts Ernstes. Selbstunfall. Glatteis.

Zum x-ten Mal seit Freitagnacht versucht Sermeter nun Bettina McLuhan telefonisch zu erreichen. Wiederum springt kein Anrufbeantworter an. Sie lässt es klingeln, sicher zwanzigmal, bis sie … ihr Herz schlägt plötzlich doppelt so schnell … endlich eine Frauenstimme etwas nuscheln hört, was «McLuhan» bedeuten könnte.

«Sermeter, Kriminalkommissariat Basel-Stadt», sagt die Detektivwachtmeisterin, «ich rufe Sie an, weil –»

«Ich weiss, weshalb … Sie mich anrufen», antwortet Bettina

McLuhan. Matt und undeutlich hört sie sich an. Sie spricht Zürichdeutsch. Sermeter muss ihr immerhin die Todesnachricht nicht mitteilen. Vom Tod ihres Mannes hat Frau McLuhan bereits aus den Medien erfahren. Und immerhin lebt sie.

Ob es ihr einigermassen gut gehe, fragt Gülay Sermeter, «den Umständen entsprechend», präzisiert sie.

Die Antwort folgt zögerlich: «Nun ja … den Umständen entsprechend, wenn Sie … wenn Sie so wollen.»

Sie scheint halbwegs gefasst, wenigstens während der paar Minuten Telefongespräch.

Sermeter bittet sie, sich nicht von ihrer Wohnung zu entfernen, und kündigt einen Besuch der Polizei an. Die Witwe verspricht, vor Ort zu bleiben, sagt, sie wüsste nicht, weshalb sie sich von ihrer Wohnung entfernen sollte.

Sermeter → ins Müllerbüro. Teilt dem Müller den Stand der Dinge mit.

«Dass sie sich nicht sofort bei den Behörden gemeldet hat, ist seltsam. Dass sie bei der Einwohnerkontrolle nicht registriert ist, auch», fasst sie zusammen. Und dass sie sich überhaupt in ebendiesem «Alpendenkerrefugium» (Homestory) aufhält, kommt Sermeter ebenfalls eigenartig vor, weil der November dort, ehrlich … noch kein Schnee, kalt, alles Grün braun abgefroren, tief liegende Wolken, Nebel, Feuchtigkeit, die Ortschaften im Vergleich zur Hochsaison plusplusminus verlassen … «dass sie zu dieser Jahreszeit dort oben ist». Sermeter sagt, da stimme etwas nicht. Sie wolle nach Sent, ins Unterengadin.

Müller hört zu, denkt nach und sagt: «Wollen wir nicht die Bündner Kollegen hinschicken? Das wäre –»

«Die Witwe ist zentral. Sie weiss wohl am meisten über Wohlhauser. Und dass sie sich nicht an die Polizei gewandt hat, als sie vom Tod ihres Mann erfuhr …»

Der Kommissär sieht in Sermeters Gesicht, dass ihr viel an diesem Auftrag liegt.

«Du hast zwei Kinder. Du wirst es nicht schaffen, heute wieder nach Hause zu kommen –»

Sie lässt ihn nicht ausreden. «Ich rufe meine Eltern an. Es ist nicht das erste Mal, dass sie sich um Céline und Murat kümmern. Die Kinder sind gerne bei ihnen, und sie kennen das, dass ich nicht um halb acht das Haus verlasse und um sechs wieder da bin.»

«Gut», sagt Müller, «nimm Gormann mit. Ich rufe Krähenmann an, der regelt das mit seinem Kollegen bei der Staatsanwaltschaft in Chur.»

Zwanzig Minuten später fahren Sermeter und Gormann los in Richtung Unterengadin. Im Kofferraum zwei Taschen mit dem Nötigsten, das für solche Zwecke jeweils im Garderobenschrank des Kriminalkommissariats bereitliegt.

Vier Stunden Fahrzeit, weil auf der Autobahn vor Landquart wegen eines Unfalls → Stau. Gegen 15:00 Uhr treffen Sermeter und Gormann in 7554 Sent ein. Sonntagnachmittag im November. Der Ort wirkt ausgestorben, Nieselregen, es dunkelt schon ein. Nur in wenigen Fenstern brennt Licht. Das GPS leitet den dunkelblauen Škoda vom «Plaz», wie sich «Platz» auf Rätoromanisch schreibt, zwischen den alten Häusern links hoch zu einem Brunnen. Links davon das Haus des Galeristen, an der Fassade diese Köpfe von Not Vital. Und zwanzig, dreissig Meter oberhalb ein dreistöckiges altes Haus, wirkt fast italienisch. Davor steht ein neuerer Mittelklassewagen mit Bündner Nummernschild und Kratzern auf der rechten Seite.

Sermeter stellt das Zivilfahrzeug daneben ab.

Das Haus herrschaftlich, die Fassade offensichtlich vor Kurzem renoviert. Neben der massiven Holztür ein einziges Namensschild.

Sie klingeln. Nach einer Weile Schritte. Ein Schlüssel dreht sich im Schloss. Eine grosse, schlanke, blonde Frau Mitte dreissig. Sie wirkt müde. Kein Vergleich mit der Frau, die Sermeter auf den Bildern der Homestory gesehen hat. Von jener Eleganz ist wenig zu erkennen: rote Augen, dunkle Ringe darunter. Trainingsanzug, stellt Sermeter fest. Teures Teil, denkt Gormann.

Grussformel. Beidseitige Identifizierung. Beileidsbekundung. Wie am Telefon spricht Bettina McLuhan leise, undeutlich, mit Pausen. Eintreten. Steintreppe. Obergeschoss: das Wohnzimmer. Riemenparkett, Kachelofen (eingeheizt), Stukkaturen (antik). Sandfarbenes Sofa mit Sicht frontal aufs Fenster und auf den Nebel, der die Berge verhüllt. Bilder (abstrakt, zeitgenössisch, Rot-, Blau- und Erdtöne). Holztisch (antik) mit Klapprechner drauf. Wasserkaraffe mit Gläsern. In der Luft eine Ahnung von Lavendel. Die Hausherrin setzt sich auf einen braunen Ledersessel, seitlich zu den beiden Fenstern. Auf eine Handbewegung hin → Sermeter und Gormann aufs Sofa.

Auch innen wurde das Haus vor Kurzem frisch renoviert. Kein Schnickschnack, sondern Stil, Helligkeit, funktional und dennoch bequem.

«Mein Beileid», wiederholt Gülay Sermeter, und Markus Gormann nickt und schaut angemessen drein. Ist nicht einfach, muss ich sagen, sichtbares Mitgefühl in einen Blick hineinzulegen, wenn du die Person, die gestorben ist, nicht lebend kanntest, sondern erst am Tat- oder Fundort erstmals gesehen hast oder sogar nackt auf Dr. François Haberthürs Chromstahlwannen im Untergeschoss des Rechtsmedizinischen Instituts. Die Zivilisation und die Menschheitsgeschichte verlangen zu Recht, dass du angemessen reagierst. Das heisst: nicht in Tränen aufgelöst, nicht voll schockiert, aber mit Mitgefühl. «Der Ton macht die Polyphonie», sagt die korsische Weisheit.

«Danke», sagt Bettina McLuhan Wohlhauser und nichts weiter. Sie schaut rechts über ihre Schulter auf die Nebelbänke, die den Piz Lischana verdecken. Sie wartet stumm. Sermeter sagt, sie müsse ihr einige Fragen stellen, und bittet Frau McLuhan, darauf möglichst präzise zu antworten, weil die Aufklärung dieses Verbrechens = wichtigste Priorität des Kriminalkommissariats Basel-Stadt. Der Blick der Witwe zeigt Einverständnis mit Sermeters Einleitung.

«Wann haben Sie Ihren Mann das letzte Mal gesehen?»

Sie denkt nur kurz nach. «Vor … zwei Wochen? Ja, am Donnerstag.»

«Vor zweieinhalb Wochen?»

Nicken.

«Wo?»
«Er war hier.»
«Wie lange?»
Sie überlegt und streicht sich eine Strähne hinters Ohr. «Einen ... nein, zwei Tage.»
«Und was hat er hier gemacht?»
«Einen Text ... bearbeitet, für eine Zeitung, redigiert, korrigiert ...» Ihr Ton bleibt in der Schwebe, als wolle sie ... eine Fortsetzung kommt nicht.
«Sie wissen es nicht?»
«Nicht, für welche ... Zeitung der Artikel war, und nicht ... nicht genau, was ... er daran gearbeitet hat.» Sie spricht monoton, macht unmotivierte Pausen, schaut immer wieder von Sermeter und Gormann weg zum Fenster und wieder zu den Kriminalpolizisten zurück. Nicht in ihre Augen, merkt Sermeter.
«Sie haben sich nicht darüber unterhalten?»
«Es ging ... glaube ich ... es ging um eine ‹Theologie der Digitalisierung›? Ja, so hat er es gesagt. Im Detail ... weiss ich die Einzelheiten nicht. Ich habe ... den Text habe ich nicht gelesen.»
Gormann aber hat gelesen, zwischen den Zeilen, und → Schuss ins Blaue: «Sie unterhielten sich selten mit Ihrem Mann?»
Bettina McLuhan Wohlhauser wendet den Blick von den verschleierten Bergen ab und richtet ihre honigbraunen Augen auf Gormann.
«Er war nicht ... oft hier in letzter ... Zeit.»
«Er hätte Sie ja auch anrufen können? Oder Sie ihn?»
Sie bewegt ihre Hand, als werfe sie eine leere PET-Flasche in den Wiederverwertungscontainer.
«Seit wann ist er *nicht oft hier*?»
Sie denkt nach. «Eineinhalb, zwei Jahre?»
«Kennen Sie den Grund dafür?»
Ihr Blick sucht etwas im Zimmer, als halte sie Ausschau nach einem Aschenbecher, nach Zigaretten oder dem Beruhigungsmittel. Beruhigungsmittel? Deswegen der Tonfall, die Langsam-

keit, die Sprechpausen? Ist sie zugedröhnt, fragt sich Sermeter, ist sie im Tran, nur leicht, aber spürbar?

«Er hat … das … Interesse … verloren, würde ich … sagen.»

Ein kurzes, hartes Glucksen. Als erdolche jemand die Lebensfreude.

Sermeter übernimmt. «Das Interesse an Ihnen?»

Bettina McLuhan seufzt, verknotet die Finger beider Hände ineinander und sagt: «Eher das Interesse an allem, was ausserhalb seiner Person liegt.»

Keine Sprechpause mehr.

Im Kachelofen knackt ein Scheit. Das Harz im Holz? Gormann zieht leise den Geruch des Kiefernholzes ein, das im Ofen brennt. Es sollte Behaglichkeit verbreiten. Die Person, die diesen Ort bewohnt, strahlt indes wenig Gemütlichkeit aus.

Gormann fragt: «Wie sollen wir das verstehen?»

«Wie ich es meine! Red dachte vor allem an sich, er glaubte zuallererst ans wohlhauserzentrische Weltbild.»

Ein leises Ticken: Im antiken Wohnzimmertisch nagt eine Holzwurmfamilie.

Sermeter fragt: «Wohnen Sie dauerhaft hier?»

McLuhan streicht sich das Haar hinters Ohr und antwortet langsam: «Es tut mir … gut.»

Gormann insistiert. «Leben Sie ständig hier?»

«Hier spüre ich … ich spüre meine Migräne weniger, und mein Heuschnupfen ist schwächer. Asthma habe ich hier kaum. Die Luft tut mir gut.»

Gormann: «In der Wohnung in Basel sind Sie wie oft?»

«Unregelmässig. Eher selten. Ich bin fast immer hier.»

Sermeter zum vorigen Thema zurück. «Wie lange waren Sie mit Ihrem Mann verheiratet?»

«Sechs Jahre.»

Warum, fragt sich Gülay Sermeter, hat sie ihn nicht verlassen?

«Warum ich ihn nicht verlassen habe, fragen Sie sich?» Sie schaut in Sermeters schwarze Augen. «Er war … nicht immer so. Ich habe gehofft, das sei nur … eine Krise, die vorübergeht. Dass er wieder … auf die Spur zurückfindet.»

Ähnlich tönt es immer bei häuslicher Gewalt, denkt Sermeter. Er liebt mich, er meint es nicht so, hinterher tut es ihm leid.

«Eineinhalb oder zwei Jahre lang haben Sie das gehofft?»

Sermeter und Gormann schauen sie an. McLuhan weicht ihren Blicken aus. Die Aussicht auf die weisse Suppe vor dem Piz Lischana scheint ihr Zuflucht zu bieten. Die Dunkelheit senkt sich definitiv über das Unterengadin.

Radikaler Themenwechsel Gormann: «Wem gehört dieses Haus?»

Das fragt er, weil das Opfer und seine Gemahlin weder im Grundbuchamt als Besitzer registriert noch bei der Einwohnerkontrolle als Steuerzahler von Sent erfasst sind.

Im Ofen birst wieder ein Scheit. Draussen rüttelt der Wind an den Fensterläden. Vor dem Haus fällt etwas herunter und zerschellt unten am Boden. Ein Blumentopf?

«Uns … also Red und mir.»

Hat bestimmt viel Geld gekostet, dieses Haus, denkt Sermeter. Aufwendig renoviert, Unterengadin, am Dorfrand, Sent, wo der eine oder andere Prominente eine Wohnung besitzt.

«Was arbeiten Sie?», fragt Sermeter. Sie wird später herausfinden, dass die Witwe ausser einem Lizenziat in Ökonomie auch einen Master der FHNW in Antipositivistischem Gestalten besitzt.

Bettina McLuhan antwortet nicht. Nach einer Weile sagt sie: «Ich muss Sie bitten … bitte gehen Sie. Ich habe meinen Mann verloren. Ich … bin müde und … will allein sein.»

Gormann will antworten, Sermeter legt ihm die Hand auf den Unterarm, um ihn daran zu hindern. Sie fragt nach Raetus B. Wohlhausers Computer. Ob Frau McLuhan weiss, wo er ist.

«Haben Sie den nicht?», kommt die Gegenfrage. Sie wirkt unbeteiligt. Sermeter spürt, dass Bettina McLuhan im Moment kaum bereit ist, weitere Fragen zu beantworten.

Sermeter steht schweigend vom Sofa auf.

«Der hier ist meiner», sagt die Witwe matt und zeigt auf den Laptop auf dem Tisch, «den benutze nur ich.»

«Wir sehen uns, Frau McLuhan», sagt Sermeter. Auch der

Kollege erhebt sich. «Danke. Wir finden selbst hinaus», sagt Sermeter.

Es ist 16:58 Uhr.

Sie verlassen das Haus, steigen in den Wagen. Wendemanöver auf Pflastersteinen am Steilhang. Sermeter lenkt das Auto am Brunnen vorbei in Richtung «Plaz» hinunter. Die Strasse ist schmal, eingeklemmt zwischen den Häusern. Sie fahren rechts ran, weil ihnen von unten ein Motorrad entgegenkommt. Es fährt vorbei. Der Fahrer lenkt die Maschine oberhalb des Brunnens links in die Strasse namens Schigliana. Dort stellt er die 125er ab, steigt ab und zieht den schwarzen Helm aus. Zu Fuss geht er die paar Schritte zum Haus der Witwe. Ein gut aussehender, athletischer Mann, Mitte dreissig. Ohne zu klingeln, drückt er die Türklinke nach unten und betritt das Haus. Gülay Sermeter und Markus Gormann bemerken das nicht. Ihr dunkelblauer Škoda ist längst auf dem Weg die sechs Kilometer hinunter nach Scuol. Dort hoffen sie, ein Restaurant zu finden, das offen hat.

***

Rückblende: Sonntagmorgen, Weltcup.

In einem Nachruf in einer Sonntagszeitung stand, Red Wohlhauser sei in Birsfelden aufgewachsen. Übers Einwohnerregister findet Wäckerlin die Adresse der Eltern des toten Philosophen. → Hanspeter und Gundula Wohlhauser-Rüegg, pens. Mitarb. Chemie und pens. kaufm. Ang., 4127 Birsfelden, Schillerstrasse. Ein Reihenhaus aus den zwanziger Jahren, unweit des Birschöpfli, der Einmündung der Birs in den Rhein. Hinter den Reihenhäusern Gärten bis zur nächsten Häuserzeile, kein Durchgangsverkehr. Noch schön hier, stellt Aspirant Blaser fest, der am Vormittag mit Wäckerlin hinfährt: ganz anders als viele Quartiere, die an die Stadt grenzen.

Das Novemberwetter lässt auch diese Gegend grau erscheinen.

«Mal sehen, ob wir endlich mehr Ordnung in die Sache bekommen», sagt die grosse Blonde, als sie klingelt. Ihr Gesicht drückt Anerkennung aus, weil vor dem Haus eine kleine Schweizerfahne, in eine ausgediente kupferne Waschtrommel gesteckt, die Besucher begrüsst.

«Dass Sie erst jetzt kommen, wundert mich schon ein wenig», sagt eine Stimme von der Eingangstür her, die sich einen Spalt öffnet. Ein kleiner Dicker schaut heraus, wohl Anfang 70, mit Bärtchen, tannengrünem Pullover und grauer Hose.

«Guten Morgen, Herr Wohlhauser?», sagt Wäckerlin und bemüht sich um einen freundlichen Ton.

«*Morgen*, sagen Sie? Es ist fast Mittag!» Über seine Schulter ruft Hanspeter Wohlhauser ins Haus: «Gundula, was habe ich dir gesagt! Die kommen bestimmt am Sonntagvormittag, wenn die Leute ihre Ruhe haben wollen.»

Im Hintergrund hört man den Kommentar eines Skirennens. Irgendwo auf der Welt liegt immer Schnee, den man um Punkte befahren kann.

«Sie scheinen sehr an Ihrem Sohn gehangen zu haben», fährt Wäckerlin drein.

Wohlhauser sen. japst nach Luft. Hat die Polizistin das wirklich gesagt? Seine Frau, die im Wohnzimmer sitzt, kann er nicht fragen, sie hat bestimmt nichts gehört. Der junge Polizeikollege schaut freundlich drein. Eine Polizistin würde nie und nimmer eine so freche Bemerkung äussern, nicht? Hat er sich verhört? Verhört unter dem Eindruck der Trauer, des Verlustes seines überaus geschätzten Sohnes?

Er lässt die Polizistin und den Polizisten hinein.

Im Wohnzimmer Sofa mit Kissen, Tisch mit beige-gelb karierter Decke, Buffet mit vielen Dingen drauf, laufender Fernseher – Wendy Holdener führt bei der zweiten Zwischenzeit –, Gundula Wohlhauser-Rüegg, braun getönte Haare, violetter Hausanzug, hellbraune Lederpantoffeln, steht etwas verloren in ihren eigenen vier Wänden. Ihre Augen pendeln zwischen den Besuchern und dem Bildschirm.

«Dass Sie so lange gebraucht haben, um uns zu finden, ist

schon ein starkes Stück», legt der Hausherr nach. Sein Kopf ist rot. Ein Bluthochdruckpatient? Aspirant Blaser denkt an den Erste-Hilfe-Kasten im Dienstwagen … Nitroglyzerin bei Herzinfarkt? Defibrillator holen? Sie wären ausgestattet.

«Wenn Ihnen so viel daran liegt, mit uns zu sprechen, hätten Sie uns ja anrufen können», kontert Romina Wäckerlin zuckersüss mit einem Lächeln wie an einem Kindergeburtstag, «117 lautet die Nummer.» Vater Wohlhauser hätte fast dagegengehalten, Wäckerlin fährt fort: «Möglicherweise haben Sie durch Ihren Nichtanruf die Ermittlungen verschleppt.»

Blaser schaut die Kollegin an. Dass sie nun nur nicht übertreibt mit ihrer Forschheit.

«Entschuldigung», knurrt der Vater, «ich wollte Sie nicht … selbstverständlich unterstützen wir … die Arbeit der Polizei.»

«Kriminalkommissariat», präzisiert Wäckerlin und zeigt ihren Ausweis.

«Hanspeter, da steht ‹Basel-Stadt›», sagt Gundula Wohlhauser, die zu ihrem Mann getreten ist. Der sieht sich Wäckerlins Dienstausweis genau an und triumphiert: «Wir sind hier in Baselland. Das hier ist nicht Ihr Zuständigkeitsbereich. Die Kantonsgrenze ist dort drüben.» Er zeigt nach rechts. Wäckerlin und Blaser wissen, dass er recht hat, einhundert oder zweihundert Meter weiter beginnt erst ihr Kanton. Aber, ehrlich … im Verhalten dieses alten Vorstadtgockels ist etwas ziemlich verschoben.

Auf dem Bildschirm fährt gerade eine Österreicherin neue Bestzeit. Gundula Wohlhauser-Rüeggs Aufmerksamkeit kippt wieder dorthin.

«Ich werde Ihnen keine Auskunft geben», platzt der Mann mit dem hochroten Kopf heraus, «das wäre eine klare Ordnungswidrigkeit. Auf Wiedersehen.»

«Was war denn das? Diese Leute haben ja einen Knall!», sagt Aspirant Xerxes Blaser. Sie stehen draussen im sonntagvormittäglichen Biswind. «Hast du so was schon einmal erlebt?»

«Nein – und ausgerechnet mir mit der Ordnung zu kommen …» Romina Wäckerlin verzieht den Mund. «Mir ist gerade eingefallen, wie wir sie bei ihrem Skirennen stören können.»

Ein Anruf, und eine Patrouille der Baselbieter Kollegen trifft ein, gerade als der zweite Lauf des Skirennens beginnt.

Die zwei Halbkantone vereint in dieser Aktion. Zweimal BL und zweimal BS stehen sie vor der Haustür der Eltern des Ermordeten. Wohlhauser sen. lässt sie ohne Widerrede ins Wohnzimmer. Romina Wäckerlin stellt sich vor den Fernseher und versperrt den Wohlhausers den Blick auf den Kampf der Titaninnen um die Kristallkugel. Swiss Ski gegen die Welt.

Viel kommt nicht heraus. Zusammengefasst: Hanspeter und Gundula Wohlhauser-Rüegg fühlten sich von ihrem prominenten Sohn «etwas vernachlässigt» (Mutter), «total vergessen» (Vater), «obwohl er nur durch uns wurde, was er geworden ist, wir haben schliesslich …» (Vater), «natürlich sind wir stolz auf ihn» (Mutter) – ich ersetze dieses *sind* nun nicht durch ein *waren*. Sie, geschätzte Leserin, werter Leser, sollen ruhig merken, dass die Mutter den Tod ihres Sohnes noch nicht verinnerlicht geschweige denn verstanden hat. Als rechnete sie insgeheim damit, dass Raetus in wenigen Minuten mit seinem grauen Jaguar vorfährt, was selbstredend alle Nachbarn bemerken würden, sogar der Schafseckel von Klaus Rutz, der ihnen seit bald fünfzig Jahren alles neidet und an allem herumnörgelt, was sie tun. Der Jaguar, auf den Wohlhauser sen. besonders stolz ist, der bringt den Rutz jedes Mal nah an den finalen Tobsuchtsanfall, diesen abgeschlagenen Hund von Kettenlügner und Massenhypochonder.

«Schade, dass er so selten vorbeikam», sagt die Mutter und meint nicht den Rutz, sondern den Sohn.

«Ääächchchch», fährt ihr der pens. Mitarb. Chemie übers Maul, «er hatte halt viel zu tun. Ständig am Fernsehen, in den Zeitungen. Da musste er eben viel vorbereiten. Uns fand er bestimmt inkompetent in solchen Fragen, philosophisch und so weiter.» Er sieht seine Frau an, als richte sich das Wort «inkompetent» an sie ganz besonders.

«Ruhe jetzt!», sagt er plötzlich, weil in dieser Hundertstelsekunde eine Schweizerin mit einer aussergewöhnlich guten Zwischenzeit gemeldet wird. «Das will ich sehen.»

Nimmst du als Romina Wäckerlin, tätig jenseits der Kantonsgrenze in einem wenig freundlichen Kleinbürgerhaushalt, Rücksicht auf den Wunsch dieser Auskunftspersonen, die die Schweizer Skikunst in Echtzeit miterleben möchten?

Nein, nimmst du nicht. Während das Schweizer Skiass leider kurz nach der aufsehenerregenden zweiten Zwischenzeit die Ski verkantet, die Ideallinie verliert und schliesslich entmutigt am Rand der Rennstrecke einen eleganten Bogen in den Kunstschnee zeichnet, ringt Wäckerlin den Eltern die Bemerkung ab, dass sie «Raetus' Undankbarkeit schon ziemlich frustriert und manchmal regelrecht wütend gemacht» habe. «Wenn er da war, sprach er nur von sich. Er fragte nie, wie es uns geht.»

«Und seine Frau?», fragt Wäckerlin im Ton, den Hanspeter Wohlhauser an den Tag legt. «Lief's wenigstens mit der?»

«Moment!», ruft Gundula Wohlhauser dazwischen. «Jetzt kommt die Italienerin, die der Österreicherin den Sieg vermiesen –»

«Bettina», unterbricht Hanspeter, «die haben wir noch seltener gesehen als Raetus. Die kam ja kaum einmal vom Engadin herunter.»

«Engadin!», höhnt die Gattin. «*Unter*engadin! Das ist nicht dasselbe.»

«Hatten die beiden Streit?», fragt Wäckerlin.

«Das kann ich mir vorstellen», sagt Hanspeter Wohlhauser. «Sag auch mal was, Gundula!», ruft er seiner Frau zu. So psychologische Fragen über die Ehe liegen ihm nicht.

Gundula ist voll auf die Italienerin konzentriert. «Was? Ich äh –»

«Dass sie Streit hatten!»

«Wer?»

«Raetus und –»

«Jaaaa! Jaaaa! Die –»

«Hä?», rutscht es Wäckerlin heraus.

«Die Italienerin hat der Österreicherin den Sieg weggeschnappt! Schopfbichler oder wie sie heisst ...»

«Wer? Die Italienerin?»

«Sage ich ja! Hörst du mir überhaupt zu? Aus dem Südtirol. Nur zwei Hundertstel, so knapp!»

Ehrlich gesagt, nach so einer Darbietung bist du froh, wenn du deinen Auftrag ausgeführt hast, aus diesem Idyll wieder rausdarfst und diese Einwohnerin und diesen Einwohner wieder ihrem Privatleben überlassen kannst.

Nur zwei Informationen gilt es nachzutragen: Wohlhausers haben auch eine Tochter, zwei Jahre jünger als Raetus, sie lebt im Ausland (Düsseldorf), «mit ihr haben wir fast mehr Kontakt».

Gegenfrage: «Fast mehr Kontakt oder mehr Kontakt?»

Antwort: «Ja, wie man's nimmt, es kommt natürlich drauf an.»

Rückfrage: «Worauf?»

Antwort (ausser Stirnrunzeln, weil ein Stückchen weit fühlt sich der Befragte ein bisschen irritiert und fast etwas angebiselt): «Auf die Jahreszeit und auf die Menge an Arbeit, die Renate gerade hat.» Weil Renate heisst sie, und Düsseldorf ist ja auch nicht gerade um die Ecke.

Die zweite Information, die ich angekündigt habe, lautet: Zum Tatzeitpunkt hielten sich Herr und Frau Wohlhauser-Rüegg nicht in ihrem Heim in Birsfelden und auch nicht anderswo im Grossraum Basel auf, sondern an einem Familienfest im aargauischen Schinznach. Gundulas Cousine feierte ihren Siebzigsten, und da war man essen in der Gärtnerei Zulauf, die machen auch Catering, sagt Hanspeter Wohlhauser. Rund 40 Personen können bezeugen, dass er und seine Frau den späteren Freitagnachmittag und den Abend dort verbrachten. Die Mutter des toten Philosophen schreibt Wäckerlin eine Liste mit deren Namen und notiert auch die Telefonnummer der Tochter in Düsseldorf.

«Ihr habt anstrengende Mitbürger», sagt Wäckerlin draussen zu den beiden Baselbieter Kollegen. Die teilen die Erleichterung, dem Ehepaar Wohlhauser-Rüegg entkommen zu sein, verabschieden sich und fahren zum nächsten Einsatz: Schlägerei im Autogrill, der Autobahnraststätte in Pratteln.

«Ich habe einen bitteren Geschmack auf der Zunge», sagt Aspirant Blaser beim Wegfahren. Ähnlich wie der Polizeianwärter räsonierte einst auch der alte Grieche Aesop: «Er, der unzufrieden ist an einem Ort, wird selten glücklicher an einem anderen Ort.»

Renate Jantschke, geb. Wohlhauser, wird Wäckerlin einige Minuten später telefonisch mitteilen, dass sie keinen Kontakt zu ihrem Bruder pflegte. Sie hätten «keine gemeinsamen Interessen» gehabt. Als Maschinenbauingenieurin sei ihr das philosophische Denken ihres Bruders sehr fremd gewesen. Sie habe «zwei-, dreimal versucht, einen Artikel von ihm zu lesen», und einmal sogar ein Buch von ihm gekauft. Versehentlich habe sie leider heissen Kaffee darüber geleert, worauf sie es bleiben liess. «Warum es wie ist»? Ungefähr so müsse das Buch geheissen haben … ein hellblauer Umschlag mit einem grossen Foto von Raetus auf der Rückseite. Aber nein, kein Kontakt. Ihre Mutter hat manchmal von ihm erzählt. Privat? «Ja, er war seit einigen Jahren verheiratet, nicht?» Negatives könne sie nicht sagen über Bettina, sagt ihre Schwägerin. Sie habe sie höchstens dreimal gesehen: an der Hochzeit, einmal zu Weihnachten und zu Vaters Siebzigstem.

***

«Was in der Zwischenzeit geschah», würde im Comic stehen.

Nach der Befragung des Konkurrenzphilosophen Zanger sind Vetter und Dominguez in den Waaghof zurückgekehrt. Ebenso Wäckerlin und Blaser aus Birsfelden nach dem Besuch bei den Eltern des Opfers. Müller weist die weiteren Aufgaben zu → Die vier plus Aspirantin Werner sollen Abklärungen treffen, Freunde, Studienkolleginnen, Arbeitskameraden, Bekannte aufsuchen. Nachbarn, Neider, Bewunderer cuiuscumque sexus. Alle, die mit Raetus B. Wohlhauser-McLuhan auch nur irgendetwas zu tun hatten.

Datenbanken, Internet, Datenbanken, Internet, Datenbanken, telefonieren, telefonieren, Datenbanken, Internet, Datenbanken, Internet, Datenbanken, telefonieren, telefonieren, telefonieren, telefonieren, telefonieren, Datenbanken, Internet, telefonieren, telefonieren.

Auf der Fundliste steht unter anderem Ralph Brigger, Inhaber des Kreativbüros «Royal Swiss» und Schöpfer – unter anderem – des Slogans «Andere Unternehmen behandeln ihre Kunden wie Könige. Wir wie Menschen» (Copyright Control weltweit). Brigger äussert sich telefonisch, weil businessbedingt ortsabwesend, des Lobes voll und adjektivreich über Raetus B. Wohlhauser-McLuhan: «Ein kultivierter, weit gereister, stilbewusster Hombre mit scharfem Verstand, sublimer Rhetorik und unerreichtem Schreibtalent.»

Sie stossen auf Steven Abplanalp, einen «nicht sooo alten alten Freund», der vor Jahren ein ayurvedisches Karaoke-Kissen erfunden hat, mit dem er massig Devisen verdienen konnte. Mittlerweile besitzt er zwischen Jackson, Missouri, und Raleigh, North Carolina, eine ganze Kette von Hotels «mit nautischen Elementen» – nebst «gewissen Lizenzeinnahmen aus dem damit verbundenen Franchising-Business», wie er sagt. Sein Urteil über den toten Philosophen fällt nicht nur hinsichtlich seiner beruflichen – «brillant, astonishing, awesome» –, sondern auch seiner Qualitäten «als Person» – «inspiring, funny, en geile Siech» – sehr positiv aus.

Des Weiteren erreichen sie einen gewissen Warren (eigentlich Christian) Leutwyler, einigermassen weltbekannt als DJ LTWYL, der sich an «grossartige Zeiten mit dem tollen Kumpel Red *back in the days*, wirklich *really good times, if you know what I mean, big fun*, weisch» erinnert, worauf er über Skype ein Grinsen aufsetzt, damit Freddy Dominguez, der ihn befragt, den LTWYL-wohlhauserschen Riesenspass regelrecht vor sich sieht.

Sie finden mehrere Personinnen und Personen, die Wohlhausers Thesen und Theorien begeistert teilen und sie weiter in die Welt verbreiten. Ein «innerer Kreis» lässt sich nicht ausmachen. Wohlhauserianer oder Ähnliches scheint es nicht zu geben. Die eine oder der andere geben wie DJ LTWYL durchaus an, mit ihm «viel Spass erlebt» zu haben, was sich jeweils im Rahmen von Apéros, Vernissagen, Gartenpartys, Nachtessen in Restaurants und ähnlichen skandalarmen Veranstaltungen abgespielt zu haben scheint. Was das genau meint, *Spass erlebt* zu haben, bleibt im Vagen. Klar ist jedoch: Red Wohlhauser muss ein Meister im Small Talk gewesen sein. Amüsant, vergnüglich, doch keiner der Befragten erinnert sich, was der Philosoph exakt gesagt hat.

Über die finanzielle Situation des TV-Philosophen weiss niemand Genaues zu berichten. Der superkreative Ralph Brigger von «Royal Swiss» erinnert sich an den «eleganten grauen Jaguar, der ideal zu seiner Erscheinung passte», und an ein «panmexikanisches Dinner», das seines Wissens Wohlhauser bezahlte. Miranda Heizmann, eine Studienkollegin, berichtete von «grösserem Immobilienbesitz, glaube ich».

Ob Wohlhauser einen Steuer- oder Finanzberater hatte, können sie nicht herausfinden. Über allfällige Gegner des Zeitgeistphilosophen erfahren die Kriminalpolizistinnen und -polizisten nichts. Selbst zwei ehemalige Freundinnen, deren Namen wir nicht nennen wollen, weil sich die eine seither auch eine gewisse Prominenz erarbeitet hat und die andere in einen äusserst lukrativen Hafen der Ehe eingelaufen ist, äusserten sich keineswegs negativ. Auf mögliche Gegner angesprochen, hiess es höchstens, «Neider gibt es immer», oder es wurden die «bösen Zungen derjenigen, die zu kurz gekommen sind», erwähnt, und man sprach von denen, «die Red für überschätzt und sich selbst für verkannte Genies» halten. Nichts als Gemeinplätze.

Auf die Nachfrage von Wäckerlin, Dominguez, Vetter, Werner und Blaser, ob sie Namen und Daten nennen könnten, vernehmen sie stets nur Schweigen im Walde. Was die Mitarbeiterinnen und Mitarbeiter des Kriminalkommissariats Basel-Stadt auch immer hören, ist, dass «die Luft ganz oben dünn ist», dass es «Lonely at the Top» (Randy Newman) ist, dass «viel Feind, viel Ehr» (Georg von Frundsberg) und solche Weisheiten, die das Leben auch nicht erklären und den Mord ebenso wenig. «Jeder dumme Junge kann einen Käfer zertreten. Aber alle Professoren der Welt können keinen herstellen» (Arthur Schopenhauer).

Ja, «Sonntag, verfluchter Sonntag!» (U2). Viel geredet, nichts geklärt.

***

Bericht.

17:25 Uhr. In Scuol angekommen, meldet sich Sermeter telefonisch bei Müller und berichtet von der Befragung der Witwe in Sent, vor allem Frau McLuhans Hinweise auf die Zerrüttung der Ehe. Müller weist die Detektivwachtmeisterin und den Detektivkorporal an, im Unterengadin zu bleiben und die Witwe am nächsten Tag nochmals zu vernehmen. Und sie bis dahin zu observieren.

«Die ganze Nacht?», fragt Sermeter.

***

Zwischenbilanz.

18:43 Uhr. Im Waaghof versucht sich der Müller einen Überblick zu verschaffen. Er liest die Berichte der Kolleginnen und Kollegen, die Befunde von François Haberthür, dem Pathologen, die Expertisen von Roland Cattaneo von der Kriminaltechnischen Abteilung. Ein Bericht des Labors zu Wohlhausers Gewebeproben liegt noch immer nicht vor.

Seinen Computer haben wir bisher nicht gefunden, stellt der Müller erneut fest, weder den Rechner noch ein Handy. Dass sich der Philosoph nicht mit elektronischen Geräten ausgerüstet hätte, kann sich der Kommissär nicht vorstellen. Er war ein «Prediger der Digitalisierung», haben Vetter und Dominguez aus der Zanger-Befragung berichtet.

Bei Hausdurchsuchungen stellst du immer alle elektronischen Kommunikations- und Speichergeräte sicher, gleich nachdem du die Räume auf verdächtige Personen sowie auf Explosivmittel und Schusswaffen durchsucht hast.

Uns interessieren die Daten auf diesen Geräten. Alle Informationen, die sich darauf finden lassen. Die Daten auf dem Gerätespeicher, auf externen Festplatten. Oder, denkt der Müller, in der Cloud, der Rechnerwolke, dem übers Internet gesicherten und zugänglichen Speicher.

Fänden wir diesen elektronischen Zugang, bräuchten wir die Geräte nicht, denkt der Müller. Wo sie sind, ist auch Gegenstand der Ermittlungen.

***

Unterengadin.

Vielleicht hätten sie in Scuol sogar ein Ende November geöffnetes Hotel gefunden, dessen Preis – «Vorsaison» – das Controlling nicht hyperventilieren liesse. Aber sie sind nicht zum Vergnügen hier. Nichts mit weissen Leintüchern, Zentralheizung und Kabelfernsehen. Die Polizeipraxis ist günstiger: Observation im Auto. Nach dem verspäteten Mittag- oder verfrühten Abendessen sind Gülay Sermeter und Markus Gormann wieder nach Sent hochgefahren. In der Nähe des Wohlhauserhauses haben sie parkiert und sind im Wagen sitzen geblieben. Zum Glück ist es längst dunkel, und wenn du mit ausgeschalteter Innenbeleuchtung im Auto sitzt und einige Zentimeter herunterrutschst, damit die Nackenstütze deinen Kopf verdeckt, fällst du auch hier im Dorf kaum auf. Weil du voraussichtlich die ganze Nacht vom Zivilauto aus das Haus beobachten wirst. Mit ausgeschaltetem Motor und folglich ausgeschalteter Heizung wird es Himmel noch mal mit der Zeit recht kalt im Auto. Nein, es wird sehr schnell saukalt.

Lesen wir richtig: Der Müller verlangt von Gülay, eine Nacht im eiskalten Auto herumzusitzen? Hat er keine Gefühle? Kann er Dienst und Privatleben so scharf voneinander trennen?

Pardon, ja, so ist es. Du kannst als Kriminalkommissär und Chef nicht eine Mitarbeiterin bevorzugen und von harten Jobs entlasten, nur weil du, sagen wir es nicht durch die Chrysantheme, sie vermutlich liebst. Mit deiner Arbeit, deiner Aufgabe, deiner Pflicht darf das nicht kollidieren. Amor, so er es denn wirklich ist, hat Müller und Sermeter mit seinem Pfeil wirklich ein Ei gelegt.

Interessenskonflikt, hierarchisches Verhältnis, Teamgeist. Funktioniert das im Alltag? Ist das arbeitsrechtlich tragbar? Berufsethisch zu vertreten? Ruchbar werden darf es nicht, aber Heimlichtuerei ist entwürdigend und verletzt auf Dauer die Gefühle beider Beteiligter. «Kann denn Liebe Sünde sein?» (Zarah Leander). Wie lange halten sie im emotionalen Untergrund aus und durch? Wird jemand von ihnen die Stelle wechseln müssen?

Die Nacht im Unterengadin im November ist, wie man sich leicht vorstellen kann, unfreundlich. Die Kälte kriecht in den Wagen hinein und durch die Kleider in die Knochen. Wenn du mal kurz aussteigst, um das Zielobjekt von der anderen Seite zu beobachten, schneiden dir scharfe Schneekristalle in die Epidermis. Im Dunkeln erfüllen Sermeter und Gormann ihren Auftrag. Einmal versucht sie, eine Stunde zu schlafen, einmal probiert er's, mit mässigem Erfolg. Mit der Kälte schlängelt sich auch die Feuchtigkeit die Beine hoch und das Rückgrat hinunter. Zum Glück brauchen sie nicht draussen rumzustehen. Im Auto sind sie immerhin vor dem Wind geschützt.

Die Thermoskanne Kaffee, die sie sich im Restaurant haben nachfüllen lassen, hält wach, wärmt aber nur den Mund und die Speiseröhre. Die Wärme sickert nicht bis in die Extremitäten hinaus.

Was bringt die Kälteübung? Die Sicht schräg auf die zwei erleuchteten Fenster im ersten Stock, wo sie beide am Nachmittag mit Bettina McLuhan sassen. Einmal sehen sie, wie sie ans Fenster tritt und für einige Sekunden in die Dunkelheit hinausschaut. Die Unsterne verkriechen sich weit oberhalb der Wolkendecke, der Mond kreist in der Finsternis um die Erde. Hier unten brennt bis 22:35 Uhr nur das eine Licht. Dann ist das Fenster dunkel. Niemand kommt, niemand geht. Sermeter ist endlich eingenickt. Gormann behält durchs Seitenfenster das Gebäude im Auge. Als Sermeter gegen ein Uhr aus dem Schlaf hochschreckt, sind im Haus die Stromsparlampen längst aus. Gormann berichtet: keine verdächtigen Vorkommnisse, ja überhaupt keine Vorkommnisse.

Nur kalt und nass und die beiden Polizeileute nicht den Umständen gerecht ausgerüstet. Um 01:00 Uhr brechen sie die Observation ab.

ZEHN

Cybermontag, 29. November.

Nix da Kater nach dem grossen Einkaufsfest. Go, go, go! Der Warenrausch geht online weiter. 30 Prozent, 40 Prozent, auf Flachbildschirme, Drohnen, Kleider und so weiter. Limitierte Stückzahlen, beschränkter Vorrat. Haha: «limitiert» und «beschränkt».

***

7554 Sent.

08:00 Uhr. Bettina McLuhan wirkt so erschöpft wie gestern. Ihre Haare hat sie einigermassen unter Kontrolle, ihre Gesichtszüge nicht. Wird sie heute schreien müssen oder weinen? Oder hat sie ihre Augen schon trocken geweint?

«Ob … Red hier im Haus … Unterlagen deponiert hat?» Sie schüttelt den Kopf. Zu sprechen scheint ihr einige Anstrengung abzuverlangen. «Wie ich Ihnen schon gestern sagte: Er war … nicht oft hier. Ich nehme an, es ist … alles in der Wohnung … in Basel.»

Sermeter sagt nichts. Gormann steht neben ihr, noch im Hauseingang. Seine Nase läuft. Das kalte Auto: Er hat sich gestern Nacht erkältet. Die paar Stunden Schlaf in einem B&B bei der Kirche haben nicht gereicht. Das Zimmer war eiskalt, weil seit Wochen unbewohnt, und die Besitzerin nicht besonders erfreut, nach 01:00 Uhr von zwei Unbekannten mit Polizeiausweis herausgeklingelt zu werden.

Mit einem Nicken gibt die Hausherrin zu verstehen, dass sie reinkommen sollen. Hinter ihnen schliesst sie die Tür mit dem Schlüssel ab.

«Sie haben bestimmt … die Wohnung in Basel … durchsucht?»

Die Fragen stellen wir, deshalb antworten wir nur, wenn es vernehmungstaktisch angebracht ist.

«Offenbar … haben Sie noch … nicht, was Sie brauchen», stellt die Witwe fest.

Mutmassungen treffen manchmal ins Schwarze. Gut, schwer war das nicht.

«Wir ermitteln», sagt Sermeter, «in alle Richtungen im Tötungsdelikt an Ihrem Mann.»

Bettina McLuhans Unterlippe zittert. Unter ihrem linken Auge zuckt ein Muskel. Sie blickt von Sermeter zu Gormann zu Sermeter zu Gormann, wendet sich von ihnen ab und der Treppe zu. Ihr Unterkiefer arbeitet. Sie steigt hoch und bedeutet der Polizistin und dem Polizisten, ihr zu folgen.

Als sie oben sind, hat McLuhan ihr Gesicht wieder unter Kontrolle. Nur ihr Atem geht wohl heftiger, als es die Steinstufen allein verursacht hätten.

Diesmal lädt sie den Besuch nicht ins Wohnzimmer mit dem Sofa ein. Sie bleiben auf dem Treppenabsatz im ersten Stock stehen.

«Wenn er hier war, wo hat er geschlafen?», setzt Sermeter wieder an.

Eine Sekunde kann lang sein. Dann kommt die Antwort: «Im Gästezimmer.»

«Wenn er hier war, wo hat er gearbeitet?», fragt Gormann.

«Kann ich Ihnen zeigen», sagt Bettina McLuhan Wohlhauser, winkt sie hinter sich her, ihr blondes Haar (gebleicht, erkennt man bei Tageslicht klar) schwebt hinter ihr in der Luft, ein schwacher Parfümschwaden folgt ihr.

Sie öffnet eine weiss gestrichene Holztür gleich neben dem Raum, in dem sie gestern sassen.

«Hier ist es», sagt sie, «sein Arbeitszimmer.»

Sie bleibt neben ihnen stehen. Sermeter und Gormann sehen weisse Wände, eine weisse Tischplatte, darauf eine eierschalenweisse Lampe, keinen Computer, einen Aluminiumbürostuhl von Eames, Polsterfarbe eisblau, drehbar, jedoch ohne Rollen, um den Holzboden nicht zu beschädigen, Sicht aufs Dorf hinunter. Unter dem Tisch steht ein massiver grünlicher Stahlkorpus mit Zahlenschloss. Sonst ist das Arbeitszimmer leer.

«Was ist da drin?», fragt Sermeter und deutet auf den Korpus.

«Vielleicht sein Computer?», fragt Gormann.

Vor dem Fenster fegt ein Windstoss wieder etwas herunter. Déjà-vu?

Bettina McLuhan stellt ihre Gegenfrage: «Haben Sie einen Durchsuchungsbefehl?»

Natürlich nicht. Klar, sie hätten damit rechnen können, dass sich die Witwe querstellt. Aufgewühlt, durcheinander, der Schock, Trauer. Gefahr ist nicht im Verzug, was einen Zugriff ohne Durchsuchungsbefehl rechtfertigen würde.

«Wenn nötig, können wir einen besorgen», sagt Gormann.

Draussen fährt ein Motorrad vorbei. Eine dieser nervösen Motocross-Maschinen.

«Tun Sie das», sagt die Witwe.

Das Parkett knackt.

Sermeter und Gormann werfen sich keinen Blick zu. Sie arbeiten lange genug zusammen, um zu wissen, was in diesem Moment der andere denkt, ohne sich einen Blick zuwerfen zu müssen. Für den Erzähler kann so eine Szene dramaturgisch wichtig sein: JETZT! IN DIESEM MOMENT denken die Personen einen gemeinsamen Gedanken, UND DIESER IST VERMUTLICH WICHTIG FÜR DEN FALL. Nämlich: Bettina McLuhan hat einen harten Kopf und verhält sich wenig kooperativ.

Sermeter und Gormann verabschieden sich. Die Treppe hinunter.

Vor dem Haus steigen sie in den Wagen. Sermeter fährt rückwärts raus und wendet, um zum Plaz hinunterzufahren. Im Rückspiegel bemerkt Gormann einen Mann, der sich dem Haus nähert, das sie wenige Sekunden zuvor verlassen haben.

«Halt an», sagt er zu Gülay, «Frau McLuhan bekommt Besuch ...»

Der Mann ist bereits durch die Haustür verschwunden.

Sermeter und Gormann raus und → hin.

Sie klingeln. (Musst du.)

Keine Reaktion. (Sollte aber. Weil zwei Personen im Haus

sind. Haben diese die Klingel nicht gehört? Weil sie … zu beschäftigt sind?)

Nach drei Sekunden ziehen sie die Waffe aus dem Gürtelholster, drücken die Türklinke hinunter – nicht abgeschlossen – und schleichen ins Treppenhaus. Im Entrée hier Steinboden. Die Steintreppe zum ersten Stock leise hoch. Schon sehen sie Männerhosenbeine (schwarz). Die drehen sich um → der Holzboden oben knackt, der Mensch, zu dem die Hosenbeine gehören, nähert sich der Treppe. Jetzt bekommen sie ihn ganz zu Gesicht: Ein gut aussehender Mann Mitte dreissig erscheint oben auf dem Treppenabsatz.

«Was …», entfährt es ihm.

Hinter ihm Bettina McLuhan, sie reisst ihre Augen auf, sie starrt Gülay Sermeter und Markus Gormann an, entsetzt, weil die mit gezogener Waffe hochgucken.

«Kantonspolizei Basel», sagt McLuhan zum Gutaussehenden und weist auf Sermeter und Gormann.

«Kriminalkommissariat Basel-Stadt», berichtigt Gormann, «und wer sind Sie?»

«Ich … bin ein Nachbar», sagt der Mann, «ich … schaue nur kurz vorbei.»

«Weshalb?», fragt Sermeter.

Der Gesichtsausdruck des Gutaussehenden bröckelt. Draussen fährt ein Wagen vorbei. Ein Vogel kreischt.

«Ihren Ausweis bitte», sagt Gormann.

Bettina McLuhans Besucher greift hinter sich. «Stopp!», ruft Sermeter. «Dort an die Wand, Gesicht zur Mauer, Hände über den Kopf.»

«Also –», sagt McLuhan.

«Ich –», will der Schönling sagen.

«Dort hinüber, Gesicht zur Wand, Hände über den Kopf», wiederholt Gormann ruhig und bestimmt.

Der Mann gehorcht.

Gormann nimmt ihm das Portemonnaie aus der Gesässtasche. Drin eine Identitätskarte. «Carl Calonder» lautet der Name. Gormann vergleicht Foto und Person √und notiert die

Nummer der ID, steckt die Plastikkarte in den Geldbeutel zurück und händigt diesen dem Eigentümer aus.

«Sie sind ein Nachbar?», fragt Sermeter.

«Ja», sagt er und bemüht sich, nicht finster auszusehen. Schafft er beinahe.

«Danke, Sie haben uns sehr geholfen», sagt die Detektivwachtmeisterin und schaut die beiden an. «Auf Wiedersehen», sagt auch Markus Gormann.

Draussen sagt Gormann, er müsse dringend auf die Toilette. Sie fahren die paar Meter zum Dorfplatz hinunter und biegen nach links ab. Vor der Pensiun Aldier halten sie an. Gormann → hinein.

Sermeter, im Auto, berichtet unterdessen dem Müller telefonisch. «Sie blockt», sagt sie, «sie will einen Durchsuchungsbefehl sehen. Vielleicht finden sich in Wohlhausers Arbeitszimmer hier in Sent Unterlagen. Seine Frau gibt an, sie wisse nichts, und will uns den Raum nicht durchsuchen lassen.»

Müller sagt, er werde sofort mit dem Chef sprechen, der Durchsuchungsbefehl sei angesichts des unkooperativen Verhaltens der Witwe bloss Formsache.

«Und noch etwas», fährt Sermeter fort, «vorhin, nachdem wir das Wohlhauserhaus verlassen hatten, bekam die Witwe Besuch. Einen gut aussehenden Mann Mitte dreissig.»

«Habt ihr ihn –», erkundigt sich der Müller.

«Carl Calonder heisst er, mit C am Anfang des Vornamens und des Familiennamens», sagt Sermeter, «ja, wir haben seinen Ausweis kontrolliert.» Sie nennt die Nummer und hört, wie der Müller «zweimal C» brummt und auf der Tastatur tippt.

Er fragt das ISA ab, das Informationssystem für Ausweisschriften.

«Kann das sein?», hört ihn Sermeter rufen.

«Was?»

«Auf einen Carl Calonder hat keine schweizerische Amtsstelle je einen Ausweis ausgestellt!», ruft Müller.

Sermeter sieht durchs Seitenfenster Gormann in der Tür des Hotel-Restaurants auftauchen. Zwei Kaffeetassen in den Händen, balanciert er die Treppenstufen zum Vorgarten hinunter und schaut zur Kollegin hinüber. Er sieht ihr Gesicht.

Sie öffnet die Autotür und ruft ihm zu: «Es gibt keinen Carl Calonder!»

Zwei volle Kaffeetassen bleiben auf dem Platz vor der Pensiun Aldier stehen.

Eine Minute später fahren Sermeter und Gormann wieder beim Haus am nördlichen Ortsrand von Sent vor.

Auf ihr Klingeln erscheint die Witwe auf dem Balkon im ersten Stock. «Was ist denn jetzt schon wieder?»

«Ist Ihr Besuch noch da?»

Moralisch ist das für uns nicht relevant, hinsichtlich Strafgesetzbuch sehr wohl. Mindestens Ausweisfälschung Art. 252 StGB. Und warum trägt einer falsche Papiere auf sich? Um welche Delikte zu begehen?

Seine Adresse, behauptet Frau McLuhan vom Balkon aus, kennt sie nicht.

«Ein Nachbar?», ruft Gormann ihr zu. Innerlich ist er da voll bei Martin Luther: «Die Lüge ist wie ein Schneeball: Je länger man ihn wälzt, desto grösser wird er.»

«Wir müssen Sie auffordern, sich nicht von Ihrem Wohnort zu entfernen», sagt Sermeter zum Balkon hinauf.

Sie bleiben vor Ort, bis aus Scuol eine Patrouille der Kantonspolizei eintrifft, um das Wohlhauser-McLuhan-Haus im Auge zu behalten. Auftrag: Ungewöhnliches sofort dem Kriko Basel melden. Sermeter und Gormann fahren zur Pensiun Aldier hinunter, tragen die zwei kalten Kaffeetassen in die Gaststube zurück und leisten sich im Restaurant, wo zwar «ohne Punkte und Sterne, dafür mit Herz und Frische» (Internet, eigene Erfahrung) gekocht wird, nun doch den zügellosen Genuss eines Kaffees und essen einen Happen. Nach telefonischer Rücksprache mit Müller fahren sie los → in Richtung Unterland.

***

Carl Calonder.

Sermeter und Gormann haben einen Fehler begangen. Gopf. Warum haben sie den angeblichen Calonder nicht näher überprüft und seine Identität nicht sofort verifiziert? Sie hätten an Ort und Stelle die Datenbanken abfragen müssen und dabei festgestellt: Ein Carl Calonder ist nirgends registriert. Die Fahndungsdatenbank RIPOL kennt keinen. Weder die Sozialversicherungsanstalt noch sonst wer kennt einen. Im Verzeichnis aller in der Eidgenossenschaft ausgestellten Führerausweise und sonstigen Ausweisschriften findest du keinen. Existiert *überhaupt* ein Carl Calonder? Der Ausweis, den Gormann in Sent überprüft hat, muss eine gute Fälschung gewesen sein. Gesucht, gefahndet wird nun nach «Carl Calonder». Wenigstens bekommt die Polizei ein gutes Phantombild hin. Sermeter und Gormann haben ihn gesehen, Bettina McLuhan kennt ihn auch. Die hat gelogen, sie deckt jemanden, der sich gegenüber der Polizei falsch ausweist. Sie verschweigt etwas. Oder wusste sie selbst nicht, dass ihr «Nachbar» nicht Carl Calonder heisst?

Wie gut kennt ihn Bettina McLuhan?

Haben sie was miteinander?

Hat Carl Calonder von ihr einen Auftrag erhalten?

Den Auftrag, ihren Mann zu ermorden? Hat sie ihren Mann beseitigen lassen, weil die Beziehung zu ihm, die Ehe am Ende war? Liebe, die zu Hass geworden ist ... die ewige, nie aussterbende Schicksalsmelodie? Nach einer Affekthandlung sieht das nicht aus. Ist Bettina McLuhan so perfid, kaltblütig den Mord an ihrem Mann zu planen? Wollte sie sich nicht scheiden lassen, weil sie in diesem Fall nur die Hälfte der während der Ehe erworbenen Vermögenswerte behalten könnte? Bei seinem Tod aber erbt sie alles?

Räubergeschichten! Zu viele Krimis gelesen. Zu viele TV-Kriminserien geschaut. Vermischte Meldungen. *Faits divers.* Unglücksfälle und Verbrechen. Groschenromane. Den eigenen Mann killen ...

Aber jedoch indes äh chmchm und grundsätzlich: Für wie beschränkt hält man die Strafverfolgungsbehörden? Die Aufklärungsquote bei Kapitalverbrechen ist sehr hoch. Wir finden die Täter fast immer ziemlich schnell: Den Mann, die Frau, die Partnerin, den Liebhaber, die erwachsenen Kinder, den Vater, die Mutter, den Freund, die Erben in spe … sie alle nimmst du jeweils besonders genau unter die Lupe. Der grösste Teil der schweren Leib-und-Leben-Delikte wird in der Familie, im Freundeskreis, unter guten Bekannten verübt. Vertraue nie einem trauten Heim. Im Zweifel bist du dort mehr allein als in einem Singlehaushalt.

Ergo: Bettina McLuhan im Fokus. Die Kollegen von der Kantonspolizei Graubünden werden sie engmaschig überwachen und aufmerksam beobachten. Der Müller hat beim Zwangsmassnahmengericht bereits die Überwachung ihres Telefons und ihrer elektronischen Kommunikation beantragt. Mit dem neuen BÜPF, dem Bundesgesetz zur Überwachung des Post- und Fernmeldeverkehrs, ist das einfacher geworden, und mit dem Antrag auf Bewilligung kommst du in 97 Prozent der Fälle durch.

«Sei in der Lage, lässig warten zu können, wenn der Feind sich abmühen muss» (Sun Tzu).

Kann man sich nun fragen: Warum nehmen Gülay Sermeter und Markus Gormann die Witwe nicht gleich fest? Ich sagte es schon: Observation, Überwachung → Hoffnung auf Beobachtung verdächtiger Vorgänge, auf abgehörte Telefongespräche mit aufschlussreichem Inhalt, auf zusätzliche sachdienliche Informationen.

***

Land in Sicht?

Anruf einer Patrouille der Kantonspolizei Basel-Stadt: Endlich gefunden! Im Elisabethen-Parkhaus bei der Heuwaage haben die Kollegen einen grauen Jaguar entdeckt, der in den letzten Tagen nicht bewegt wurde. Die Autonummer BS [redacted] kennen sie aus der Datenbank mit den Sachfahndungen. Der

Wagen gehört Raetus B. Wohlhauser-McLuhan. Und diesen Namen kennen sie aus den internen Berichten. Deshalb informieren sie das Kriminalkommissariat sofort telefonisch. Müller weist die Kollegin und den Kollegen an, den Wagen zu sichern, fordert die Kriminaltechnische Abteilung an und marschiert selbst die zweihundert Meter von seinem Büro im Waaghof zum Parkhaus unter der Brücke hinüber.

Cattaneo von der Kriminaltechnik hat den Wagen bereits geknackt und sucht das Innere ab. Auf dem Beifahrersitz liegt ein Handy. Es ist ausgeschaltet.

***

«Pling.»

In Müllers elektronischem Posteingang trifft in diesen Minuten der Laborbericht von Dr. Alexandra Ruggle ein. Weil der Kriminalkommissär ausser Haus ist, kann er das nicht wissen.

***

Internationale Verflechtungen.

«Guten Tag», hört Rolf Vetter im Hörer eine Männerstimme in Elsässer Dialekt, «hier Brigadier Gerber, Gendarmerie in Saint Louis.»

«Hallo», antwortet Vetter, «was verschafft mir die Ehre?»

«Wir haben in der Nacht auf Samstag in Grenznähe ein Fahrzeug mit vier Personen angehalten. Darin haben wir Diebesgut sichergestellt, das offensichtlich aus Ihrer Stadt stammt. Ich schicke Ihnen sofort eine Liste.»

«Danke sehr», antwortet Vetter, «wir werden uns gleich darum kümmern. Bitte schicken Sie's direkt an mich.» Er nennt seine E-Mail-Adresse.

«Die vier Personen haben wir in Gewahrsam», sagt der Kollege, während er auf seiner Tastatur tippt.

In Vetters Computer macht es «pling».

«Gut zu wissen. Danke … Ja, Ihre E-Mail ist eingetroffen»,

sagt er zum Elsässer Kollegen und fügt hinzu: «Wir melden uns nach der Auswertung sofort.»

Vetter leitet die Aufstellung des Diebesguts dem Kollegen Gian Bopp weiter. Dieser sammelt die Diebstahl- und Verlustanzeigen der letzten Tage. Kommt ein ganzer Haufen zusammen.

Vor dem Weiterleiten schaut Vetter selbst kurz auf Brigadier Gerbers Liste. Routinemässig. Und bleibt bei einer Position hängen. Schon lustig, wie das Auge geschult ist, gewisse Buchstabenkombinationen subito zu erkennen. Dieses Wochenende hat er diesen Namen gefühlte zwei Millionen Mal gelesen. Auf dem elektronischen Dokument aus Frankreich steht: *«carte de crédit, platinum, établie au nom de Raetus B. Wohlhauser-McLuhan».*

«Hoppla», entfährt es Vetter.

Wie kommt die Kreditkarte des Zeitgeistphilosophen in den Besitz der vier Personen, die ennet der Grenze im Departement 68 mit gestohlenen Gegenständen festgenommen worden sind? Vetter ruft sofort seinen Kriminalkommissär an und meldet ihm diese neue Information. Müller hält sich noch mit Cattaneo und den anderen Kriminaltechnikern im Parkhaus auf.

«Danke, Rolf», sagt der Müller und umgehend selbst → Rückruf in Saint Louis → Brigadier Gerber bestätigt ihm, die vier Personen seien in den Zellen der Gendarmerie → Müller fragt um ein umgehendes Verhör dieser Personen nach, erklärt den Grund → «Ich stehe zu Ihrer Verfügung, Commissaire», antwortet Gerber, «kommen Sie gleich?» → Und der Müller fordert umgehend Wäckerlin an, weil bei einer Befragung von Frauen eine Polizistin dabei sein muss. Das mit dem Französischen wird schon gehen, denkt er. Den Brigadier versteht er auf jeden Fall, der spricht ja Elsässisch, und Kompliziertes könnte ihm der sicher übersetzen. Falls die vier mutmasslichen Diebe kein Deutsch können.

Drüben bist du schnell. Dass du drüben bist, erkennst du gleich: Die Buchstaben der Strassenschilder sind anders, die Schlaglöcher tiefer, viele Häuser sind *«à vendre»*, die Einfamilienhauszonen wirken halb fertig, statt Rasenflächen überall Steingärten, ehemalige Kneipen sind verrammelt, und ausser Riesensupermärkten, Filialen von Bäckereiketten und arabischen, türkischen, indischen Imbissbuden existieren kaum Geschäfte. Und wenn du mal eine Bushaltestelle entdeckst und den Fahrplan anschaust, stellst du fest: lächerlich. Alles sieht leicht verwahrlost aus. Auf der Strasse siehst du bloss Autos, Menschen nur selten. Das Departement 68 ist die hinterste Ecke Frankreichs. Peripherie.

Die Gendarmerie von Saint Louis an der Rue de Mulhouse. Stadtzentrum, unweit des Bahnhofs. Gegenüber eine Versicherungsagentur und ein Finanzdienstleister, schräg vis-à-vis ein Dönershop. Die Gendarmerie selbst: vier Etagen. Sieht aus wie 1972 letztmals mit der Farbrolle aufgefrischt. Feinstaub, Abgase und die Zeit haben den Bau angefressen. Vor dem Gebäude stellen Wäckerlin und der Müller den dunkelgrauen Škoda ab. Eingang, Empfang, zwei Uniformierte hinter abgenutztem Korpus überprüfen Müllers und Wäckerlins Polizeiausweise. Ein junger Kollege begleitet sie in den zweiten Stock.

Brigadier Gerber und Inspektor Schultz erwarten sie. Händeschütteln, Vorstellung, der Müller erstmals jenseits der Landesgrenze in einem Verhörraum. Frankreich und Polizei, da fällt ihm unweigerlich Mathieu Kassovitz' Film «La Haine» ein, der viele Leute in ihrem Urteil bestärkt: «All Cops Are Bastards» und «Fuck The Police».

Gerber und Schultz wirken entspannter als die meisten ihrer Kollegen in «La Haine». Drei, vier Wochen nachdem er nach Basel gezogen war, hat der Müller diesen Film wieder gesehen. Seither denkt er gelegentlich daran, dass wenige hundert Meter westlich seiner Wohnung ein Land liegt, dessen Regierung wegen Unruhen und Terrorismusgefahr wiederholt den Ausnahmezustand erklärt hat.

Das Verhör könnte man sich nun ruppig und hart und voll antimüllerisch vorstellen, weil die polizeilichen Sitten und Gebräuche in douce France nicht nur laut Regisseur Kassovitz, sondern auch laut Amnesty International nicht gerade blumenbotenmässig sind.

Vielleicht sind Gerber und Schultz Ausnahmen im französischen Polizeikorps oder besondere Freunde der Menschen- und Grundrechte, oder sie bemühen sich, sich den ausländischen Kollegen, von denen eine fast aussieht wie die unterlegene Präsidentschaftskandidatin, von der bestmöglichen Seite zu zeigen? Wir müssen nichts berichten, das nicht angemessen oder unrecht wäre.

Dennoch, so ein Verhör durch zwei französische Gendarmen, verstärkt durch zwei Mitarbeiter des Kriminalkommissariats Basel-Stadt, ist kein, ähm, Zuckerschlecken, kein Spass, kein (hier bitte einen weiteren treffenden Ausdruck notieren, geschätzte Leserin, geschätzter Leser): kein(e) ______________ (danke für Ihre Mitwirkung).

Zwei Uniformierte führen Rachid Belloumi in den Verhörraum, einen blonden Hünen. Er – oder eine der anderen drei Personen, die mit ihm festgenommen wurden – trug die Kreditkarte des Getöteten auf sich.

Da stellst du dir Fragen.

Belloumi klingt nicht Elsässisch. Gerber und Schultz stellen daher Fragen in der Sprache von Charles de Gaulle. Und der Müller versucht ebenfalls auf Französisch herauszubekommen, woher der Mann Wohlhausers Kreditkarte hat.

«Cette carte de crédit, d'où la tenez-vous», fragt der Müller.

Ja, ruppig wird's nun doch ein wenig. Hätten Sie die Güte, Monsieur, uns mit näheren Einzelheiten zu Ihrem Kreditkartendiebstahl mit Todesfolge zu dienen? Uns würde, mit Verlaub, interessieren, weshalb die Kreditkarte des Verstorbenen sich in Ihrer geschätzten Jackentasche aufzuhalten geruhte? Das fragst du nicht, sondern knurrst etwas. Brigadier Gerber setzt ein *«espèce de»* davor, was du frei als «Sau-» oder «Idioten-» übersetzen kannst, und gleich dahinter ein Wort, das du im Französischunterricht nicht gelernt hast und das so unfreundlich klingt, dass es *«enculé»*, «Mohrenkopf» oder «Krauskopf» bedeuten dürfte. Wenn er ihn schlüge, würdest du einschreiten.

Was geschieht, wenn du den Gendarmerieposten von 68300 Saint Louis verlassen hast, weisst du natürlich nicht. In Müllers und Wäckerlins Anwesenheit bleibt die Befragungsmethode verbal.

«Woher haben Sie diese Karte?», fragt der Müller.

«D'où tu la tiens, hein?», doppelt Gerber gleichbedeutend nach.

Der junge Mann gibt an, sich nicht zu erinnern. Der Brigadier schlägt mit der Faust vor Belloumi auf den Tisch, dass es knallt.

Die Antwort kommt leise: «Aus einem Geschäft in Basel.»

Müller: «Aus welchem?»

Der junge Mann schneidet einen gequälten Gesichtsausdruck, macht den Mund aber nicht auf. Gerber schlägt nochmals mit der Faust vor Belloumi auf den Tisch, dass es knallt.

«Cheveux longs et idées courtes», würde hier Johnny Hallyday postulieren. Das mit den beschränkten Ideen könnte zutreffen, das mit den langen Haaren nicht, trägt sie der Befragte doch bloss mittellang und nach hinten gegelt.

Schultz (hier in Übersetzung): «Wem haben Sie diese Platinkreditkarte gestohlen?»

Rachid Belloumi zuckt die Schultern.

Gerber: *«Tu es dans la merde, espèce de [redacted]!»*

Dieses Wort kennt der Müller tatsächlich nicht, und Wäckerlin, die er fragend anschaut, verzieht nur kurz das Gesicht.

Schultz, kalt: *«Cette carte appartient à un mort.»*

Dass die Karte einer Leiche gehört, lässt Belloumi schlagartig erbleichen. Als er sich nach einigen Sekunden gefangen hat, öffnet sich sein Mund. Worte findet er nicht. Schliesslich sagt er, was der Müller als «Sie bluffen doch nur» zu verstehen glaubt.

«Nein», berichtigt der Müller auf Deutsch, «wir bluffen nicht. Der Mann, dessen Name auf der Kreditkarte steht, wurde ermordet.»

Ob der Wikinger Deutsch versteht, ist fraglich. Brigadier Gerber stellt *en français* den Zusammenhang her: *«Et c'est toi qui l'a zigouillé, espèce de [redacted] à la [redacted].»* (Das erste geschwärzte Wort versteht der Müller, es bezeichnet jemanden, der die Unwahrheit spricht, das zweite, einsilbige bedeutet das weibliche Geschlechtsorgan und gleichzeitig einen Vollidioten.)

«Warum haben Sie ihn umgebracht?», will Wäckerlin wissen.

Rachid Belloumis Wikingergesicht ist so weiss, du glaubst, er wird gleich unsichtbar oder kotzt dir die Schuhe voll.

So geht's eine Weile weiter.

Gut und gerne an die drei Stunden. Vorwärts und rückwärts und wieder von vorn. Immer wieder dieselben Fragen, immer wieder dieselben Antworten. Immer neue Varianten derselben Fragen, immer wieder neue Varianten derselben Antworten.

Der Müller legt ein Foto von Raetus B. Wohlhauser-McLuhan auf den abgenutzten Tisch im Verhörraum. Das Kunststofffurnier darauf ist fast ganz verschwunden, aufgelöst unter den Faustschlägen verzweifelter, wütender oder verstockter Festgenommener und erboster, knallharter oder eiskalter Verhörbeamter.

Er legt, ich sagte es, das Bild auf den Tisch und klopft mit dem Knöchel des rechten Zeigefingers auf die Tischplatte. Ein leises Pochen, das die Republik erschüttern könnte.

«Ich kenne diesen Mann nicht!», stösst Belloumi hervor. «Glauben Sie mir. Ich sage die Wahrheit.»

Beim Wort *«vérité»* schnaubt Gerber höhnisch auf, und Schultz krempelt sich die Hemdsärmel hoch, dass Sie vermutlich richtig vermuten, was folgen könnte. Das willst du als Müller nicht. Er hebt die Hand und bedeutet den Kollegen, unter acht Augen mit ihnen sprechen zu wollen.

Schultz ruft auf dem Korridor zwei Uniformierte, die Belloumi abführen.

«Mit dem Tötungsdelikt haben diese Leute nichts zu tun», sagt der Müller, «schauen Sie sich mal das Verzeichnis der Gegenstände an, die Sie in ihrem Wagen sichergestellt haben.»

Wäckerlin schaut skeptisch und Gerber und Schultz skeptischer. Sie sagen nichts.

«Haben Sie je von Taschendieben gehört, die mit tödlichen Injektionsspritzen auf Tour gehen?», legt der Müller die vermutliche Todesursache des Philosophen nach.

Da wird es noch stiller.

Wäckerlin scheint diesem Müllergedanken … nun ja … einiges abgewinnen zu können. Brigadier Gerber zuckt die Achseln, Inspektor Schultz' rechter Mundwinkel flattert, Gerber sagt kalt: «Das ist Ihr Fall, Commissaire. Wenn Sie die Verantwortung übernehmen …»

«Das Verfahren wegen Diebstahls halten wir aufrecht, Chef, nicht wahr? Bandenkriminalität? Alles, was recht ist, aber Ordnung muss sein.» Wäckerlin ist irritiert.

«Selbstverständlich», bestätigt der Müller.

Wenige Minuten später sitzen Müller Benedikt und Romina Wäckerlin im dunkelgrauen Škoda vor der Gendarmerie an der Rue de Mulhouse in Saint Louis. Müller dreht den Zündungsschlüssel und legt den ersten Gang ein. Im Wegfahren fragt er sich, warum ihnen die französischen Kollegen nur den blonden Araber vorgesetzt haben, nicht aber die drei weiteren Personen, diesen Mario Schneider, diese Marylou Démare und diese Azra Kurt. Gut, bei Bedarf könnten sie die immer noch befragen.

«Ist dir aufgefallen», fragt Müller Wäckerlin, als sie gerade an der Kirche Notre-Dame-de-la-Paix in der Avenue de Bâle vorbeifahren, «dass sie uns nur den Araber vorgeführt haben?»

«Ist doch klar», antwortet Wäckerlin nach einer Weile, «ist doch klar.»

***

Der Wikinger.

Aus Saint Louis zurück im Waaghof, übergibt Müller Dominguez und Vetter Fotos der vier in Saint Louis einsitzenden Personen. «Garde à vue» – der Polizeigewahrsam – dauert im Normalfall 24 Stunden und kann durch ein Gericht jeweils verlängert werden auf maximal 144 Stunden bei Terrorismusverdacht. Fällt hier ausser Betracht. Dominguez und Vetter setzen sich wieder an die Überwachungsvideos aus dem «Pfauen». Müllerauftrag: Sind diese vier Personen, insbesondere Rachid Belloumi, auf den Aufnahmen irgendwo sichtbar?

Im Gemeinschaftsbüro schauen sie sich die Fotos gemeinsam an. Vetter glaubt sich zu erinnern, dass Belloumi dem Wikinger ähnelt, der auf zwei Videosequenzen aus dem «Pfauen» auftaucht, die kurz vor oder sogar während des Verbrechens aufgenommen wurden.

«Der Wikinger ein Araber, ausgerechnet!» Vetter kriegt sich nicht ein.

«Geboren in Saint Louis», korrigiert Dominguez, «französischer Staatsbürger. Steht hier, siehst du?»

«Ja, schon ...»

Sie suchen und finden schliesslich die Aufnahme aus dem «Pfauen» mit Belloumi kurz vor dem Tatzeitpunkt. 17:58 Uhr bei der Herrenmode und 18:03 Uhr in der Parfümerie. Dominguez ruft den Müller an. Ein Blick auf den Bildschirm bestätigt die Identität des Blonden.

«Geht die Aufnahmen aus dem ‹Pfauen› noch einmal durch. Ob ihr auch die anderen drei entdeckt, Schneider, Démare und Kurt.»

Vetter nickt, schaut finster und brummt «immer diese ...» und beendet den Satz unverständlich, von der Stossrichtung her jedoch unmissverständlich.

Dominguez hat bereits mit der Visionierung begonnen.

Müller weist Aspirantin Werner und Aspirant Blaser an, sie dabei zu unterstützen. Bild um Bild um Bild um Bild. Bild um Bild um Bild um Bild. In unmittelbarer Nähe von Wohlhauser ist keine der vier im Grenzgebiet festgenommenen Personen zu erkennen. Im Moment des fast unmerklichen Zusammenzuckens des Philosophen ist keine dieser Personen auf Tuchfühlung mit ihm. Belloumi, Schneider, Kurt und Démare sind Diebe, keine Raubmörder.

***

Der Laborbericht.

Während die Kolleginnen und Kollegen die Videos noch einmal sichten, findet Müller im Posteingang die Mail von

Dr. Alexandra Ruggle vom Labor. Sie hat mit ihrem Team die Gewebe- und Blutproben des Philosophen untersucht. In seinem Blut hat Ruggle zwei Auffälligkeiten festgestellt: eine geringe Konzentration des Schlafmittelwirkstoffs [redacted]™ und eine stärkere Dosis von [redacted]-[redacted], einem Stoff, der in der Sterbehilfe und in den USA bei Hinrichtungen verwendet wird. Diese Substanz hat die Kollegin des Kriminaltechnischen Labors auch in dessen Magen nachweisen können.

Müller ruft sofort Chemikerin Ruggle an, damit sie ihm alles auf Nichtchemisch erklärt. Sie sagt: «Im Magen haben wir auch eine Menge Alkohol gefunden, vermutlich Whisky. Nicht besonders viel, ich rechne mit einem, höchstens zwei Drinks. Weil der Alkohol kaum abgebaut war, nehmen wir an, dass das Opfer diesen Alkohol höchstens zwei Stunden vor seinem Tod zu sich genommen hat.»

«Das könnte bedeuten –», fängt der Müller laut an zu denken.

«Dass er am Freitagnachmittag einen vergifteten Drink zu sich genommen hat, ja», bestätigt Dr. Ruggle.

«In Ordnung», sagt der Müller, «ein vergifteter Whisky am Freitagnachmittag.»

Dann zögert er, weil er nachdenkt.

«Und der Stoff, der in kleinerer Menge nachzuweisen ist?», fragt er nach.

«Das schwächere Medikament dürfte von der Injektion stammen, vom Stich ins Kreuz des Opfers», schliesst Ruggle.

Hm, denkt der Müller und folgert: «Also haben wir es mit zwei Anschlägen auf Wohlhauser innert weniger Stunden zu tun?»

In der Leitung rauscht es. Nach zwei Sekunden antwortet die Kollegin: «So sieht es aus, ja. Den vergifteten Whisky höchstens zwei Stunden vor dem Tod, das heisst ungefähr zwischen 16:00 und 16:30 Uhr. Das Schlafmittel zwischen 17:00 und 17:30 Uhr in den Rücken gespritzt. Tödlich war höchstwahrscheinlich der Whisky.»

«Gut», sagt der Müller nur, «danke.»

Er ruft den Pathologen François Haberthür an. Der bestätigt dem Müller, dass der Einstich ins Kreuz des Philosophen «zum

Zeitpunkt seines Todes recht frisch» gewesen sein muss, «eine, höchstens zwei Stunden». Eine bis höchstens zwei Stunden vor dem Tod, der am Black Friday zwischen 18:04 Uhr (letztes Überwachungsvideobild, das Wohlhauser lebend zeigte) und 18:21 Uhr (Zeitpunkt der Alarmierung der Polizei durch Radiotechniker Michael Herzog) eingetreten ist. Das deckt sich mit Ruggles toxikologischem Befund: Die Injektion des Schlafmittelwirkstoffs [redacted]™ ins Kreuz des Philosophen kann nicht im «Pfauen» geschehen sein.

***

IT-Auswertung.

18:54 Uhr. Müller beendet das Gespräch mit Haberthür und überlegt sich, seine Leute zusammenzurufen, um sie über die neuen Erkenntnisse aus dem Laborbericht zu informieren und zu beraten, was die zwei sich überlagernden Vergiftungen bedeuten könnten.

Er schaut die Inventarliste der Gegenstände an, die in der Wohlhauserwohnung in der Hohe-Winde-Strasse festgestellt wurden. Eine angebrochene oder leere Whiskyflasche ist nicht darunter. Auch Cattaneo von der Kriminaltechnik kann sich nicht an eine solche Flasche erinnern. Weinflaschen ja, aber sonstige Alkoholika? Zur Sicherheit schickt der Müller Wäckerlin und Dominguez aufs Bruderholz. Sie werden in einer halben Stunde melden, sie hätten in der Wohnung nur eine Whiskyflasche entdecken können, deren Verschluss noch nie aufgeschraubt wurde.

Es klopft an Müllers Bürotür.

Jessica Panzeri von der Abteilung Wirtschaftskriminalität liefert Ergebnisse der Auswertung des Handys von Raetus B. Wohlhauser, an denen auch der IT-Forensiker Mladen Jonovic mitgearbeitet hat.

Panzeri tritt ins Müllerbüro.

«Kaffee?», fragt der Müller, als sie sich ihm gegenüber hinsetzt. Sein Ton sagt: keine Zeit, viel zu tun, Angebot ist pure Höflichkeit.

Zu seiner Erleichterung winkt sie ab.

Sie berichtet, auf dem Handy hätten sie keine App gefunden, mit der Wohlhauser Verbindung zu einer Cloud aufbauen oder die E-Mails seines Accounts beim Fernsehen bearbeiten konnte. «Womöglich zweifelte er an der Sicherheit der Datenübermittlung», sagt Panzeri. Interessant sei, was die Anruflisten des toten Philosophen in den letzten zwei Wochen vor seinem Tod enthalten: eingegangene Telefonate von Jeremy Braun (Schweizer Fernsehen), vom deutschen Fernsehen, von der Redaktion einer Philosophiezeitschrift, von einer Wochenzeitung in Hamburg, von einem Verlag, von einem Anschluss von «Radio 4000», den sie dem Moderator Michael Streuli zuordnen können, ein Anruf aus Übersee von einem Künstler namens Josh Wyss (Anruf abgewiesen, zwei Tage bevor Wohlhauser starb), dreimal von unbekannt (zweimal davon abgewiesen), zweimal von der Nummer seiner Eltern (abgewiesen), mehrere von Bettina McLuhan Wohlhauser (alle angenommen), zweimal von Virgil Herrmann Zanger (beide abgewiesen, letztmals drei Tage vor seinem Tod).

«Sieh an», unterbricht der Müller, «mehrere Kontakte mit der Gattin, die angibt, er habe das Interesse an ihr verloren. Und auch der Konkurrenzphilosoph, der seit einer Gartenparty im Juli mit ihm nicht mehr gesprochen haben will, versuchte ihn anzurufen.»

Panzeri listet nun die ausgegangenen Anrufe auf: eine Häufung von Nummern bei verschiedenen Finanzinstituten. Ausserdem hat Raetus B. Wohlhauser-McLuhan achtmal das Handy seiner Frau angerufen, zweimal Jeremy Braun vom Fernsehen, zweimal das deutsche Fernsehen, einmal die Redaktion einer Philosophiezeitschrift, den erwähnten Verlag und zwei Restaurants. «Tischreservationen in Scuol und in Lavin», erklärt Panzeri.

«Fällt dir etwas auf?», fragt Panzeri den Müller und schaut ihn an, als wäre die Frage ein Intelligenztest. Der schaut auf die Liste, die die Kollegin mitgebracht hat. Die Frage *ist* ein Intelligenztest.

«Die Banken», sagt Müller und streicht sich über den ausgedünnten Kurzhaarschnitt, «er hat sie angerufen, sie ihn dagegen nicht.»

Panzeri lächelt. «Genau, das habe ich auch gedacht und –»

«Pardon ... die abgewiesenen Anrufe –», fällt er ihr ins Wort und sie ihm auch gleich: «Das dürfte kein Zufall sein. Wir sind natürlich nicht mit allem durch. Wie gesagt: Wir haben erst zwei Wochen überprüft. Die älteren Anruflisten sind gelöscht, aber die lassen sich auf dem Gerätespeicher vermutlich noch finden. Was wir aber auch ausgewertet haben, sind die Bewegungsprofile, die Standorte, an denen sich Wohlhauser – oder mindestens sein Mobiltelefon», sie lächelt, weil die Genauigkeit der Polizeiarbeit ist juristisch absolut nötig, «wo sich sein Handy, also mit an Sicherheit grenzender ...», sie schmunzelt über sich selbst, «wo sich Wohlhauser selbst in den letzten drei Wochen aufgehalten hat.»

Sie stockt kurz und schaut auf ihre Liste.

«Er war in Mainz, wohl beim ZDF, er war im Fernsehstudio in Zürich-Leutschenbach, an verschiedenen Orten in der Zürcher Innenstadt, in Basel. Und er hat nicht nur mehrmals seine Frau angerufen, er ist auch nach Sent gefahren.»

«Nach Sent? Wie oft?»

«Immer wieder. In dem Monat an Bewegungen, die wir bisher überschauen können, hielt er sich jede Woche drei bis vier Tage dort auf.»

«Interessant», sagt der Müller, «seine Frau hat uns etwas anderes erzählt.»

Und Jessica Panzeri legt ihm einige Blätter mit den Daten, Uhrzeiten und Aufenthaltsorten des ermordeten Gastgebers von «The Good Life» hin.

***

Telefonische Befragung.

Weil sie ihn gestern mit Gormann im Studio von «Radio 4000» befragt hat, erhält Aspirantin Gloria Werner den Auftrag, nochmals den Grossmeister der Positivität anzurufen, Like Mike. «Ah, hallo!», antwortet er, freundlich und verbindlich. «Was gibt's?» Im Hintergrund Bumm-Bumm-Bumm-Musik und laute Stimmen. Happy Hour, denkt Gloria mit Blick auf die Uhr: 19:08 o'clock. Die Musik und die Stimmen werden leiser, der Radiomoderator verlässt offenbar den Raum, geht wohl auf einen Balkon raus, weil nun entfernte Motorengeräusche zu hören sind. Er wiederholt seine Aussage, dass Red und Bettina «seines Wissens» ein glückliches Paar gewesen seien. Wäre da etwas ganz arg im Argen gewesen, hätte er das ganz sicher mitbekommen, sagt er. Auf Nachfrage erinnert er sich plötzlich, dass ihm Red von seinen häufigen Autofahrten ins Unterengadin «vorschwärmte», den Winter hingegen weniger mochte, weil er dann des Schnees wegen den Jaguar in Klosters und bis Sagliains auf die RhB verladen musste, anstatt den längeren, aber schöneren Weg über den Julier nehmen zu können.

Abendrapport mit Mineralwasser.

19:50 Uhr. Sitzungszimmer S 207. Wäckerlin und Dominguez sind zurück. Plus Müller, Vetter, Blaser, Werner. Kurzfassung der Laborergebnisse:

Wohlhauser starb durch eine oral aufgenommene Dosis von [redacted]-[redacted], höchstwahrscheinlich gelöst in einem Whisky, den Wohlhauser am Freitag zwischen 16:00 und 16:30 Uhr getrunken haben muss. Im Blut konnte Dr. Alexandra Ruggle vom Labor auch eine geringe Menge des Schlafmittels [redacted]™ isolieren, das dem Philosophen am Freitag wohl zwischen 17:00 und 17:30 Uhr in den Rücken gespritzt wurde.

«Wir müssen herausfinden, wo er den Whisky getrunken hat und wer ihn für ihn präpariert hat und vielleicht, in wessen Gesellschaft er ihn getrunken hat», sagt der Müller. «Und wir wollen auch wissen, wer ihm wie und weshalb eine Schlafmittelspritze verabreicht hat.»

Er schaut die Kolleginnen und Kollegen an und setzt hinzu: «Und ob es einen Zusammenhang zwischen diesen Taten gibt. Der dunkle Ärmel von der Videoaufnahme, der teilweise sichtbare Mann im dunklen Mantel hinter Wohlhauser ... diese Person scheint keine Rolle zu spielen. Diese Hypothese lassen wir fallen.»

Eine weitere Sprech- und Denkpause.

Dann resümiert der Kriminalkommissär: «Wir haben es mit zwei Anschlägen auf Wohlhauser zu tun. Die beiden könnten zusammenhängen.»

Weil es dem Kriminalkommissariat Basel-Stadt zurzeit an spezifischen Informationen mangelt, um dies aufzuklären, gedenken wir einer Erkenntnis des grossen Strategen Sun Tzu: «Der Heerführer muss Umweg in Abkürzung und Nachteil in Vorteil verwandeln.»

Die Nachteile wissen wir: Die Informationslage reicht nicht aus.

Den Umweg definiert Müller durch folgende Überlegungen: Warum hat Bettina McLuhan gegenüber Sermeter und Gormann behauptet, ihr Mann halte sich selten bei ihr in Sent auf? Trifft es nicht zu, dass die beiden mehr oder weniger getrennt lebten und sich kaum mehr viel zu sagen hatten? Like Mike hat gegenüber der Polizei von einem guten Verhältnis zwischen Wohlhauser und seiner Frau gesprochen und dies heute bestätigt. Auch die Anruflisten und das bei der Mobilfunkgesellschaft gespeicherte Bewegungsprofil des toten Philosophen stützen die Hypothese, dass Bettina McLuhan gelogen hat. Hätten sich die Ehepartner wirklich auseinandergelebt, hätten sie nicht die Hälfte der Woche miteinander verbracht. Das gemeinsame Leben im Unterengadin und die häufigen Telefonkontakte widersprechen der Version der Witwe.

«Und warum», fragt Müller die Anwesenden, «versuchte Virgil Herrmann Zanger noch drei Tage vor Wohlhausers Ermordung mit diesem Kontakt aufzunehmen? Warum hat er das in der Befragung durch Vetter und Dominguez nicht erwähnt? Warum hat Zanger angegeben, kaum je mit Wohlhauser zu tun gehabt zu haben?»

Dass das letzte persönliche Zusammentreffen laut Zanger an einer Gartenparty im Juli in 4102 Binningen stattgefunden habe, als sie sich, wenn er sich richtig erinnert, über die Heraldik der Grillschnecken stritten, will Müller überprüft haben.

Warum hat Wohlhauser die Anrufe seiner Eltern, des Künstlers Josh Wyss, die Anrufe von unbekannt und die von Zanger abgewiesen? Wer ist oder sind der oder die unbekannten Anrufer oder Anruferinnen?

Warum hat Wohlhauser die Nummern von Banken gewählt, die meisten Privatpersonen aber nicht zurückgerufen?

Müller schaut in die Runde, sieht die Augenringe von Wäckerlin, Vetter, Dominguez, Blaser und Werner, ihre fahle Haut, die zerknitterten Kleider, die stumpfen Haare. Er vermutet, bei Sermeter und Gormann, die in diesen Stunden auf dem Rückweg aus dem Unterengadin sind, sei dieselbe Müdigkeit sichtbar.

Schickst du in einer solchen Situation deine Leute noch einmal raus?

Weitere Befragung von Bettina McLuhan.

Weitere Befragung von Zanger.

Ermittlung des Grundes für die Anrufe bei den Banken.

Ermittlung und Befragung Josh Wyss, weshalb er den Philosophen angerufen hat.

«Das alles und noch viel mehr» (Rio Reiser) wollen wir wissen, um die Fragen, die sich aus dem Laborbericht ergeben haben, zu lösen.

Der Müller schaut nochmals in die Runde. Die Kolleginnen und Kollegen sehen fertig aus. Als Chef hat er laut Arbeitsrecht eine Fürsorgepflicht, eine Verantwortung für die Gesundheit seiner Mitarbeiterinnen und Mitarbeiter. Es kann ihm nicht egal sein, wenn sie zusammenbrechen. Doch … draussen ist ein Mörder auf freiem Fuss – oder mehrere? Was, wenn er alle nach Hause schickt, und der Täter tötet erneut? Vielleicht gerade wenn er, der Kriminalkommissär, zu Hause an der Birsigstrasse im Schaumbad seine harten Muskeln lockert und den Schmutz des Tages abwäscht?

Sicherheit ist ein wankelmütiger Freund, dem man vertrauen muss, aber nie zu lange.

Er schickt seine Mannschaft heim.

Er selbst ruft die Kantonspolizei Graubünden an und umreisst den Verdacht. Deswegen bitte Bettina McLuhan Wohlhauser genau im Auge behalten. Sie darf sich nicht vom Haus entfernen. Allfällige Besucher sind einer Personenkontrolle zu unterziehen und vorläufig festzunehmen. Kollege Pranger in Scuol verspricht, sofort eine zusätzliche Zweierpatrouille nach Sent hochzuschicken. Der Kollege merkt auch an, die Dispositionen für den Einsatz morgen früh beim Wohlhauser-McLuhan-Haus seien erfolgt. Um 07:00 Uhr gehe es los.

Müller dankt und ruft die Einsatzzentrale der Kantonspolizei Basel-Stadt an: ab sofort Virgil Herrmann Zanger observieren und jeden seiner Schritte dokumentieren. Die Zentrale bestätigt und leitet die Ausführung ein. Der Müller erreicht auf deren Diensthandy Jessica Panzeri von der Wirtschaftskriminalität, rekapituliert das Vorgehen, erklärt, die weitere Auswertung der Handydaten habe Zeit bis morgen. Weil zwei Verdächtige, die sich in Widersprüche verstrickt haben, ab sofort auf Schritt und Tritt überwacht werden. Seinetwegen müssten sie und Jonovic keine weitere Monsterschicht hinlegen.

Darauf meldet er sich bei seinem Chef, dem Leitenden Staatsanwalt Thomas Krähenmann, ebenfalls auf dem Mobiltelefon, fasst den Stand der Ermittlungen zusammen und skizziert die weiteren Schritte. Keine Einwände seitens Krähenmann, nur zwei, drei präzise Rückfragen, im Hintergrund sind Klaviermusik, Gläser und aufgekratzte Stimmen zu hören. «Danke, Müller. Telefonieren wir morgen früh», sagt Krähenmann, «schönen Abend.»

Beruflich-gesellschaftliche Verpflichtungen am Montagabend, denkt der Müller, einen solchen Job möchte ich nicht haben. Er fährt den Computer hinunter. Die Kolleginnen und Kollegen dürften seit einer Stunde zu Hause sein. Und auch er macht sich auf den Weg, nein, nicht nach Hause, sondern ins Kleinbasel, zu Sermeter.

***

Ein bisschen Privatleben.

Sermeters Schwester Adile, die die Kinder zu Bett gebracht und ihnen eine Geschichte vorgelesen hat, ist längst weg. Wohnt ja gleich zwei Häuser weiter.

«Du könntest gerade wieder umkehren», sagt der Müller, als er im Kleinbasel Gülay Sermeters Wohnung betritt, Altbau, dritter Stock, drei Zimmer, draussen quietscht das Tram vorbei. «Die Witwe hat uns belogen: Der Philosoph war die meiste Zeit über im Unterengadin. Die Ehe war gar nicht kaputt. Die Wohnung in Basel ist nur etwa zur Hälfte der Zeit bewohnt.»

«Hausdurchsuchung in Sent?», fragt Gülay zurück.

«Genau, meine Rose», sagt er etymologisch, denn «gül» heisst Rose, und küsst sie. «Morgen früh. Die Bündner machen das. Aber jetzt kein Wort mehr über die Arbeit. Magst du etwas essen?»

«Ausser dem Frühstück für die Kinder habe ich nicht mehr viel im Haus», antwortet sie, «ich kann dir nicht mehr bieten als eine Buchstabensuppe.»

«Nicht kochen», sagt der Müller, «wir bestellen etwas», und er nimmt das Handy, tippt etwas ein, sie wählen und wissen, dass sie das nicht oft machen dürfen.

«Und dazu?», fragt Gülay.

«Wasser, nur Wasser, sonst schlafe ich im Stehen ein.»

Er schickt die Bestellung ab, drückt Gülay sanft auf die rechte Schulter, damit sie sitzen bleibt, und holt aus der Küche eine Karaffe Leitungswasser und zwei Gläser.

Im Kinderzimmer schlafen Céline (9) und Murat (10), Gülay Sermeters Kinder, auf dem blauen Sofa im Wohnzimmer sitzen Müller und Sermeter. Er stellt sich ans Fenster, um den Pizzaservice abzupassen, damit die Kinder nicht wegen der Klingel aufwachen. Als er den Kurier in die Strasse einbiegen sieht, saust er das Treppenhaus hinunter, um die Kartons zu holen.

«Erzähl», sagt er nach dem Essen, «das Dienstliche weiss ich ja, wie war dein Tag?»

«Ist doch klar, ist doch klar.»

Beim Einschlafen geht dem Müller Wäckerlins Satz durch den Kopf, ihre Reaktion auf seine Feststellung, dass ihnen der Brigadier in Saint Louis nur den Dieb arabischen Ursprungs vorgeführt hat: «Ist doch klar.» Wäckerlins Satz hat das Potenzial, dir das Einschlafen zu verderben …

Gülay atmet bereits tief und regelmässig, während der Satz noch in Müllers Hirn herumspukt und Runden dreht. Er ist froh, nicht in Frankreich Polizist zu sein. Beim Nachdenken darüber schläft er ein.

ELF

Hausdurchsuchung.

07:00 Uhr. Der Nebel hängt tief. Nieselregen. Finsterer, dunkler Morgen. Zwei Kolleginnen und sechs Kollegen der Kantonspolizei Graubünden klingeln am Dienstagmorgen, 30. November, an der Tür des Wohlhauser-McLuhan-Hauses in Sent. Der schlaftrunkenen Hausherrin zeigen sie den Durchsuchungsbefehl, unterschrieben vom Untersuchungsrichter. Die Bündner durchkämmen das Gebäude von unten bis oben. Ausser Bettina McLuhan Wohlhauser treffen sie in den Räumlichkeiten keine Person an.

Wie mit dem Müller telefonisch besprochen und nach den Regeln der Kunst legen sie besonderes Augenmerk a) auf das Büro des Philosophen und b) auf den Inhalt der Kleiderschränke.

Hinsichtlich a) ist zu bemerken: Nachdem in Wohlhausers Wohnung an der Hohe-Winde-Strasse in Basel keinerlei Elektronik aufzufinden und deshalb noch kein Zugriff auf den Datenverkehr des Ermordeten möglich war, hofft Müller, dass sich im Arbeitszimmer in Sent nützliche Informationen finden lassen.

Bezüglich b) ist zu sagen, dass der Müller sich vom Inhalt der Kleiderschränke abschliessende Indizien zum hauptsächlichen Aufenthaltsort des Ehepaars Wohlhauser-McLuhan verspricht. Dass Bettina McLuhans Aussage, ihr Mann halte sich höchst selten im Haus in Sent auf, definitiv widerlegt wird. Die angebliche Entfremdung und alles … Wie auch Wohlhausers Bewegungsprofil belegt, war die Behauptung der Witwe eine Lüge. Sagte ich das schon? «Es hört doch jeder nur, was er versteht» (Goethe). Plus: Romina Wäckerlin stellte ja bei der Durchsuchung der Basler Wohnung fest, dass die dort spärlich vorhandenen Kleider nicht ausreichen, um eine Frau auszustatten. Plus: Die Aussage eines Basler Nachbars, den Philosophen nie in Begleitung einer Frau gesehen zu haben, könnte sich so erklären lassen: Das Paar hielt sich kaum je gemeinsam dort auf. Plus: Ein anderer Nachbar bemerkte, dass er Wohlhauser im Quartier nur sehr selten zu Gesicht bekommen hatte, was diese Vermutung weiter erhärtet. Passt alles zusammen. Nur nicht zu Frau McLuhans Aussage.

Im Arbeitszimmer interessiert die Bündner Kollegen der massive grünliche Stahlkorpus unter dem Bürotisch, den bereits Sermeter und Gormann ins Auge gefasst haben. Was verschlossen ist, ist potenziell interessant. Verschlossen ist der Korpus, wir haben's bereits festgestellt, durch ein eingebautes Zahlenschloss. Polizeikorporal Lucrezia Cadosch und Einsatzleiter Duri Pranger rufen Bettina McLuhan herbei. Sie zeigen auf den leeren Schreibtisch. Kein Computer, keine Speichermedien, gar nichts. Sie zeigen auf das massive Möbel. Ist die Elektronik hier drin?

Sie sagt, sie weiss es nicht.

Und auf die nächste Frage antwortet sie: «Ob Red … eine externe Festplatte … hatte?» Bettina McLuhan lacht. «Das wäre … ihm zu sehr … 20. Jahrhundert gewesen! Er hatte alle … seine Daten in … der Cloud.»

Cadosch: «Alle? Woher wissen Sie, dass er *alle* Daten in der Cloud hatte?»

McLuhan massiert ihre Schläfen. «Weil er ständig … fürchtete, seine Entwürfe und … Ideen könnten … verloren gehen, falls er … seinen Computer irgendwo liegen … liesse.»

Pranger: «Ist ihm das je passiert?»

«Nein, aber er … hat immer alle Dokumente … sofort hochgeschickt, wenn er … sie gespeichert hat.»

Cadosch: «Hochgeschickt?»

Bettina McLuhan, als spräche sie zu einer Retardierten: «Eben: in … die Cloud. Er stellte sich gerne … vor, dass seine … Ideen zu einem Satelliten … fliegen und … sich unsichtbar im Weltraum … verbreiten.»

«Kennen Sie sein Passwort? Seine Zugangsdaten zu dieser Cloud?»

«Nein», sagt Frau McLuhan Wohlhauser.

«Finden wir sie in diesem Stahlkorpus?»

«Das weiss … ich nicht», sagt die Gattin des Philosophen.

Vor dem Fenster Nebelschwaden, Dämmerlicht. Heute wird's wohl gar nicht richtig hell.

Pranger versucht es erneut: «Was ist da drin?» Er deutet auf den Korpus.

«Weiss ich nicht», wiederholt McLuhan, «ich habe keine … Ahnung.»

«Sie kennen auch die Kombination fürs Zahlenschloss nicht, nehme ich an?», bemerkt Cadosch.

«Das nehmen Sie richtig an», gibt McLuhan etwas bissig zurück. «Ich kenne den Code wirklich nicht», sagt sie. Vielleicht lügt sie erneut.

«Danke, das wär's für den Moment», sagt Pranger, «Sie können wieder …» Und mit beiden Armen schaufelt er die Hausherrin aus dem Arbeitszimmer ihres verstorbenen Mannes. Damit Lucrezia Cadosch in Ruhe arbeiten kann. Für die Lockpicker der Polizei ist es eine Art Sport, jedes nur erdenkliche Schloss innert nützlicher Frist zu knacken. Ins Detail gehen will ich hier nicht, um niemanden auf Ideen zu bringen, die mit dem Gesetz kollidieren könnten. Beim Öffnen von Schlössern sind ein gutes Hörvermögen, ein ausgeprägter Tastsinn, Intuition und – eben – absolute Stille essenziell. Kurz: ein Talent, das erst durch stete Übung und geeignete Arbeitsumstände zum Erfolg führt, jedoch in der Grundanlage angeboren sein muss. Kürzer: Um 09:20 Uhr vermeldet Polizeikorporal Lucrezia Cadosch, sie habe das Schloss entriegelt. Sie schiebt den eisblauen Aluminiumbürostuhl von Eames zur Seite, zieht Latexhandschuhe über und hebt im Beisein von Einsatzleiter Pranger den Inhalt des Stahlkorpus auf die Tischplatte. Zusätzlich zur Deckenbeleuchtung macht sie die Tischlampe an, um besser zu sehen: auch hier kein Computer, nur Papierunterlagen, obenauf eine dicke Dokumentenmappe aus Karton.

Schwer ist die Mappe nicht. Lucrezia Cadosch blättert sie durch. Ein Fach der Mappe enthält Bankdokumente – einen

Kontoauszug von Ende Oktober und einen Brief mit dem PIN-Code für den elektronischen Zugang zum Online-Banking. Ein zweites enthält zwei Briefe – einen von der Gustav-Hollenweg-Stiftung, die ihm mitteilt, dass sie ihm für sein Werk «Digital universal» den Preis für das substanziellste philosophische Buch des Jahres verleiht. Der zweite Brief stammt vom Kanton Basel-Stadt, der ihn seiner publizistischen Verdienste wegen mit einer Medaille ehrt. Die liegt, stellt Cadosch fest, unten in einer Schublade des Stahlkorpus. Im fünften Fach entdeckt sie Papiere, die mit IT zu tun haben. Passwörter und PIN-Codes für Online-Shops, Mailzugang, soziale Netzwerke, alles sauber ausgedruckt oder gut leserlich von Hand notiert. Cadosch fällt eine Notiz in die Hand, die sie hoffentlich weiterbringen wird … die Zugangsdaten zu Wohlhausers Konto bei dem IT-Konzern schlechthin. Jeder kennt diesen Konzern wegen seiner Megasuchmaschine, mysteriösen Algorithmen und riesigen Datensammlungen. Dieser Konzern verkauft auch Speicherplatz in der Cloud, damit der Kunde selbst dann Zugriff auf seine Dokumente hat, wenn er als Bergsteiger in der Eigernordwand hängt und ihn eine Idee überfällt, die er unbedingt sofort über Satellit mit seinen Daten synchronisieren muss, die auf einem Server in einem Staat liegen, den einer der US-amerikanischen oder chinesischen Geheimdienste überwacht.

Der Cloud-Zugang! Die elektronische Datenwolke. Ich frage mich, ob die Gedanken des Zenmeisters Kodo Sawaki auch darauf zutreffen: «Die Geschichte deines Lebens ist so wie der Weg der Wolken. Der weite Himmel ist die Leere. Da gibt es nichts festzuhalten – wirklich nichts.» Oder halten wir es eher mit Christian Morgenstern? «Den Wolken wird vielleicht einstmals eine besondere Verehrung gezollt werden; als der einzigen sichtbaren Schranke, die den Menschen vom unendlichen Raum trennt, als der gnädige Vorhang vor der offenen vierten Wand unserer Erdenbühne.»

Ermittlungsnäher formuliert: Bettina McLuhan sagte gerade, dass ihr Mann alle wesentlichen Informationen in der Cloud gespeichert hat.

«Das wird die Basler Kollegen freuen», sagt Pranger, «auf solch einen Fund haben sie gewartet.»

Auch die zweite Müllerhoffnung erfüllt sich bei dieser Hausdurchsuchung: Die Kleiderschränke im Haus deuten darauf hin, dass sich sowohl Bettina McLuhan als auch ihr Mann dauerhaft in diesem Haus aufgehalten haben. Die Schränke enthalten komplette Garderoben für beide: Freizeit- und Businesskleidung, Sportschuhe, Winterschals und Sonnenbrillen, Badehosen und Wanderschuhe, Pyjamas und Abendgarderobe, Sweatshirts, Polos und Kaschmirpullover.

Pranger und Cadosch vernehmen die Witwe noch vor Ort. Nach einer Stunde des Herumeierns gibt sie schliesslich zu, dass sich ihr Mann wesentlich häufiger bei ihr in Sent aufhielt, als sie gegenüber den Basler Ermittlern ausgesagt hat. Die Falschaussage begründet Frau McLuhan nicht. Sie verlangt, dass nun ihre Anwältin eingeschaltet wird, lic. iur. Felicitas Gallati, domiziliert in Basel.

All diese Lügereien … juristisch gesehen, brauchen sie sich für Bettina McLuhan nicht zwingend negativ auszuwirken. An Artikel 48c StGB (Lügen zur Entlastung, entschuldbare heftige Gemütsbewegung, grosse seelische Belastung) denkt der Müller, als ihm Einsatzleiter Pranger telefonisch die Ergebnisse der Befragung und der Hausdurchsuchung zusammenfasst. Ans Zeugnisverweigerungsrecht der Ehegattin gemäss Art. 168 StPO, das jedoch bei Verbrechen gemäss Art. 111–113 StGB (vorsätzliche Tötung, Mord, Totschlag) entfällt. Ans Zeugnisverweigerungsrecht zum eigenen Schutz gemäss Art. 169 StPO denkt der Müller.

«Danke», sagt er zu Duri Pranger. Um die Ermittlungen zu beschleunigen, bittet ihn der Müller, die Dokumente mit den Passwörtern und Zugangscodes für E-Mail-Konten und Cloud, die im Stahlkorpus sichergestellt wurden, sofort elektronisch nach Basel zu übermitteln.

Gegen Mittag rücken die zwei Frauen und die sechs Männer der Kantonspolizei Graubünden mit den sichergestellten Beweismitteln vom Wohlhauser-McLuhan-Haus ab. Hinten im

Wagen, zwischen Lucrezia Cadosch und Duri Pranger, sitzt Bettina McLuhan Wohlhauser. Die Polizei hat sie nicht daran gehindert, ihre Medikamente mitzunehmen. Sie hat die Augen geschlossen und hält sich erneut die Schläfen. Jetzt geht's ins Unterland. Andere Tage haben für sie besser begonnen.

***

In der Zwischenzeit in Basel.

Seit dem Morgenrapport um 07:30 Uhr haben sich Müller, Wäckerlin, Vetter, Dominguez, Werner, Blaser und die am Vorabend aus Sent zurückgekehrten Sermeter und Gormann hinter die Aufgaben gemacht, die sich aus den Anruflisten in Wohlhausers Handy ergeben. Vieles lässt sich telefonisch klären.

Wohlhausers Telefongespräche mit Jeremy Braun, dem Produzenten beim Schweizer Fernsehen, bezogen sich auf die Produktion der nächsten Ausgaben von Wohlhausers Sendung «The Good Life».

Das ZDF, das deutsche Fernsehen, hat den Philosophen kontaktiert, um ihn als Studiogast für eine Diskussionsrunde zu gewinnen.

Der Chefredaktor einer Philosophiezeitschrift hat mit dem Philosophen Kontakt aufgenommen, um einen grösseren Artikel vorzubesprechen, den Wohlhauser für dieses Magazin schreiben sollte. Arbeitstitel, soweit Freddy Dominguez verstanden hat: «Digital D-Day versus analoge Amnesie».

Eine Redaktorin einer jeweils donnerstags erscheinenden Wochenzeitung in Hamburg fragte ihn für ein längeres Interview an. Das Interview wurde geführt, ist aber bisher nicht publiziert. Schwerpunktthema: Die Ephemerität im Wandel der Zeiten.

Ein Verlagsleiter besprach nach eigenen Aussagen mit Wohlhauser am Telefon ein grösseres Publikationsprojekt, das noch in Entwicklung sei.

Alles Anrufe, die sich aus dem zeitgeistphilosophischen Geschäft ergeben. Auch das Telefonat von Red Wohlhauser mit

Radiomoderator Michael Streuli alias Like Mike war Business. Der König der guten Laune besprach, sagte er, mit dem Philosophen einen Auftritt in seiner «Radio 4000»-Morgenshow zu einem frei gewählten Thema, über das sie sich noch nicht einig waren.

Nicht zuzuordnen sind nach wie vor die drei Anrufe von unbekannt, von denen Wohlhauser zwei nicht annahm.

Rekapitulieren wir zudem: Abgewiesen hat der Philosoph zwei Tage vor seinem Tod auch einen Anruf des Künstlers Josh Wyss aus Übersee, zweimal seine Eltern, zweimal (das letzte Mal drei Tage vor seinem Tod) Virgil Herrmann Zanger. Nimmst du ein Gespräch nicht an, heisst das, du willst mit dieser Person nicht sprechen. Und etliche Male hat ihn seine Frau angerufen. Mit ihr hat er gesprochen, längere Zeit, wie die Metadaten der Gesprächsverbindungen belegen.

Raetus B. Wohlhauser-McLuhan selbst rief achtmal seine Frau an, zweimal Jeremy Braun vom Fernsehen, zweimal das deutsche Fernsehen, einmal die Philosophiezeitschrift und den Buchverlag und zwei Restaurants im Unterengadin, um einen Tisch zu reservieren. Und er hatte telefonischen Kontakt mit drei Banken.

Die Banken.

Der Müller ruft Thomas Krähenmann an, seinen Chef, und der seinen Vorgesetzten, den Ersten Staatsanwalt Daniel Stickelberger. Dieser wiederum konferiert mit ich weiss nicht, wem, Verbindungen hat er, ich sage Ihnen. Jedenfalls hält der Müller dreissig Minuten später einen Durchsuchungsbefehl für die Basler Niederlassungen dieser drei Banken in der Hand, um nötigenfalls Zugriff auf Notizen von Kundenberatern und auf elektronische Systeme nehmen zu können.

Markus Gormann ruft bei der UBS an, verlangt den Filialleiter und von diesem Auskunft, welchen Kontakt der ermordete Philosoph zu diesem Geldinstitut gesucht und ob er ihn gefunden hat.

Romina Wäckerlin ruft bei der Credit Suisse an, verlangt den Filialleiter und von diesem Auskunft, welchen Kontakt der ermordete Philosoph zu diesem Geldinstitut gesucht und ob er ihn gefunden hat.

Gülay Sermeter ruft bei der Kantonalbank an, verlangt den Filialleiter und von diesem Auskunft, welchen Kontakt der ermordete Philosoph zu diesem Geldinstitut gesucht und ob er ihn gefunden hat.

Alle drei Niederlassungsleiter bedingen sich Zeit für interne Abklärungen aus und versprechen baldigen Rückruf.

Als die Mitarbeiter und -innen des Kriminalkommissariats nach mehreren Stunden die vereinbarten Rückmeldungen nicht erhalten haben, ruft Markus Gormann bei der UBS, Romina Wäckerlin bei der Credit Suisse und Gülay Sermeter bei der Kantonalbank an, um zu erfragen, wem sie vorab eine Kopie des Durchsuchungsbefehls zustellen können.

Argumente wie «Diskretion» und «Vertraulichkeit» und «Vertrauen unserer Kunden» und «interne Richtlinien» interessieren dich bei einer Mordermittlung pfffffff nicht. Nur die Artikel 111 (Vorsätzliche Tötung), 112 (Mord), 113 (Totschlag) und die Strafprozessordnung.

Noch bevor das Müllerteam «manu militari» (Tacitus) den Zugriff auf die Bankdokumente erzwingen muss, ruft ein Vertreter eines dieser drei Geldinstitute zurück. Aus Gründen des Quellenschutzes darf ich nicht präziser werden. Ein hochrangiger Banker ist zu einem inoffiziellen Gespräch bereit, in der Mittagspause, in einem dieser Sandwich-Schnellimbisse, von denen die Stadt mittlerweile wimmelt. Treffpunkt: zuhinterst im Lokal. Bedingung: strikte Vertraulichkeit, keine Bild- oder Tonaufnahmen. Akzeptierst du, um Zeit zu gewinnen. Bei Bedarf kannst du die Dokumente ja per Hausdurchsuchung holen.

Der Banker ist leicht zu erkennen: Scheitel rechts, Brille, grauer Anzug, blaue Krawatte, rahmengenähte braune Schuhe, gewinnendes Lächeln, angespannt. Gegenüber zwei Mitgliedern der Müllerequipe erklärt er, dass der Philosoph sich bei seinem Finanzhaus um einen Kredit in mittlerer sechsstelliger Höhe bemüht hat. Da Wohlhauser dafür nicht genügend Sicherheiten vorweisen konnte, musste sein Unternehmen dieses Gesuch abweisen. Auf die Frage, ob er sich vorstellen könne, dass Herr Wohlhauser auch andere Banken in gleicher Angelegenheit angefragt habe und ebenso abschlägig beschieden worden sei, nickt der Mann und ergänzt: Unter den gegebenen Voraussetzungen sei wohl kein seriöses Geldinstitut bereit, die geforderte Summe zur Verfügung zu stellen.

Er handle aus reiner Bürgerpflicht, schildert der Banker seinen Beweggrund, dem Kriminalkommissariat diese Auskünfte zukommen zu lassen. Die beiden Mitglieder des Müllerteams, denen er sich anvertraut hat, versprechen ihm absolute Verschwiegenheit und danken ihm für den inoffiziellen Informationsaustausch, auch aus betriebswirtschaftlicher Sicht. Denn diese Information kann die Ermittlungen beschleunigen und somit dem baselstädtischen «Ärar» (Joseph Roth) massig Kohle sparen.

***

4053 Gundeldingen.

Während sich im Waaghof fast das ganze Müllerteam mit den Banken beschäftigt, fahren Rolf Vetter und Freddy Dominguez zum zweiten Mal zu Virgil Herrmann Zanger an die Dornacherstrasse. Er öffnet, verhält sich zurückhaltender als bei ihrem ersten Besuch am Sonntagmorgen. Er lässt sie in die Wohnung, bietet ihnen keinen Sitzplatz an, Kaffee schon gar nicht, und wartet ab.

«Drei Tage vor Wohlhausers Tod versuchten Sie ihn telefonisch zu erreichen. Warum?», fragt Vetter.

«Woher –»

«Die Fragen stellen wir, Herr Zanger», sagt Dominguez, «Sie haben uns Informationen vorenthalten. Was verschweigen Sie uns sonst noch?»

«Worum ging es bei Ihrem Anruf?», will Vetter wissen.

«Er hat ihn doch gar nicht angenommen!», gibt Zanger gekränkt zurück.

«Das wissen wir. Warum wollten Sie Herrn Wohlhauser sprechen?»

Zanger will nicht reden.

Vetter und Dominguez schauen ihn wortlos an.

Dann packt Detektivkorporal Rolf Vetter den Klassiker aus: «Wo waren Sie am Freitagnachmittag, 26. November?»

Zanger seufzt und kratzt sich an der Nase. «Ich wusste, dass Sie mich das fragen würden.»

Dominguez: «Das beantwortet die Frage meines Kollegen nicht.»

Vetter: «Herr Zanger, hä? Wo waren Sie am Freitagnachmittag, 26. November?»

Zanger: «Ich war spazieren.»

Vetter: «Spazieren? Ah, Sie waren spazieren.»

«Ja.»

«Und selbstverständlich allein?»

«Ja.»

«Und wo?»

«Auf der Chrischona. Von der Chrischona nach Bettingen hinunter.»

«Am Freitagnachmittag, 26. November?»

«Ja.»

«An einem trüben Freitagnachmittag Ende November, wenn's um vier Uhr eindunkelt, spaziert der Herr allein von der Chrischona nach Bettingen hinunter, durch den Wald, übers Feld, weit und breit ohne Licht. Und er denkt, das glauben wir ihm?»

Zanger denkt nach und antwortet: «Ich will einen Anwalt.»

«Selbstverständlich», sagt Vetter, «Sie können gerne im Waaghof auf ihn warten.»

***

Ein Anruf.

10:40 Uhr. Im Gemeinschaftsbüro im Waaghof klingelt der Tischapparat von Gülay Sermeter.

Männerstimme: «Braun hier.»

Sermeter: «?»

«Jeremy Braun, vom Fernsehen. Der Produzent von ‹The Good Life›. Sie haben mich –»

Sermeter, ungeduldig: «Ich weiss, ja … was gibt's?»

Jeremy Braun vom Fernsehen meldet, dass Raetus B. Wohlhauser-McLuhans Laptop aufgetaucht ist.

«Wo?»

«Hier, bei mir im Büro», sagt Braun.

«Und woher kommt dieser Laptop auf einmal?», erkundigt sich Sermeter.

«Die Kollegen von der IT haben ihn mir gebracht. Red hatte ihn offenbar vor ein paar Tagen in Revision gegeben, am Donnerstag, als er hier im Leutschenbach war. Am Tag vor seinem Tod.»

«Und warum haben die IT-Leute Wohlhausers Computer ausgerechnet Ihnen gebracht?»

«Ich bin hier für seine Sendung zuständig, und ihn selbst konnten sie aus naheliegenden Gründen ja nicht erreichen.»

Passt, denkt Sermeter und sagt: «Schliessen Sie den Laptop sofort ein und bewachen Sie ihn persönlich.»

«Ich … ich muss in zehn Minuten in eine Besprechung», protestiert Braun.

«Sie haften mir persönlich für diesen Rechner. Ich fordere eine Streife der Zürcher Kollegen an. Die wird bald bei Ihnen eintreffen. Solange bleiben Sie bei Wohlhausers Laptop.»

Das hört der Müller, der gerade ins Gemeinschaftsbüro herüberkommt. Das hören Wäckerlin, Blaser, Gormann und Werner, die auch dort sitzen.

***

Ein Alibi?

Es dauert eine Weile, bis der Pflichtverteidiger auf Pikett, RA lic. iur. Peter Hauri, im Waaghof eintrifft. Unsere Zellen eignen sich bestens dazu, dass frisch Festgenommene zur Ruhe kommen und ins Grübeln. Ein paar Stunden in unseren Räumlichkeiten wirken sich oft positiv auf die Befragungen aus, nämlich einzig der Wahrheit, nichts als der Wahrheit und nur der Wahrheit Genüge zu tun.

Zuerst unterhalten sich Hauri und sein Mandant Zanger eine Viertelstunde vertraulich. Danach gehen die Kollegen hinein: Vetter und Dominguez befragen Virgil Herrmann Zanger erneut, im Beisein von RA Peter Hauri und von Müller, der stumm bleibt und mit seinen eisgrauen Augen an den Nerven der Auskunftsperson feilt.

Tonaufnahme an, Feststellung von Datum (Dienstag, 30. November) und Uhrzeit (10:03 Uhr), Erwähnung aller Anwesenden, Grund für die Befragung: Klärung verschiedener Umstände im Tötungsdelikt an Raetus B. Wohlhauser-McLuhan vom vergangenen Freitag, 26. November.

Dominguez: «Sie sind am Freitagnachmittag allein von der Chrischona nach Bettingen spaziert?»

«Ja. Das sagte ich Ihnen doch.»

«Welchen Weg haben Sie genommen?»

«Also, ich kenne die Flurbezeichnungen nicht. Von der Bushaltestelle zuerst den Waldrand und die Landesgrenze entlang, dann links den Wald hinunter bis zum Waldrand, die kleine Anhöhe hoch, der Weiler auf der anderen Seite der Landesgrenze –»

«Weitermachen!», wirft der Müller ein und verlässt den Raum.

Zanger ist mit seiner weitschweifigen geografischen Erklärung noch nicht durch, als der Müller die Landeskarte 1:50'000, Blatt 213 T, offen vor ihn auf den Tisch legt und mit dem Zeigefinger auf St. Chrischona tippt. «Zeigen Sie uns den Weg, den Sie gegangen sind.»

Zanger scheint mit dem Kartenmaterial vertraut.

«Hier», sagt er und fährt mit dem Finger über das Blatt, «hier lang bin ich gegangen … Junkholz, den Weiler Oberberg habe ich gesehen, bei Punkt 456 vorbei, das ist dieser kleine Pass hier zwischen Grenzach und Bettingen.»

Ich kann Karten lesen, denkt Vetter, sagt aber nichts.

«Dann rechts ... hier ... der Landesgrenze entlang und an den Schrebergärten vorbei zum kleinen Holzhaus mit dem Schweizerkreuz drauf und ... da ... rechts hinunter ins Dorf.»

Tönt vollkommen plausibel, ist komplett unbewiesen. Könnte tutti quanti gelogen sein oder der Weg an einem anderen Tag abgeschritten und aus dem Gedächtnis wiedergegeben.

«Für diese Strecke haben Sie den ganzen Nachmittag gebraucht?», fragt Vetter.

«Von Bettingen bin ich hier lang», er zeigt es auf der Karte, «bis zum Wenkenpark ... Dort habe ich einen Kaffee getrunken, um mich aufzuwärmen. Es war kühl und feucht am Freitag.»

Nein, er glaube nicht, dass sich die Bedienung – eine kleine dunkelhaarige Frau um die vierzig – an ihn erinnere, weil er nur einen Kaffee getrunken und eine Zeitung gelesen habe, die dort auflag. Es waren zu der Zeit einige andere Gäste da. Gegangen sei er, als das Bistro schloss, um 17:00 Uhr. Er schaut wieder auf die Karte, die vor ihm liegt, und deutet auf den Bahnhof Riehen. «Da habe ich die S-Bahn nach Basel SBB genommen.» Welche? «Erst den Zug kurz nach sechs, weil ich unterwegs die Lichter der Häuser angeschaut habe.»

Unterwegs die Lichter der Häuser angeschaut. Hm. Freddy Dominguez bietet allen Mineralwasser an. Virgil Herrmann Zanger nimmt an, die anderen winken ab.

Vetter reitet die nächste Attacke: «Weshalb haben Sie uns verschwiegen, dass Sie Wohlhauser drei Tage vor seinem Tod anzurufen versuchten?»

«Sie haben mich nicht danach gefragt», gibt Zanger zurück.

«Und Sie haben bei unserer ersten Befragung vorgestern Morgen in Ihrer Wohnung nicht gerade mit Mitgefühl auf die Todesnachricht reagiert», schiesst Vetter unbeirrt weiter.

«Einspruch! Keine Suggestivfragen!», geht RA Hauri dazwischen.

«Das war keine Frage, sondern eine Bemerkung», gibt Freddy Dominguez zurück.

«Eine *tendenziöse* Bemerkung», verteidigt RA Hauri seinen Standpunkt.

«Warum haben Sie uns belogen?», bohrt Vetter weiter.

Zanger schweigt.

«Der Anrufsversuch meines Mandanten hat nichts mit dem Tötungsdelikt an Herrn Wohlhauser zu tun», legt der Pflichtverteidiger kategorisch nach.

«Das wissen Sie nach wenigen Minuten vertraulichem Gespräch hundertprozentig sicher, nicht?» Vetter wird eklig.

«Ich muss doch sehr bitten!», sagt der RA.

«Womit hatte Ihr Anrufsversuch denn zu tun? Was wollten Sie mit Ihrem intelligenten … äh, intellektuellen Kontra… Konkurrenten besprechen?», sagt Dominguez zu Zanger.

Nach einigen Sekunden entgegnet Zanger: «Ich wollte mit ihm diskutieren. Inhaltlich und geschäftlich.»

«Mit Ihrem Gegner, den Sie auf Ihrer Website ständig angreifen?», fragt Vetter. «Warum sollen wir Ihnen ein solches Märchen glauben?»

«Etwas *Geschäftliches* wollten Sie mit ihm besprechen?», klinkt sich Dominguez wieder ein.

Der Müller hört und sieht zu, wie die Kollegen das machen, der erfahrene Vetter und der Neuzugang Dominguez. Das funktioniert gut, denkt er. Ist fast wie ein Boxkampf, gut choreografiert, präzise in der Bewegung, ein harmonisches Wechselspiel. Jetzt müssten die harten Schläge kommen, die Power Punches, die wehtun.

Dominguez: «Dieses Geschäftliche, was war das?»

Vetter: «Noch mehr Mineralwasser?»

Dominguez: «Denken Sie nicht zu lange nach, sonst merken wir, dass Sie sich etwas ausdenken.»

«Eine Lüge», hakt der Müller leise nach, er sagt es in eine stille Halbsekunde hinein. Gleichzeitig rutscht er mit dem Stuhl von der grauen Betonwand weg, was grässlich quietscht und Virgil Herrmann Zanger zusammenzucken lässt.

«Warum haben Sie Raetus B. Wohlhauser drei Tage vor seinem Tod angerufen?», wiederholt der Müller die Kernfrage der

Vernehmung. «Wenn Sie uns diese Frage nicht beantworten, müssen wir Sie in Untersuchungshaft nehmen.»

«Dreiundzwanzig Stunden in der Zelle, eine Stunde Spaziergang im Hof. Wenn Sie nach oben schauen, sehen Sie ein Stückchen grauen Himmel und rundherum Stacheldraht. Und den ganzen Tag nur Befragungen, Herumsitzen und Fernsehen», malt Rolf Vetter die Realität der Untersuchungshaft aus.

Pflichtverteidiger Hauri greift nicht ein, weil er weiss, dass ... ich korrigiere, er äussert sich trotzdem: «Lassen Sie mich nochmals unter vier Augen mit meinem Mandanten sprechen.»

Der Müller, Vetter und Dominguez verlassen den Verhörraum S 312. Nach zehn Minuten kommen sie zurück.

«Herr Zanger will eine Aussage machen», beginnt RA lic. iur. Peter Hauri.

Vetter und Dominguez setzen sich erneut zu Zanger und dem Pflichtverteidiger an den ramponierten Tisch. Nur Müller bleibt stehen. So wirkt er grösser und sieht auf den ... Zeugen hinab.

«Ich habe Wohlhauser angerufen, weil er mir Geld schuldet.»

«Wie das?», fragt Vetter.

«Die TV-Persönlichkeit mit Luxusauto und Eigentumswohnung auf dem Bruderholz und Haus im Unterengadin soll Ihnen Geld schulden?»

Dominguez glaubt es nicht. Und für den Müller ist Glauben ohnehin ein religiös-metaphysisches und kein polizeiliches Wort.

«Das müssen Sie uns erklären», sagt der Müller. Philosoph Zanger wirft seinem unentgeltlichen Rechtsvertreter (Bundesverfassung Art. 29, Abs. 3) fast einen beleidigten Blick zu. Und ja, er hat es schon geahnt, dass ihm keiner glauben wird. Könnten wir in seinen Schädel blicken, erführen wir, dass ihn tatsächlich die Verzweiflung befällt, weil kein Mensch seinen Worten mehr als ein Mokkalöffelchen an Wahrheitsgehalt zubilligt. Andererseits lügen in der Regel alle (das weiss er als Philosoph): die Zeugen, die Auskunftspersonen, die Verdächtigen, gegenüber der Polizei, gegenüber dem Anwalt, gegenüber dem

Richter und später gegenüber den Mitinsassen in einer Justizvollzugsanstalt. «Habt ihr gelogen in Wort und Schrift, Andern ist es und euch ein Gift» (wieder Goethe).

«Aber es stimmt!», bricht es aus Zanger heraus. «Er schuldet mir Geld! 42'000 Franken. Meine ganzen Ersparnisse hat er eingesackt.»

Hier ist nun ein Pokergesicht vonnöten. Vetter und Dominguez, die die Befragung durchführen, ihr Vorgesetzter Müller, der als leitender Ermittler dem Verhör beiwohnt, sie dürfen sich nicht eine Sekunde bedeutungsschwer anschauen, das könnte das Gegenüber zum Verstummen bringen.

Vetter: «Über Wohlhausers angebliche –»

«Halt, halt», ruft RA Hauri.

«... angebliche Schulden von 42'000 Franken haben Sie uns ebenfalls nicht informiert. Und wie kommen Sie überhaupt dazu, Ihrem Erzfeind Geld zu leihen?»

«Darum ging es doch gar nicht bei der letzten Befragung!»

Freddy Dominguez verdreht die Augen und stösst unfreiwillig ein Röcheln aus. Rolf Vetter diplomatisch: «Was war das für Geld? Ich habe nicht den Eindruck, dass Sie darin schwimmen.»

«Eine Erbschaft. Ein kinderloser Grossonkel hat mir etwas hinterlassen.»

Name? Datum? Der Konkurrenzphilosoph liefert, Dominguez notiert.

Im Befragungsraum S 312 greift mit leiser Stimme Müller wieder ein: «Legen Sie endlich die ganze Wahrheit auf den Tisch. Erleichtern Sie Ihr Gewissen.»

Zanger fragt, ob er einen Kaffee bekommen kann. «Nach einem guten Kaffee verzeiht man sogar den Eltern» (Oscar Wilde). → Freddy Dominguez geht los, einen zu holen, vom Automaten im Flur um die Ecke.

Als er den Becher in der Hand hält, erzählt der Philosoph von einem «lukrativen Investment-Vorschlag», den ihm Wohlhauser an einer Vernissage im Museum für Gegenwartskunst im letzten Jahr gemacht habe, «zehn bis zwölf Prozent im Jahr», und zwar «mit allen Sicherheiten», das habe ihm Wohlhauser versichert.

Er, Zanger, habe das Geld einige Tage später auf ein Konto in Luxemburg überwiesen. Er sei so einfältig gewesen, dass er heute nicht einmal beweisen könne, dass er die 42'000 Franken tatsächlich an Wohlhauser bezahlt habe, weil der Bankbeleg nicht dessen Namen und Kontonummer enthielt. Sein Geld habe er nie mehr gesehen. Seit jener Überweisung habe Wohlhauser jeden Kontakt zu ihm vermieden. Sobald er ihn erstmals auf die versprochene Gewinnausschüttung und mit wachsender Skepsis auf die Rückzahlung der Summe angesprochen habe beziehungsweise, eben, ihn anzusprechen versuchte, blockte dieser ab und nahm seine Anrufe nicht mehr entgegen.

«Also haben Sie ihn am Freitagnachmittag, 26. November, umgebracht», stellt Rolf Vetter fest.

«Nein», ruft Zanger. Diese Interjektion verdient die Begleitung mehrerer Ausrufezeichen, so heftig und spontan bricht dieses Wort aus Zanger heraus.

«Nein, das habe ich nicht.»

Trotzdem besteht dringender Tatverdacht: Ehrlich gesagt, wenn dir einer, dem du in einer Art … Hassliebe verbunden bist, viel Geld schuldet, deine Anrufe nicht entgegennimmt und nicht auf dich reagiert. Das wären schon zwei Gründe, diesem Kerl etwas anzutun. Ich meine, wenn du so tickst, deine Rechnungen so zu begleichen. Wenn du zudem der Polizei bestätigt hast, dass du an einer Gartenparty wegen der unterschiedlichen Auffassung von der … kann das wirklich sein? … Hermeneutik der Grillschnecken mit ihm verbal zusammengestossen bist, bedeutet das, dass du ihm nicht in Frieden und Freude gegenüberstandest. Wenn dieser Mann gewaltsam zu Tode kommt, hast du objektiv und rein sachlich betrachtet wirklich ein Problem. Zwei Mordmotive stehen im Raum: Geld und Feindschaft.

***

Am Dienstag, 30. November, kratze ich mich am Kopf.

Ach, wie wäre es nützlich, wenn ich sprachlich die Möglichkeit hätte, mehrere Ereignisse zeitgleich zu erklären. Denn dann könnte ich deutlich machen, auf wie vielen Ebenen die Polizei gleichzeitig arbeitet. Wissen Sie, wie anspruchsvoll es ist, mehrere als Auskunftspersonen, Zeugen oder Tatverdächtige in den Fall Wohlhauser involvierte Personen zu befragen und etliche sich zeitlich überlappende und inhaltlich teilweise tangierende, teilweise widersprechende Handlungen und Äusserungen aufzunehmen, abzugleichen und die richtigen Schlüsse daraus zu ziehen? Und all das, ich sagte es, simultan, parallel, synchron und zeitgleich. Und ich als Erzähler will die Vorfälle und Überlegungen möglichst wirklichkeitsgetreu wiedergeben.

Die Hausdurchsuchung durch die Kantonspolizei Graubünden in Sent etwa, die Arbeitsschritte des Müllerteams in Basel, wie zum Beispiel die Befragung von Zanger und die Erkundigungen bei den Banken, die Überstellung von Bettina McLuhan in den Waaghof, all das und auch die Ereignisse, die heute noch folgen werden. Die Wirklichkeit vollständig zu erfassen und realitätsnah darzustellen ist uns Menschen gar nicht möglich. Wir können nicht mehrere synchrone Handlungen und Erzählungen zugleich wiedergeben, und ihnen zu folgen, dazu wären wir ebenso wenig imstande. Es ist so: Die Sprache ist nicht in der Lage, über längere Passagen Gleichzeitigkeiten wiederzugeben. Und könnte sie es, wären wir Menschen ohnehin perzeptiv, kognitiv und narrativ zu blöd, so komplex zu denken. Für die Probe aufs Exempel begebe man sich mit mindestens zwei Kindern in einen Raum und erkundige sich bei ihnen, was sie an diesem Tag unternommen haben. Sie werden Ihnen detailliert und nicht linear simultan gleichzeitig ihren Tag erzählen. Sollen Sie nun Jason-Bradley zuhören oder Lala-Mia oder Keith-Wotan? Sie werden keinem der Kinder genügend Aufmerksamkeit schenken können, um ihren Erzählungen auch nur ansatzweise folgen zu können.

***

Noch bei Tageslicht.

Wenn du als Aussenstehender telefonisch direkt zu einem Superstar durchkommst wie das Messer durch Margarine, ist er keiner. Mit der Telefonnummer, die jemand aus dem Müllerteam am Samstag auf einer Website über zeitgenössische Kunst gefunden hat und die sich auch unter Wohlhausers «entgangenen» Anrufen fand, unter der damals niemand antwortete, winkt Aspirant Xerxes Blaser der Erfolg: Im Land der Freien klingelt er den Künstler Josh Wyss aus dem Bett oder sonst einem bewusstseinserweiternden Zustand heraus.

Wyss, der Schöpfer der «Fressbilder I–CXXVII» (Öl, Mischtechnik, 1992–2014, Palm Springs), weiss nach eigenen Angaben nichts vom Ableben seines «guten Buddy». Er tönt, befindet Blaser, und das dokumentiert auch die Aufzeichnung des Telefongesprächs, etwas fahrig und weggetreten. Auf Red Wohlhauser und die Tatsache angesprochen, dass er den Philosophen doch vor Kurzem angerufen habe, dieser das Gespräch aber nicht entgegengenommen habe, klingt Wyss auf einmal hellwach: «Dieses Sch[redacted]! Dieser Betrüger! Dieser Hals[redacted]r! Sobald es ums Zurückzahlen geht, kennt er einen nicht mehr! Kein Rückruf, keine Mitteilung, gar nichts.»

«Was sollte er Ihnen denn zurückzahlen?», fragt Blaser.

Als Antwort hört er zunächst ein undefinierbares Gurgeln, ein Röcheln, ein Spucken, als müsse sich Josh Wyss seinen Ärger aus der Kehle husten; um nicht das ästhetisch wenig vorteilhafte Wort «rotzen» zu verwenden.

Im Hintergrund hört Blaser einen dieser imposanten Säulenkakteen, wie sie beispielsweise in der Wüste von Arizona leben, in der Hitze der frühen Morgenstunden grün vor sich hin ächzen.

Wyss sagt: «Ich habe ihm … ja, an die 100'000 Eier habe ich ihm gegeben.»

«Wie bitte?», fragt Blaser, weil, das weiss er, alle Fakten auf der Aufnahme kristallklar verständlich sein müssen.

«Hunderttausend!»

«Einfach so?»

«Ein *Investment* hat er es genannt.» Die Klangfarbe dieses Satzes kann man durchaus als höhnisch bezeichnen.

«Und jetzt lebe ich selbst ... ich lebe in diesem [redacted]wohnwagen am Rand der Wüste, weil ich, äh, den Rest meines Geldes durch ... Umstände ... auch verloren habe. Genau wie dieser Räuber mein Geld auf den Kopf gehauen hat.»

«Sie sagten, Ihr Geld sei ein Investment gewesen?»

«Ja», seufzt der Künstler im Trailerpark, «Red hat mir eine ... Rendite im zweistelligen Bereich versprochen, von ... ja, verdammt noch mal ... fünfzehn Prozent oder mehr hat er gefaselt, fünfzehn plus, dieser Betrüger, dieser [redacted], und ich war so dumm, ihm das Geld anzuvertrauen.»

«Haben Sie den Beleg noch?», fragt Xerxes Blaser, der Aspirant. Er macht das gut, obwohl man über ihn sonst durchaus sagen könnte: «Ich bin zu jung» (Dagobert).

Aus dem Hörer vernimmt Blaser nun ein Geräusch, als kratze sich der Künstler sein stoppeliges Kinn. Nein, es tönt, als reibe sich ein Gürteltier an einem staubbedeckten rostigen Campingstuhl vor der offenen Tür von Josh Wyss' Wohnwagen.

«Ich nicht. Bestimmt hat meine damalige Bank diesen Beleg. Die müssen das speichern, einige Jahre. Doch die [redacted]-Bank darf nichts von meinem gegenwärtigen Aufenthaltsort erfahren. Ich –»

Da bricht das Gespräch ab. Blaser wählt die Nummer zwar mehrmals an, vielleicht ist der Akku von Wyss' Mobiltelefon leer, oder ein Krater hat sich aufgetan, Wyss ist ins Innere von Mutter Erde gesaugt worden, oder die Ausserirdischen haben ihn entführt ...

***

Konkurrenzphilosoph. Fortsetzung.

Virgil Herrmann Zanger muss zwei weitere Stunden in einer Zelle im Waaghof warten. Weil Sermeter und Gormann seine Aussagen überprüfen. Am Tag des Verbrechens war tatsächlich eine kleine dunkelhaarige Frau Mitte vierzig (Personalien in der Akte) als Bedienung im Bistro im Wenkenpark im Einsatz. Das Café schloss wie üblich um 17:00 Uhr. Marlies Rossi, so der Name der Bedienung, erinnert sich daran, dass Sie einen stillen Mann, wenige Jahre jünger als sie selbst, auf die Schliessung aufmerksam machen musste. Er war so in einen Zeitungsartikel vertieft, dass er offensichtlich nicht mitbekam, dass sie dabei war, das Bistro zu schliessen. Dieser Mann habe, anders als die meisten Gäste, beim Gehen die Zeitung nicht achtlos auf dem Tisch liegen lassen, sondern sie zusammengefaltet und im Ständer beim Eingang deponiert. Dass Zanger sich im Raum Chrischona-Bettingen-Wenkenpark aufgehalten hat, bestätigt auch die Aufzeichnung der Handyortung, von Jonovic ausgewertet: Zwischen 15:38 und 18:20 Uhr hielt sich Zangers Smartphone im Bereich von Mobilfunkantennen zwischen St. Chrischona und Riehen-Zentrum auf. Zangers Route vorbei am deutschen Weiler Oberberg wird von einer dortigen Antenne bestätigt.

Zangers Alibi wirkt hieb- und stichfest.

Die Sache mit den 42'000 Franken, die Wohlhauser dem Philosophen angeblich schuldete, bestätigt sich durch eine Hausdurchsuchung (Vetter, Dominguez, Cattaneo), die einerseits eine datierte handschriftliche Notiz von Zanger zutage fördert, sauber in einem Ordner mit Aufschrift «Finanzen» abgelegt. Die Notiz besagt, dass er am 20. Juni des Vorjahres das Geld von seinem eigenen Konto bei der BKB auf das Luxemburger Konto einer «Transactions & Services Ltd.» überwiesen habe. Den Überweisungsbeleg hat Zanger der handschriftlichen Notiz beigeheftet. Zur Herkunft der Summe existieren ebenfalls schriftliche Dokumente im selben Ordner: Zangers kinderloser Grossonkel Alfons ist tatsächlich im September vor zwei Jahren verstorben. Und: «Wunder gibt es immer wieder» (Karin Ilse Überall), Tusch, Tusch und trallalla: Zanger hat die Erbschaft sogar korrekt versteuert.

Was und wer hinter dem Luxemburger Konto steckt, wird ein internationales Amtshilfegesuch klären müssen. Müller ruft seinen Chef an, den Leitenden Staatsanwalt Thomas Krähenmann, und übermittelt ihm elektronisch die nötigen Dokumente und Informationen.

Gegen 19:00 Uhr kann Virgil Herrmann Zanger den Waaghof verlassen. Es ist dunkel und kühl. Und es schüttet.

***

Weitere Abklärungen und Gleichzeitigkeiten.

Während sich Müller, Vetter und Dominguez am Nachmittag mit dem betrogenen Konkurrenzphilosophen im Befragungsraum S 312 aufhalten, durchforstet Romina Wäckerlin die Akten der vier in Saint Louis festgenommenen Diebe. Dass Wohlhausers Kreditkarte im Besitz dieses Rachid Belloumi war, beschäftigt sie noch immer. Sie schaut sich die Passagen des Überwachungsvideos aus dem «Pfauen» erneut an, auf denen Belloumi in Wohlhausers Nähe zu sehen ist. Verdächtige Wahrnehmungen? Leider nein. Laut Befragungsprotokollen, die Brigadier Gerber und Inspecteur Schultz vor wenigen Minuten aus Saint Louis übermittelt haben, hielten sich die Festgenommenen Rachid Belloumi, Marylou Démare, Azra Kurt und Mario Schneider am späteren Nachmittag des Black Friday hauptsächlich im Kleinbasel auf, etwa im «Manor» und im Donutshop, auf der nördlichen Rheinseite. Dies bestätigen mehrere Kreditkarten, die die Gendarmerie in ihren Taschen sichergestellt hat, denn sie wurden in jener Gegend gestohlen. Das haben die Abklärungen des Kollegen Gian Bopp ergeben, der sich um die Diebstahlanzeigen des 26. Novembers kümmert. Aspirantin Gloria Werner unterstützt Bopp dabei, und weil ja Rachid Belloumi die Kreditkarte von Wohlhauser auf sich trug, haben sie der von der Gendarmerie zusammengestellten Diebesgutliste höchste Priorität eingeräumt. Nun gleichen Bopp und Werner weitere Anzeigen mit den beim Elsässer Diebesquartett sichergestellten Gegenständen ab. → Anrufe bei geschädigten Privatpersonen, ob von Uhren und Schmuckstücken Fotos oder Prospekte vorliegen, die Aussehen und Beschaffenheit der entwendeten Gegenstände dokumentieren. Anrufe an

Läden, die Diebstähle gemeldet haben. Nachfragen vor Ort, ob allenfalls Überwachungskameras die Vorgänge im Geschäft festgehalten haben könnten. Befragungen von Mitarbeiterinnen und Mitarbeitern, denen sie – auf dem iPad – Bilder von Mitgliedern von Diebesbanden vorlegen. «Frustration ist Luschtverluscht» (schwäbisches Sprichwort). Kleinarbeit, Kleinkleinarbeit, Kleinkleinkleinarbeit.

Markus Gormann beschäftigt sich mit Akten, mit Rapporten, mit Protokollen von Zeugenaussagen, mit polizeilichen Datenbanken. Besonders genau rekapituliert er den Bericht, den er mit Sermeter über die Beobachtungen und Befragungen von Bettina McLuhan in Sent geschrieben hat, und den Rapport der Kantonspolizei Graubünden über deren Einvernahme und die Hausdurchsuchung. Manchmal musst du wie ein Bison etwas wieder und wieder wiederkäuen, bis dein Geist es verwerten kann. «Leben braucht Zeit, Intelligenz und Nerven. Die meisten Menschen scheitern an beidem» (Diodoros).

Als der Kurier aus Zürich-Nord Wohlhausers TV-Büroelektronik anliefert, setzt sich Gülay Sermeter → zu Jonovic hinüber, der sich im Büro für Wirtschaftsdelikte und Cybercrime sofort daranmacht, den Geschäfts-Laptop zu knacken. Sermeter, gespannt, was der IT-Forensiker zutage fördern wird, beobachtet ihn. Mladen Jonovic tippt und klickt und scrollt und murmelt, legt die Stirn in Falten, klickt und tippt wieder und scrollt und schüttelt die Maus, bis er schliesslich sagt: «Das kann dauern. Ich melde mich. Vielleicht auch erst morgen …» Sermeter kehrt ins Gemeinschaftsbüro zu den anderen zurück. Mit Gormann geht sie daraufhin die Unterengadiner Ermittlungen und die Aussagen des leitenden Bankangestellten über Wohlhausers Finanznöte nochmals durch. Wenn dieser Wyss, mit dem Blaser gesprochen hat, dem Philosophen Geld für ein «Investment» anvertraut hatte und betrogen wurde, gibt's möglicherweise weitere Geschädigte. Das wird sie dem Müller berichten, der in diesen Minuten im Verhörraum S 312 erfährt, dass Wohlhauser auch Virgil Herrmann Zangers Vertrauen missbraucht hat.

Aspirant Blaser durchsucht alle möglichen Internetseiten und Datenbanken nach Josh Wyss und dessen Verbindungen zu Wohlhauser. Neues bringt er nicht in Erfahrung und auch nichts, was auf Wyss' aktuellen Aufenthaltsort schliessen liesse. Der Künstler scheint sich vor längerer Zeit vom Markt und aus der Öffentlichkeit verabschiedet zu haben.

Im Gemeinschaftsbüro des Kriminalkommissariats sind alle in ihre Aufgaben vertieft, bis sie kurz vor 19:00 Uhr Schritte auf dem Korridor hören: Die Kollegen kommen aus der Zanger-Befragung. Vetter fragt im Korridor Dominguez: «Weisst du, was der Vorteil des Winters ist?» Freddys Antwort ist zu leise, als dass wir sie vernehmen könnten, also liefert Vetter sie lauter nach: «Dass du vor lauter Kleidern die Tätowierungen nicht siehst.»

Wenige Sekunden danach kommt auch der Müller aus dem Befragungsraum S 312 herüber und fragt, ob es Neues gibt. Gülay Sermeter erzählt von Wohlhausers mutmasslichem Betrug an Josh Wyss und regt an, Wohlhausers Bekanntenkreis auf weitere Geschädigte abzuklopfen.

«Einen haben wir schon: Virgil Herrmann Zanger», sagt Müller. Er informiert seine Mannschaft über diese Befragung und schickt alle in den Feierabend. Er selbst verzieht sich in sein Büro und überprüft nicht, ob sie den Feierabendbefehl befolgen.

***

Work-Life-Balance.

Kleinbasel, 20:15 Uhr. «Alles in Ordnung, sie schlafen schon. Ich habe sie für dich geküsst», sagt Erkan Sermeter.

«Danke, Papa», sagt Gülay Sermeter, «trinkst du noch einen Tee?»

Erkan Sermeter zieht sich die Jacke über. «Ich will nach Hause, deiner Mutter beim Backen helfen.»

Ein Kuss auf die Stirn seiner Tochter, dann ist er durch die Tür. Gülay hört seine Schritte im Treppenhaus.

Auf der Schwelle zum Kinderzimmer bleibt sie stehen. Ihre Augen versuchen, im Dunkeln die Kinder zu erkennen. Sie sieht sie nicht, hört aber ihre regelmässigen, tiefen Atemzüge.

Sie schenkt sich Wasser ein, setzt sich an den Küchentisch und will zum Telefon greifen. Da klingelt es: Müller. Kein Geplänkel, kein Süssholz. Müller fragt sie, ob sie zurückkommen kann. Die Bündner haben soeben Bettina McLuhan in den Waaghof gebracht. Warum der Transport aus dem Unterengadin nach Basel so lange gedauert hat? Baustellen, Verkehrsüberlastung und vor allem Unpässlichkeit der Witwe → Frischluftverschnaufpause auf der Autobahnraststätte «Glarnerland» in 8867 Niederurnen.

«Ich kann nicht», sagt sie, «mein Vater ist vor zwei Minuten weg, und ich habe heute niemanden, der auf die Kinder aufpassen könnte. Anna ist krank und meine Schwester zwischen Basel und Chur.»

Anna ist das Nachbarsmädchen, das gelegentlich Céline (9) und Murat (10) hütet, und Gülays Schwester Adile, die ja gleich nebenan wohnt, arbeitet als Kondukteurin bei den SBB.

«Schade», antwortet Müller, «kein Problem. Nur, die Befragung kann nicht bis morgen warten. Ich melde mich später.»

Romina Wäckerlin ist noch immer im Büro. Er holt sie von der Saint-Louis-Geschichte weg. Mit ihr wird er Bettina McLuhan auf den Zahn fühlen.

Mit den beiden Bündnern, die Bettina McLuhan bis nach Basel gefahren haben, geht Freddy Dominguez – auch noch im Haus, Mann? – in die Stadt. Bisschen rumschauen, bisschen zeigen, was eine Stadt am Oberrhein ist, der so weit unterhalb des Bündner Rheintals liegt.

20:30 Uhr, wieder Vernehmungsraum S 312. Mineralwasser, Kaffee, keine Präliminarien → Müller und Wäckerlin befragen Bettina McLuhan in Anwesenheit von Rechtsanwältin lic. iur. Felicitas Gallati.

«Sie haben gelogen», sagt der Müller zur Witwe, «Ihr Mann war nicht nur gelegentlich in Sent. Er hat dauernd mit Ihnen dort gewohnt.»

Wäckerlin: «Und es stimmt auch nicht, dass Sie und Ihr Mann kaum mehr etwas miteinander zu tun hatten.»

«Warum diese Lügen?», will Müller wissen.

Bettina McLuhan scheint sich auf dem abgewetzten Stuhl nicht wohlzufühlen. So soll es aus polizeilicher Sicht sein.

Müller und Wäckerlin gehen konzertiert vor, abwechslungsweise.

Sie: «Die Wohnung in Basel ist Ihre *Zweit*wohnung.»

Er: «Warum dieses Märchen, der Tote und Sie hätten sich auseinandergelebt?»

So machen sie einige Minuten weiter, mit Wiederholungen, Variationen ihrer Fragen, Neukombinationen der Wörter und immer wieder mit der Beschuldigung: Lüge.

Vom Geld haben heute Virgil Herrmann Zanger, Josh Wyss und auch der Banker gesprochen. Vom Geld, das Red Wohlhauser sich angeblich für Investitionen geborgt und nicht zurückgezahlt hat, vom Bankkredit, den er aufnehmen wollte, aber nicht gewährt bekam.

Sie: «Wie steht es finanziell um Sie?»

Er: «Wie konnten Sie sich die Renovation des Hauses in Sent leisten?»

Die grosse Blonde mit dem Pferdeschwanz: «Haben Sie Geldprobleme?»

Er: «Schulden?»

Sie: «Hatten Sie eigene Einkünfte? Ein Master in …», sie schaut auf die Aufzeichnungen, die sie in der Hand hält, «… in Antipositivistischem Gestalten … wie lässt sich das in der Arbeitswelt einsetzen?»

So fahren sie fort, mit Wiederholungen, Variationen ihrer Fragen, Neukombinationen der … sagte ich das schon? … Wörter und immer wieder mit der Beschuldigung: Lüge.

Er: «Und dieser Besucher, den die Kollegen in Ihrem Haus getroffen haben … dieser *Nachbar* …»

Sie: «… dieser Carl Calonder …»

Er: «… der nicht so heisst …»

Bettina McLuhan kann Müllers Blicken kaum standhalten.

Dieser Kriminalkommissär bleibt mit dem Ton oben, als wolle er ihr mit seiner Stimme die Luft abschnüren. Weiss er so viel, wie er zu wissen vorgibt?

Ja, er untergräbt ihre Selbstsicherheit. Vielleicht weiss er wirklich eine Menge.

Himmel, das war alles einfach zu viel.

Red tot und …

Sich nichts anmerken lassen. Durchhalten. Damit nicht …

Die scheinen wirklich … Was wissen sie?

Alles nur Bluff, sicher alles nur Bluff, Verhörtechnik, nicht? Nicht?

RA Felicitas Gallati berührt den Oberarm der Witwe, wie um sie emotional zu stabilisieren.

«Ich will in die Zelle zurück», sagt Frau McLuhan, der erste Satz seit vielen Minuten. «Ich bin … ich bin müde, ich habe Migräne … die lange … Autofahrt hierher.»

«Nein», sagt der Müller, «nicht bevor Sie uns nicht erzählt haben, was Sie wissen.»

«Wir ermitteln im Tötungsdelikt an Ihrem Mann», erinnert Wäckerlin die Witwe an den Zusammenhang, «an der schnellstmöglichen Aufklärung müsste auch Ihnen gelegen sein, nicht?»

«Wir verstehen, dass Sie durcheinander sind», gibt Müller den guten Cop. «Immerhin ist Ihr Mann ermordet worden.»

Er lässt einige Sekunden verstreichen.

«Der Schock über den Verlust eines Menschen, der einem sehr nahesteht, kann zu Reaktionen führen, die für Aussenstehende völlig unbegreiflich sind», formuliert er vertrauensbildend aus dem Stegreif, «damit haben wir Erfahrung, das können Sie uns glauben.»

RA Gallati schaut ihn skeptisch an. Sie weiss, dass Beschuldigte aus taktischen Gründen lügen, dass aus demselben Grund Anwälte lügen, und sicher lügen auch Ermittler, um Ergebnisse zu erzielen.

«Wer ist dieser *Carl Calonder*?», fällt Wäckerlin kalt ein. «Haben Sie was mit ihm?» Dieser Satz, den die blonde Kripowalküre leise hinterherschickt, bedeutet für die Witwe nun fast den «Nervous Breakdown» (Eddie Cochran). Bettina McLuhans Mund öffnet sich.

Wäckerlin: «Und um sich mit ihm zusammenzutun, haben Sie Ihren Mann umbringen lassen.»

Jetzt können wir das Wörtchen «fast» vor dem «Breakdown» streichen. Das war ein Tropfen ins Fass zu viel. Wäckerlin und Müller haben die Witwe so lange beharkt, mit Sinn und Unsinn, mit Schmeicheleien und Kälte, mit höflichen Frechheiten und freundlichen Zumutungen. Bettina McLuhan hat ihr Limit erreicht.

«Ich … wollte die Polizei … von Red ablenken.»

Müller und Wäckerlin schweigen. RA lic. iur. Felicitas Gallati kann das auch gut.

«Ich dachte, wenn … ich sage, dass eine grosse … ähm … Distanz zwischen Red und mir war, dass … Sie … ihn in Ruhe lassen.»

«Wie das? Und warum sollten wir ihn *in Ruhe lassen*?»

«Ich … ich wollte nicht … dass Sie, dass Sie in … in seinen … Angelegenheiten herumstochern.»

«Weil Sie selber darin verstrickt sind?»

Bettina McLuhan senkt den Blick. Ihre Augen wandern durch den Raum und bleiben auf einem leeren Kaffeebecher ruhen. Der Müller erhebt sich wortlos, verschwindet durch die Tür. Als er zwei Minuten später zurückkommt, ist es noch immer still im Verhörraum S 312. Er stellt den vollen Kaffeebecher auf den Tisch – der Automat hat einen frischen ausgespuckt –, legt den Rahm, einen Zuckerbeutel und einen Plastikstab zum Umrühren vor Frau McLuhan auf den schartigen Tisch. Sie reisst den Beutel auf, gibt seinen Inhalt und den der Rahmpackung in den Kaffee und rührt um.

«Also», sagt sie. Und so beginnt es manchmal, wenn jemand den Kropf leeren will. Bettina McLuhan wiederholt, was sie bei der ersten Befragung in Sent durch Sermeter und Gormann aussagte: Sie habe fast permanent in Sent gewohnt, weil ihr der Ort und das Klima gut bekämen. Sie sei starke Allergikerin – Heuschnupfen, Asthma, und in der Stadt habe sie oft Migräne.

Die Bergluft lindere diese Leiden spürbar. Ausserdem geniesse sie die Bergwelt und schätze die Ruhe, während ihr Mann gerne und oft unterwegs sei, in Basel, in Zürich oder im Ausland.

«Warum haben Sie behauptet, Sie und Ihr Mann hätten sich entfremdet? Er halte sich nur gelegentlich mit Ihnen im Unterengadin auf?», stochert der Müller wieder in der Wunde herum.

Eben, sagt Bettina McLuhan aus, sie habe gehofft, dass die Behörden durch dieses angeblich gespannte Verhältnis von anderem abgelenkt würden.

«Von welchem *anderen*?», will Müller wissen.

«Von ... den ... ja, von den wahren ... Problemen», sagt Bettina McLuhan. Ihr Gesicht ist müde, die Körperspannung zerfallen, sie sitzt auf dem am Boden festgeschraubten Stuhl wie ein Ballon, dem die Luft entweicht. Ihr Blick flackert, sie rückt ihren Körper wieder gerade, rutscht auf dem Stuhl umher, fährt mit der rechten Hand durchs gebleichte Haar, wirkt fahrig und unruhig.

«Für heute hören wir auf», sagt der Müller, «wir rufen einen Arzt. Er wird Ihnen etwas geben, damit Sie ruhig schlafen können.»

Schlafen, in der Zelle im Waaghof. Und die wahren Probleme für einige Stunden vergessen.

***

Ein Geständnis.

Spätnachts im Waaghof, der Müller will nach Hause. Als er sein Büro verlässt, sieht er: Nebenan, im Gemeinschaftsbüro, brennt noch Licht. Nanu? Vor einem Bildschirm, den Rücken zur Tür, sitzt Vetter und durchforstet Datenbanken. Von der Tür her erkennt der Kriminalkommissär die Oberfläche der Fahndungsdatenbank RIPOL.

Müller räuspert sich, um den Kollegen nicht zu erschrecken. Der Detektivkorporal, mit den Füssen dreht er den Bürostuhl und schaut den Müller an.

«Mach auch langsam Schluss für heute, Rolf», sagt der Müller und lässt den Satz «Morgen ist auch noch ein Tag» bleiben, weil kurz vor Mitternacht dieser Satz wirklich überflüssig ist.

Vetter starrt den Müller an. Müller schaut an sich herunter. Hat er einen Fleck auf dem Mantel? Oder ihn falsch geknöpft?

«Ich … ähm», sagt Vetter, «ich …» und verstummt.

«Was hast du auf dem Herzen?», fragt der Kriminalkommissär und knöpft sich den Mantel wieder auf. Er schnappt sich einen Drehstuhl und setzt sich. Nicht zu nah, nicht zu weit weg.

«Ich höre dir zu», fährt er fort, weil das gehört zum Chefsein, das Zuhören, wenn einer aus deinem Team ein Anliegen hat.

«Ich war's», sagt Vetter.

«Was?», fragt Müller. «Der diesen Philosophen ge…? Unsinn, Rolf! Du warst den ganzen Tag im Dienst, nie allein. Immer zwischen randalierenden Kunden, Taschendieben und der Messerstecherei im ‹Totally sexy›-Shop, immer unterwegs –»

«Nicht das», unterbricht ihn der dicke Veteran, als wäre der Müller schwer von Begriff, und seufzt.

«Was dann?», will der Müller wissen und befürchtet im selben Moment, sein Ton wirke zu grantig, genervt, zu polizeilich-hierarchisch. Was den Aussagewillen abwürgen würde.

Vetter antwortet: «Das mit dem Telefon. Der die Nummer weitergegeben hat, die Nummer deines Diensthandys.»

Schlagartig weiss der Müller, worum es geht: den Fall Flückiger. Damals, Müller war erst wenige Tage in Basel in Funktion, ermittelten er und seine neue Equipe im Sommer bei saumässiger Bruthitze im Tötungsdelikt am neunzehnjährigen Paul, dem Sohn von Nationalrat Ruedi Flückiger. Nur Minuten nach einer Einvernahme des Politikers in einem Geschäftshaus an der Freien Strasse, als Müller sein Diensthandy wieder einschaltete, sah er auf dem Display, dass ihn jemand mit unbekannter Nummer hatte erreichen wollen, ohne eine Mitteilung zu hinterlassen. Zwei Tage später, wenige Stunden nach einer weiteren Befragung von Ruedi Flückiger und dessen Frau Marianne in ihrem Anwesen dort oben an der Faidostrasse, riet ihm eine nicht identifizierte Männerstimme übers Telefon, sich vom Nationalrat «fernzuhalten». War's das?

«Du hast die Nummer meines Diensthandys weitergegeben?»

Er hat Vetters Aussage vorhin zwar verstanden, trotz 23:43 Uhr, schweren Augenlidern und einer unbändigen Sehnsucht nach einem Bett. Vorher will er kurz Gülay … nein, nicht anrufen, womöglich reisst er sie aus dem Schlaf, per SMS gute Nacht wünschen will er ihr immerhin.

Halt! Konzentrieren!

Er hat Vetters Aussage zwar kapiert, jedes Wort. Doch er staunt. Artikel 320 StGB, Verletzung des Amtsgeheimnisses, der Dienstvorschriften, der … Himmel! … der Berufsethik … oder müsste er «Berufsethos» denken, vor lauter Müdigkeit fällt ihm ums Haar der sprichwörtliche Löffel ins Korn.

«Wem? Warum?»

Vetter scheint sich zu quälen, nein *scheint* nicht, quält sich, sagt nun: «Ich bin ja Mitglied der Partei von –»

«Dass du in einer Partei bist, ist dein gutes Recht und interessiert mich nicht», kürzt der Müller ab. Es kommt zu barsch.

«… der Partei von Ruedi Flückiger. Ich fand es ungerecht, dass du dich in der Ermittlung derart auf ihn versteift hast.»

Nun hebt der Müller die rechte Braue an. Auf der Stirn wölbt sich dreifach ein Wulst auf, Furchen, vor Zorn. «Ira furor brevis est» (Horaz), der Zorn ist eine kurze Raserei. Weil solch ein Vorwurf, wäre er berechtigt, widerspricht dem Müllersein und Müllerdenken und jeder Müllerpflicht.

«Also, da habe ich … äh … jemandem davon erzählt und ihm … ich habe ihm die Nummer deines Diensthandys mitgeteilt.»

«Wem?»

«Einem … Parteimitglied, das mir etwas schuldete.»

«Das dir, einem Polizisten, etwas schuldete? Welchen Gefallen hast du ihm getan, dass er dir *etwas schuldete*?»

Art. 322quater StGB? Sich bestechen lassen.

Kocht der Müller über? Seine Stimme ist fast unhörbar geworden, er übertönt nur knapp die Kühlungsventilatoren von Vetters Computer.

«Etwas Privates. Ich half ihm einmal, die Winterpneus zu montieren, weil er einen Bandscheibenvorfall hatte.»

«Was ist das für eine Räubergeschichte?»

«Es ist die Wahrheit.»

Um den Satz zu bekräftigen, nickt Vetter. Fehlt nur die zum Schwur erhobene rechte Eidgenossenhand. Vetter schaut besorgt. Was veranlasst ihn zu diesem Geständnis?

00:12 Uhr. Sogar die Nacht ist zur Hälfte um. Dringend müsste der Müller schlafen, weil morgen auch noch ein Tag ... jetzt habe ich diesen Käse doch geschrieben, ich selbst müsste mich auch hinlegen ... Geduld, denn es muss raus aus Vetter, Licht ins Dunkel, Katharsis, klaren Wein in diese Sache, die Müller damals auf sich beruhen liess, weil fünf plus fünf auch einmal gerade sein müssen lassen man muss. Den Fall haben sein Team und er ja aufgeklärt. Man ist selbst auch nicht perfekt. «Wer von euch ohne Sünde ist, der werfe den ersten Stein» (Joh. 8,7).

Jetzt hat er Klarheit: Vetter war's. Sofern das stimmt. Warum sollte es nicht? Warum sollte Detektivkorporal Rolf Vetter (62), Veteran der Strafverfolgungsbehörde des Halbkantons Basel-Stadt, sich in einer Novembernacht kurz vor Mitternacht (und darüber hinaus) gegenüber seinem Vorgesetzten freiwillig der Verletzung eines Amtsgeheimnisses und der Insubordination aus politischen Gründen bezichtigen, wenn es nicht wahr wäre?

Risiko: Disziplinarverfahren, Strafverfahren, Suspendierung, fristlose Entlassung, Einbussen an Ehre und Pensionskasse und bis zur AHV drei volle Jahre aufs RAV. Strafgesetzbuch, Obligationenrecht, Disziplinarverfahren, Arbeitslosenversicherung ... such dir ein Problem aus, Rolf Vetter, du hast es.

Vetter will die Müllerskepsis wegnicken.

Der fragt: «Name?»

«Weibel, Max. Er wohnt im Surinam.»

Südamerika?

«Hinter dem Badischen Bahnhof», erklärt Vetter, der weiss, dass der Müller nach wenigen Monaten in Basel die Stadtgeografie noch nicht vollständig intus hat.

«Werde ich überprüfen», sagt der Müller, «warum beichtest du mir das überhaupt?»

Vetters Lippen kneten sich gegenseitig.

«Weil es falsch war, was ich getan habe», sagt Vetter, «doppelt falsch.»

Müller wartet.

«Erstens … hätte ich deine Dienstnummer niemandem herausgeben dürfen. Zweitens hast du die Ermittlungen korrekt geführt, ergebnisoffen und unvoreingenommen. Das habe ich hinterher verstanden.»

Nun blickt Vetter in die grauen Mülleraugen. «Es tut mir leid.»

Die grauen Mülleraugen blicken zurück. Der Kommissär erhebt sich, legt im Gehen die Hand auf Vetters Schulter und drückt sie kurz. Das Erstens war Einsicht, das Zweitens ein Kompliment.

«Mach Schluss für heute, Rolf», sagt er ruhig, und dann entfährt es auch ihm: «Morgen ist auch noch ein Tag.»

Konsequenzen.

Er könnte Zeit in diesen Disziplinarfall stecken, Vetters Geständnis verifizieren. Diesem Parteikollegen Weibel ein wenig einheizen, damit er bestätigt, Vetter habe ihm einmal beim Reifenmontieren geholfen, habe ihm dann, mutmasslich sogar nach Rücksprache mit oder auf Wunsch von Nationalrat Flückiger, im Sommer eine Nummer gegeben, die er anrufen und der er sagen solle: «Lassen Sie den Nationalrat in Ruhe!» Würde dieser Weibel behaupten, er habe an einen Scherz geglaubt, könnte ihm der Müller ins Gesicht knurren: «Ein Scherz, hahaha! Sie haben einen … Humor.» Sein Blick würde Löcher in Weibels mutmasslichen Schnauz stanzen, dass ihm das Blut in den Adern gerinnen würde. So kann der Müller dreinschauen. Könnte er. Könnte er.

Als der Müller an diesem Mittwoch, 1. Dezember, um 06:25 Uhr in seiner Wohnung in der Birsigstrasse aufwacht, hat er in seinem Kopf den Gedanken fertig gedacht: Im Schlaf hat er beschlossen, Vetters Geschichte abzuhaken, es bei dessen Geständnis bewenden zu lassen. Vermutlich bin ich zu weich, denkt er, aber was soll ich Vetters letzte Arbeitsjahre versauen. Mit sechzig plus findet er ohnehin keine Stelle mehr. Ex-Kripomann, entlassen aufgrund von «Umständen, über die beide Seiten Stillschweigen vereinbart» haben. → Zweieinhalb Jahre Arbeitslosengeld, im Dutzend aussichtslose Bewerbungen schreiben und als Nächstes aufs Sozialamt? Jeder Mensch verdient eine zweite Chance, denkt der Müller, und auch eine dritte. Er kocht Kaffee.

***

Das liebe Geld.

07:30 Uhr. Morgenrapport im Sitzungszimmer S 207. Müller, Sermeter, Wäckerlin, Gormann, Vetter, Dominguez, Blaser, Werner.

Müller fasst die Befragung der Witwe McLuhan gestern Abend zusammen: eher dürr. Alle bringen sich gegenseitig auf den aktuellen Stand.

Müllers Handy klingelt und kündigt zwei Gäste an: Auftritt Jessica Panzeri und Mladen Jonovic. Sie haben die Nacht durchgearbeitet und Wohlhausers Klapprechner ausgewertet. Darauf haben sie Dokumente gefunden, die der Philosoph ausschliesslich lokal gespeichert hatte.

Panzeri berichtet: «Daraus wird klar: Wohlhauser und McLuhan besassen ausser der Wohnung in Basel und dem Haus in Sent zwei weitere Wohnungen, eine in Berlin und eine in Paris. Die Renovationskosten der letzten zwei Jahre in Sent und in Berlin beliefen sich auf 1.6 Millionen Franken. Die Hypothekarbelastung der vier Immobilien liegt bei 3.2 Millionen», fasst Panzeri zusammen und massiert mit dem rechten Daumen und Zeigefinger ihre Nasenwurzel.

«Konnten sie sich das leisten?», fragt Müller.

«Nein, das konnten sie nicht», antwortet Panzeri, «zumindest nicht mit den Einkünften aus Wohlhausers Tätigkeiten.»

Und Jonovic ergänzt: «Wir haben uns auch die Cloud vorgenommen, in der Wohlhauser seine Dokumente gespeichert hat. Dort haben wir Texte und Entwürfe für Wohlhausers Artikel, Aufsätze, Bücher und für ‹The Good Life› gefunden. Aber nichts über seine Finanzen. Das Finanzielle war nur lokal gespeichert, auf dem Notebook vom Fernsehen.»

«Er befürchtete wohl Hackerangriffe auf seinen privaten elektronischen Speicher», legt Panzeri die Folgerungen aus den unterschiedlichen Speicherorten dar, «er hatte grösseres Vertrauen in die Sicherheit seines TV-Laptops und seines Mail-Accounts beim Fernsehen. Weil sich dieses Unternehmen mit einer besonders leistungsstarken Firewall gegen unerwünschte Zugriffe von aussen abschirmt.»

Panzeri und Jonovic schauen in die Runde. Das Müllerteam ist aufmerksam. Alle scheinen den Ausführungen folgen zu können.

«Unter den gelöschten E-Mails haben wir unter anderem

eine von Virgil Herrmann Zanger gefunden, in der es um eine ‹geliehene Summe› ging. Vier Wochen vor dem Black Friday abgeschickt. Zwei weitere Mails drehten sich um einen ‹Termin zur Besprechung unserer Angelegenheit›. Eine davon stammt von Michael Streuli und eine von einem Absender, den wir bisher nicht ermitteln konnten.»

Jessica Panzeri schaut den Müller an und fährt fort: «Geldprobleme … und geliehenes Geld. Und zwei dieser Namen kennen wir ja schon.»

Sie endet.

«Auch das bestätigt die Geschichten, die uns Zanger und dieser Künstler Wyss erzählt haben», sagt Vetter.

«Das sind die *wahren Probleme*, die die Witwe gestern Nacht vor lauter Müdigkeit und Durcheinander nicht mehr beschreiben konnte», ergänzt Wäckerlin.

***

Witwe weiter.

Müller lässt Bettina McLuhan wieder aus der Zelle holen und in den Vernehmungsraum bringen. Mit Sermeter und Gormann geht er hinunter und hinein. McLuhans Rechtsanwältin, lic. iur. Felicitas Gallati, ist, wie noch gestern Abend vereinbart, eingetroffen und sitzt neben ihrer Klientin. Schlaf dank Medikamenten ist weniger erholsam: McLuhan sieht übermüdet aus. Für den Kaffee, den Müller vor ihr auf den Tisch stellt, bedankt sie sich mit einem Nicken. «Man kann mir allzeit einen Kaffee mahlen» (Bessie Smith). Sie nippt am heissen Kartonbecher.

«Haben Sie geschlafen?», fragt Müller.

«Ein wenig», krächzt ihre Stimme. Man hört, es sind die ersten Worte, die sie heute spricht.

«Immerhin», sagt der Müller, «besser als gar nicht.» Dann amtlicher: «Wir haben gestern aufgehört, als Sie sagten, Sie hätten uns die Zerrüttungskomödie vorgespielt, um von den *wahren Problemen* abzulenken.»

Sermeter übernimmt: «Die wahren Probleme sind das Geld,

nicht? Die Wohnung in Basel, das Haus in Sent, die Wohnungen in Berlin und Paris, die Renovationen in Sent und Berlin ... Soll ich weiterfahren?»

So blendest du die Mutmasslichen. Indem du ihnen zeigst, dass du mehr weisst, als sie dachten. Und du trittst so auf, als ob du noch viel mehr wüsstest.

Bettina McLuhan → Geste: «Nein.»

«Nein, was?», fragt Gülay Sermeter gleich hintendrein.

«Nein, Sie ... brauchen ... nicht weiterzumachen. Und ja, das Problem ... ist ... es ist das Geld.»

Müller und RA Gallati sehen zu, wie Sermeter aus Bettina McLuhan Information nach Information herausholt. Mit beharrlichem Nachfragen. Indem sie Fragen wiederholt, um genauere Antworten zu erzielen. Indem sie die Befragte auf die rechtlichen Konsequenzen von Falschaussagen hinweist, sollte sie solche vor Gericht aussprechen. Indem sie ebensolche Wörter einflicht: Gericht, Staatsanwaltschaft, Beihilfe zu, Mittäterschaft, Maximalstrafe.

Frau McLuhan nennt als Alibi: Am Nachmittag des Verbrechens habe sie sich mit einem ortsansässigen Galeristen getroffen. Zweieinhalb Stunden hätten sie sich über die Idee unterhalten, Red Wohlhausers TV-Talk «The Good Life» im nächsten Sommer als dreitägigen Live-Event in Sent auszutragen. Entweder im Haus des Galeristen, das nur wenige Meter vom ihren entfernt liegt und wo auch diese Besprechung stattgefunden habe, oder unter freiem Himmel im «Parkin» am Dorfeingang inmitten von Not Vitals Bauten und Skulpturen. Nach dem Gespräch sei sie fix und fertig gewesen, habe aufgrund plötzlicher heftiger Kopfschmerzen starke Medikamente einnehmen müssen und die ganze Nacht durchgeschlafen.

Sermeter erinnert sich an die erfolglosen Versuche in der Nacht nach dem Verbrechen, die Witwe auf ihrer Mobilnummer zu erreichen. Unzählige Male haben sie die Nummer gewählt, sie selbst und Freddy Dominguez. Bettina McLuhan könnte, mit Schmerzmitteln zugedröhnt weggesackt, den Klingelton überhört haben.

Der eine Ermittler, der kleine Dunkelhaarige mit der grossen Nase und dem Ostschweizerdialekt, Gormann also, verlässt den Vernehmungsraum.

Der Endvierziger mit dem ausgedünnten Kurzhaarschnitt, der sie bereits gestern Abend befragt hat, Müller, schaut ihm nach und wendet seinen Blick zur Schwarzhaarigen mit den dunklen Augen. Die stellt weitere Fragen zur finanziellen Situation des Ehepaars Wohlhauser-McLuhan. Die Schwarzhaarige nennt die Höhe der Hypotheken, «drei Komma zwei Millionen Franken ... drei Komma zwei», die fruchtlosen Anrufe des Philosophen bei mehreren Banken, die es ablehnten, ihm Kredite zu gewähren, die Aussage mehrerer Zeugen, das Verbrechensopfer habe ihnen unrealistisch hohe Renditen in Aussicht gestellt, um ihnen hohe Summen abzuschwatzen – und dieses Geld nie zurückbezahlt.

Einen Moment lang denkt der Müller, die Witwe geht gleich wieder zur Migräne-, Erschöpfungs- und Verstörtheitsnummer von gestern Abend über: Die Farbe weicht aus dem Gesicht, die Hände zittern leicht, unruhiger Blick, Konzentrationsschwierigkeiten, sie erweckt den Eindruck, die Sermeter-Fragen nur mit Mühe zu verstehen und sie nur mit höchster Schwierigkeit beantworten zu können.

Bettina McLuhan sieht den kleinen Ostschweizer zurückkommen, der sie zusammen mit der Schwarzhaarigen in Sent befragt hat. Noch in der Tür nickt er Sermeter und dem Chef zu, dem mit dem Kurzhaarschnitt. Gülay und der Kommissär verstehen: Alibi bestätigt. Zur Tatzeit konferierte McLuhan im Unterengadin mit dem Galeristen.

Als sich der Müller gerade fragt, ob er das Verhör unterbrechen soll, weil McLuhan kaum vernehmungsfähig wirkt, bittet ihn diese um eine Zigarette. Müller steht auf, um welche zu holen. In der untersten Schublade seines Schreibtischs liegt, glaubt er sich zu erinnern, eine angebrochene gelbe Packung mit rotem Querstreifen und schwarzem Schriftzug. Er begibt sich in sein Büro, wühlt nach den Zigaretten, findet sie, riecht daran. Er riecht nichts. Mag sein, dass er die sogar noch in

Zürich gekauft hat, mal eine geraucht und den Rest in der Schublade deponiert.

Der Müller setzt sich auf seinen Drehstuhl und schaut die Wand an. Sie ist weiss. Im Korridor hört er entfernte Schritte. Zeugen, Auskunftspersonen, Beschuldigte, Untersuchungshäftlinge werden in andere Befragungsräume oder zurück in die Zellen gebracht. Sachbearbeiterinnen und Sachbearbeiter, Untersuchungsbeamte, Polizisten, Verteidiger, Staatsanwälte, zwei Männer vom Hausdienst durchqueren den Flur und gehen ihrer Beschäftigung nach. Grosse, Kleine, Mittlere, Skrupellose, Durchtriebene, Unschuldige, Professionelle, Hübsche, Unappetitliche, Hässliche, Anziehende, Schlanke, Dicke, Intelligente, Gutgebaute, Aufgebrachte, Eiskalte, Ruhige, Hysterische, Betrunkene, Berauschte, Unverschämte, Freundliche, Freche, Verlogene, Aufgeblasene, [redacted] und Sympathische. «Nehmen Sie die Menschen, wie sie sind, andere gibt's nicht» (Konrad Adenauer).

Müller sitzt auf seinem Drehstuhl und schaut die weisse Wand an. Das Elend der Menschheit drückt ihn einen Moment in den Stuhl. Gut fühlt er sich nicht, weil er die Wirklichkeit sieht. «Wenn die Bosheit elend macht, so muss notwendig eine lang dauernde Bosheit auch noch elender machen» (Boethius).

Er atmet nochmals tief durch, geht hinüber und schliesst sich wieder Gülay Sermeter und Markus Gormann an, die im Befragungsraum S 312 unterdessen Frau McLuhan Wohlhauser zu einer umfassenden Aussage gebracht und in die Zelle haben zurückbringen lassen.

«Das Märchen von der Zerrüttung der Ehe», berichtet Sermeter und schaut dabei, so kommt es ihm wenigstens vor, den Müller besonders intensiv und fast privat an, «ist wohl auf ihre emotionale Erschöpfung zurückzuführen.»

Art. 48c StGB, «entschuldbare heftige Gemütsbewegung, grosse seelische Belastung» als Bedingung für die Straflosigkeit einer Lüge, denkt der Müller. Hat er gestern Morgen beim telefonischen Bericht des Bündner Kollegen Pranger schon gedacht, nicht?

«Schock über den Tod ihres Mannes», ergänzt Gormann.

«Sie gibt an, von seinen Investment-Versprechen, von seinen Schwindeleien und Betrügereien, keine Ahnung gehabt zu haben», fasst die Detektivwachtmeisterin zusammen, «sie ist bereit, das zu beschwören, sagt sie.»

Gormann trinkt einen Schluck aus dem Kaffeebecher und fährt fort: «Ihr Mann habe ihr versichert, mit Geldgebern in Kontakt zu stehen, um die Geldprobleme zu lösen. Sie habe angenommen, er verhandle mit einer Bank. Das habe er noch wenige Tage vor seinem Tod angedeutet.»

«Und warum hat sie nicht nachgefragt? Wollte sie es nicht genauer wissen?», will der Müller wissen.

«Migräne», antwortet Sermeter, «sie habe zu jener Zeit einen Migräneanfall gehabt, der mehrere Tage dauerte und besonders heftig war. Als sie ihren Mann das letzte Mal gesehen habe, sei sie durch brutale Kopfschmerzen regelrecht aus der Realität hinausgezerrt worden, behauptet sie.»

«Den Namen ihres Hausarztes?»

«Haben wir. Ich rufe ihn gleich nachher an», sagt Gormann.

Sermeter und Gormann scheinen bei der Befragung nichts vergessen zu haben, denkt sich der Müller. Und er fragt sich, wie lang er nebenan in seinem Büro gesessen und die Wand angestarrt haben mag. Jetzt fällt ihm auf, dass er immer noch das angebrochene Zigarettenpaket und das Feuerzeug in der Hand hält. Er legt beides auf den grauen Tisch, vor den Platz, auf dem die … ja, die Zeugin gesessen hat.

«Und dieser *Calonder*?»

«Der Schönling? Sie versichert, seinen richtigen Namen nicht zu kennen. Er sei drei-, viermal aufgetaucht und habe sie darauf aufmerksam gemacht, dass ihr Mann ‹seinen Verpflichtungen nachkommen› müsse. Das solle sie ihm ausrichten. Und dass die Geduld nicht ewig währe», sagt Sermeter.

«Warum hat sie nicht die Polizei verständigt?»

«Dann hätten sie und ihr Mann womöglich ihre finanziellen Angelegenheiten offenlegen müssen, sagt sie. Das wollte sie nicht. Eine öffentliche Person wie Red Wohlhauser müsse sich schützen, damit seine Privatangelegenheiten nicht in den Medien breitgetreten werden. ‹Fernsehstar vor dem Ruin›, solche Schlagzeilen wären der Ruin für sie gewesen. Ein bankrotter VIP, die Häme und Schadenfreude, die auf sie eingeprasselt wären … Und sie hielt die Situation nicht für gefährlich. Sagt sie. Calonder scheint sie nicht direkt bedroht zu haben», sagt Gülay Sermeter.

Medizinische Bestätigung.

09:48 Uhr. Dr. med. Peider Augustin in Scuol, Bettina McLuhans Hausarzt, bestätigt Markus Gormann telefonisch, dass seine Patientin unter Heuschnupfen und Asthma leide. Die Beschwerden hätten sich deutlich verringert, seit sie vor drei Jahren ihren ständigen Wohnsitz nach Sent verlegt habe. Akuter sei ein anderes gesundheitliches Problem: Er attestiert, dass Frau McLuhan wegen starker Migräneanfälle bei ihm in Behandlung stehe. Die Schübe seien manchmal so schmerzhaft, dass seine Patientin für mehrere Tage «ausgeschaltet» sei. Manche der heftigsten Spitzen könnten medikamentös gemildert werden. Schmerz- und Schlafmittel würden ihr in den akuten Perioden immerhin nachts etwas Ruhe und Erleichterung verschaffen.

Medikamente? Ausgeschaltet? Das bestätigt Sermeters Vermutung aus dem Verhör, weshalb Bettina McLuhan in der Nacht, die auf den Tod ihres Mannes folgte, keine Anrufe entgegennahm. Sie bekam schlicht nicht mit, dass das Kriminalkommissariat Basel-Stadt sie kontaktieren wollte.

Der Hausarzt sagt, er verspreche sich viel von einer Akupunkturbehandlung. Ein Spezialist für traditionelle chinesische Medizin habe sich vor Kurzem im Ort niedergelassen. Seine Patientin wolle sich bei ihm in Behandlung begeben. Das erwähnte Schlafmittel («[redacted]»®) sei in Tablettenform tagsüber bei Bedarf und auf die Nacht hin immer einzunehmen. Soviel er wisse, nehme seine Patientin die verordneten Medikamente regelmässig ein. Dr. Augustin verspricht, diese Auskünfte im Lauf des Tages schriftlich nach Basel zu übermitteln. Gormann dankt ihm.

Witwe (Fortsetzung).

Nach ihrer umfassenden Aussage haben Sermeter und Gormann Bettina McLuhan in die Zelle zurückbringen lassen. RA Felicitas Gallati pocht darauf, dass ihre Klientin aufgrund ihrer gesundheitlichen Probleme und vor allem nachdem sie umfassend und erschöpfend ausgesagt hat, unbedingt freizulassen ist. Nachdem Sermeter und Gormann Müller das unterzeichnete Geständnis zum Lesen gegeben und es erläutert haben, nimmt der Kommissär Rücksprache mit seinem Chef Krähenmann, dem Leitenden Staatsanwalt. Der stimmt Müllers Vorschlag zu, Bettina McLuhan freizulassen, und teilt auch Müllers Ansicht, eine Ausweissperre gegen sie zu verhängen. Damit sie das Land nicht verlassen kann. RA Gallati fährt ihre Mandantin aufs Bruderholz, zur Wohnung an der Hohe-Winde-Strasse. Gleichzeitig stellen die Bündner Kollegen im Haus in Sent nun auch McLuhans elektronische Geräte sicher.

***

Positiv.

Über eine E-Mail, in der Michael Streuli alias Like Mike bei Wohlhauser einen «Termin zur Besprechung unserer Angelegenheit» verlangt hatte, hat Panzeri von der Wirtschaftskriminalität am Morgenrapport berichtet. Umgehend hat der Kommissär eine Patrouille losgeschickt, die Streuli um 08:06 Uhr in den Räumlichkeiten von «Radio 4000» festgenommen und in den Waaghof gebracht hat. Nicht in Handschellen oder so, wo denken Sie hin → «This Is Not America» (Bowie/Metheny/Mays).

Warten in der Zelle. Auf Gormann und Aspirantin Werner, die ihn am Sonntag, vor drei Tagen also, im Radiostudio einvernommen haben. Und Werner hat vor zwei Tagen erneut mit ihm telefoniert. Nach Möglichkeit betraust du als Ermittlungsleiter (das heisst als Müller) immer dieselbe(n) Person(en) deines Teams mit den Kontakten zu einer bestimmten Person: Vertrauen aufbauen, den Polizisten als Menschen in den Vordergrund stellen, und klare Zuständigkeiten tun auch deinen Leuten gut.

09:12 Uhr. Like Mike im Befragungsraum S 312. Kaffee.

Der Lokalradiostar dreht auf. Als Gormann und Werner den Raum betreten und die Aufnahme eingeschaltet haben, redet er sofort betont munter auf sie ein: «Einen Anwalt brauche ich nicht, ich mag's gern schlicht, zuschulden hab ich mir nichts kommen lassen, schiessen Sie los mit Ihren Massen von Fragen, wenn Sie's ertragen, dass ich Ihnen die Antwort sagen.»

«Ganz geht er nicht auf, Ihr Reim», ernüchtert ihn Gormann, und Werner fragt sich, ob sie das Drogenschnelltest-Kit holen soll.

«Nur mal mit der Ruhe», sagt Gormann.

«Ruhe? Nun mal ehrlich: Sie sind es, die ein Riesenbohei veranstalten und mich von uniformierten Polizisten brachial vom Mikrofon wegzerren lassen. Die Programmleitung schäumt sicher, und die Öffentlichkeit wird sich ganz und gar nicht freuen. Einen Journalisten verhaften! Einen Journalisten! Das verstösst gegen –»

«Ach, Herr Streuli», fährt ihm Gormann ins Wort, «Sie wissen genau, dass es hier nicht um die Meinungsfreiheit geht, sondern um eine Mordermittlung.»

«Eine Mordermittlung», wiederholt Gloria Werner.

Like Mike seufzt.

«Nennen Sie mich Mike, dieses ‹Herr Streuli› hier und ‹Herr Streuli› da macht mich ganz wahnsinnig.»

«Dieser Termin zur Besprechung einer gemeinsamen Angelegenheit mit dem Mordopfer ...», beginnt Gormann unvermittelt.

Like Mike schaut ihn überrascht an.

«Ihre E-Mail an Wohlhauser von ...», Gormann schaut in seine Notizen und macht weiter: «... Mitte November ... Haben Sie Raetus B. Wohlhauser Geld anvertraut?»

«Geld, Geld, Geld ist, was die Welt im Innersten zusammenhält», reimt Like Mike erneut mit einem nöligen Unterton.

«Hören Sie auf mit diesen Sprüchen und lassen Sie in Zukunft die Hände von diesem Pulver oder was auch immer Sie eingenommen haben», unterbricht ihn Gormann. «Sie können sich gerne in einer unserer Zellen entspannen, bevor wir weitermachen.» Er erhebt sich und winkt dem Reimer, sich hopp hopp auf die Füsse zu stellen, Werner ist schon bei der Tür des Befragungsraums angelangt, um jemanden zu rufen, der Streuli in die Zelle zurückbringen kann.

«Halt, stopp, freeze», ruft Streuli und hebt die Hände, wie um sich zu ergeben, «ich habe keine Lust, lange hierzubleiben. Mein Publikum –»

«Wie lange wir Sie beherbergen, hängt von der Strafprozessordnung, vom Polizeigesetz und vom Untersuchungsrichter ab», konstatiert Gormann.

«Und von Ihren Antworten», fügt Gloria Werner hinzu.

«Wie war die Frage?», gibt sich Like Mike auf einmal kooperativ.

Der Detektivkorporal und die Aspirantin bleiben stehen und schauen auf Streuli hinunter, der nun plötzlich auf dem am Boden festgeschraubten Stuhl sitzt, als könnte er sich kein bequemeres Sitzmöbel vorstellen.

Gormann reduziert seine Frage auf die Kernbotschaften: «Geld … Wohlhauser … haben Sie ihm welches gegeben?»

In Streuli arbeitet es. Sein Mund ist trocken. Merkst du an den weissen Rändern in seinen Mundwinkeln und an seinem Schmatzen. Der Radiomoderator verlangt nach Mineralwasser. Dann sagt er: «Es waren ja nur 70’000.»

«Nur?», fragt Werner.

Like Mike verändert seine Position. Breitbeinig sitzt er da. «70’000», fährt er fort, «das ist ja nicht die Welt.»

Bitte keinen Reim mehr mit Welt und Geld und zusammenhält, denkt Gormann, und ihm fällt gegen seinen Willen ein Reim ein mit gopferteckel und Schafseckel. Er denkt auch Wörter wie Grossspurigkeit und Mister Grosskotz und an seine eigene Lohnabrechnung und starrt den Mann an und sagt: «Und die haben Sie natürlich nicht mehr wiedergesehen?»

«Nein.»

«Nein was? Haben Sie das Geld zurückerhalten oder nicht? Auf der Aufnahme muss das klar verständlich sein», insistiert Gormann.

«Red hat mir das Geld nie zurückbezahlt, und die versprochene Gewinnausschüttung habe ich auch nie erhalten.»

«Und?» (Gloria Werner einsilbig).

Michael Streuli beginnt zu lachen, zuerst zaghaft, dann ziemlich heftig. Er ist eher ein Hahaha- als ein Hohohotyp. Nach einigen Sekunden Heiterkeitsphonetik stösst er völlig ausser Atem hervor: «Aber das ist halb so schlimm.»

Streuli schüttelt sich wieder vor Lachen.

Punto interrogativo, point d'interrogation, Fragezeichen im Geist der Untersuchungsbeamten des Kriminalkommissariats. Weil, ehrlich. 70'000 = «halb so schlimm»? Glaubst du das? Halb so schlimm? Hä?

«How come, Chief Streuli?» (Three Billboards Outside Ebbing, Missouri).

Der Kriminalpolizist und die Aspirantin schweigen brutal.

«Halb so schlimm?», bohrt Gormann.

«Seither habe ich ihn endlich in der Zange!», triumphiert Streuli. Weiss er, was er da sagt?

Zange? Erpressung? → Art. 156 Ziff. 1 StGB.

Sie machen weiter. Werner in der verständnisvollen, Gormann in der skalpellscharfen Rolle. Und beide setzen eine Gelangweiltheit auf, dass der Befragte spürt, dass das Verhör ewig so weitergehen könnte.

Nach zweieinhalb Stunden Befragung bricht der Damm, und Michael Streuli sagt: «Nachdem er jahrelang nie einen Finger für mich gerührt hat, hat er mir versprochen, er finde für mich einen Platz in ‹The Good Life›, er will mir eine Homestory in einer Illustrierten besorgen und dass ich interviewt werde von –»

«Alles, weil Sie ihn ‹in der Zange› haben?»

«Yes, Sir, I can boogie, boogie boogie all night long», trumpft Streuli auf. Baccara, denkt Gormann. «Und diese Milchkuh soll ich umgebracht haben?», wirft Like Mike unversehens ein.

Dieser Satz bringt die Untersuchungsbeamten erst recht auf Ideen.

«Er hat Ihnen eine Teilnahme an seiner Fernsehshow *versprochen* und *will* dafür sorgen, dass Sie interviewt werden?», fragt Gormann nach.

Streuli nickt und sieht die Kriminalpolizisten an.

«Aber passiert ist bisher nichts?», fragt Werner mit weicher Stimme.

Streuli zuckt zusammen.

«And still no arrests?» (Three Billboards Outside Ebbing, Missouri).

Doch. Jetzt.

***

Grundfragen.

Wohlhausers Tod scheint bei niemandem grosse Trauer auszulösen. Klar, die Fernsehshow «The Good Life» verliert ihr Gesicht, der Buchmarkt einen ihrer Akteure, Virgil Herrmann Zanger einen ungeliebten Konkurrenten, die verhärmten Eltern ihren Sohn, der sich längst von ihnen entfremdet hat. Er hat seine Weggefährten übers Ohr gehauen und steht, offenbar, niemandem persönlich richtig nahe. Ist es der Neid auf Wohlhausers Erfolg, der für diese Frostigkeit verantwortlich ist? War er wegen seines Erfolges ein Ekel, das sich vor den Menschen schützte, indem er distanziert und oberflächlich mit ihnen umging? Trauert wenigstens seine Ehefrau?

Trotz aller Ermittlungsfortschritte bleiben die strafrechtlich zentralen Fragen ungelöst:

Wer hat Wohlhauser maximal zwei Stunden vor seinem Tod den Schlafmittelwirkstoff [redacted]™ in die hintere Seite des Rumpfes – medizinisch: dorsum – injiziert? «Schlafmittel»? Aber … hallo? Dingdong? Spätestens jetzt werden wir hellhörig. Ermittlungstechnisch schade: Das [redacted]™ im Körper des toten Philosophen ist nicht das «[redacted]»®, das seine Frau einnimmt, um trotz der Migräne einigermassen schlafen zu können. Und was die Gattin des Opfers zur Tatzeit getan hat, ist bestätigt.

Und – crescendo molto vivace – wie gelangte am Nachmittag des Black Friday der mit [redacted] versetzte Whisky in Red Wohlhausers Magen?

***

4054. Müller privat.

«Sein heisst tun. Nichtstun heisst nichts sein.» Das schrieb der spätantike Diodoros, den der Müller gerne liest, wenn er Zeit hat und den Kopf beisammen. Denn zu denken gibt Diodoros immer, und das macht der Müller auch gerne. Wenn er kann. Nach Arbeitsschluss funktioniert er meist nur noch vegetativ. Die Körperfunktionen blubbern, sonst nichts.

Irgendwann ereilt der Feierabend also auch Müller Benedikt. Was macht er dann? Als er in Zürich lebte, traf er sich häufig mit dem Polizeikollegen und Freund Bucher Manfred, mit dem er etwa zwei Jahrzehnte zuvor die Polizeischule absolviert hat. Oder er besuchte Franz Schubert, den CEO der «Internationalen Clearingzentrale», der Tag und Nacht in seinem Büro anzutreffen war; und heute noch ist. Bucher Manfred tat sich vor ein paar Jahren, wie es der Natur bisweilen gefällt, paarweise mit der Pathologin Dr. Brenda Marquardt zusammen, und gemeinsam zeugten sie das Mädchen Frieda und gehen seither auf in Arbeit, Elternschaft und Müdigkeit. Im U-Bewussten ist Müller dem Bucher Manfred in ewiger Freundschaft verbunden, in der Praxis telefoniert er gelegentlich … nein, gelogen … viel zu selten mit ihm. Franz Schubert ist fast vollständig vom Müllerradar verschwunden und Müller vom Schubertradar. Obwohl der Kriminalkommissär mit an Wahrscheinlichkeit grenzender Sicherheit weiss, wo sich Franz in diesem Moment aufhält und welcher Beschäftigung er in diesem Augenblick nachgeht: Im Büro an der Bäckerstrasse in 8004 wird er am Bildschirm sitzen und rätselhafte Zahlenkombinationen und -gruppen bearbeiten. Wahrheit: Wenn du wie der Müller von Zürich die 88 Zugkilometer nordwestlich nach Basel migriert bist, kommt es dir vor, als wärst du nach Warschau oder Lillehammer gezogen. Zwar haben sowohl Zürich als auch Basel Telefonanschluss und Glasfaserkabel, physisch wirst du mit Bucher Manfred und Franz Schubert dennoch höchstens sporadisch zu tun haben. Sie leben ihr Leben dort drüben, der Müller hier. Zwischen ihnen liegen 8952 Schlieren, 8953 Dietikon, der Aargau, ein Zipfel Solothurn, der Jura und das ganze weite Baselbiet inklusive 4133 Pratteln und 4132 Muttenz. «Was brauchst du Schlieren und Altstetten, wenn du Pratteln und Muttenz hast?» (Raetus B. Wohlhauser, unveröffentlichter Aphorismus).

Solches – ohne das Wohlhauser-Zitat – kommt dem Müller manchmal in den Sinn, wenn er vom Gebäude der Staatsanwaltschaft nach Hause geht. Knapp zehn Minuten Fussweg entfernt wohnt er: vom Waaghof über das Nachtigallenwäldeli am Rialto-Hallenbad vorbei, im Gehen dort die blaue Leuchtschrift anschauen, die Birsigstrasse hoch, den Dung des Nilpferdgeheges einatmend, bis zum Quartierlebensmittelladen. Darüber wohnt er. Diesen Nachhauseweg zu Fuss macht er gerne. Klar wäre er mit dem Velo schneller, aber je langsamer er sich fortbewegt, desto schneller kommt er herunter. Als Polizeimann brauchst du das, das Herunterkommen.

Manchmal – ehrlich gesagt: zu selten – biegt er nach dem Thai-Restaurant links in die Bachlettenstrasse und besucht seine Schwester Doris und die Knaben, Maurice und Noah. Heute nicht, weil er fühlt sich zerschlagen. Und, Hand aufs Herz, denkt er überhaupt an seine Schwester? Häufiger als … nur zum Beispiel … an einen bevorstehenden Zahnarzttermin, die Steuererklärung oder die Formel für die Oberfläche eines geraden Kreiskegelstumpfs? Vor lauter Arrrrrbeit viel zu wenig, seien wir aufrichtig. Doris Müller, ehemals verheiratete Müller Wagner, kommt eigentlich gut ohne Müller Benedikt zurecht. «Eigentlich» streichen. Ihr Ex, dieser Claudio, lässt sie seit einiger Zeit endlich in Ruhe. Er hat wohl die Trennung akzeptiert. Mal sehen, wie es kommt, wenn die Scheidung definitiv vollzogen wird. Schon schön, wenn der Onkel mal an einem

Samstagmorgen mit Noah und Maurice auf den Kunstrasen der Schützenmatte kicken geht. Schon gut, dass er in der schwierigsten Zeit der Trennung von diesem Claudio ab und an mit ihr einen Kaffee getrunken hat und ihr die Gesetze und Vorschriften und Anlaufstellen erklären und ans Herz legen konnte. Familiäre Bande, das trägt in guten und in schlechten Tagen, doch es wäre megaübertrieben, zu behaupten, Benedikt + Doris = ein doppeltes Müllerherz. Weil jahrzehntelang unterschiedliche Lebenswege und Universen, und der Alltag läuft nahezu ohne Überschneidungen ab. Was er so mitbekommt: bei Doris, Noah und Maurice alles plus/minus okay. Dass er ihretwegen nach Basel gezogen ist, scheint aus heutigem Blickwinkel ebenfalls megaübertrieben. Hatte Müllers Umzug nicht vielmehr mit ihm selbst zu tun? Andreas Borowski, der Psychotherapeut beim Rigiplatz in Zürich, der den Müller nach seinem Schusswaffentrauma begleitet hat, könnte ihm da sicher Hinweise geben.

Was wollten Tyche und Fortuna und St. Michael, der Schutzpatron der Polizei, erreichen, als sie den Müller dazu verlockten, seine Postleitzahl zu halbieren? 8000 → 4000. Ihm einen neuen Arbeitsplatz zugestehen? Das ja. Ihn eine neue schöne Stadt kennenlernen lassen und sich mit einem fremden Dialekt vertraut machen? Gut, das auch. Fussballerisch die Diaspora erleben? Richtig. Aber liegt, würde Diodoros fragen, dem kaum eine Überlegung zu analysieren zu absurd erschien, liegt ein tieferer Sinn, ein ... ähm ... Arcanum als metaphysischer Subtext unter diesem Ortswechsel? Ein Geheimnis, das zu entschlüsseln uns bisher nicht vergönnt war?

Vielleicht trägt der tiefere Sinn des Müllerumzugs → Basel einen Vor- und einen Familiennamen: Gülay Sermeter.

Weil das weisst du nie, wenn der pummelige Amorgnom seine Giftpfeile vom Bogen hat schnellen lassen und dich mit rätselhaften Substanzen romantisch geschossen hat. «La vie en rose» (Piaf/Louiguy), das Lied kommt dir auf einmal vor wie purer Realismus, während du dich früher eher mit dem Text von «Chain Gang» (Sam Cooke) identifiziert hast, diesem Supersong, in dem die Kettensträflinge ihr Los beklagen.

Gülay, ja, Gülay. An sie denkt der Müller, während er sich in seiner Wohnung in dem hässlichen Sechziger- oder Siebzigerjahrehaus an der Birsigstrasse auf den Wohnzimmerboden legt und den Rücken entspannt. Er streckt die Arme und Beine, dass die Fibrillen oder Faszillen oder wie auch immer sich lockern, der musculus erector spinae, der latissimus dorsi, der rhomboideus, trapezius und der musculus deltoideus.

Detektivwachtmeisterin Sermeter, die Arbeitskollegin, korrekter: die hierarchisch Unterstellte. «I smell T-R-O-U-B-L-E» (Elvis).

Er sieht sie vor sich. Die olivbraune Haut, die schwarzen Haare, die dunklen Augen, den gut trainierten Körper, die kleine Zahnlücke rechts oben zwischen Schneide- und Eckzahn. Aber ... dass Sie nicht meinen! Die inneren Qualitäten kann er halt nicht vor sich sehen, nur spüren, schätzen.

Lieben.

Dieses Gefühl hat den Müller überrumpelt.

Gülay Sermeter ist nicht da. Sie ist im Kleinbasel bei ihren Kindern, Céline (9) und Murat (10). Oft hüten ihre Eltern oder Anna, die junge Frau aus der Nachbarschaft, oder ihre Kondukteurin-Schwester. Er weiss, dass Gülay häufig das Gewissen plagt, weil sie zu wenig Zeit für ihre Kinder hat. Sie arbeitet viel und hart. Polizeiarbeit ist kein Zuckerschlecken, häufig kommt sie spät nach Hause. Und neuerdings hält sie noch etwas ab und an von zu Hause fern. Sie hat seit ... einigen Wochen wieder ... einen ... Freund? Sagt man das in diesem Alter? 35 Gülay + 49 Müller. Freundin + Freund? Weil «Lebensabschnittspartner» klingt zu temporär und zu kalt, «Sozialpartner» zu bedürftig, «Mann» zu definitiv beziehungsweise zu scheidungsgefährdet, und das hat Gülay Sermeter, Detektivwachtmeisterin des Kriminalkommissariats des Kantons Basel-Stadt, längst hinter sich. Kein Verlust, dass der weg ist, hat sie dem Müller mal gesagt und korrigiert: ein Gewinn, dass der in meinem Leben keine Rolle mehr spielt.

Verliebt sein mit, sagen wir's, «wie es ist» (Raetus B. Wohlhauser-McLuhan), brutalen fünfzig, als nicht mehr ganz frischer

Kriminalkommissär? Ist das nicht ein bisschen … ja vielleicht … lächerlich? Händchen halten statt Rapporte zu bereinigen? Ausgehen, so kulturell und sozial, statt in den Schiesskeller? Unbeschwertheit statt Pflichtbewusstsein?

Und der Altersunterschied. In die Zukunft projiziert: er am Rollator, sie in der Spätblüte ihres Lebensoktobers.

Und das Gerede auf der Staatsanwaltschaft, wenn das Verhältnis ruchbar würde. Ruchbar und Verhältnis. Furchtbare Wörter.

Kinder hatte er nie. Bloss einmal vor Jahren eine Freundin mit zwei Kindern. Die müssen längst volljährig sein. Wie hiessen sie nur? Es fällt ihm nicht mehr ein. Wie sollen ihn Céline und Murat nennen: etwa … «Müller»?

Er fühlt sich etwas konfus, als er einschläft. Noch immer ausgestreckt auf dem Parkettboden.

DREIZEHN

Eine Festnahme am Donnerstag, 2. Dezember.

09:34 Uhr steht ein Mann mit schwarzem Motorradhelm unter dem Arm vor der Tür des Wohlhauser-McLuhan-Hauses in Sent und drückt die Klinke herunter. Abgeschlossen. Unversehens findet er sich zwischen zwei Personen wieder.

«Ihren Ausweis, bitte», sagt die Frau. Am rechten Oberarm spürt er den festen Griff einer Männerhand.

«Kantonspolizei», sagt die Frau und wiederholt: «Ihren Ausweis, bitte.»

«Ich …», sagt der Mann mit dem Helm und gibt zu verstehen, dass er den Ausweis zeigen würde, wenn der Polizist nicht seinen Humerus, der ja einer der längsten und kräftigsten Röhrenknochen eines an Land lebenden Wirbeltiers ist, in den Schraubstock seiner Riesenpranke spannen würde.

Korporal Schlatter lockert den Griff. Wachtmeisterin Capaul streckt dem Mann mit dem Helm die offene Hand entgegen. «Geben Sie mir Ihre Papiere», bedeutet diese Geste.

Er kommt der Aufforderung nach.

«Carl Calonder», liest Capaul auf der Plastikkarte. «Sie kommen mit», sagt die Polizistin.

«Aber –», will Calonder einwerfen.

«Wir haben ein paar Fragen», erklärt die Polizistin. Wieder spürt er die fünf Finger des Polizisten am Oberarm. Der Griff wird nicht gelockert, bis sie beim Streifenwagen angelangt sind. Sie müssen wenige Sekunden nach ihm angekommen sein, denkt Calonder.

Im Polizeiposten in Scuol, unterhalb des Thermalbads und des grossen Kinderspielplatzes, der jetzt, Anfang Dezember, völlig verlassen ist, wird der Festgenommene erst einmal in eine Zelle eingeschlossen. Die Kollegen Lucrezia Cadosch und Duri Pranger werden bald eintreffen. Sie sind mit dem Fall vertrauter.

Vernehmung.

«Was wollten Sie bei diesem Haus?», fragt Lucrezia Cadosch gleich von der Schwelle aus, als sie und Duri Pranger den kahlen Raum betreten. Der Raum ist Polizeistandard: Neonlicht, vier abgenutzte Stahlrohrstühle mit Lehne und Sitzfläche aus Holzimitat, graue Tischplatte auf verchromten Vierkantrohren. «Wie heissen Sie wirklich?»

Schlatter hat inzwischen den Ausweis überprüft: wirklich gute Fälschung. Das bekommt nicht jeder so hin. Art. 252 StGB → Geldbusse oder Freiheitsstrafe bis zu drei Jahren.

Der falsche Calonder wird darüber informiert. Lügen sind schlechte Partner, irgendwann werden sie immer zu Verrätern.

Wie winde ich mich da bloss raus?

Was für eine Geschichte soll er erzählen? Eine, die nicht zu widersprüchlich ist, denkt er. Er hat keine bereit. Er ist nicht vorbereitet auf diese Komplikationen.

Er hatte, denkt er, bloss den Auftrag, die Rückzahlung anzumahnen.

Kann er der Polizistin und dem Polizisten etwas sagen? Auch nur ein Wort?

Nein, kann er nicht. Er weiss, wenn er den Mund aufmacht, würde er etwas verraten, woraus sie ihm einen Strick drehen könnten. Das würden sie bestimmt. Besser ist es, nichts zu sagen. Nicht einmal seinen Namen will er offenlegen. Klar, das weiss er, lange kann er das nicht durchhalten. Ob es legal wäre, ihn wegzusperren, bis er reden würde? Er hat keine Ahnung.

Das Einzige, was er ihnen sagt, ist, dass er nichts sagt.

«Sie haben das Recht auf einen Anwalt», sagt der Polizist.

«Ich weiss», antwortet der falsche Calonder. Dann schweigt er demonstrativ, indem er seine Lippen aufeinanderpresst. Sie führen ihn in die Zelle zurück, nachdem sie ihn erkennungsdienstlich behandelt haben.

Aus der Fahndungsdatenbank wird klar: Weder sein Bild noch seine Fingerabdrücke sind bisher registriert.

Überstellung.

Als «Calonder» auf dem Rücksitz eines dunkelgrauen Kastenwagens der Bündner Kantonspolizei im Waaghof eintrifft, ist es 14:40 Uhr. Rechtsanwalt Dr. iur. Arno Glutz wird ihn vertreten und ist bereits vor Ort.

Nach einer halben Stunde Besprechung mit seinem Mandanten kommen Sermeter, Gormann und Müller in den Vernehmungsraum S 312, wo der zu Befragende und Glutz schon sitzen.

Sermeter und Gormann setzen sich ihnen gegenüber. Der Müller bleibt stehen, lehnt sich gegen die Wand, die kalte Mauer kühlt seinen Hinterkopf.

«Ich heisse Raoul Lützelschwab», sagt der angebliche Calonder, «ich wohne Quadratscha [redacted]» (unkenntlich gemachte zweistellige Zahl, der Erzähler) «in Samedan.»

Für Postleitzahlenfans: 7503.

Er sagt nichts mehr.

«Uns haben Sie erzählt, Sie heissen Carl Calonder und seien ein Nachbar von Frau McLuhan», antwortet Sermeter. Ihre schwarzen Haare, korpsüblich hinten hochgesteckt, glänzen im gleissenden Leuchtstoffröhrenlicht. Nur eine kleine Strähne ragt störrisch seitlich in die Luft.

«Das war gelogen», bemerkt Gormann.

Müller schaut nur finster von seinem Stehplatz an der Wand aus.

«Sie werden der Verwendung eines gefälschten Ausweises beschuldigt … und mindestens der Mittäterschaft im Tötungsdelikt an Raetus B. Wohlhauser-McLuhan.»

Lützelschwab, dessen Identität zu verifizieren ist, blickt RA Glutz mit Unbehagen an, und der meldet: «Mein Mandant will noch einmal mit mir allein reden.»

Ordnungsgemäss gewährt. Die Kripo geht aus dem Raum.

Nach zehn Minuten kehren Sermeter, Gormann und Müller zurück in S 312. RA Glutz verkündet: «Herr Lützelschwab weiss nichts von einem Tötungsdelikt.»

Nehmen wir in den Mülleraugen Hohn, Zynismus oder Überdruss und Müdigkeit wahr?

«Das ist die Wahrheit», sagt der angebliche Lützelschwab, «ich habe niemanden angegriffen geschweige denn jemanden … also, umgebracht.»

«Und was sollten dann Ihre … nennen wir es *Besuche* … bei Frau McLuhan, der Witwe des Ermordeten?», macht Sermeter weiter.

Nun ist es wieder still. Nach einigen Sekunden Blickduell mit Sermeter wiederholt Lützelschwab: «Mit einem Tötungsdelikt habe ich nichts zu tun.»

Woran Lützelschwab nicht denkt: Das Kriko hat sein Handy, und Jonovic arbeitet daran.

VIERZEHN

Handy-Auswertung.

07:56 Uhr. Jonovic meldet: In Lützelschwabs Anrufliste hat er die Nummer von Stingelin Voegelin Law gefunden, einer Anwaltskanzlei an der Sankt-Alban-Anlage.

«Wenn er Kontakt zu einem ortsansässigen Rechtsanwalt hat, ist es seltsam», bemerkt Jonovic gegenüber Sermeter, «dass er sich für Rechtsbeistand nicht an diese Adresse gewandt hat, nicht?»

Beim Morgenrapport des Müllerteams ist das ein Thema.

Die Nummer in Lützelschwabs Anrufliste ist die direkte Durchwahl zu Sebastian J. Voegelin. Die Telefonperson der Kanzlei verweigert zwar die diesbezügliche Auskunft, doch eine simple Suchmaschinensuche fördert die Direktwahlnummer zutage.

Nach dem Rapport lässt der Müller RA Glutz avisieren und Raoul Lützelschwab aus der Zelle in S 312 hinüberbringen.

Dort eine Stunde später. Anwesend: Sermeter, Gormann, Müller, Glutz und der U-Häftling. Das ist mittlerweile sein Status. Er ist bleich, scheint kaum geschlafen zu haben, wirkt unruhig.

«Mit einem Tötungsdelikt habe ich nichts zu tun», beteuert er erneut. Stimme ohne jede Festigkeit, wie Pudding mit Schleifpapier.

«Das haben Sie uns gestern schon erzählt», sagt Sermeter.

«Beweisen Sie das», schliesst Markus Gormann an.

Stirnrunzeln des RA, weil hallo Umkehrung der Beweislast? Geht nicht! Die Behörden müssen die Schuld beweisen, nicht der Mutmassliche seine Unschuld. Was Gormann meint, sagt er jetzt: «Liefern Sie uns alles, was Sie wissen. Alles, was Sie über die Wohlhauser-McLuhans wissen. Damit wir Ihnen glauben können.»

Bis die Früchte reif vom Baum fallen, bedarf es einigen Schüttelns (Vorsicht: ist Metapher).

Nach drei Stunden Befragung (13:07 Uhr) unterschreibt Raoul Lützelschwab, dessen Identität und dessen leeres Strafregister Gloria Werner inzwischen positiv bestätigen konnte, ein schriftliches Schriftstück mit folgendem Inhalt:

√ Hatte telefonisch Auftrag von RA Sebastian J. Voegelin erhalten, beim Ehepaar Wohlhauser-McLuhan die «Rückzahlung eines mir unbekannten Betrages anzumahnen».

√ Auftrag beinhaltete, «nicht lockerzulassen».

√ Mit «härteren Bandagen lediglich zu drohen».

√ Wusste nichts vom Tod von Raetus B. Wohlhauser, erfuhr davon erst in der Verhörsituation im Waaghof.

√ Nach erfolgter Rückzahlung wäre das «volle Erfolgshonorar» in Höhe von Fr. 4'000.- fällig geworden.

√ Bisher erhalten: Fr. 1'500.-

***

Wahrheit?

Sind Sie skeptisch, dass Lützelschwab nun die volle, ganze und nur die Wahrheit erzählt hat? Kein Problem, verstehen wir. Wie soll man einem glauben, der zuvor vorsätzlich seine Identität verschleiert und falsche Ausweispapiere verwendet hat? Andererseits liegt ja Lützelschwabs unterschriebene Aussage vor, von der Tragweite her nicht vergleichbar mit einem Gruss auf einer Geburtstagskarte. Falls gelogen und vor Gericht wiederholt → Art. 307 StGB → Freiheitsstrafe bis zu fünf Jahren oder Geldstrafe. Zweitens Metadaten Handy Lützelschwab: drei Telefongespräche (zwei eingegangen, eines ausgegangen) mit RA Voegelins Anschluss. Drittens: dass Lützelschwab RA Voegelin überhaupt kennt und – wird sich zeigen – seine Stimme («aussergewöhnlich tiefer Bass») während der Befragung korrekt beschrieben hat.

Folglich ist das Kriminalkommissariat Basel-Stadt daran interessiert, mit Rechtsanwalt Dr. iur. Sebastian J. Voegelin zu sprechen.

13:28 Uhr: Müller, Sermeter, Vetter und Wäckerlin in einen Wagen und → Sankt-Alban-Anlage → Stingelin Voegelin Law.

Dass der Rechtsanwalt bereits ins Wochenende verreist wäre, ist nicht anzunehmen. Der Freitagnachmittag hat ja erst begonnen. In der Kanzlei ist er nicht. Das bestätigt der schneidige junge Krawattierte am Empfang, der von einem Hauch «Egoïste» umwabert wird. Das bestätigt auch die strenge junge Frau in Voegelins Vorzimmer, die sich mit einer Duftbarriere nach «La Panthère» vor den Unbilden der Zeitläufte schützt. Das bestätigt ausserdem die Leere von Sebastian J. Voegelins eichengetäfeltem Büro, in dem ein leichter Schwaden von «D. R. Harris Bay Rum Aftershave» die Erinnerung an den Seniorpartner der Kanzlei wach hält.

Wobei «Senior» … Er ist erst in den Vierzigern.

Wobei «Erinnerung» … da klaffen Lücken: im Gedächtnis des schneidigen Egoïste und der strengen Panthère. Wo er ist? «Ausser Haus.» Wann er zurückkommt? Nach Blick auf ein elektronisches Tool: «Das ist mir leider nicht bekannt.» Wie ihn erreichen? «Er hat sich abgemeldet.» Wie ihn erreichen? «Das ist aus seinem Terminplan nicht ersichtlich.» Rücken Sie seine Handynummer heraus? «Unsere Richtlinien erlauben es uns nicht –»

«Sie behindern eine Mordermittlung, junger Mann», sagt Müller ruhig, aber seine Augen funkeln.

Sekunde. «Blumen sind das Lächeln der Erde», schrieb R. W. Emerson. Ich schreibe das hier, weil es wahr ist, aber leider drückt es die Atmosphäre am Empfang von Stingelin Voegelin Law unzutreffend aus. Blumen gibt es hier zwar (weisse Orchideen, die nach Plastik aussehen), aber das Lächeln, das im Gesicht des jungen Zerberus aufpoppt, wirkt wie batteriebetrieben. Er sagt «Bitte nehmen Sie dort Platz», verlässt seine Stellung hinter dem Desk und verschwindet in einen Hinterraum.

Sicher ruft er ihn jetzt an. Oder er berät sich mit der Pantherin.

Nach vier Minuten und zweiundzwanzig Sekunden (Wäckerlin hatte den Blick auf der Uhr) kehrt der Krawattenmann zurück, zieht beide Mundwinkel erneut hoch, schüttelt noch im Näherkommen leicht den Kopf. «Ich kann Herrn Voegelin leider nicht erreichen.»

«Seine Handynummer, bitte», verlangt der Müller. Dieses «bitte» widerspiegelt lediglich den dünnen Firnis der Zivilisation, die müllersche Handbewegung demonstriert seine Ungeduld.

Die Nummer werde dem Kommissär wenig nützen, will der Geschniegelte antworten. Die Blicke, die ihn durchbohren, bringen ihn zum Schweigen: Der mit dem ausgedünnten Kurzhaarschnitt, den Koteletten und dem leichten Bauchansatz, die durchtrainierte Schwarzhaarige, die starke, grosse Blondine mit dem Pferdeschwanz und der dicke Glatzkopf sehen ihn an, als wollten sie ihn roh verspeisen.

Er rückt trotz aller Kanzlei-Richtlinien die Nummer heraus. Mündlich nur, damit ihm der Seniorpartner nicht nachweisen könnte, dass sie die Nummer von ihm haben. Leise nur, damit die Pantherin im Zimmer nebenan nicht hört, dass er ausser «Nein, da kann ich Ihnen nicht weiterhelfen» auch die Ziffern nennt.

Grusslos verlassen Müller, Sermeter, Wäckerlin und Vetter die Örtlichkeiten, steigen ins Auto und fahren die Sankt-Alban-Anlage hinaus → Zürcherstrasse hinunter, auf Blaulicht und Sirene verzichten sie, aber eilig ist's → scharf links in die Weidengasse → unten dem Kanal entlang zurück → Sankt-Alban-Rheinweg. In der modernen Luxushäuserzeile mit Sicht auf den Mühlegraben und die alte Stadtmauer, «Letzi» mit Namen – könnte der Müller fussballerisch fast nostalgisch werden –, wohnt Dr. iur. Voegelin privat.

Zum Glück öffnet sich die Eingangstür zum Gebäude gerade, weil zwei Männer im Blaumann mit Laubrechen und Werkzeugkasten herauskommen. Sermeter, voran, lässt den Dienstausweis aufblitzen, sie und Müller, Wäckerlin und Vetter gleich ins Treppenhaus. Geräuschlos. Zwei Etagen zügig die polierten Steinstufen hoch. Massive Holztür, vermutlich mit Stahlplatte dahinter, graviertes Metallschild «S. J. V.». Sie stellen sich links und rechts der Tür auf. Selbstschutz. Vetter drückt auf den

Klingelknopf. Beantwortet wird das Signal nicht. Das zweite Mal ebenso wenig.

Sie ziehen ab und warten beim Verbindungsweg, der von der Strasse zum Hauseingang führt. Müller fordert eine Streife an. Auftrag: Haus beobachten, Voegelin, falls er auftaucht, zur Befragung in den Waaghof bringen. Auch löst er die Fahndung nach dem Anwalt aus. Dringend zur Vernehmung als Auskunftsperson benötigt.

***

Nachdenken.

15:12 Uhr. Zurück im Waaghof vergräbt sich der Müller mit den Berichten über den Fall Wohlhauser in seinem Einzelbüro, mittlerweile ein ansehnlicher Stapel, wenn er auf Papier und nicht digital vorläge. Beim Lesen und Nochmaldurchlesen und Zurückblättern und Wiedervorblättern und Hochscrollen und Runterscrollen fällt ihm auf: Der tote Wohlhauser trug einen hellgrauen Mantel und einen dunklen Schal mit Hahnentrittmuster. Zu sehen war das selbstverständlich auch auf der Aufnahme der Überwachungskameras im «Pfauen». Er ruft die Videosequenz noch einmal auf und landet bei dem Ausschnitt, der dieses VIP-Paar Ketony alias Kerri Ka$h und Tony Carreras zeigt. Es sind weniger die Personen, die seine Gedanken nochmals zum Kreisen bringen, als vielmehr Carreras' Kleidung: heller, fein karierter Mantel, dunkler Schal. Und vor allem Kerri Ka$hs glänzender knallroter Mantel. Müllers Hirn stellt eine Verbindung her. Diese Beschreibung hat er doch schon einmal gelesen, in einem Bericht. Déjà-vu? Nein, keine gedankliche Fehlleistung. Diese Bekleidung, die Textur dieses Mantels und das rote Plastikteil … entspricht das nicht der Beschreibung, die dieser Mann geliefert hat, der im Parkhaus Elisabethen angerempelt wurde? Wie hiess er gleich? Loosli, ja, Martin Loosli. Müller sucht im System den betreffenden Bericht. Der Rempler geschah ungefähr 45 Minuten, bevor Wohlhauser tot im «Pfauen» zusammenbrach.

Ja, dieser Loosli, der angerempelt und gegen den Kassenautomaten des Parkhauses gestossen wurde, hat einen Mann beschrieben, der angezogen war wie Raetus B. Wohlhauser-McLuhan: hellgrauer Mantel, dunkler Schal mit «so schwarzweissen Mustern». Und zwei mögliche Zeugen, die allerdings den Ort verliessen, ohne sich an ihn zu wenden, hat Loosli auch beschrieben: einen Mann in einem fein karierten Mantel und eine blonde Frau in einem knallroten Plastikmantel. In Müllers Kopf arbeitet es.

Um sicherzugehen, liest er in Looslis Anzeige nach … ja, hier steht's: Ein Sicherheitsmann ertappte ihn, als er laut fluchend den Kassenautomaten des Parkhauses mit Fäusten traktierte, sodass der Sicherheitsmann unsere 117 verständigte. Dieser Loosli hat den Mann, der ihn an jenem Tag, dem 26. November, um 17:20 Uhr gegen den Automaten geschleudert hat und ihm dabei möglicherweise die Brieftasche – er nannte sie bei Anzeigeerstattung beharrlich «Miniwallet» – gestohlen hat, recht präzise beschrieben. Ist diese Diebstahlanzeige das Puzzleteil, das uns im Fall Wohlhauser weiterbringt?

16:10 Uhr. Anweisung Müller → Sermeter und Dominguez fahren mit den Bildern der Überwachungskamera zu Looslis Arbeitsplatz. Ein KMU im Gewerbegebiet beim Bahnhof Münchenstein. Geschäftshaus, wie sie millionenfach in der Welt herumstehen und nichts zu deren Verschönerung beitragen. Grossraumbüro, Bildschirme, Arbeitstische, Rollwagen mit Kartons drauf. Looslis Chef, am heutigen «Casual Friday» in alligatorengrünes Krokodilspolo und hellbraune Cargohosen gekleidet, ist äusserst abweisend. Dass sein Mitarbeiter während der Arbeitszeit, wenn alles noch vor dem Wochenende fertig werden muss, befragt werden soll, passt ihm nicht. Loosli selbst ist es peinlich, dass der junge Zürcher und die schwarzhaarige Detektivin auftauchen. Immerhin, das erleichtert ihn, stellen sie ihm ihre Fragen nicht vor dem Chef. Der hat bisher nicht mitbekommen, dass Loosli vor einer Woche am Black Friday nicht krank war, sondern blaugemacht hat.

In einem Besprechungskabäuschen aus Glas, Sermeter zieht ein Rollo herunter, legen sie Loosli ein Bild von Wohlhauser vor – und eines von den Kleidungsstücken, die er bei seiner Auffindung trug.

IT-Spezialist Martin Loosli bestätigt, dass dieser Mann der Grobian ist, der ihn brutal zur Seite gestossen hat, als er den Kassenautomaten …

«Sicher?», fragt Sermeter. Weil wenn Identifikationen später scheitern, bekommt der Staatsanwalt vor Gericht einen Anfall und pfeift das Kriko zusammen.

Loosli legt die Stirn in Falten, wendet den Blick vom Foto ab und der schwarzhaarigen Ermittlerin zu. «Ziemlich sicher, ja, die Kleider stimmen, die Statur auch. Das muss er sein.»

Und sie zeigen ihm ein Foto von Tony Carreras im «Pfauen» – und eines von Kerri Ka$h.

Loosli legt die Stirn in Falten und betrachtet die Aufnahmen ganz genau. Dann hellen sich seine Züge auf. «Das sind sie, ich meine, die Zeugen, die sich nicht gemeldet haben. Der rote Mantel dieser Frau, sehen Sie? Das fällt auf. Diese beiden müssten gesehen haben, wie mich der andere Rüpel weggestossen hat.»

Sermeter fragt ihn erneut, ob er sich sicher sei. Zweifeln sie an seinem Erinnerungsvermögen? Loosli hat die Augen nicht von den Bildern abgewandt, als suche er darin weitere Informationen. Schliesslich nickt er und sagt: «Wenn ich sie … genau betrachte, kommen mir diese drei Personen bekannt vor.»

Die Ermittlerin geht nicht darauf ein und fährt fort: «Was für eine Jacke trugen Sie letzten Freitag?»

Er denkt nach und sagt langsam: «Eine graue Stoffjacke, ich erinnere mich, mit braunen Knöpfen mit Lederbezug.»

«Die brauchen wir», sagt Dominguez. Wegen Fasern et cetera.

«Ich kann sie Ihnen am Montag bringen», schlägt Loosli vor. Denn was er nicht will, ist, dass die Polizei zu ihm nach Hause kommt und er Melissa seinen Black-Friday-Schlamassel noch einmal in allen Einzelheiten auseinandersetzen muss.

Sermeter stoisch: «Wir brauchen die Jacke sofort.»

Loosli seufzt und nennt seine Adresse, die den beiden längst bekannt ist.

17:30 Uhr. 4450 Sissach.

Zuglinie, Quartierstrasse. Melissa Loosli erschrickt, als Sermeter und Dominguez sich als Mitarbeiter des Kriminalkommissariats Basel-Stadt vorstellen. «Kein Unfall, nichts dergleichen, Ihrem Mann geht es gut, reine Routineangelegenheit.» Und so ist es auch: Gegen Martin Loosli liegt ausser geringfügiger Sachbeschädigung am Kassenautomaten des Parkhauses Elisabethen nichts vor. Davon erzählen Sermeter und Dominguez keine Silbe, sondern sprechen, noch einmal, von «Routinefragen», von «keine Sorgen machen» und mauern konsequent mit «leider nicht befugt, Ihnen …» und «nichts Weltbewegendes», als würden baselstädtische Kripo-Leute aus lauter Spass an Bagatellfällen die 27.3 Kilometer über die A3 und die A2 unter die Räder nehmen.

«Die graue Jacke mit den braunen Lederknöpfen?» Melissa Loosli reagiert auf die Beschreibung und zeigt auf ein Möbelstück. «Die muss hier im Schrank hängen. Ich hole sie Ihnen.»

«Wir behändigen sie lieber selbst», beeilt sich Sermeter einzuwerfen, bevor sich die Gefahr der DNS-Kontamination und sonstigen Spurenverunklärung durch Frau Looslis Finger in Wirklichkeit verwandelt. Freddy Dominguez hält auf einmal einen grossen Plastikbeutel in der Hand, sagt «Verzeihung», schiebt die Frau zur Seite, drängt sich in die Wohnung, öffnet den Garderobenschrank und lässt das gesuchte Kleidungsstück in der Tüte verschwinden. Asservatenbeutel, ein nützliches Wort.

***

Ausrücken.

Müller, von Sermeter und Dominguez informiert, schickt sofort Vetter, Wäckerlin, Gormann und Werner los, um das Glamourpaar Ketony in den Waaghof zu holen. Zuerst lässt sie der Müller in zwei Einzelzellen unterbringen. Bis die Rechtsbeistände (Marini bzw. Oberholzer, treten nicht prägend in Erscheinung) eintreffen und die restliche Müllermannschaft zurück ist, dauert es eineinhalb Stunden.

Um 19:07 Uhr geht's los.

Sermeter und Vetter übernehmen in Verhörraum S 311 Kerri Ka$h.

«Ihr Partner, Herr Borer, hat gestanden», wirft ihr Gülay Sermeter gleich einleitend an den Kopf. Die Mutmassliche weiss nicht, dass Tony Carreras' Befragung ebenfalls erst in diesen Minuten beginnt. Indem sie Kerri Ka$h den prosaisch bürgerlichen Namen ihres Gespielen – sprich: seine strafrechtlich belangbare Identität – nennt, gibt ihr Sermeter zu verstehen, dass das Glamourleben genau in diesem Augenblick am Strafgesetzbuch zerschellt. Spätestens jetzt, so dieses Signal der Detektivwachtmeisterin, ist Kerri Ka$h wieder voll und ganz Salomé Hug, gelernte Krankenschwester ohne Lamettafaktor.

«Nun wollen wir auch von Ihnen erfahren, was Sie im Parkhaus Elisabethen zu schaffen hatten», hakt Rolf Vetter nach.

Kerri Ka$h verschliesst sich wie eine Auster.

«Und was Sie dort Raetus B. Wohlhauser-McLuhan angetan haben», fährt Gülay Sermeter fort. Sie schaut La Ka$h genau unter den Lidschatten und sagt leise: «Wohlhauser, der etwa 45 Minuten später zusammengebrochen und gestorben ist.»

Und um die Klientin schwindlig zu fragen, wechselt Rolf Vetter den Schauplatz: «Und was wollten Sie um 18 Uhr im ‹Pfauen›?»

Wäckerlin und Gormann nehmen sich gleichzeitig in S 312 Tony Carreras vor.

«Frau Hug war recht gesprächig», behauptet Markus Gormann.

«Wer?», fragt Tony Carreras.

«Ihre Freundin», sagt Romina Wäckerlin, während der Groschen unter lautem Scheppern in Tony Carreras' mentale Sparbüchse fällt.

«Wir nennen uns nicht so», hält Borer dagegen, «jene Namen sind nicht Teil unseres Lifestyles.»

Lifestyle, denkt Wäckerlin.

«Also –», beginnt Gormann.

«Also was?»

Dann setzen Sie anders an als Sermeter und Vetter im Befragungsraum nebenan: «Warum waren Sie am Freitag, 26. November, so gegen 18 Uhr im ‹Pfauen›?» (Wäckerlin).

«Uns ein bisschen umsehen und vielleicht etwas kaufen?», schlägt Carreras vor. Das Fragezeichen am Satzende überschlägt sich fast vor Empörung.

Wäckerlin säurehaltig: «Und Wohlhauser beobachten?»

Bleibt unkommentiert.

«Und 45 Minuten vorher im Parkhaus Heuwaage?», schiebt Gormann hinterher.

«Das, also, das ist ja ... ja, das ist ein Polizeistaat hier», ruft der Befragte und streckt die Arme aus, als wolle er sich einen T-Rex vom Leib halten, «was man auch tut, die Bullen wissen davon!»

Gormann lässt ihm keine Sekunde Aufschub. «Ich nehme nicht an, dass Sie im Parkhaus *zufällig* auf Herrn Wohlhauser gestossen sind.»

Und Wäckerlin: «Haben Sie ihm abgepasst? Ihn verfolgt?»

Gormann: «Was wollten Sie von ihm?»

«Im ‹Pfauen›? Ausschau gehalten nach einem Super-Buy!», sagt Kerri Ka$h.

Sermeter schmunzelt.

Und im Wissen, dass Martin Loosli bei seiner Anzeige eine Frau in einem roten Mantel erwähnt und sie bei der Befragung heute Nachmittag am Arbeitsplatz auf dem Foto auch erkannt hat, im Wissen auch, dass das Glamourpaar stets im symbiotischen Doppelpack auftritt, lenkt Rolf Vetter die Befragung wieder in die Richtung, in die dieses Verhör am dringendsten zielt: «Und unmittelbar vorher im Parkhaus Heuwaage?»

Rolf Vetter ist ein alter Polizeifuchs und merkt, dass La Ka$h unter ihrem Make-up erbleicht.

«Sie sind», sagt Sermeter und tut, als schaue sie in ihren Unterlagen nach, «gelernte Krankenschwester?»

Salomé Hug alias Kerri Ka$h wedelt diese Beschäftigung mit einer Handbewegung weg, doch ihr Blick antwortet Ja.

«Dann kennen Sie sich ja mit Spritzen aus, nicht?»

FÜNFZEHN

Auf der Zielgeraden? Bald Saturday Night Fever, 4. Dezember?

Um 08:25 Uhr bestätigt Roland Cattaneo von der Kriminaltechnik: An der Jacke, die Loosli am Schwarzen Freitag trug, finden sich tatsächlich Fasern von Raetus B. Wohlhausers hellgrauem Mantel. Der Philosoph ist definitiv der Mann, der den IT-Mitarbeiter beiseitegestossen hat, als er beim Kassenautomaten vorbeieilte. Dort haben wir ja auch seinen Jaguar sichergestellt. Und laut Martin Loosli verliessen Tony Carreras und Kerri Ka$h das Parkhaus nur wenige Sekunden nach dem Philosophen, der kurz darauf zusammenbrach und verstarb. Wohlhauser, Carreras, Ka$h zur selben Zeit am selben Ort ... Ist diese Überschneidung Zufall?

«Waren Carreras, Kerri Ka$h», der Müller muss immer auch den Vornamen der Frau nennen, weil er sonst an Johnny Cash denkt («Folsom Prison» und die Liveplatte aus San Quentin würden inhaltlich passen), «waren Carreras, Kerri Ka$h und Wohlhauser gleichzeitig im Parkhaus? Hatten sie eine Auseinandersetzung? Ist Wohlhauser vor ihnen geflohen? Sind sie ihm in den ‹Pfauen› gefolgt?», fragt der Müller im Sitzungsraum S 207. Das Team ist vollzählig: Gülay Sermeter, Romina Wäckerlin, Rolf Vetter, Markus Gormann, Freddy Dominguez und Aspirant Xerxes Blaser sowie Aspirantin Gloria Werner.

«Aber der vergiftete Whisky?», merkt Sermeter an. «Zeitlich passt der nicht. Den muss Wohlhauser mindestens eine Stunde vor dem Vorfall mit Loosli im Parkhaus zu sich genommen haben. Wenn wir annehmen, dass im Parkhaus wirklich eine Auseinandersetzung zwischen Wohlhauser und dem Glamourpaar stattgefunden hat, fehlt im Ablauf mindestens eine Stunde, die das Gift brauchte, um zu wirken.»

«Dass Carreras und Ka$h den Philosophen im Parkhaus dazu gebracht hätten, Whisky zu trinken ... ist wenig realistisch», ergänzt Markus Gormann.

Deshalb eine weitere Befragungsrunde. Wie gestern Sermeter und Vetter mit Kerri Ka$h in Vernehmungsraum S 311. Wie gestern Wäckerlin und Gormann mit Tony Carreras in Vernehmungsraum S 312.

So werden sie den ganzen Samstag durchackern.

Um 09:56 Uhr meldet die Schweizer Grenzwache, dass bei der Passkontrolle am Grenzübergang Otterbach der vom Kriminalkommissariat Basel-Stadt zur Fahndung ausgeschriebene Rechtsanwalt Sebastian J. Voegelin festgenommen werden konnte. Müller schickt ein Pikettfahrzeug mit drei Mann Sicherheitspolizei hin, um ihn abzuholen und in den Waaghof zu bringen.

Art. 24 StGB: Anstiftung zu einem Verbrechen? Wird bestraft wie das Verbrechen selbst. Voegelins Befragung übernehmen der Müller und Freddy Dominguez. In Anwesenheit von Thomas Krähenmann, ihrem Chef.

SECHZEHN

Freitag, Schwarzer Freitag. Das Verbrechen. Rekonstruktion aufgrund der Vernehmungen des Paares Carreras und Ka$h.

AUSSEN, FREITAG, 26. NOVEMBER, ENDE DER DÄMMERUNG (16:45 Uhr), STEINENTORSTRASSE, SICHT VON DER STRASSE HER AUF EINE BAR, LEUCHTENDE WERBESCHRIFTZÜGE

STIMME CARRERAS

«Dort sitzt er.»

Tony Carreras (48) und Kerri Ka$h (39) auf der anderen Strassenseite vor dem Hotel-Restaurant. Aus der Entfernung beobachten sie Raetus B. Wohlhauser-McLuhan (38) und einen anderen Mann, den sie nur von hinten sehen, im gedämpften Licht der Bar. Die beiden sprechen. Carreras und Ka$h sehen, wie der Mann Wohlhauser einen Flachmann reicht, der Philosoph einen tiefen Zug daraus trinkt und der andere die Flasche wieder an sich nimmt. Ein Kellner tritt zu ihnen. Sie unterhalten sich kurz. Der Kellner bringt gleich darauf zwei Espresso.

CARRERAS

«Nähme mich schon wunder, wer das ist.»

KERRI KA$H

«Und was sie zu besprechen haben. Vielleicht schuldet er dem auch Geld?»

Sie überqueren die Strasse und stellen sich an der Tramhaltestelle auf. Unterstand. Dort sind sie vor dem leichten Regen geschützt und haben das Lokal, Wohlhauser und seinen Gesprächspartner weiterhin im Blick. Sie warten.

AUSSEN, FREITAG, 26. NOVEMBER, DUNKEL (17:05 Uhr), STEINENTORSTRASSE, SICHT AUF DIE BAR:

Raetus B. Wohlhauser-McLuhan verlässt die Bar. Ohne sich umzusehen, geht er zielstrebig dreissig Meter die Steinentorstrasse stadtauswärts, am Kiosk, an der Billet-Verkaufsstelle der Baselland Transport AG, an der Shisha-Bar und am Arbeitsvermittlungsbüro vorbei. Am Zebrastreifen muss er sich gedulden, der Verkehr ist dicht. Die aus der Stadt hinausfahrenden Autos sind – das erkennt man deutlich – mit Black-Friday-Beute vollgepackt. Kerri Ka$h und Tony Carreras halten sich in sicherer Entfernung von Wohlhauser. Sie wollen von ihm nicht gesehen werden. Kamera schwenkt kurz die Steinentorstrasse einwärts. Die Augen des Glamourpaars fallen auf Like Mike (36). Mit ihm also hat sich Wohlhauser getroffen. Der Lokalradiostar hat die Bar wenige Sekunden nach dem Philosophen verlassen. Kamera wieder nach links auf Wohlhauser: Als sich eine Lücke in der Autokarawane auftut, überquert er den Zebrastreifen, erreicht das Tramperron, muss dem Tram 16 → Theater, den Vortritt gewähren, überschreitet die Tramgeleise, schickt sich an, auch die stadteinwärts verlaufende Fahrbahn hinter sich zu bringen. Ka$h und Carreras hinterher. Wohlhauser bewegt sich auf das Parkhaus Elisabethen zu.

INNEN, FREITAG, 26. NOVEMBER, 17:10 UHR, PARKHAUS ELISABETHEN, PARKDECK, HINTERER BEREICH, LEUCHTSTOFFRÖHRENLICHT.

Raetus B. Wohlhauser bei seinem grauen Jaguar, in der Hand die Wagenschlüssel. In seinem Rücken hört er

STIMME TONY CARRERAS

«Red!»

Wohlhauser dreht sich um, sieht Tony Carreras.

CARRERAS

«Heute auf Shopping-Tour, na? Dabei schuldest du uns Geld!»

Wohlhauser öffnet den Mund, doch der Ex-Nebenrollendarsteller spricht weiter.

CARRERAS

«Dafür waren wir gut genug: uns das Geld aus der Tasche ziehen, etwas von Bombenrendite schwadronieren und uns hinterher nicht mehr kennen wollen!»

WOHLHAUSER

«Immer mit der Ruhe … ich –»

Carreras mit geballten Fäusten, wirkt plötzlich massiv, Wohlhauser weicht einen Schritt zurück. Kamera auf Kerri Ka$h. Sie schleicht sich von hinten an den Philosophen heran. In einer Hand hält sie eine Spritze, aufgezogen. Wohlhauser bemerkt sie nicht, ist voll konzentriert auf den wütenden Carreras, der ihn anbellt.

CARRERAS

«Wir wollen unser Geld zurück, und zwar sofort. Sonst stecken wir das den Medien, dass der hochgelobte Fernsehphilosoph ein Schwindler ist, ein Betrüger, ein [redacted]!»

Nun schwillt auch Wohlhauser der Kamm.

WOHLHAUSER

«Ihr habt mich verfolgt, ihr …»

Hinter ihm Ka$h mit der aufgezogenen Spritze. Sie zielt damit auf Wohlhausers Rücken.

CARRERAS

«Du elendes [redacted]!»

WOHLHAUSER

«Mach mal halblang, Tony! Ich kann dir alles …»

Zeitlupe: Ka$h sticht von hinten zu, Grossaufnahme der Spritze, die durch Wohlhausers Mantel hindurch in seinen Rücken eindringt, Ka$hs rotnagelige Finger drücken die Flüssigkeit aus der Spritze hinein.

WOHLHAUSER

«… alles erklären.»

Wohlhauser zuckt leicht zusammen.

INNERE STIMME WOHLHAUSER

Dieser verdammte Hexenschuss!

Die Spritze verschwindet in einem glitzersteinchenbesetzten Etui, das im Neonlicht funkelt. Ka$h weicht lautlos zurück.

Wohlhausers Blick ist starr auf Tony Carreras gerichtet. Es fallen weitere böse Worte.

Nach einigen Sekunden wird es Wohlhauser zu viel, und er flieht in Richtung Eingang. Dieser befindet sich auf gleicher Ebene wie das Parkdeck. Die Kamera lässt den Philosophen laufen und schwenkt zurück auf Carreras. Der hat die Hände in die Hüften gestemmt. Ka$h kommt hinter dem Jaguar wieder zum Vorschein.

Sie lachen.

CARRERAS

«Komm, wir folgen ihm, um zu sehen, wie das Schlafmittel wirkt. Wäre zu lustig, wenn der Fernsehsuperdenker zugedröhnt in der Innerstadt in einen Wühltisch mit gnadenlos preisreduzierter Black-Friday-Ware zusammenbricht.»

KERRI KA$H

«Und die Leute fotografieren ihn und laden sein Bild hoch.»

Sie laufen los, hinter Wohlhauser her.

INNEN, FREITAG, 26. NOVEMBER, 18:02 UHR, KAUFHAUS «PFAUEN», 2. OG, ABTEILUNG HERRENBEKLEIDUNG; MENSCHENGEWÜHL

Raetus B. Wohlhauser schwitzt, er greift sich ins Kreuz. Das Warenhaus schwankt leicht. Er fühlt sich unwohl. Schweissperlen, Herzrasen? Wo kann er Ruhe finden? Er verlässt die Abteilung Herrenbekleidung, geht zum Lift. Drückt mehrfach auf den Knopf. Endlich da. Die Türe öffnet sich. Er stolpert hinein.

INNERE STIMME WOHLHAUSER

Was ist mit mir? Zu viel getrunken? Hätte ich Like Mikes Whisky nicht annehmen sollen?

Im fünften Stock steigt er aus, schnell zu den Toiletten, trinkt beim Waschbecken einen Schluck Wasser. Sein Spiegelbild sieht er nur verschwommen. Es schwankt. Wenn mich jemand so sieht, denkt er. Was werden sie denken? Zwei Kabinen, denkt er, die rechte ist frei. Ich schliesse mich dort ein, bis mir wohler ist.

SIEBZEHN

Zwei Befragungen.

09:56 Uhr an diesem Samstagmorgen, 4. Dezember, am Grenzübergang Otterbach festgenommen, 10:25 Uhr im Waaghof eingetroffen. Weil die beiden Verhörräume durch die Befragungen von Tony Carreras und Kerri Ka$h belegt sind, wird Sebastian J. Voegelin ins Sitzungszimmer S 207 geführt. Zuerst unter vier Augen Besprechung mit seinem Rechtsvertreter Dr. iur. Albrecht von Siebenthal. Zwanzig Minuten später setzen sich Müller, Freddy Dominguez und Staatsanwalt Thomas Krähenmann dazu. Vor der Tür haben sie zwei Sicherheitspolizisten postiert, weil Fluchtgefahr. Ausser seinen Personalien gibt Voegelin keine Informationen preis. Müller klärt ihn auf, dass gegen ihn ein Strafverfahren wegen mutmasslichem Verstoss gegen Art. 24 StGB (Anstiftung zu einem Verbrechen) vorliegt. Der Beschuldigte Voegelin verweigert die Aussage. Krähenmann erklärt ihm, dass er in Untersuchungshaft gesetzt wird. Müller lässt ihn in die Zelle zurückbringen.

Denkst du: Indizienprozess. Denkst du: schwierig, schwierig. Und welche Indizien?

Die Anruflisten von Raoul Lützelschwab alias Carl Calonder. Aber noch mehr. Denn Sermeter informiert den Müller, dass Tony Carreras und Kerri Ka$h übereinstimmend ausgesagt haben, Wohlhauser habe sich am späteren Black-Friday-Nachmittag zwischen 16:45 und 17:05 Uhr in einer Bar bei der Heuwaage mit Like Mike getroffen, dem Lokalradiostarmoderator.

Like Mike sitzt ja seit Mittwoch im Waaghof in Untersuchungshaft. Die halbe Woche in Unfreiheit hat ihm sichtlich zugesetzt. Mittlerweile hat auch er einen Anwalt beigezogen. Das Reimen ist dem Moderator vergangen.

Sitzungszimmer S 207. Like Mike, RA Andrea Meier, Müller, Freddy Dominguez.

Es wird harzig, bockig, langwierig, zäh. Es dauert. Zwischendurch Pause. Für Like Mike eine Mahlzeit in der Zelle. Für Müller und Dominguez eine Stärkung in der Kantine. Um 13:30 Uhr ist RA Meier wieder da. Mineralwasser, Kaffee → Fortsetzung.

Schliesslich siegt die Erschöpfung.

Zusammenfassung: Michael Streuli alias Like Mike sagt aus, das Treffen mit Wohlhauser in der Bar bei der Heuwaage sei verabredet und geplant gewesen. Er gibt an, er habe Wohlhauser bloss Angst machen wollen. Er habe das [redacted]-[redacted], das er in den Whisky geschüttet habe, von jemandem erhalten, den er nicht kenne. Kann man so naiv sein, denkt der Müller. Oder die Kriminalpolizei für so blöd halten, anzunehmen, die glauben einem solch einen Quatsch? Und wegen derartiger Verstocktheit à gogo dauert es eine weitere Stunde, bis Like Mike aussagt, er habe Raetus B. Wohlhauser-McLuhan im Auftrag von Sebastian J. Voegelin Angst machen wollen, damit Wohlhauser diesem und ihm selbst endlich das geliehene Geld zurückerstattet, das er ihm und vermutlich auch Voegelin abgeschwatzt habe, um es mit hohen Renditen zu investieren. Vermutlich, so Like Mike nach weiterem Katz-und-Maus-Spiel, habe er, Like Mike, es mit der Dosierung des [redacted]-[redacted] übertrieben, was zu Wohlhausers Tod geführt habe. Leider. Woher er die tödliche Substanz gehabt habe, fragt Dominguez erneut nach, worauf ihn der Radiomoderator anschaut, als habe er ihn gefragt, ob das Münster zwei oder siebzehn Türme habe. Weil die Aussage auf der Aufnahme klar zu hören sein muss, bringt ihn der Müller dazu, das Wort «Darknet» auszusprechen. Und überhaupt, fragt ihn der Müller auch, warum er denn diesen Anschlag auf eine Person verübt habe, die er wiederholt als Freund bezeichnet und mit der ihn eine langjährige Bekanntschaft verbunden habe.

«Er hatte mich in der Hand.»

Beim dritten Ton ist es genau 16 Uhr, 2 Minuten und 0 Sekunden.

Nach der Aussage von Michael Streuli alias Like Mike rücken mehrere Patrouillen der Sicherheitspolizei und die Müllermannschaft aus. Auch Roland Cattaneo und seine Kriminaltechniker, Jessica Panzeri von der Wirtschaft und Mladen Jonovic von Cybercrime beteiligen sich an der Durchsuchung der Wohnung von RA Sebastian J. Voegelin und der Kanzlei Stingelin Voegelin Law. Die sichergestellten Speichermedien und Kommunikationsgeräte werden umgehend der Auswertung zugeführt.

ACHTZEHN

Debriefing.

Samstag, 4. Dezember, 22:17 Uhr, Waaghof, Sitzungszimmer S 207. Müller, Sermeter, Wäckerlin, Vetter, Gormann, Dominguez, Blaser, Werner und Jessica Panzeri von der Wirtschaft. Wasser, Kaffee, jemand hat sein Kleingeld in den Automaten gesteckt und in Schokoriegel verwandelt. Die Tür öffnet sich, und der Leitende Staatsanwalt Thomas Krähenmann gesellt sich zur Runde, der Chef.

«Noch ein paar Details, dann sind wir durch», sagt Müller, «am Montag lege ich Ihnen den Bericht vor.»

Krähenmann lächelt.

Müller: «Fassen wir zusammen. Rechtsanwalt Voegelin als Auftraggeber, Radiomoderator Like Mike, der Wohlhauser vergiftet hat, und das Glamourpaar, das schwere Körperverletzung oder sogar einen Tötungsversuch begangen hat, die haben wir alle in U-Haft.»

Täter ermittelt √

«Wahrscheinlich bin ich zu müde ... mir ist nicht klar», sagt Gormann, «warum bringt der Radiomoderator seinen Freund um, der ihn in gehobenere Medien einführen wollte? Was hatte Voegelin gegen ihn in der Hand?»

Jessica Panzeri ergreift das Wort: «Das kann ich beantworten ... Die Handydaten der beiden belegen ihren direkten Kontakt. Besonders aufschlussreich ist, was Jonovic und ich vor knapp einer Stunde in Voegelins Computer gefunden haben ...»

Gemeine kleine Kunstpause. Dass Panzeri diesen Moment auskostet, können wir ihr nicht verübeln. Die Müllerequipe und Krähenmann starren sie an. Was, wollen sie wissen, was?

Panzeri fährt fort: «... Fotos. Fotos, die Streuli zeigen, splitternackt, in Gesellschaft unbekleideter weiblicher Personen, beim Schnupfen von Kokain ... Woher diese Bilder stammen, wissen wir natürlich noch nicht. Wenn sie der Rechtsanwalt an die Medien weitergegeben hätte, wär's aus gewesen mit Like Mikes Ruf und seinem Job. Voegelin hatte ihn in der Zange. Like Mike musste ausführen, was der ihm auftrug.»

Tatmotiv geklärt √

«Und warum hat der Rechtsanwalt vom Radiomoderator verlangt, Wohlhauser auf den Pelz zu rücken?», will Staatsanwalt Krähenmann wissen.

«Geld», antwortet der Müller, «Wohlhauser schuldete auch Voegelin eine grosse Summe.»

«Jonovic und ich werden am Montag eine genaue Liste erstellen, wie hoch Wohlhausers Zahlungsrückstände sind», sagt Panzeri.

«Gegenüber Voegelin waren es mehrere hunderttausend. Sagt Like Mike», berichtet Müller aus dessen letztem Verhör.

«Wo's raufgeht, geht's auch runter», lässt sich Freddy Dominguez halblaut vernehmen. Spricht er mit sich selbst? Liest der auch Diodoros?

«Schon verrückt, wie der Entzug die Leute zum Plaudern motiviert», sagt Romina Wäckerlin zufrieden.

«Und ich wette, dass wir in Voegelins Elektronik noch einiges finden werden», fügt Panzeri hinzu.

Einige Sekunden sitzen alle wortlos da, schauen sich an und atmen durch.

«Gegen Calonder-Lützelschwab ermitteln wir wegen Ausweisfälschung und Nötigung, und wir klären ab, ob Bettina McLuhan an den Betrügereien ihres Mannes beteiligt war», ergänzt Sermeter. «Auch Lützelschwab ist wieder auf freiem Fuss.»

Thomas Krähenmann, der Leitende Staatsanwalt, nickt. Die Mitglieder der Müllerequipe wirken zufrieden.

Krähenmann legt seine Hände bereits auf die Knie, als wolle er aufstehen. Samstag, bald elf, wer nicht Polizist, Grenzwächter, Tramfahrerin, Lokführer, Kondukteurin, Krankenschwester, Ambulanzfahrer, Notärztin, Feuerwehrmann, Seelsorger oder Drogenhändler ist, schnürt in diesen Minuten die Tanzschuhe fürs «Saturday Night Fever» oder versucht, sich ans Login fürs Abo des Film-Streamingdiensts zu erinnern.

«Aber Wohlhausers Zusammenzucken im ‹Pfauen›? Was war das, wenn nicht der Augenblick, in dem die Spritze in seinen Rücken eingedrungen ist?», will Markus Gormann noch wissen.

«Vermutlich tatsächlich Hexenschuss», sagt Aspirantin Gloria Werner, «ich habe mit seinem Hausarzt telefoniert. Der Philosoph litt fast chronisch unter Lumbago.»

«Was ist denn das schon wieder?», mischt sich Vetter ein.

«Warum ist Wohlhauser nach der Besprechung mit Streuli in der Bar überhaupt ins Parkhaus zu seinem Auto zurückgegangen, obwohl er zum Einkaufen in die Freie Strasse wollte?», wundert sich Wäckerlin.

«Vielleicht hat er im Auto etwas vergessen. Sein Handy zum Beispiel», sagt Sermeter.

«Mhm», wirft der Müller ein. Wie alle zu entschlüsseln vermögen, drückt er damit Zustimmung aus: Ja, sein Handy haben wir tatsächlich auf dem Beifahrersitz seines Jaguars gefunden. Vermutlich hatte er es dort vergessen, ging zum Auto zurück und kam wegen des Streits mit Carreras und Kerri Ka$h nicht dazu, es aus dem Wagen zu holen.

«Und diese Firma ‹Transaction & Services Ltd.› in Luxemburg, der Virgil Herrmann Zanger 42'000 Franken überwiesen hat, damit Wohlhauser sie investiert?», fragt Müller.

«Nur das Konto ist im Grossherzogtum», sagt Panzeri, «die Firma selbst sitzt in einer dieser Steueroasen in der Karibik. Wem sie wirklich gehört, wissen wir noch nicht. Falls wir das je herausfinden …»

Ein Räuspern, und Krähenmann steht nun wirklich auf. Er reicht dem Müller die Hand. «Gute Arbeit, danke», sagt er. Und er fügt hinzu: «Ich erwarte Ihre Berichte so bald als möglich.» Hätte er nun nicht zu sagen brauchen, das wissen wir. «Danke Ihnen allen für Ihren Einsatz», fügt er hinzu und lässt wie ein Blaulicht den Blick übers Müllerteam schweifen. Schon ist er weg. Einige Sekunden ist es still.

«Und wir?», fragt Markus Gormann.

Vetter: «Ich wüsste eine Quizfrage: Von welcher griechischen Insel stammt Greta?»

Gormann stoisch: «Ich wüsste ein nettes Lokal im St. Johann, wo ein Jazztrio auftritt. Wer kommt mit?»

«Ich muss passen», sagt der Müller, «ich bin fix und fertig und brauche Ruhe.»

Die Runde löst sich schnell auf. Die meisten folgen Gormann in dieses Jazzlokal. Ausser Sermeter. Sie ruft bei sich zu Hause an. Ihre Schwester schaut sich dort online ältere «Bestatter»-Folgen an. Céline und Murat schlafen seit Stunden, sie lassen ihre Mutter grüssen und hoffen, morgen etwas mit ihr zu unternehmen. «Ja, das werden wir», sagt Detektivwachtmeisterin Gülay Sermeter, «zum Frühstück bin ich zu Hause, bei euch.»

Müller und Gülay überqueren die neue Fussgängerbrücke über den Birsig, gehen Hand in Hand die Birsigstrasse hoch, vorbei am «Rialto», am Geruch des Nilpferdgeheges, am Thai-Restaurant, an den Häusern des Bachletten-Dörflis, überqueren die Oberwilerstrasse und gehen in Müllers Wohnung. Was sie dort machen? Sicher keinen Film herunterladen. Was sie tun, das ist nun wirklich privat, und wir ziehen uns jetzt zurück.

Raphael Zehnder
MÜLLER UND DIE TOTE IN DER LIMMAT
Broschur, 208 Seiten
ISBN 978-3-95451-046-7

«Ein wahrhaft lustiges Buch, was hierzulande selten ist. Nein, Entschuldigung, wir wollten ja solch apodiktische Aussagen nicht mehr tätigen. Sagen wir also einfach: ein Buch, das einen lachen macht. Weil es sich nicht so wichtig nimmt.» Die Zeit

«Schräg, witzig und wirklich mal was ganz anderes.»
20 Minuten Zürich

Raphael Zehnder
MÜLLER UND DIE SCHWEINEREI
Broschur, 224 Seiten
ISBN 978-3-95451-128-0

«Wer ein Krimivergnügen anderer Art sucht, dem sind Raphael Zehnders ‹Müller›-Krimis ans Herz gelegt. Erstklassige Unterhaltung, helvetischer Sprachwitz, witzige Kommentare und Abschweifungen des Erzählers, hintergründige Zitate – unkonventionelle Kriminalfälle, bei denen der Plot nur auf den ersten Blick simpel erscheint. Die verspielte Erzählweise und Sprache ist das Markenzeichen der ‹Müller›-Krimis.» Literaturzeitschrift «entwürfe»

www.emons-verlag.de

Raphael Zehnder
MÜLLER UND DAS LÄCHELN DES HUNDES
Broschur, 224 Seiten
ISBN 978-3-95451-315-4

«Nach Beendigung der Lektüre ist man entweder fest entschlossen, selbst Polizist zu werden, oder man wartet sehnlichst auf weitere Fälle, die ‹der Müller› lösen darf.» Basler Zeitung

«Wenn du dem österreichischen Autor Wolf Haas seine schrägen Krimis vermisst, dann wird dir der Zehnder gefallen.»
Tagblatt der Stadt Zürich

Raphael Zehnder
MÜLLER UND DER MANN MIT SCHNAUZ
Broschur, 304 Seiten
ISBN 978-3-95451-580-6

Zürcher Krimipreis-Gewinner 2015

«Raphael Zehnders vierter Müller-Krimi ist aus verschiedenen Gründen aussergewöhnlich: Wie immer schreibt er grammatikalisch sehr eigensinnig, anspielungsreich und aus allen möglichen Perspektiven. Dazu ist er ein selten genauer Betrachter des gesamtgesellschaftlichen Irrsinns, seien es die hirnrissigen Rituale der sogenannten Kreativen oder die Unwägbarkeiten in Politik und persönlichen Beziehungen.» 20 Minuten Zürich

www.emons-verlag.de

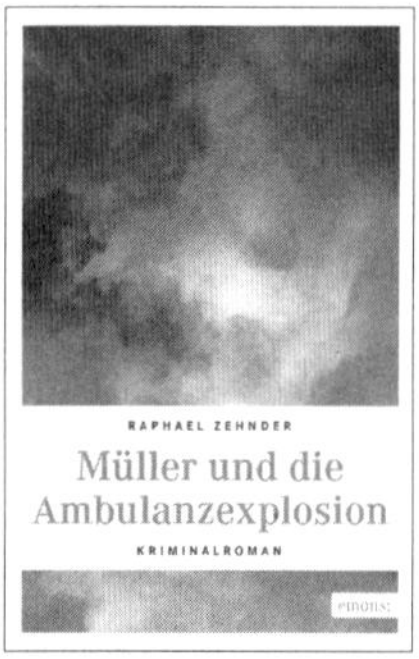

Raphael Zehnder
MÜLLER UND DIE AMBULANZEXPLOSION
Broschur, 240 Seiten
ISBN 978-3-7408-0011-6

«Zehnder gelingt eine furiose Schilderung der schönen neuen Arbeitswelt, in der sich jedes Produkt – auch die Polizeiarbeit – nach aussen vermarkten muss, mit immer raffinierteren Mitteln und strafferen Hierarchien im Innern.» WOZ

Raphael Zehnder
MÜLLER VOLL BASEL
Broschur, 256 Seiten
ISBN 978-3-7408-0322-3

«Präzis und humorvoll werden Schauplätze und Personen geschildert und machen das Buch zu einer vergnüglich-schrägen und süffigen Lektüre.» ProgrammZeitung

«Mit einem aussergewöhnlichen Schreibstil beweist der Autor, dass er ein Sprachkünstler ist.» BZ Basel